Exquise est la fureur

SASH BISCHOFF

Exquise est la fureur

Traduit de l'anglais (États-Unis) par
ESTELLE ROUDET

HarperCollins
NOIR

Titre original :
SWEET FURY

HARPERCOLLINS FRANCE
83-85, boulevard Vincent-Auriol, 75646 PARIS CEDEX 13
Tél. : 01 42 16 63 63

www.harpercollins.fr
contact-sitehc@harpercollins.fr

ISBN 979-1-0339-1639-0

Édité par HarperCollins France
Composition et mise en pages
Nord Compo à Villeneuve-d'Ascq
Achevé d'imprimer en février 2025.

CPI
FIRMIN-DIDOT

à Mesnil-sur-l'Estrée (Eure)
Dépôt légal : mars 2025.

Pour limiter l'empreinte environnementale de ses livres, HarperCollins France s'engage à n'utiliser que du papier fabriqué à partir de bois provenant de forêts gérées durablement et de manière responsable.

Imprimé en France

NOTE DE L'ÉDITEUR

Le roman que vous tenez entre vos mains n'est pas comme les autres. Il vous réserve bien des surprises, et pour mieux les illustrer nous vous proposons une expérience tout aussi unique.

Nous vous inviterons, au tiers de votre lecture, à retourner l'ouvrage de sorte à faire face à ce qui est d'ordinaire considéré comme la quatrième de couverture. Là, vous poursuivrez la lecture. Puis il vous sera à nouveau demandé de retourner le livre pour la terminer en milieu d'ouvrage.

Laissez-vous guider…

Pour Ben, qui n'a jamais douté.

NOTE DE L'AUTRICE

Plus que nul autre, je suis redevable au colosse littéraire qu'est Francis Scott Fitzgerald, car tous ses romans ont largement inspiré l'écriture d'*Exquise est la fureur*. Par bien des aspects, le mien est en dialogue avec son œuvre, et je lui suis infiniment reconnaissante de la littérature intemporelle et d'une grande profondeur qu'il nous a donnée.

Les amateurs de Fitzgerald retrouveront glissées dans ce livre un grand nombre de pépites de sa prose poétique.

Exquise est la fureur est, en partie, dédié à l'héritage qu'il nous a légué[1].

1. Les citations de l'œuvre de Francis Scott Fitzgerald sont extraites de :

Francis Scott Fitzgerald, *Tendre est la nuit*, trad. Julie Wolkenstein © Flammarion, Paris, 2015.

Francis Scott Fitzgerald, *Gatsby le Magnifique*, trad. Philippe Jaworski © Éditions Gallimard, Paris, 2012.

Francis Scott Fitzgerald, *Beaux et damnés*, trad. Marie-Claire Pasquier © Éditions Gallimard, Paris, 2014.

Francis Scott Fitzgerald, *Les Heureux et les Damnés*, trad. Louise Servicen © Éditions Gallimard, Paris, 1984.

Francis Scott Fitzgerald, *Le Dernier Nabab*, trad. André Michel © Éditions Gallimard, Paris, 1952.

Francis Scott Fitzgerald, *L'Envers du paradis*, trad. Suzanne Mayoux © Éditions Gallimard, Paris, 1978.

Francis Scott Fitzgerald, *Bernice se coiffe à la garçonne*, trad. Marc Amfreville et Antoine Cazé © Éditions Gallimard, Paris, 2014.

Francis Scott Fitzgerald, « L'image au fond du cœur », *Fleurs interdites, Love Boat III*, trad. Nicole Tisserand © Le Livre de Poche, Paris, 2024.

L'éditeur remercie chaleureusement les maisons d'édition mentionnées ci-dessus pour l'autorisation de reproduction de ces citations.

Montrez-moi un héros, et je vous écrirai une tragédie.

F. Scott Fitzgerald, *La Fêlure*

PROLOGUE

Elle se tient là, après coup, prise au piège derrière un mur de verre, plongée dans une horreur silencieuse et sismique. Dehors, l'aurore entame à peine sa mue, le ciel au-dessus de l'Hudson telle une ecchymose qui éclôt, la surface gris ardoise virant à l'argent, volutes de brume qui s'enroulent sur elles-mêmes. Le monde est d'un calme laiteux, encore vierge du carnage à l'intérieur. Mais elle le sait : rien ne sera plus jamais pareil.

Abasourdie, elle baisse les yeux sur sa robe, mouchetée de rouge sombre. Sur ses mains innocentes, poisseuses de sang. Tant de sang partout, si affreusement brillant.

Elle en a l'estomac noué. Elle ne peut pas y penser.

Elle survole du regard les vestiges de la pièce dévastée : l'ouvrage relié de noir, le tableau apocalyptique, le masque doré aux yeux qui ne voient pas. Le couteau. Derrière la vitre, les nuages se déplacent, et la lame étincelle, aveuglante.

Elle se refuse à regarder l'amas de chair affalé sur le sol, la flaque qui s'étale toujours plus. La nausée monte en elle. Non, elle doit y mettre un terme, une fois pour toutes.

Il est tourné vers le balcon, son dos se détache contre la lueur de l'aube qui enfle lentement à l'horizon, il a un pied en avant dans la position du coureur. Comme s'il s'agissait de n'importe quel matin, comme s'il allait simplement faire son jogging et revenir, une tasse de café brûlant à la main, dans le petit matin frisquet.

Au loin, les lumières vertes commencent à s'éteindre, l'une après l'autre.

Elle doit agir vite. Le temps presse, et elle est toujours en danger de mort.

Elle se plaque les mains sur les oreilles – s'oblige à se concentrer sur le son de cette houle intérieure qui l'apaise. Elle se retire en elle-même : une corde vibrant jusqu'au silence. Respire.

Elle ouvre les yeux, débloque son téléphone ; puis elle passe le coup de fil.

— S'il vous plaît, aidez-moi, murmure-t-elle, et les larmes commencent à couler. Quelqu'un a été poignardé. Il est… oh, mon Dieu, je crois qu'il est mort.

Acte I

RÉVÉLATIONS INTIMES

NOTES PERSONNELLES DE : J. GABRIEL

Patiente : L. Crayne
Date, heure : 10 juin, 10 h 30
Séance : 1

Sang neuf aujourd'hui. La célèbre actrice de cinéma Lila Crayne.

Failli ne pas accepter. Presque un an que je n'avais plus de place pour de nouveaux patients ; ne connaissais pas bien le travail de L. Mais, quand j'ai appris pour son projet du moment et lorsqu'elle m'a annoncé que notre collaboration risquait de ne pas durer très longtemps, cela a piqué ma curiosité.

Première séance. L'entrée dans mon bureau avec enthousiasme, main tendue. Ai été interloqué sur le coup – m'attendais à une star sophistiquée, pleine de retenue. Vu ses manières candides et franches, n'aurais jamais pris L. pour une icône américaine.

Lui ai offert du thé ; elle a accepté. A mentionné que je lui avais été chaudement recommandé par Brielle, une amie proche. L. n'a pas mis longtemps à prendre possession de l'espace, a quitté ses chaussures, s'est lovée dans un coin du canapé. Donnait l'impression d'être détendue, sûre d'elle ; semblait presque faire fi du cadre thérapeutique.

Tandis que je préparais la théière, L. a dit qu'elle avait remarqué les diplômes dans l'entrée ; elle aussi avait passé sa licence à Princeton. On a calculé que j'étais son aîné de trois ans, donc on a dû avoir une année en commun bien qu'aucun de nous n'ait connu l'autre. Surpris de ne pas avoir été au courant de la présence d'une célèbre actrice, mais L. m'a expliqué qu'elle n'avait débuté sa carrière qu'après l'université. Apparemment, important pour L. de créer un lien entre nous à travers notre passé mutuel, nos *eating clubs*[1], etc. Je lui ai demandé si elle se sentait à l'aise que l'on travaille ensemble malgré ces points communs ; L. a répondu que oui.

L. se lance dans un nouveau film : une adaptation féministe du roman de F. Scott Fitzgerald *Tendre est la nuit*, dirigée par son petit ami de longue date, Kurt Royall (je connaissais son nom). L. est aussi productrice, et va jouer le rôle principal : Nicole Diver.

Là, j'ai avoué mon intérêt personnel : Fitzgerald était non seulement un ancien de Princeton, mais aussi mon auteur favori (ai montré l'étagère consacrée à son œuvre) ; le visage de L. s'est alors illuminé. Lui ai dit que Fitzgerald avait écrit un synopsis pour *Tendre*, mais que sa version n'avait jamais vu le jour.

1. Les *eating clubs* (« clubs de restauration ») de l'université de Princeton sont des institutions privées ressemblant à la fois à des réfectoires et à des logements de fraternités, où la majorité des étudiants de premier cycle prennent leurs repas. (Toutes les notes sont de l'éditeur.)

« Vous semblez être un véritable expert. Je dois admettre avec embarras que je ne suis encore qu'une néophyte. Avant ce livre, je n'avais lu que *Gatsby*. »

« Même si *Gatsby* est toujours trop mis en avant, ai-je répondu, c'est mon livre favori. Je le relis chaque année. »

« J'ai une chance incroyable. Ce sera merveilleux de bénéficier de vos conseils pendant que je décortique son travail. »

Intéressé par la réaction de L. devant ma maîtrise de Fitzgerald. A-t-elle besoin de moi comme figure d'autorité pour se sentir en sécurité ? Comment réagira-t-elle lorsque je la décevrai ou que je me fourvoierai ?

Quelque chose de désarmant avec L. d'un point de vue relationnel : j'avais tendance à me dévoiler plus que de coutume. Me suis interrogé sur son subtil manque de perception des limites. Stratégie de survie adaptée ? Sentiment de légitimité, ou besoin de contrôle ? Ou simplement un bon premier contact et le signe d'une solide alliance thérapeutique ?

Curieux de savoir ce qui a poussé L. à adapter *Tendre* ; cette histoire fait-elle spécifiquement écho à la sienne ? (Toute la conversation rapportée ici a été directement retranscrite d'après les enregistrements préalablement autorisés des séances :)

« Je crois que ma réponse se trouve dans l'argument de notre film – ce qui rend notre adaptation différente du roman. »

Elle a continué en choisissant ses mots avec soin.

« Comme vous le savez certainement, on interprète toujours *Tendre* comme la chute tragique de Dick Diver, en grande partie due à sa patiente, Nicole. Nicole est vue comme vampirique – dans les premières ébauches de Fitzgerald, sa schizophrénie la poussait même à tuer des hommes ! L'interprétation la plus courante, c'est que le Dr Diver, empêtré dans son complexe du héros, sacrifie ses propres besoins lorsqu'il épouse Nicole et fait siens tous ses problèmes. Elle s'accroche à lui comme une sangsue, et au fil du temps elle devient plus forte, le vidant peu à peu de sa substance. À la fin, elle est guérie, et elle abandonne son mari, fou à lier et brisé. Mais nous, nous proposons une nouvelle version de l'histoire pour en faire la libération de Nicole. »

Elle a marqué un temps d'arrêt, puis :

« Mettons les choses au clair. Dès le début, elle est innocente, n'est-ce pas ? Sa schizophrénie résulte d'un terrible traumatisme : après la mort de sa mère, son père l'a violée régulièrement. Sa maladie est donc réactionnelle : elle se méfie de tous les hommes et se sent piégée, elle veut désespérément s'enfuir. Mais, lorsqu'elle est hospitalisée, on l'empêche de parler de ce traumatisme infantile ou de s'y confronter. Son père l'abandonne et sa réputation à lui demeure sans tache. Puis elle rencontre son médecin, Dick, et tombe amoureuse de lui. »

« Cas de transfert typique, ajoutai-je. Nicole transfère immédiatement son sentiment de dépendance sur Dick, qu'elle voit à la fois comme un amant et un protecteur – une fusion du partenaire romantique avec la figure paternelle protectrice qu'elle avait trouvée chez son père. »

« Et, malgré la mise en garde des autres médecins, Dick décide de l'épouser. »

« Leur relation repose sur des fondations peu stables, ai-je renchéri. Dès le départ, l'équilibre des pouvoirs est faussé et Nicole dépend de Dick pour son propre équilibre mental. »

« Donc, reprit L., en se croyant capable d'être à la fois son amant et son médecin, Dick lui-même est responsable de cette relation toxique qu'il va finir par reprocher à Nicole. Et, au lieu de l'aider à surmonter son traumatisme, il refuse d'aborder le sujet de son passé. Il la réduit au silence. »

« Et ensuite, bien sûr, il y a Rosemary. »

« C'est vrai, Rosemary ! Dick, parce qu'il a tendance à toujours regarder ailleurs et à s'intéresser à des femmes plus jeunes et vulnérables, a un comportement qui réactive profondément le traumatisme de Nicole, étant donné ce que son père lui a fait subir. Au début, Rosemary est une actrice mineure et impressionnable, qui a une histoire paternelle compliquée. Et, comme Nicole, Rosemary tombe amoureuse de Dick, cet homme bien plus âgé. Et une fois encore, plutôt que d'agir de façon responsable, Dick succombe au désir de Rosemary de le voir jouer à la fois l'amant et le père. Lorsque Nicole découvre leur liaison et déclenche un épisode schizophrène, à ce moment-là son héros est devenu un traître inimaginable. »

Nos regards se sont croisés.

« Je vois que vous m'avez comprise. Notre version de *Tendre* n'est pas une énième tragédie de l'homme blanc torturé. C'est une histoire féministe de guérison, de réparation. Depuis le tout début, la maladie mentale de Nicole n'a jamais été sa faute ; elle est due au traumatisme provoqué par son père, puis par Dick lui-même. À la fin de l'histoire, elle n'a que vingt-neuf ans, et pourtant elle a réussi à bien s'ancrer dans la réalité, et peut enfin se tenir debout. Dick, quant à lui, est devenu instable et autodestructeur, et il se dirige droit vers sa propre fin ; mais Nicole a surmonté son traumatisme et elle a repris sa vie en main. Elle est libre. »

Dû l'admettre : l'argument du film est impressionnant. Bien menée, l'adaptation serait sensationnelle.

Ai demandé pourquoi, avec son rôle imminent dans *Tendre*, L. voulait entamer une thérapie maintenant.

En rougissant, elle a parlé de sa réputation d'actrice caméléon, s'identifiant si profondément à chaque personnage qu'elle en devient presque méconnaissable. Et, étant donné l'histoire de celui-ci, L. a trouvé important de se pencher sur le trauma de sa propre enfance. Elle s'est adressée à moi en particulier parce que je suis spécialisé dans les traumas liés aux violences domestiques.

Ai demandé si elle avait suivi une thérapie par le passé. L. a répondu que c'était la première fois – qu'elle avait toujours mené une vie très remplie, n'avait pas vu ça comme une priorité.

« Ce qui signifiait probablement que je n'étais pas prête à affronter mon traumatisme. Mais maintenant je le suis. »

« C'est courageux de votre part. »

« Vraiment ? Je ne vois pas ça comme courageux. C'est nécessaire. »

L. fait preuve d'une grande conscience d'elle-même. Est perspicace, claire, honnête. Et durant toute la séance elle est restée totalement concentrée sur moi, s'appliquant à faire le boulot, à essayer d'être la patiente modèle.

Lui ai demandé de me parler de son traumatisme d'enfance. Curieux de voir comment le film pourrait l'aider à comprendre sa propre expérience.

L. m'a dit que son père était mort dans un accident de voiture, près de vingt-cinq ans plus tôt, quand elle avait huit ans.

« Il était saoul, a-t-elle ajouté. Mais, à l'époque, papa l'était constamment. J'ai du mal à me souvenir de lui sobre. »

« Il conduisait ? »

A acquiescé.

« Pouvez-vous me raconter ce qui s'est passé ce soir-là ? »

« Je ne me souviens pas. »

J'ai attendu.

« J'ai oublié tout ce qui s'est passé ce soir-là, a expliqué L. Alors que j'étais là. »

« Dans la voiture ? »

« Oui, et ma mère était là aussi. »

A soufflé sur son thé, semblé reprendre ses esprits.

« Je veux dire, je connais les faits. Je sais ce qu'il y a dans le rapport de police. Il était tard ; il n'y avait pas beaucoup de circulation. Papa zigzaguait sur la route. Et, apparemment, il est passé sur l'autre file et est entré en collision avec un camion. Mère a eu un bras et quelques côtes cassés. J'ai perdu une dent, et on m'a fait un tas de points de suture sur le front, la joue, le menton. J'ai encore une cicatrice, là, vous voyez ? On a toutes les deux eu une commotion cérébrale. Mais papa avait perdu trop de sang en attendant l'ambulance. Ils n'ont pas pu le ranimer. »

« Et vous ne vous rappelez rien de tout ça ? »

Hochement de tête.

« C'était peut-être la commotion. Je n'ai absolument aucun souvenir de cette nuit-là. »

Nous avions mis le doigt sur l'événement central d'un grave traumatisme infantile. Faire émerger le souvenir refoulé de la mort du père pourrait être crucial pour la guérison de L. J'espère pouvoir l'aider à recouvrer ce souvenir durant le temps que nous allons passer ensemble, faire la lumière dessus.

Avant de terminer, je suis revenu à son expression : « affronter le traumatisme. » Ai demandé ce que cela signifiait pour elle.

L. m'a observé un long moment. Elle a fini par reprendre la parole, calmement.

« Je veux votre opinion honnête. Si quelqu'un vous a fait subir quelque chose de terrible, peut-on véritablement guérir ? Ou restera-t-il toujours une cicatrice ? Existe-t-il un moyen de faire disparaître la cicatrice elle-même – et, plus important, de faire disparaître le pouvoir qu'a cette personne de faire à nouveau du mal ? »

« Qu'en pensez-vous ? »

L. a souri légèrement.

« Je ne sais pas. C'est pour ça que je suis venue vous voir. »

« Eh bien, je crois certainement à la guérison. Sinon, je ne serais pas thérapeute. »

L. n'a pas semblé convaincue.

« Les cicatrices s'atténuent, Lila. Elles deviennent moins visibles, et avec le temps on oublie même qu'elles sont là. Elles deviennent une partie de vous ; et à la fin on ne se souvient plus à quoi on ressemblait sans elles. Mon opinion de professionnel, puisque vous me la demandez, c'est que, quand une personne a subi un traumatisme, la meilleure chose qu'elle puisse faire, c'est de se pencher dessus.

De s'y intéresser. Comme vous l'avez dit, de l'affronter. Ce n'est qu'en faisant cela qu'elle pourra lui faire perdre de son pouvoir sur elle. »

« Jonah. »

L. me regardait avec intensité.

« Pensez-vous pouvoir m'aider à faire cela ? »

« Lila, dis-je en souriant. Je le pense, oui. »

II

— La vache, t'as une de ces allures. Si je pouvais te manger, je le ferais.

Il réfléchit un instant, puis se pencha en avant et lui lécha le cou. Elle rit.

— Ne me dis pas qu'après toutes ces années j'ai enfin réussi à te rendre hétéro.

Freddie fit un grand sourire.

— Si quelqu'un pouvait faire ça, ce serait toi.

Elle se tourna vers son reflet dans le miroir infini. Devant elle, un nombre incalculable de Lila Crayne rayonnaient aussi loin que l'œil puisse voir depuis son centre solaire. Elle se déplaça légèrement pour apprécier son image, et autour d'elle des milliers de Lila se déplacèrent aussi.

Son meilleur ami l'enveloppa de ses bras.

— J'adore, murmura-t-il. Très *All About Eve*.

Elle observa un moment leur image dans la salle de bains privative faiblement éclairée. En dépit de ses angles marqués, de son miroir sans fin, cette pièce était celle où elle se sentait le plus en sécurité.

— Regarde-les, dit-elle avec un léger sourire devant leur reflet. Regarde-les simplement.

Elle avait rencontré Freddie James pour la première fois des années auparavant à L. A., sur le tournage du film de Kurt Royall qui avait lancé sa carrière, *Waiting Game*. À l'époque, Kurt était déjà reconnu comme un tycoon de l'industrie, alors que Lila n'était encore qu'une oie blanche dans le monde du celluloïd. Freddie, lui, avait déjà deux films à son actif, et des potins édifiants en prime.

Ça avait été le coup de foudre ; en moins de deux, on aurait dit des frères siamois soudés par la hanche et prêts à s'installer ensemble. Lila avait aimé la façon dont Freddie était en phase, son sens aigu de l'observation, son sens de l'écoute. Et elle avait eu immédiatement le sentiment de le comprendre. La plupart des gens avaient vite fait de mettre Freddie dans une case, prenant son esprit vif et caustique pour une sorte de condescendance sans pitié. Mais Lila avait rapidement vu au-delà de tout ça et avait compris qu'il était quelqu'un de loyal et de gentil – et, dans leur milieu, ces qualités étaient quasi impossibles à trouver.

Lorsque *Waiting Game* avait connu le succès au box-office, Lila était immédiatement devenue une star, et avait gagné le titre de « fille chérie de l'Amérique ». Soudain, tous ceux qui l'entouraient avaient semblé se mettre en quatre : pour lui plaire, pour attirer son attention, pour qu'elle les apprécie. Freddie était la seule personne qui n'avait pas changé d'un iota. Avec lui, il n'y aurait jamais de tricherie. Elle serait toujours Lila, tout simplement : une égale, une amie.

Alors que la carrière de cette dernière explosait, Freddie était tombé amoureux d'un homme qui possédait l'entreprise de relations publiques la plus respectée dans le milieu. Les signaux d'alarme étaient évidents, et dès le départ Lila avait compris ce qu'il en était réellement de la situation. Elle-même ne connaissait que trop bien les relations toxiques, et elle aurait fait n'importe quoi pour les éviter à Freddie. Après trois douloureuses années à subir les maltraitances de son petit ami, Freddie avait enfin fini par admettre qu'elle avait raison. Et, patiemment, prudemment, Lila avait donc concocté un plan pour aider son ami à se sortir de là.

Six mois plus tôt, *Tendre est la nuit* avait obtenu le feu vert ; et, à la demande de Lila, Kurt avait proposé à Freddie le rôle de Tommy Barban. Le film mettrait ainsi près de cinq mille kilomètres entre son ex et lui, et, Lila l'espérait, détournerait Freddie de cette terrible relation une fois pour toutes. Il avait plié bagage et quitté L. A., puis traversé le pays jusqu'à New York et Lila, qui l'attendait, les bras grands ouverts.

— Ne sois pas triste, lui dit-il doucement. On savait tous les deux que ce jour finirait par arriver. Je ne peux pas squatter chez vous ad vitam aeternam.

— Tu sais que Kurt t'apprécie, répondit-elle avec un haussement d'épaules.

— Bien sûr, qu'il m'apprécie.

Freddie lui décocha un grand sourire, puis se mit aussitôt à faire son numéro.

— Chérie. Je suis le type même du meilleur ami gay. Du simple fait que j'existe, Kurt se sent tellement… (il haussa un sourcil) hétéro.

Bien que détestant devoir l'admettre, elle savait que c'était vrai. En présence de Kurt, Freddie endossait toujours le rôle de la folle flamboyante – et, devant un tel spectacle, Kurt se détendait inévitablement, rassuré, persuadé que Freddie ne nourrissait aucun désir illicite et sournois.

Il nicha sa tête dans le cou de Lila.

— Haut les cœurs ! Je m'installe à Soho, pas en Sibérie. Et en plus, ce soir, le héros de la fête mérite de t'avoir pour lui tout seul. Je veux qu'il te fasse grimper aux rideaux.

Elle sourit.

— On n'a pas de rideaux.

— Je veux des acrobaties. Des feux d'artifice ! Et en attendant (il lissa sa chemise, ses cheveux) j'ai un truc à faire.

Elle ôta une peluche de son col.

— Tu vas là-bas maintenant ?

— Oui. Ton assistante archi-zélée n'a pas arrêté de m'envoyer des textos. Si ça n'était pas pour toi, je bloquerais cette connasse. Mais ne t'inquiète pas : je vais jouer le jeu.

Il examina son reflet dans le miroir en se pavanant.

— Je vais jouer le golden boy exubérant et parfaitement coiffé, charmeur et sarcastique à la fois. Je vais me les mettre dans la poche aussi sec et abuser de leur patience en les lubrifiant à l'alcool, pour qu'ils soient fin prêts à recevoir le colossal, le viril, le haletant…

Lila lui donna une tape.

— … Kurt !

Il lui décocha un grand sourire avant de reprendre :

— Tu as l'esprit mal placé.

— Merci, Freddie, dit-elle en lui effleurant la joue. Qu'est-ce que je ferais sans toi ?

— Lila.

Il lui prit la main, en embrassa la paume.

— Je te dois littéralement la vie. C'était le moins que je puisse faire.

Elle poussa un des murs qui se reflétaient dans le miroir et la porte dérobée pivota sur elle-même et s'ouvrit sur le monde qui les attendait, les libérant de leur sanctuaire. Et, tandis qu'ils descendaient les marches menant à l'immense salle, elle s'émerveilla une fois encore de sa bonne fortune.

Lorsque Kurt et elle s'étaient installés en ville, elle leur avait dégotté un loft splendide à la lisière sud de West Village, un somptueux espace ouvert, plus Tribeca que Village, avec sa hauteur sous plafond gothique, son plan au sol tout en longueur, son design dépouillé et rutilant. Sols en béton coulé, murs d'un épais blanc satiné, conduits savamment mis en valeur : rouge sang et touche d'argent. L'appartement était situé dans West Street, à un jet de pierre de l'Hudson. Kurt et elle possédaient tout le dernier étage de l'immeuble, où les plafonds de six mètres de haut s'enchâssaient presque entièrement dans de grandes dalles de verre étincelantes et insonorisées. On aurait presque dit que ces fenêtres hors du commun, qui dominaient la ville comme d'énormes yeux omniscients, pouvaient flotter dans le ciel, tels des nuages divins ; mais, hélas, les yeux demeuraient sur terre, rivés au sol par la pièce maîtresse : l'étourdissante terrasse privée qui enveloppait le bâtiment sur toute sa longueur, dans un sourire satisfait. L'ossature même de la maison semblait s'ouvrir sur les quais juste en dessous, sur l'eau scintillante et ses embarcations qui dansaient sur les flots, attachées à leurs bouées, sur les joggers matinaux.

Après avoir donné un baiser d'adieu à Freddie, Lila reporta son attention sur le héros de la soirée, qui l'attendait sur le balcon. Kurt était appuyé contre la rambarde, un martini givré à la main. Un coureur dans l'âme, Kurt : un compétiteur sanguin et perpétuellement en action, toujours avide d'être en tête, de gagner. Ce soir, il portait une chemise blanche amidonnée et ouverte au col, un pantalon bleu marine ajusté, des mocassins en cuir crème. Carcasse solide, épaisse tignasse argentée, peau gorgée de soleil.

Léger chuintement du verre lorsqu'elle fit coulisser la porte du balcon.

— Freddie vient de partir, dit-elle. Il m'a demandé de te remercier une fois encore.

Il se retourna, les coudes appuyés sur la rambarde, et la détailla de pied en cap.

Elle avait choisi une tenue destinée à l'exciter : une robe dos nu en tissu aérien couleur champagne, qui adhérait délicatement à son corps mince et délié. Une robe qui laissait tout deviner, de celles sur lesquelles le regard s'attarde, croyant voir une femme nue – avec pour seule touche de couleur l'entaille rutilante de ses lèvres.

— Tu es magnifique, Crayne.

— Joyeux anniversaire ! Mon chéri, j'ai un cadeau qui t'attend.

— Je vois ça, répondit-il en sirotant son martini.

— Plus tard, mon étalon.

Il eut un large sourire.

— Quelle est la surprise ?

Elle lui prit le martini des mains.

— Ça ne serait pas une surprise si je te le disais, n'est-ce pas ?

Les doigts de Kurt effleurèrent ses hanches.

— Patience, monsieur Royall, dit-elle en enfournant une olive.

Léger grognement.

— Quelques minutes. Je peux faire vite.

— Toi ? Jamais.

Il rit.

— Tu vas me rendre dingue, tu le sais, ça ?

Elle s'appuya contre lui.

— Exactement mon idée, murmura-t-elle.

Ils prirent l'ascenseur sécurisé pour rejoindre la rue où Daniel attendait déjà dans la voiture, puis traversèrent le Village et ses rues arborées, escortés par leur service de sécurité. Quand Kurt fut momentanément distrait par un appel d'un des producteurs de *Tendre*, Lila en profita pour envoyer un texto à Freddie :

Arrivée prévue : moins de cinq minutes. Rassemble la bande de poivrots.

Il répondit immédiatement.

Bien reçu, capitaine. Ils sont mûrs à point.

Ils tournèrent dans une rue pavée et Daniel ralentit devant un restaurant niché au rez-de-chaussée d'un brownstone[1]. Kurt leva les yeux de son téléphone.

— Ce nouveau resto français ?

Elle l'embrassa sur la joue.

— Sans déconner, Sherlock.

— Tu es sûre que c'est ouvert ? demanda-t-il tandis qu'ils sortaient de la voiture. Ça m'a l'air bien sombre.

— Officiellement, ils n'ouvrent que la semaine prochaine. J'ai appelé le propriétaire. Ce soir, ils font à dîner uniquement pour nous deux.

1. Immeuble typique de New York en grès brun.

— Comme c'est gentil, murmura Kurt. Merci, bébé.

Elle se détourna en souriant. La discrétion n'était tout simplement pas le style de Kurt Royall. Il aspirait de tout son être à la chaleur enivrante des projecteurs, au bouillonnement de la foule.

Ils ouvrirent la porte et entrèrent.

— Je me demande pourquoi c'est si noir, dit Lila, glissant sa main dans la sienne.

— Hello ? fit Kurt. Il y a quelqu'un ?

Un gloussement étouffé, et tout à coup la lumière jaillit, baignant l'endroit d'un éclat mordoré. Leurs amis sortirent d'un bond de leurs cachettes, avec un sourire éclatant, criant son nom et se précipitant vers lui, et ils les enlacèrent tous les deux.

— Joyeux anniversaire, Kurt chéri ! lancèrent-ils.

Eh oui, c'était joyeux, bien entendu que ça l'était, car Lila en avait rêvé, et tout s'était déroulé sans accrocs.

Rayonnante, elle regarda Freddie appuyé au chambranle, aussi félin qu'une panthère et se léchant quasiment les pattes de satisfaction ; il lui fit un signe de tête en retour, et lui envoya un baiser. Une fois de plus, elle y était parvenue ; elle connaissait Kurt Royall mieux qu'il ne se connaissait lui-même. Et les festivités ne faisaient que commencer.

Le personnel de service entra avec du champagne qui pétillait dans des flûtes. On alluma des bougies, la pièce se mit à danser à la lumière des flammes, les murs de soie grège absorbant leur éclat. Dans un coin, un groupe de musiciens lança un tapis de sons ouatés dans les airs tandis qu'une chanteuse de jazz susurrait en français. Plus loin, des fenêtres en ogive ouvraient sur un jardin décoré de guirlandes lumineuses qui scintillaient comme des étoiles épinglées sur un fond de nuit velouteuse.

Les tables, recouvertes de nappes en lin repassées, avaient été disposées en un vaste rectangle ; un banquet digne d'un roi, pour M. Royall lui-même. Et le festin était exquis : moules sautées baignant dans un léger bouillon de citron, de beurre et de sauge ; fromages ventrus au caractère marqué disposés sur des lits d'herbes vertes et effilées, croûtes craquant à la couture et laissant échapper leur succulente crème. Baguettes toutes chaudes, nuage de farine, chuintement de la pâte qu'on écartèle avant d'en casser des morceaux et de la tartiner généreusement de beurre doux et ramolli. Escargots mijotant dans leur coquille – persil, sel et huile qui frémit. Et le foie gras, à l'épaisse texture de crème fouettée, si onctueux, riche et fondant à la fois que les invités en enfournaient directement de gros morceaux. Les steaks, enfin, toujours grésillants, chatoyants et tendres dans leur jus. Tout était parfait.

Une fois le plat principal servi, Lila se rendit aux toilettes afin de s'apprêter pour l'estocade finale. Elle s'observa dans le miroir, fit bouffer ses cheveux de façon qu'ils prennent du volume tout autour de son visage, remonta ses mamelons dressés sous le fourreau de tissu, se remit du rouge à lèvres. C'était le moment.

Avant de rejoindre ses invités, elle fit une pause dans l'entrée et s'autorisa à tous les passer en revue, ce troupeau magnifique. Il y avait là Bobby et Greta Starr, tous deux en noir, comme on pouvait s'y attendre. Bobby Starr était le patron d'Olympus Pictures, le distributeur provisoirement lié au destin de *Tendre est la nuit*. Lila savait que Starr allait profiter des festivités de ce soir pour tenter de persuader Kurt de signer pour un autre film d'action sans intérêt. De son côté, Greta, la rédactrice en chef de *Vogue*, avait son propre programme : elle avait supplié Lila et Kurt de poser pour leur couverture d'août, et Lila avait gracieusement accepté. Greta était tordante, en particulier sous cocaïne, comme elle l'était à l'évidence ce soir.

À sa droite : Dean, le milliardaire, magnat des fonds spéculatifs, qui investissait religieusement dans les films de Kurt (sa contribution pour *Tendre* battait tous les records), et sa petite amie, Yuliana, mannequin qui posait à l'occasion en double page, mais passait en réalité plus de temps à jouir de son statut d'influenceuse, batifolant et posant pour ses trois cent mille followers. D'ici quelques verres, elle viendrait frotter son petit cul osseux contre Dean et Kurt, suppliant Lila de coucher avec elle. (Lila, comme toujours, refuserait.)

Ensuite, Kaylee, la starlette que Kurt avait choisie pour incarner Rosemary, jusqu'à ce que Lila finisse par le convaincre de changer d'avis. Elle était certaine que Kaylee et lui avaient couché ensemble par le passé ; ce soir, Kaylee pensait apparemment être discrète alors qu'elle cherchait de nouveau à se faire baiser par Kurt. Pour la détourner de son but, Lila avait dépêché Freddie en guise de diversion, et – quand bien même la sexualité de Freddie n'était un secret pour personne – Kaylee était déjà en train de le titiller en faisant remonter ses doigts vers le haut de sa cuisse.

Zev Winters, acteur prodige et coureur de jupons invétéré, qui honorait de sa présence presque tous les films de Kurt (y compris *Tendre*, où l'attendait un rôle), et sa nouvelle (troisième) épouse, Sarah – une avocate, on n'aurait su trouver plus sain, comme profession. Qu'il ait choisi une roturière était probablement le signe, soupçonnait Lila, qu'il n'avait en rien renoncé à ses activités de don juan. Mais Sarah était jolie, et semblait diablement intelligente ; pour cette raison, elle n'allait sûrement pas rester bien longtemps dans les parages. Même si Zev avait un charme fou, il n'avait jamais été capable de garder sa bite dans son pantalon.

Le reste : sur le même modèle. Renversants, tous, avec leur luxueuse tenue cousue main, leur corps soigneusement mis en valeur, leur richesse étourdissante qui se reflétait presque sur leur peau chatoyante. Certains plus malins, d'autres plus distingués, d'autres encore plus charismatiques. Mais, en dépit de ces légères anomalies, ils se tournaient autour en osant à peine respirer, comme attirés par leur magnétisme mutuel, ronronnant de fierté de se trouver en si belle compagnie, et tous aussi avides de grimper jusqu'au sommet. Regards humides et brillants, rires carillonnants, sourires éclatants, mains agitées. Ils étaient enragés, tous, jusqu'au dernier. Et pourtant ce soir, comme toujours, Kurt et Lila étaient à part, vénérés ; car, aux yeux du monde, ils appartenaient à la royauté du grand écran.

Tandis que Lila regagnait les lieux, une main la saisit par la taille et, avec un cri de plaisir, elle se retrouva sur les genoux de Freddie.

— Mon héros, dit ce dernier en l'embrassant sur la bouche.

Elle lui décocha un grand sourire.

— Et toi, mon héroïne ?

— Oh, mon Dieu, Lila, cette soirée est tellement adorable !

Elle jeta un coup d'œil à Kaylee, qui affichait un sourire douloureux et forcé. Apparemment, la belle cherchait à ramener Freddie chez elle ce soir, et Lila, clairement, était la rabat-joie. C'était trop tentant.

— Tu sais qui est adorable ? lança-t-elle en embrassant à nouveau Freddie, un long baiser langoureux.

— Excusez-moi, mademoiselle, c'est mon gigolo que vous êtes en train de peloter, là, lança Kurt, à l'autre bout de la table.

Elle rejeta la tête en arrière avec un rire rauque, et le reste de la tablée se joignit à eux, suivant tour à tour du regard les membres du précieux couple. Le match de couronnement avait enfin commencé.

— Et dites-moi, je vous prie, ce que cela fait de moi, monsieur Royall ?

La bouche de ce dernier se tordit en un sourire.

— Eh bien, ma muse, évidemment.

— Bien dit ! s'écria négligemment quelqu'un.

— J'aimerais porter un toast, annonça Kurt en repoussant sa chaise pour se lever. À Lila Crayne, ma tentatrice, ma beauté, ma chérie, ma ruine. Ma vie était tellement différente avant toi, mon amour ; et à cause de toi elle ne sera plus jamais la même. C'était l'anniversaire parfait : une pièce remplie des gens que je chéris et que j'aime le plus. Comme vous le savez tous parfaitement, en me préparant pour mon prochain film, j'ai vécu et respiré Fitzgerald, et ce soir, plongé comme je le suis actuellement dans l'univers de F. Scott, je ne peux m'empêcher d'éprouver le sentiment d'avoir basculé dans ma propre soirée à la *Gatsby*. Une assistance somptueuse… du style, de la célébrité et du glamour à revendre…

Il s'interrompit, fit un clin d'œil.

— … et tellement d'alcool aussi…

Les fiers accusés le sifflèrent, l'acclamèrent.

— « J'aime les *grandes* fêtes, pas toi ? murmura Freddie à l'oreille de Lila. Dans les soirées où il y a peu de monde, on n'a aucune intimité. »

Lila lui décocha un large sourire en entendant la citation.

Kurt continua.

— Merci à tous d'avoir célébré mon anniversaire avec moi ce soir. Et merci à toi, bébé, de nous avoir rassemblés.

Il leva son verre.

— À Lila.

— À Lila ! répondit la pièce en écho.

Lila se leva et fit un signe de tête en direction de Freddie, qui sortit discrètement son téléphone. Elle prit le verre des mains de Kurt, puis se tourna pour s'adresser à l'assistance.

— Ça ressemble bien à M. Royall de porter un toast en l'honneur de quelqu'un d'autre le jour de son fichu anniversaire, non ?

L'assemblée rit.

— Mais je ne vais pas le laisser s'en tirer comme ça ce soir. Kurt sait que je ne le laisse pas s'en tirer avec quoi que ce soit.

— C'est vrai ! fit-il en secouant la tête d'un air attristé.

À ses côtés, Kaylee renifla et Lila fit amende honorable en tendant le bras pour caresser sa chevelure fauve. Malgré elle, Kaylee rayonna.

— Kurt, mon amour, tu ne sais pas que ce soir il ne devrait être question que de toi ? En fait, j'ai encore une surprise en réserve – enfin, encore une qui peut se dérouler en public.

Une femme poussa un cri, quelques hommes s'esclaffèrent vaguement. Lila commença à longer la table, touchant au passage du bout des doigts les épaules des invités.

— Kurt, le monde entier sait que tu es un génie, un savant, un précurseur, et que tu as provoqué un tremblement de terre dans le monde du cinéma. Tu as définitivement modifié le paysage cinématographique, produit un nombre incalculable de chefs-d'œuvre, et chacun de tes films voit ton travail s'enrichir. Tu es le champion des projets que tu aimes, des projets qui comptent vraiment – des projets comme *Tendre est la nuit*.

Elle croisa le regard de Starr.

— Merci encore, Bobby, d'avoir accepté de te laisser tordre un peu le bras pour celui-là.

Starr acquiesça et l'assemblée gloussa en signe de soutien.

— Tu es respecté, et tu continueras à être reconnu encore et encore pour ton incroyable talent. Ce que le monde ne sait pas nécessairement, cependant, c'est quel sacré bonhomme tu es. Et moi, plus que quiconque, je le sais.

— Tu parles, qu'elle le sait, entonna Zev d'une voix pâteuse.

— Tu as été si bon pour moi, déclara Lila en rejoignant Kurt et en posant sa main dans la sienne. Tu as pris soin de moi, et tu m'as profondément aimée ; mais, comme tu le sais, rien n'est plus important à mes yeux qu'un respect absolu, sans équivoque.

Elle serra sa main.

— Je peux honnêtement dire que Kurt Royall est l'exemple universel de ce que signifie être un homme aujourd'hui. Et quelle fille chanceuse je suis de l'avoir capturé, n'est-ce pas ?

La tablée applaudit. Lila porta la main à sa nuque, détacha son collier en or, sans jamais quitter Kurt des yeux.

— Mais ne vous laissez pas abuser par cette petite robe idiote car, ce soir, je veux jouer le rôle du gentleman.

Elle repêcha la longue chaîne qui avait plongé dans son décolleté échancré et la tint à bout de bras, scintillante, à la lumière des bougies. Lentement, elle en déposa une extrémité dans sa paume retournée, révélant un fin anneau doré.

— Quand Fitzgerald parlait de son amour pour Zelda, il disait que c'était *le commencement et la fin de tout*. J'ai fait graver cette phrase à l'intérieur de cet anneau, parce que rien ne pourrait mieux exprimer notre amour. Kurt Royall…

Elle envoya valser ses talons et s'agenouilla devant lui.

— … veux-tu m'épouser ?

Elle leva la tête et lui sourit, et, à la lumière tamisée des bougies, les yeux bleus de Kurt, dans lesquels les flammes se reflétaient en dansant dans ses larmes, semblèrent noirs.

Leurs sujets se turent.

Il parla enfin.

— Comme si la question se posait. Lila, bébé, bien sûr, que je vais t'épouser.

Toute la salle éclata en vivats, et, derrière les fenêtres, les flashs des appareils photo crépitèrent : les journalistes étaient arrivés. Kurt la prit dans ses bras, son odeur musquée lui réchauffa le ventre, les reins. Elle fit courir les doigts dans ses cheveux, et, lorsqu'il se pencha pour embrasser le sourire qui s'étirait sur son visage, elle enfonça les dents dans le velours de ses lèvres. Toujours souriante, elle mordit.

NOTES PERSONNELLES DE : J. GABRIEL

Patiente : L. Crayne
Date, heure : 17 juin, 10 h 30
Séance : 2

Développement inattendu avant la séance aujourd'hui. Reçu message vocal de la mère de L.

« *Jonah, mon nom est Karen Wolfe. J'espère que vous ne m'en voudrez pas d'avoir pris l'initiative de vous contacter. Ma fille, Lila, a mentionné qu'elle avait commencé à vous consulter la semaine dernière, et elle m'a dit qu'elle ressentait un lien très fort avec vous. Je comprends, évidemment, qu'une thérapie soit une affaire privée, et que la dernière chose dont vous ayez besoin est qu'une mère vienne y fourrer son nez, mais je ne peux tout simplement pas m'en empêcher : Jonah, je m'inquiète pour ma fille. Comme vous le savez peut-être, elle entretient une relation avec Kurt Royall, et j'ai dans l'idée que cette relation est plutôt malsaine. Cela dit, j'ai fait mes recherches à votre sujet : je sais qu'en matière de thérapeutes spécialisés dans les violences domestiques vous êtes la crème de la crème. Donc j'ai bon espoir que vous puissiez creuser du côté de leur relation durant vos séances ; et, si je ne me trompe pas, vous pouvez peut-être aider ma fille à s'extirper de sa situation. Évidemment, j'apprécierais que cet échange demeure entre nous. Pas la peine de me rappeler, mais n'hésitez pas si vous voulez en savoir plus. Très bien, merci d'avance pour votre aide, Jonah. Au revoir.* »

Ai été décontenancé par le ton autoritaire et cette violation flagrante de la vie privée. Ai décidé de ne pas en parler à L. – du moins pour le moment. Cependant, je vais sonder du côté de la relation de L. avec Kurt, voir si les inquiétudes de Karen sont légitimes.

En arrivant, L. a annoncé qu'elle avait du nouveau.

Pendant que je fermais la porte, elle a demandé si c'était ma copine qu'elle venait de rencontrer. Le code ne fonctionnait pas, elle avait dû frapper.

« Une femme m'a laissée entrer. Cheveux bruns, T-shirt jaune ? Maggie, je crois ? »

Lui ai dit que Maggie était ma fiancée. L. m'a félicité.

Remarqué qu'elle avait les yeux rouges et une éruption de boutons sur le cou/la poitrine. A expliqué qu'elle avait fait une allergie au maquillage testé pour *Tendre*.

Avant que je puisse le proposer, L. a mis la bouilloire à chauffer, fouillé dans la boîte à thé – une fois de plus, elle impose sa présence dans l'espace.

« *Faites bouillir de l'eau – beaucoup d'eau.* »

M'a regardé.

« Vous reconnaissez ? »

Je reconnaissais.

« J'ai potassé mon Fitzgerald », a-t-elle précisé.

A cueilli un sachet.

« Gratte-cul. J'ai toujours trouvé que c'était un nom plutôt coquin pour un thé. »

L'a secoué entre ses doigts, puis a longé l'étagère, s'arrêtant devant une photo encadrée.

« C'est vous ? »

Difficile à dire, en effet – photo sombre, complètement floue –, mais oui, il y a longtemps : moi, à Princeton.

L. l'a observée en silence, puis a levé la tête.

« Le monde est vraiment petit, n'est-ce pas ? L'univers fonctionne de manière surprenante. »

Voyant que je souriais en silence, L. a reposé la photo sur l'étagère et s'est lovée sur le canapé.

« Je vous annonce ma nouvelle ? »

M'a informé qu'elle venait de se fiancer. M'a décrit la soirée surprise qu'elle avait organisée le vendredi précédent pour les cinquante ans de Kurt (n'avais pas réalisé qu'il avait dix-huit ans de plus qu'elle). Et m'a raconté comment, vers la fin du dîner, Kurt avait porté un toast romantique et qu'elle avait alors envoyé valser les conventions. Timing et assistance parfaits, et pour une fois ils avaient échappé aux appareils photo. L. avait fait sa demande.

Y ai vu l'occasion d'explorer sa relation avec Kurt. Curieux de savoir si la décision impulsive de L. dissimulait autre chose – une anxiété, une peur plus profonde, peut-être. Je lui ai demandé s'il avait déjà été marié.

« Parce qu'il est beaucoup plus vieux, c'est ça ? Il a eu quelques relations sérieuses, mais dans l'ensemble il est resté célibataire. Il est marié à sa carrière. »

Ai demandé si le mariage était important pour elle.

« Eh bien, oui. Non que j'aie eu un modèle digne de ce nom dans ma jeunesse. Mais est-ce que ça n'est pas ça, le truc ? Quand les parents ont raté leur mariage, soit l'enfant veut envoyer balader l'institution, soit il veut faire les choses bien et éviter les embûches qu'ont connues ses parents. C'est bien ça, les deux options ? »

Lui ai répondu que les choses n'étaient pas aussi tranchées, que tout n'était pas blanc ou noir. Que je pensais qu'il existait toute une palette dans les relations qu'une personne entretenait avec l'amour et le mariage. Que ça fluctuait constamment ; que ça pouvait changer tout au long de la vie.

Lui ai demandé si elle trouvait ça perturbant ; a dit que oui. Quand je lui ai demandé pourquoi :

« L'idée que rien ne soit stable. Que tout, même l'amour d'une personne, puisse changer ou disparaître. »

« Vous avez peur que cela arrive avec Kurt ? »

La bouilloire a commencé à siffler. Je l'ai arrêtée, ai rempli sa tasse. Quand j'ai relevé la tête, L. affichait un sourire forcé.

« Mon Dieu, j'imagine que je suis cette femme-là. J'ai peur qu'un jour Kurt se rende compte que je ne le mérite pas, et qu'il s'en aille. »

Lui ai gentiment suggéré l'idée que le mariage n'empêchait pas quelqu'un de partir.

« Je sais. Mais ça rend les choses un peu plus compliquées, non ? »

S'est brusquement mise à rire.

« Je n'arrive pas à croire que je vous raconte ça. C'est tellement embarrassant. »

Ai demandé pourquoi.

« Parce que ! Ce n'est pas l'image que je veux que les gens aient de moi. C'est l'inverse de qui je suis censée être. Je veux dire, j'ai enfin le rôle principal dans un film qui parle d'émancipation féminine ! Toute ma carrière, on m'a cantonnée aux rôles d'ingénue. J'aurais pu tuer pour décrocher un rôle comme celui-là ; et maintenant, enfin, je l'ai obtenu. Je veux le mériter. Je ne veux pas être cette femme sans défense qui a besoin d'être secourue ; ça me semble tellement hypocrite. Et pourtant, tout au fond de moi ? J'ai toujours éprouvé cette peur étrange que tous les hommes m'abandonnent un jour ; et de finir ma vie seule, quoi que je fasse. »

Voulu examiner les racines de cette anxiété : l'ai interrogée sur la relation entre ses parents.

L. se souvient de son père comme d'un homme à la carrure imposante. Il avait deux facettes : une publique et une privée, réservée à L. et à sa mère. Le père détestait qu'elle et sa mère soient proches, il la haïssait parce qu'elle était une fille.

La mère était tout l'inverse. Calme, douce, affectueuse. Féminine. (Intrigué par cette description ; ne collait pas avec l'impression que j'avais eue en écoutant le message.) Jouait le rôle de la parfaite maîtresse de maison, sinon elle en payait le prix.

Le père pouvait se montrer calculateur, cruel en paroles. De temps en temps seulement, si L. se rebellait, il pouvait s'en prendre à elle physiquement. Il la battait violemment. Mais, surtout, L. avait appris à se cacher.

Sa mère était victime de mauvais traitements. Aux yeux de son père, elle faisait tout de travers. Il était toujours en train de la rabaisser, il trouvait toujours le moyen qu'elle se sente méprisable, défaillante. (Là, L. a rougi, et je me suis demandé si elle en retrouvait l'écho dans sa propre expérience avec les hommes.) Le père menaçait continuellement de les abandonner toutes les deux. Mais inévitablement, a ajouté L., il changeait d'avis et s'en prenait sexuellement à sa mère.

Ai demandé à L. ce qu'elle savait des relations sexuelles de ses parents.

L. a souri tristement.

« Mère et moi étions extrêmement proches. »

A dit que sa mère lui racontait tout : les cochonneries qu'il disait, de quelle manière il lui sautait dessus après avoir été horrible quelques instants avant. Elle décrivait le sexe en détail, combien il était égoïste, combien elle détestait ça, combien cela faisait mal.

Ai reconnu que cela avait dû être traumatisant d'être témoin de tout ça. Ai ajouté que le sexe sans consentement était catégoriquement défini comme viol. Ai gentiment demandé à L. si elle avait l'impression que son père avait violé sa mère.

« Bien sûr, a-t-elle répondu. Il la forçait à avoir des relations sexuelles avec lui ; et il le faisait presque chaque jour. Si ce n'est pas du viol, je ne sais pas ce que c'est. »

En repensant au message de Karen, je me suis demandé si la dynamique parentale se répétait avec Kurt. J'ai orienté la discussion vers la propre expérience de L. avec les hommes. Lui ai demandé de me parler de ses relations sentimentales et sexuelles les plus importantes. Devant ma question, elle m'a regardé, et a esquissé un sourire que je n'ai pas vraiment compris.

« Ça vous met mal à l'aise, de parler de ça ? »

« Non, ce n'est pas ça. »

A ajouté qu'elle était « aussi abîmée qu'on puisse l'être ». Elle avait eu de nombreuses relations avant Kurt, mais rien d'important ni de durable. Ai demandé pourquoi. Sentiment qu'elle me cachait quelque chose. L. résistait, clairement, mais elle a fini par admettre que, des années auparavant, un autre homme l'avait forcée à avoir une relation sexuelle.

Découverte significative que celle-là : d'après la propre définition de L., elle a été victime d'un viol. Ce sera essentiel de travailler là-dessus lors de nos séances.

Ai demandé si elle avait vu quelqu'un pour être aidée après ce traumatisme.

« Peut-être que j'aurais dû. Mais c'est du passé, maintenant. »

Ai gentiment suggéré que cette expérience pouvait entraîner des répercussions durables. Se remettre d'une agression sexuelle peut prendre des années ; un travail thérapeutique est essentiel pour guérir. Il est important d'avoir un espace où l'on se sente en sécurité avec un professionnel qualifié afin de digérer l'expérience traumatisante et de bâtir des stratégies d'adaptation. Il est aussi important de prendre soin de soi (physiquement et émotionnellement), pour sa propre santé mentale. Je voulais réaffirmer la décision de L. de travailler avec moi, étant donné que mon expertise spécifique peut l'aider à surmonter son traumatisme passé. Ai demandé à L. de poursuivre.

Avant Kurt, L. n'était pas intéressée par les relations sentimentales. Elle était entièrement concentrée sur sa carrière. Et cinq ans plus tôt, quand elle avait vingt-sept ans, elle avait rencontré Kurt, et *Waiting Game* était advenu.

Lui ai demandé ce qui l'avait attirée vers Kurt en premier.

« Son énergie, plus qu'autre chose. Il est fort, dans tous les sens du terme. On a l'impression de pouvoir jeter n'importe quoi vers lui et qu'il l'attrapera sans effort. »

« Il vous fait vous sentir en sécurité. »

« Exactement ! Mais je n'ai pas besoin qu'on s'occupe de moi ; j'ai tout fait pour. Mais avoir quelqu'un qui peut et veut néanmoins prendre soin de moi ? C'est merveilleux. »

Je soupçonne que le traumatisme du viol est le catalyseur qui la pousse vers une figure paternelle plus âgée, romantique et protectrice. Ai demandé comment se manifestait la différence d'âge.

L. a haussé les épaules.

« Kurt ne se sent pas vieux. Il se sent juste adulte. Chaque fois que je suis sortie avec des hommes plus proches de mon âge, j'ai eu l'impression de sortir avec des petits garçons. Si prévisibles, si faibles. Avec Kurt, j'étais enfin avec un homme digne de ce nom. »

Elle m'a jeté un coup d'œil.

« Sans vouloir vous offenser. »

« Pas de problème. »

« Maggie a le même âge que vous ? »

Je n'ai pas été surpris qu'elle essaie de détourner la conversation. Ai demandé pourquoi elle désirait le savoir.

« Elle est un peu plus jeune, non ? Vous ressemblez à Kurt en cela, vous donnez l'impression de vouloir prendre soin d'une femme. De savoir comment faire. »

L. était clairement en train de flirter. Peut-être pour me tester, pour voir si elle pouvait me faire confiance comme tiers impartial, ou si j'éprouvais quelque désir caché. Ou peut-être simplement pour déterminer si elle avait le contrôle, le pouvoir de me troubler. J'ai ramené la conversation sur sa relation avec K. Ai demandé comment elle avait démarré.

L. avait été attirée par lui lorsqu'elle l'avait rencontré la première fois à une audition.

« Mais je me suis dit qu'il n'était pas pour moi. Kurt s'est toujours fièrement revendiqué comme féministe. Il avait cette réputation sans tache – ce n'est pas un Weinstein. Il est comme la figure paternelle dans le monde du cinéma. »

L. a ri.

« Vous pensez probablement que j'ai une sorte de complexe d'Œdipe, n'est-ce pas ? »

« Quand est-ce que votre relation a pris un tour romantique ? »

Ça s'était produit dès le début. Le casting pour *Waiting Game* allait être annoncé officiellement. Pour célébrer l'événement, Kurt avait organisé une soirée. Beaucoup d'alcool et de drogues ; personne dans son état normal. À un moment, K. et L. s'étaient retrouvés seuls. K. lui avait avoué qu'il s'était interrogé sur la nécessité de tout lui dire, il ne voulait pas interférer avec le boulot, mais il n'arrêtait pas de penser à elle. Elle l'attirait ; et L. a avoué qu'elle aimait ce pouvoir. (Il est clair qu'en regardant ses parents L. a appris comment utiliser le sexe comme monnaie d'échange, comment mesurer sa valeur à l'aune du désir masculin.) K. avait ajouté que, si elle n'était pas intéressée, il n'en reparlerait plus jamais. Mais qu'il devait lui poser la question.

« C'était vous mettre dans une position plutôt difficile. »

« Si je n'avais pas ressenti la même chose, peut-être. Mais je partageais ses sentiments. On a couché ensemble, et vous connaissez la suite. »

J'ai eu le sentiment qu'il y avait davantage dans cette histoire que L. ne voulait bien le dire, mais je n'ai pas creusé plus pour aujourd'hui. Je ne voulais pas lui donner l'impression que je mettais en doute la fiabilité de son récit.

À la place, j'ai demandé si on pouvait revenir un peu plus sur son viol. Clairement un faux pas. L. a demandé pourquoi, sur la défensive. J'ai répondu que j'essayais de mesurer la portée de cet événement pour me faire une meilleure idée de sa relation aux hommes. Qu'il était essentiel de mettre au jour le traumatisme passé afin de guérir pleinement et d'aborder sa relation actuelle avec un regard lucide.

« Mais pourquoi est-ce qu'on parle de Kurt ? Je ne suis pas ici pour parler de ma relation avec lui. La production de *Tendre* démarre cette semaine, et on a à peine évoqué mon enfance. C'est ça qui est pertinent par rapport à mon travail sur le film. C'est de ça que je veux parler. »

« OK, ai-je dit. Dans cette pièce, c'est vous qui menez la barque. Mais, en démarrant cette séance, vous vouliez vraiment parler de Kurt. »

L. a hésité.

« Non, ce n'est pas vrai. »

« Lila, c'est le cas. C'est la première chose que vous avez dite. Vous m'avez même rappelé de vous interroger sur votre nouvelle. Vous aviez ça en tête. Vous vouliez en parler. »

Notre temps était écoulé, mais je voulais que L. parte en toute confiance. Je lui ai dit que, lors de la séance suivante, on parlerait exclusivement de ce qu'elle voudrait.

« Je suis désolée, a répondu L. Je n'aurais pas dû vous questionner. J'espère que ça ne vous a pas contrarié. »

« Nul besoin de vous excuser. »

L. s'est tue, luttant contre quelque chose en elle. A fini par lever la tête.

« Quand je viens ici, chaque semaine, je veux avoir le sentiment que j'entre dans un espace protégé. Que notre relation est sacrée. »

« Vous êtes en sécurité ici. Vous pouvez me faire confiance. »

L. a brusquement tendu le bras, refermé ses doigts sur les miens, et observé nos deux mains réunies.

« Je sais », a-t-elle chuchoté.

Avant que je puisse répondre, L. s'est écartée. A ouvert la porte.

« Lila », ai-je dit.

Mais elle était déjà partie.

IV

La voiture de Celia Scott filait le long du ruban satiné de l'ancienne autoroute, tel un poisson étincelant dans le sens du courant. Au fur et à mesure du trajet, les arbres s'étaient arasés, le sable avait gagné les deux côtés de la route, et le ciel béant avait ouvert la gueule en grand : l'océan était proche. Des chemins tortueux s'enfonçant jusqu'à la plage défilaient à toute allure sous ses yeux, laissant entrevoir en un éclair l'eau qui scintillait à travers les broussailles. Le long de la route, d'imposants portails menant aux plus belles demeures de Montauk montaient la garde telles des sentinelles, protégeant chacun leur luxueuse propriété verdoyante. La voiture tourna brusquement dans une de ces allées avec une légère embardée en faisant crisser le gravier sous ses pneus. À l'arrière, Celia tendit le cou, le souffle coupé en découvrant la villa grandiose qui se dévoilait à sa vue.

— On est arrivés, mademoiselle Scott, dit le chauffeur, et Celia lissa sa jupe et vérifia une dernière fois son reflet dans le rétroviseur.

— Merci.

Elle prit une profonde inspiration, ouvrit la portière et posa un pied sur le sol.

— Cecelia Scott ?

Une femme vêtue d'un blouson de moto dernier cri – pur chic new-yorkais : carré lisse, hanches saillantes braquées sur elle – vérifia quelque chose sur une tablette accrochée à sa ceinture.

— Celia. S'il vous plaît.

Elle lui tendit la main en souriant et la femme cocha rapidement une case sur sa feuille puis l'observa d'un air légèrement amusé.

— Je suis Eden. Première assistante réalisatrice. Apparemment, mon assistant personnel « n'a pas entendu le réveil », et me voici donc, votre illustre comité d'accueil.

Sourire grimaçant : mâchoire contractée, paupières baissées.

— Vous pouvez vous diriger vers l'entrée principale. La plupart des invités sont déjà dehors sur la terrasse.

D'un signe de tête, elle indiqua à Celia la direction à suivre, puis elle regarda par-dessus son épaule, et un sourire mielleux s'épanouit sur son visage lorsqu'elle aperçut l'invité suivant, autrement plus important.

Celia traversa sur la pointe des pieds le vestibule voûté, le regard attiré par le somptueux lustre qui ruisselait depuis la clé de voûte. Elle atteignit les portes vitrées qui donnaient sur la terrasse et hésita, une main au-dessus des yeux pour se protéger de l'éclat du soleil.

Soudain, à sa droite, une salve de crépitements. Celia se tourna, bouche bée de surprise, et l'œil noir et brillant d'un objectif captura son expression en rafale. Elle cligna des yeux de surprise ; le photographe pencha la tête, souriant à demi, puis continua son travail, imperturbable.

Elle sentit une main se poser au creux de son dos.

— Essaie de l'ignorer.

Kurt Royall, qui lui souriait de toute sa hauteur. Sans enlever sa main, il passa en revue la tenue qu'elle avait choisie, et elle attendit, un sourire tremblotant aux lèvres. Ce matin, dans son nouvel appartement de l'Upper East Side (un progrès considérable comparé à sa précédente sous-location minable, cela grâce à la première paie de *Tendre*), elle avait soigneusement étalé sa robe sur son lit – ligne douce et fluide – puis avait reculé, les mains sur les hanches, pour évaluer l'identité qu'elle allait bientôt adopter.

Et maintenant elle était là, devant tout ce beau monde du cinéma – devant Kurt Royall lui-même ! –, sur une terrasse de terracotta ensoleillée, posée sur la crête d'une falaise qui surplombait l'Atlantique. Mais un vague froncement de sourcils plissa le visage de Kurt ; elle l'avait déjà déçu.

— Prête ? demanda-t-il.

— J'ai attendu ce moment toute ma vie, monsieur Royall.

— Celia, je t'en prie : « M. Royall » est mon père, et c'est un connard. Tenons-nous-en à Kurt, d'accord ?

— Kurt, répéta-t-elle, et l'appareil photo ronronna à nouveau, capturant leur image.

Kurt leva une main pour empêcher le photographe de prendre un nouveau cliché, puis le regarda fixement jusqu'à ce qu'il baisse les yeux et s'en aille. Il se retourna alors vers Celia et se pencha pour lui murmurer à l'oreille :

— Cet enfoiré est là à la demande expresse de Lila, pour documenter la journée. En ce qui me concerne, je préfère que mes affaires restent privées.

Il la dévisagea.

— Pas toi ?

Avant qu'elle ait pu trouver une réponse, il se détourna en entendant quelqu'un l'appeler.

— Harry ! répondit-il en levant la main.

Puis il lui lança un clin d'œil complice avant de s'éloigner.

— Celia !

Celia se figea sur place tandis que Lila s'approchait d'elle et l'embrassait chaleureusement. Une fois de plus, l'appareil photo cliqueta.

— Ne t'inquiète pas, c'est juste un photographe de plateau. Aucune des photos ne sera divulguée avant qu'on en ait fini.

Elle se pencha vers elle.

— On ne voudrait pas gâcher le communiqué de presse qui va annoncer ton extraordinaire performance, n'est-ce pas ?

Celia baissa le menton et ravala un sourire.

Lila reprit :

— Laissons-le prendre une bonne photo, et peut-être qu'après il nous fichera la paix.

Passant un bras autour de la taille de Celia, elle prit une pose pleine de charme. Celia fit de son mieux pour l'imiter et l'appareil ronronna en guise de réponse. En dépit des neuf ans qui les séparaient, les deux femmes auraient pu être jumelles.

Lila se tourna ensuite vers Celia et prit ses deux mains dans les siennes tandis que le photographe continuait à les mitrailler.

— Tu ne peux pas savoir à quel point je suis heureuse de t'avoir parmi nous, dit-elle avant de murmurer au photographe : C'était ma favorite.

— Merci, répondit Celia en rougissant.

Lila s'approcha d'elle.

— Écoute. Ne laisse aucune de ces personnes sophistiquées t'atteindre. Ils sont tous aussi nerveux que toi, je te le promets. Si tu as besoin de quelque chose – n'importe quoi –, s'il te plaît, viens me voir.

Puis elle la dévisagea d'un air entendu.

— Je veillerai sur toi.

— Dieu du ciel, je vois double !

Une femme imposante en costume Chanel s'avança vers elles d'un pas nonchalant, sourire implacable, cueillant au passage une flûte de champagne sur le plateau d'un serveur.

Lila se pencha vers Celia.

— Quelque chose me dit qu'on va y avoir droit souvent.

Puis elle se tourna vers la femme et dit à voix haute :

— Je te présente Celia Scott.

— Je suis Karen Wolfe.

La femme emprisonna la main de Celia dans la sienne, froide et osseuse, lui décocha un sourire crispé.

— Productrice déléguée et agent de Lila.

— Et ma mère par la même occasion, ajouta celle-ci tandis que Celia bégayait une réponse.

Karen avala une bonne rasade.

— Dans une autre vie, Celia, j'ai moi aussi été actrice.

Elle fit un geste vers sa fille.

— Lila vous dira que je m'attribue librement et sans vergogne tout le mérite pour le talent de ma chère fille.

Lila lui lança un sourire amusé.

— C'est vrai.

Karen leva son verre.

— Bonne idée d'avoir ajouté des boissons alcoolisées pour dérider un peu nos amis investisseurs russes. Ils devraient faire ça plus souvent.

Elle passa la foule en revue en fronçant le nez.

— Mais, bon Dieu, ce cirque est dirigé par des crétins. Certains d'entre nous aimeraient rentrer en ville avant la Saint-Glinglin.

— Je suis sûre que Kurt va attaquer d'une minute à l'autre, mère.

— Excusez-moi ?

Celia rougit quand les deux femmes se tournèrent vers elles.

— Je suis désolée, mais pourrais-je utiliser des toilettes quelque part ? Le trajet a été si long, je suis à deux doigts d'exploser.

Lila rit et lui indiqua le chemin. Celia lui sourit avant de faire demi-tour et d'entrer dans la maison d'un pas léger.

— Qu'est-ce que tu penses de son air de biche effarouchée ? marmonna Karen.

— Oh, laisse-lui une chance, mère. Elle est nerveuse, c'est tout.

— Pas de bol.

Karen resta songeuse un instant.

— Cela dit, la ressemblance est *vraiment* troublante, reprit-elle. Si je ne connaissais pas mon propre vagin, j'aurais juré que c'était le retour de la fille prodigue.

— C'était Celia Scott ?

Les deux femmes se figèrent. En se retournant, elles découvrirent Nancy Wright, l'actrice devant jouer la mère de Rosemary, qui se précipitait vers elles, un sourire de commère aux lèvres.

— Nom d'un chien, je viens de la manquer, n'est-ce pas ? Je voulais que ce photographe prenne une bonne photo de nous deux.

Lila sourit.

— Ça fait plaisir de te voir, Nancy. Comment vas-tu ?

— Eh bien, génial, à présent ! cria Nancy en tapant des deux mains. Oh, Lila, Lila, Lila : ça fait tellement longtemps ! Et madame Wolfe, la femme qui a *fabriqué* cette créature de rêve. C'est un honneur.

— Tout le plaisir est pour moi, répondit Karen. Surtout maintenant que je sais que ma contribution commence et finit avec mon canal génital.

Nancy laissa échapper un petit rire terrifié.

— Oh ! Oh, mon Dieu, vous me plaisez !

Elle se ressaisit et se pencha vers elles en faisant la moue.

— Alors dites-moi, mesdames, que cache, selon vous, ce casting provocateur ?

— Que voulez-vous dire ? fit Lila en penchant la tête.

Nancy laissa échapper un petit cri.

— Eh bien, mon chou, au cas où tu ne l'aurais pas remarqué, notre jeune Rosemary est ton portait tout craché ! Et ça n'est pas dans le livre, n'est-ce pas ?

— Bien vu, reconnut Lila. Je me demande ce que Kurt aurait à répondre à ça.

Elle croisa les bras.

— J'imagine que j'ai vu ça comme une preuve supplémentaire de la misogynie systémique qui règne dans notre pays, dit-elle lentement. Les hommes s'en prennent aux femmes depuis des générations, ils convoitent continuellement des modèles plus jeunes, plus chatoyants ; par conséquent, les femmes se retrouvent dépouillées de leur individualité lorsqu'elles sont scrutées à travers le prisme du regard masculin.

— Oh, intéressant, dit Nancy en acquiesçant. Très woke.

Dans le silence qui s'ensuivit, mère et fille attendirent – et Nancy finit enfin par se rendre compte qu'il était temps qu'elle parte.

— Si vous voulez bien m'excuser, je crois que j'aperçois un vieil ami. On continuera cette conversation plus tard, OK ? Ciao !

— Elle est atroce, déclara Karen en regardant Nancy se précipiter vers la terrasse. Et cette tronche d'alcoolique – mon Dieu. Elle a eu la main lourde avec le chardonnay au déjeuner ?

— Allons, mère. Ne sois pas mesquine.

— Oh, lâche-moi un peu.

Karen fit glisser sa langue sur ses dents parfaites, comme pour s'assurer qu'elles étaient toujours là.

— C'est œil pour œil, et la garce qui a mis Rosemary au monde devrait être autrement plus belle que cette grosse vache du Midwest.

— Mon Dieu, je déteste ce brassage forcé, dit Lila. Quand est-ce que tout ça va s'arrêter ?

— Ne regarde pas maintenant, chérie, dit Karen. J'ai comme l'impression qu'il se prépare un faux armistice.

Les deux femmes observèrent Kurt et Dominic Reeves, le futur Dick Diver, en train de s'échanger de vigoureuses bourrades.

— On dirait que vous êtes en train de mijoter quelque chose, toutes les deux. Et on cancane à quel sujet ? lança Freddie en arrivant derrière elles.

Il laissa échapper un petit soupir en découvrant l'objet de leur attention.

— Mon Dieu, j'adorerais mettre ces deux-là dans mon lit. Un dé-lice.

— Si tu aimes les micropénis, c'est sûr, riposta Karen.

Freddie laissa échapper un gloussement démoniaque.

— Karen, toi et moi, il faut absolument qu'on se fasse un *date*. Il n'y a personne au monde avec qui j'aimerais parler cul davantage qu'avec toi.

— Quand tu veux, poupée. Mais, pour le moment, remballe-moi ton petit cul serré, répondit Karen en hochant la tête vers sa fille.

Freddie se tourna vers Lila et lui décocha un grand sourire.

— Finalement, on l'a, notre fin heureuse. Qui aurait pu se douter qu'on finirait ensemble ?

— Oh, Freddie, dit Lila en l'embrassant sur la joue. Moi, je le savais. Tu ne sais pas que j'ai organisé toute l'affaire ?

— Très bien, mesdames et messieurs les fêtards, un peu de magie à présent, tonna Kurt.

Sa voix grave fit jaillir des acclamations de toute l'assemblée, qui commença à se diriger laborieusement vers les sièges qui leur avaient été attribués sur la terrasse – les acteurs, aux tables centrales ; les spectateurs (les investisseurs privés, tous venus directement de Russie en avion, ainsi que Starr et son équipe d'Olympus, qui avait signé en tant que distributeur du film en attendant le montage final), sur les rangées de chaises tout autour. Zev Winters arriva en courant et souleva Lila dans les airs avant de poursuivre jusqu'à sa place. Les invités, pris de tournis comme dans une boule à neige, s'installaient.

Lila s'approcha de Kurt par-derrière et l'entoura de ses bras.

— Où veux-tu que je sois ?

— Chérie.

Il se retourna.

— Je veux t'avoir ici, fit-il en montrant le siège à côté de Dominic.

Lila acquiesça, puis :

— Je me demande, ne vaudrait-il pas mieux que je m'assoie en face, plutôt – là, à côté de Rupert ? De cette façon, les acteurs seraient plus visibles pour l'assistance, non ?

Elle pencha la tête vers les investisseurs, qui rôdaient sur les côtés.

— Tu penses toujours aux autres.

Il l'embrassa sur la tempe, puis s'adressa à Zev par-dessus la table.

— Zev ! Ça ne te dérangerait pas de jouer aux chaises musicales ?

— Tout ce que tu veux, boss. Je me mets où ?

— Juste là. Je te devrai un verre pour te plier à mes caprices.

— Oh, je ne sais pas si tu es aussi lunatique ces temps-ci.

Zev leva la voix, attirant l'attention de toute la terrasse.

— Yo, mes amis ! Avant que notre téméraire leader se lance dans un de ses célèbres discours pleins d'éloquence…

Zev fit un geste en direction de Lila et de Kurt.

— … je pense que des félicitations s'imposent !

Ronron de l'appareil photo tandis que l'assemblée entrait en éruption, puis raclements de chaises sur les dalles tandis que chacun prenait place sur son siège, laissant Kurt seul debout.

— Merci à tous. Lila et moi sommes évidemment très excités par ce qui nous attend.

Lila leva les yeux vers lui, rayonnante.

— Vous aurez tous l'occasion de nous éreinter à un moment ou à un autre, j'en suis sûr, déclara Kurt. Mais, aujourd'hui, parlons simplement de ce voyage dans lequel nous nous apprêtons à embarquer tous ensemble, n'est-ce pas ?

Applaudissements. Cliquetis d'obturateur.

— Écoutez, je ne sais que trop bien que la plupart d'entre nous craignent secrètement cette première rencontre. Je me trompe ? Je veux dire, combien de fois chacun de nous n'a-t-il pas raconté cette blague sur le « premier jour d'école », qui n'est ni particulièrement drôle ni particulièrement maligne, mais je veux bien être pendu si on ne la ressort pas à chaque fois ?

L'assistance commençait à s'animer à présent, à se détendre. Gloussements ici ou là, sourires jusqu'aux oreilles, regards qui s'adoucissaient légèrement.

— Mais trêve de conneries. Je dois vous dire : j'adore cette journée. Et je sais que je suis un homme chanceux, de plus d'une manière – rapide coup d'œil à Lila –, mais c'est un véritable privilège d'être dans ma position. Je veux dire, regardez où nous nous trouvons aujourd'hui. Regardez cette vue !

Obéissante, l'assistance se tourna en plissant les yeux vers l'océan, qui scintillait.

— Nous vous avons rassemblés ici aujourd'hui, la fine fleur de l'industrie cinématographique, parce que cette somptueuse villa de bord de mer va servir de foyer à nos personnages principaux, Dick et Nicole Diver. Cette terrasse même dont vous profitez sera le cadre de leurs soirées réputées pour leur magie. Avant que commence le véritable labeur, nous voulions vous exprimer notre gratitude et offrir à nos estimés investisseurs un petit avant-goût de cette magie de Montauk. Après tout, regardez cette putain d'assemblée. Chacun d'entre vous fait partie du gratin et vous étiez tous mon premier choix, jusqu'au dernier. Et je pense ce que je dis ! Et maintenant me voilà, prêt à tous nous embarquer dans un des plus grands projets de notre vie.

Il posa les mains sur les épaules d'un garçon agité et nerveux comme un rat des champs, dont les énormes lunettes lui faisaient des yeux de chouette.

— Rupert Bradshaw, nom de Dieu. Un garçon de vingt-quatre ans comme les autres. Personne n'avait la moindre idée de qui il était. Mais un jour, tout juste sorti de la fac, Rupert décide de s'essayer à l'écriture d'un scénario. Il n'avait même pas d'agent. Mais je vous le dis : quand le monde aura vu notre adaptation de *Tendre est la nuit*, les journalistes appelleront le jeune Rupert ici présent l'écrivain de sa génération.

Acclamations. Rupert, couleur betterave, se leva à demi, salua, repoussa ses lunettes sur son nez, puis entreprit de déplier une feuille pour parler. Kurt lui pressa l'épaule et lui marmonna quelque chose à l'oreille – et Rupert, virant au violet encore plus foncé, redescendit sur son siège.

Kurt se racla la gorge.

— Ne me demandez pas comment il a fait, mais d'une façon ou d'une autre ce garçon courageux et propret a réussi à tirer quelques ficelles pour que son scénario soit envoyé directement à Lila. N'importe quel autre jour, son mail aurait atterri dans les indésirables et son texte aurait immédiatement fini dans la pile des manuscrits rejetés. Mais par chance pour nous tous, il y a deux ans, notre Lila se débattait avec un terrible épisode d'insomnie. Et, durant une de ces nuits sans sommeil, son téléphone s'est allumé. Elle avait reçu un mail dont l'expéditeur lui était inconnu, et elle s'est dit : « c'est quoi, ce truc ? » Elle avait lu *Gatsby* au lycée comme le reste d'entre nous et elle aimait assez Fitzgerald. Alors elle a ouvert la pièce jointe, et a commencé à lire.

« Eh bien, dès la fin de la séquence d'ouverture du scénario dont nous allons entendre la lecture dans un petit moment, Lila était accro. Elle a continué à lire. Et à lire. Quand je me suis réveillé avec le soleil qui entrait dans notre chambre, je me suis tourné vers ma chérie pour lui donner un baiser. Et j'ai constaté qu'elle pleurait. "Que se passe-t-il ?", ai-je demandé. Et Lila s'est essuyé les yeux et m'a répondu : "On vient de nous offrir un chef-d'œuvre." Pour ceux d'entre vous qui connaissent Lila, vous le savez : cette femme est coriace. Elle met la barre sacrément haut – et quand je dis "haut", je parle d'une tout autre stratosphère. Comprenez-moi bien : je lui en suis reconnaissant ! Elle fait de moi un meilleur artiste. Bon Dieu, elle fait de moi un homme meilleur. Mais essayer de faire dire à Lila qu'elle aime quelque chose ? Presque impossible. Mais, ça – ce foutu script –, ça l'a totalement ravagée. Alors j'ai su : ça allait être quelque chose de fou. J'ai annulé mes réunions du matin et me suis assis avec une tasse de café. J'ai lu du début à la fin, sans même m'arrêter pour pisser.

« Vous voyez ce sentiment, celui qu'on éprouve en présence de quelque chose de grand, qui vous dépasse ? Celui que

– passez-moi l'expression, mesdames – on ressent jusque dans ses putains de couilles ? Je ne parle pas d'un tour de force intellectuel, de quelque chose qui demande à être disséqué ou débattu, qu'on termine en se disant "Waouh, c'était vraiment malin" ou "Tellement intéressant, ce qu'il a fait là". Je parle du sentiment qu'on éprouve une ou deux fois dans toute une vie – si on a de la chance.

« C'est ce qui s'est passé pour moi avec ce script. Et je suis prêt à parier que c'est pareil pour chacun d'entre vous, je me trompe ?

Marée de signes de tête zélés, certains yeux déjà humides. (Des acteurs, après tout.)

— Maintenant, je veux vous parler du génie de notre adaptation ; mais, d'abord, de façon à apprécier pleinement son excellence, parlons un peu du roman.

Kurt croisa les bras, pensif ; l'assistance retenait son souffle.

— Francis Scott Fitzgerald. Quand la plupart des gens sur terre entendent ce nom, à quoi pensent-ils ?

— *Gatsby !* cria une voix.

— *Gatsby*.

Kurt acquiesça.

— Peut-être le roman américain le plus lu du XXe siècle. Et pourtant, même si *Gatsby le Magnifique* est le plus connu de toute son œuvre, j'affirme que *Tendre est la nuit* est le véritable chef-d'œuvre de Fitzgerald. L'histoire de *Tendre* commence durant les Années folles, deux mois tout juste après la publication de *Gatsby*. Alors que *Gatsby* représente la vision idéalisée qu'un Fitzgerald plus jeune avait du monde, *Tendre* décrit le monde tel qu'il l'a réellement expérimenté. *Gatsby* est méthodique, parcimonieux, compact ; *Tendre* est bordélique, indigeste et exceptionnellement ambitieux. Mais, au plus profond, *Tendre est la nuit* reste une histoire d'amour sombre et compliquée…

Kurt regarda Dominic Reeves. À ce signal, Dominic se leva.

— Dick Diver, dit-il en présentant son personnage au cercle d'investisseurs. Psychiatre brillant, charmeur – moi-même, si j'ose dire.

Gloussements indulgents des investisseurs.

Lila se leva à son tour.

— Nicole, dit-elle en souriant. Une séduisante jeune femme qui a un passé traumatisant, hospitalisée pour schizophrénie.

Kurt s'adressa à l'assistance :

— Bien que Nicole soit la patiente du Dr Diver, Dick et elle tombent amoureux et se marient, avant de s'envoler pour leur nouvelle et somptueuse maison.

Il désigna d'un geste ce qui les entourait.

— Mais, ici, Dick délaisse son travail au profit d'une vie sociale d'un luxe délirant, et les Diver donnent très vite de célèbres soirées, réputées pour être les meilleures des Hamptons. Parmi leurs invités réguliers, on a…

Zev se leva, salua.

— Abe North, compositeur de génie et alcoolique imprévisible.

Une autre actrice se joignit à lui.

— Mary North, son épouse loyale et intelligente.

Freddie se leva à son tour.

— Et que serait une soirée sans Tommy Barban, héros de guerre d'une beauté dévastatrice et hétéro à l'extrême ?

La foule rit. Une fois de plus, Freddie leur avait volé la vedette.

Kurt sourit.

— Mais ce rythme de vie digne de l'ère du jazz va bientôt connaître la discorde lorsque de nouveaux arrivants entrent en scène...

Nancy se leva.

— Elsie Speers.

Celia se joignit à elle.

— Et sa fille, Rosemary, une jeune starlette de cinéma.

Kurt enchaîna.

— Le charme de Rosemary s'avère bientôt irrésistible pour Dick, et – sans dévoiler davantage de rebondissements –, sa trahison va être le catalyseur qui mènera à l'épouvantable et inexorable décadence du mariage de Dick et Nicole. Mais laissez-moi vous expliquer de quelle manière Fitzgerald s'est fourvoyé et comment notre adaptation va remédier à cela.

Il passa l'assistance en revue dans un silence solennel.

— Une fois, lors d'une interview, Fitzgerald a déclaré : « Nos femmes américaines sont des sangsues. Elles dominent tout bonnement l'homme américain. »

Il marqua une pause théâtrale.

— Voilà quelle était la vision élémentaire et malavisée que Fitzgerald avait des femmes, vision qui a imprégné l'écriture de *Tendre* et a fini par lui nuire. Mais dans notre adaptation – un film d'époque à la sauce contemporaine –, nous allons nous attaquer de front au sexisme de Fitzgerald, et faire de *Tendre est la nuit* un récit de guérison et de libération.

« Je pense que vous savez tous combien les récits d'autonomisation féminine sont importants pour moi, à titre personnel…

Un raclement de gorge. Karen.

— … et, dans notre adaptation, c'est à Nicole, et non à Dick, qu'on s'attache. Notre scénario est important parce qu'il rectifie la perspective narrative du personnage de Nicole, qu'il braque les projecteurs sur elle et en fait notre héroïne tandis qu'elle surmonte le traumatisme dont elle a été victime et réussit à se réapproprier qui elle est.

« Cela dit, le génie du film lui-même réside dans sa réalisation. Je vais filmer dans un style que l'on pourrait taxer d'expérimental (et, là, Kurt s'autorisa un clin d'œil) mais que je préfère qualifier de visionnaire. Nous allons filmer principalement en longs plans-séquences afin de renforcer la théâtralité inhérente au roman et créer une expérience immersive pour nos spectateurs, de façon que la caméra soit comme un autre personnage dans la pièce. Nos longues séquences ininterrompues rendront hommage à des classiques tels que *La Corde* d'Hitchcock, *Boogie Nights* d'Anderson, *Shining* de Kubrick, *La Soif du mal* de Welles… et, si vous me le permettez, *L'Intrus* de Kurt Royall.

Il se tourna vers l'équipe d'Olympus et leur décocha un large sourire.

— J'ai déjà frappé un grand coup avant, Olympus, et je veux bien être pendu si je ne remets pas ça cette fois-ci !

L'assistance hurla en signe de soutien.

— Donc voilà la raison pour laquelle nous faisons ce film. Avec cette adaptation, nous nous réapproprions le roman le plus ambitieux de Fitzgerald et nous en faisons une histoire d'une importance capitale, celle d'une femme qui s'affranchit. Dans le monde du cinéma nous n'avons pas suffisamment d'histoires comme celle-ci, loin de là. Je considère comme un privilège de travailler dans une industrie qui possède une audience aussi vaste, d'une aussi grande portée ; et je crois qu'il est de notre devoir de prendre au sérieux la responsabilité qui va avec. Il faut que cela change, et cela doit changer maintenant. Et ça commence par ce qu'on est en train de faire ici même : insister pour que des adaptations progressistes comme *Tendre* voient le jour. Être à l'avant-garde, repousser les limites réclame des histoires qui méritent d'être entendues. Alors choisissons d'être des défricheurs culturels, d'ouvrir la voie. Faisons voler le vieux monde en éclats. Soyons le changement auquel nous aspirons.

Applaudissements enflammés, assistance debout, gonflée de sa propre importance.

— Je veux tous vous remercier de m'accompagner dans ce voyage et de croire en ce jeune Rupert, ici présent. Merci à nos estimés investisseurs, qui m'ont soutenu pour mettre sur pied ce projet passion ; merci à Bobby Starr et à toute l'équipe d'Olympus Pictures pour l'intérêt enthousiaste dont ils ont fait preuve en signant pour distribuer *Tendre*…

Autour du périmètre, la ligne inflexible des détenteurs du capital : visages fermés, parfums qui rivalisent et cuir brillant, bijoux étincelants. Sourires pincés, regards durs.

— Merci à notre fantastique équipe de production, à nos brillants chefs de poste, et à notre incroyable équipe technique. Vous êtes la colonne vertébrale de ce monstre. Vous êtes ceux qui font avancer les choses.

À l'arrière-plan, les pragmatiques, les sans-éclat, ceux toujours dans l'ombre. Même avec leur haut favori, leur meilleur jean, ils restaient invisibles. Formés pour les tâches peu glorieuses, ingrates, les matins épuisants et les nuits sans fin, c'était eux qui faisaient tout le boulot.

— Et, bien sûr, la vitrine du film : mes brillants acteurs – des icônes, tous. Je suis vraiment touché que vous nous fassiez la grâce de votre présence. En particulier mes acteurs principaux : Dominic Reeves, Freddie James, Zev Winters, Lila Crayne, et la star naissante dont l'identité sera tenue secrète jusqu'à ce que le film soit dans la boîte : la délicieuse, la charmante Cecelia Scott. Mon Dieu, quelle équipe !

Applaudissements enthousiastes. Photographe qui mitraille inlassablement. Acteurs qui affichent leurs sourires de composition.

— Et nous voici donc en cette journée parfaite à Montauk, profitant des effluves de la brise salée, de la chaleur du soleil dans notre dos, de l'océan magnifique devant nous. Nous sommes tous rassemblés ici au début d'une journée mémorable. Célébrons ensemble notre démarrage commun. Et quel meilleur moyen pour ça que d'entendre cette splendide histoire en un seul jet ? Nous n'en n'aurons plus l'occasion à nouveau jusqu'à ce que nous ayons terminé de tourner le film. Joignez-vous à moi pour apprécier la virtuosité de cette géniale création. Vous êtes avec moi ?

La terrasse retentit d'acclamations avides et retentissantes. Encore une fois, il l'avait fait : il les avait gagnés à sa cause. Dix minutes de plus, et ils auraient renoncé à leur vie, arraché leurs vêtements et fondé un culte dont il aurait été le gourou. Quoi que veuille Kurt Royall, il l'obtenait toujours.

— On va lire le script d'une traite, reprit-il. Ce qui veut dire pas de pause, et pas d'interruption. Si vous avez besoin d'aller aux toilettes, faites-le sans bruit. Je lirai toutes les instructions nécessaires.

Pétales de papier qui bruissent dans la brise, chant des oiseaux qui gazouillent doucement, vagues qui déferlent au loin. Froufrous de tissu ; jambes croisées, décroisées. Discret craquement de jointures, les spectateurs qui sont au bord se penchent en avant. Les acteurs se redressent, attentifs. Pupilles dilatées, prêts à parler. C'est leur moment.

Kurt présidait, regardant calmement ses invités. Un par un, les acteurs croisèrent son regard. Seul Rupert gardait la tête penchée, nuque douloureusement exposée, regard fixé sur la page devant lui dans l'attente de la lecture de son grand opus.

Kurt sourit.

— Allons-y.

Deux heures plus tard, c'était terminé. Les chaises raclèrent le sol pendant qu'Eden annonçait une pause de quinze minutes avant le début de la lecture sur table, la voix avalée par le flot soudain des conversations qui reprenaient. Partout, des corps qui s'étiraient et soupiraient, profitant du soleil de fin de journée, des membres du casting qui s'aventuraient hors de la propriété pour profiter de la vue stupéfiante.

Les investisseurs se dirigeaient vers la demeure pour récupérer leurs sacs, leurs vestes sur les portemanteaux, avant de reprendre le chemin de leurs voitures et d'entamer le long trajet du retour jusqu'en ville. Il flottait dans l'air une adrénaline enivrante, un soulagement qui donnait le tournis. La lecture avait été un succès. Le script était solide, les acteurs, bien choisis. Maintenant, le véritable travail pouvait commencer.

— Comment j'étais ?

Kurt se retourna vers Dominic.

— Inspiré, comme toujours.

Il lui donna une tape dans le dos.

— Écoute, je voulais te dire : je suis tellement content que tu aies changé d'avis finalement. Je suis ravi qu'on travaille à nouveau ensemble. J'ai toujours pensé qu'il valait mieux laisser le passé où il était.

Dominic approuva d'un signe de tête.

— Je suis sûr que ça t'a bien réussi, fit-il.

Il croisa les bras avant d'ajouter :

— Et j'ai tout simplement appris à ne pas m'engager dans une bataille perdue d'avance.

Kurt hésita un instant, retira sa main.

— C'est intelligent de ta part, répondit-il en souriant prudemment. Je pourrais apprendre une ou deux choses de toi.

— Tu pourrais, c'est possible, rétorqua Dominic sans ciller.

— Yo, Royall ! lança Zev depuis l'autre bout de la terrasse, le bras négligemment posé sur une jolie fille. Est-ce que ce film va être un succès, ou un putain de succès ?

La fille leva les yeux au ciel.

Kurt leur décocha un grand sourire, leva un poing en l'air, puis passa en revue le reste de l'assistance. Un groupe d'investisseurs russes s'attardait à proximité, espérant clairement attirer son attention. Tous les autres circulaient d'un air distrait, à l'exception, remarqua Kurt, de Lila et Rupert, toujours blottis l'un contre l'autre, en pleine conversation.

Il s'approcha silencieusement d'eux par derrière. Elle désignait la page devant elle en parlant à la dérobée, avec passion. Rupert tripotait ses lunettes, les yeux fixés sur le script, et écoutait avec attention.

Kurt posa une main sur l'épaule de chacun et les sentit se raidir, puis ils se retournèrent et levèrent la tête. Rupert : anxieux. Lila : le visage déjà fendu d'un sourire.

— Tu en as pensé quoi ? demanda-t-elle.

— Je pense que, tous les deux, vous êtes brillants. Et que Rupert, ici présent, est l'homme de la situation.

Rupert cligna des yeux, un sourire enthousiaste tremblotant sur son visage.

Lila fronça les sourcils.

— Eh bien, je suis heureuse que tu approuves.

— Ma petite perfectionniste, lança Kurt en secouant la tête. Dis-moi, je ne t'aurais pas surprise en train de donner des indications à notre écrivain naissant ?

— Bien sûr que non. Si j'avais des idées, c'est à toi que je les apporterais.

Elle se leva sur la pointe des pieds et l'entoura de ses bras.

— J'étais juste en train de faire appel à ses lumières à propos de la scène finale. Je voulais comprendre ce qu'il avait en tête pour une de mes répliques.

Elle embrassa Kurt sur le menton.

Il sourit.

— J'aurais dû m'en douter : tu ne peux même pas attendre la fin de la pause avant de te mettre au travail. Fais attention avec celle-là, Rupert, dit-il, et ce dernier tressaillit, ses yeux de chouette clignant à toute vitesse.

— Tu lui donnes le doigt, et avant que tu t'en rendes compte elle te bouffe le bras.

Il se tourna vers Lila, l'embrassa. Dans leur dos, le frisson d'un obturateur.

— Celia, cria Kurt, et cette dernière s'arrêta et fit volte-face. Super boulot, aujourd'hui.

— Merci.

Elle sourit timidement à Lila puis baissa le menton.

— Monsieur Royall – je suis désolée, *Kurt* –, je voulais juste vous dire : je suis tellement excitée de participer à cette adaptation. Je sais que ce film va faire tellement pour la cause des femmes.

— C'est gentil.

Il caressa les cheveux de Lila.

— Écoute, Celia : est-ce que tu aurais du temps ce week-end ? J'aimerais te donner un aperçu plus précis de ce que j'attends du personnage de Rosemary.

Rapide coup d'œil à Lila.

— Ça ne te dérange pas, bébé, n'est-ce pas ?

Lila lui adressa un sourire ébahi.

— Pourquoi est-ce que ça me dérangerait ?

— Excellent.

Il revint à Celia.

— Je veux seulement m'assurer qu'on voit bien les choses de la même façon dès le départ. C'est un si grand rôle, avec un tel potentiel, et je veux vraiment que tu lui fasses honneur.

Il tendit la main, lui toucha le bras.

— D'accord ?

Celia envolée, Lila retrouva les bras de Kurt.

— Je l'aime bien, dit Lila. Elle va devenir une star en un rien de temps.

— Et en attendant ça va être une vraie plaie, murmura-t-il. Elle s'est plantée à cette première lecture. Rappelle-moi pourquoi je l'ai prise plutôt que Kaylee ?

Lila fit claquer sa langue.

— Parce que, d'après toi, elle a réussi son bout d'essai. Elle débute, c'est tout. Laisse-moi un peu de temps avec elle. Je vais lui enseigner comment réussir dans le monde de Kurt Royall.

— Elle a intérêt à apprendre vite, répliqua-t-il en lui mordillant l'oreille.

— C'est le premier jour, chéri, dit Lila en reculant pour le regarder droit dans les yeux. Tu t'embarques dans un projet que tu adores, tu te rappelles ?

— Et tout ça à cause de toi.

— Garde ça pour le discours de remerciements.

Il lui donna une petite tape sur les fesses puis se tourna vers le groupe d'acteurs, qui firent mine de n'avoir rien vu.

— Très bien, vous tous ! beugla-t-il. La récré est terminée ! Il est temps de réaliser notre chef-d'œuvre.

NOTES PERSONNELLES DE : J. GABRIEL

Patiente : Lila Crayne
Date, heure : 24 juin, 10 h 30
Séance : 3

Ai démarré la séance d'aujourd'hui en revenant sur le moment où L. a tendu le bras et m'a pris la main. Ça fait déjà plusieurs fois qu'elle teste les limites. Fallait que ce soit traité directement ; voulais mieux comprendre le mobile derrière le comportement.

Ai dit à L. avoir l'impression que ses sentiments envers moi étaient devenus un peu plus complexes. Me suis dépêché de normaliser la situation ; ai expliqué le processus qui consiste à attribuer les sentiments éprouvés pour une personne importante dans sa vie à quelqu'un d'autre – en l'occurrence, moi. Ça arrive souvent en thérapie (même si je n'avais encore jamais vu cela se développer aussi rapidement) : le patient se trouve dans un état de vulnérabilité, et le thérapeute, comme seul récipiendaire, commence à représenter plus qu'il ne devrait. Mais il était de ma responsabilité de m'assurer que nous nous en tenons à des relations professionnelles patient-thérapeute.

La réponse de L. a été fascinante. A compris le concept de transfert, mais a nié qu'il en soit question ici. Et a ajouté que l'incident tel que je l'avais décrit n'avait jamais eu lieu.

Bien que le déni ne soit pas tout à fait surprenant (L. aurait pu être embarrassée, honteuse), son comportement, néanmoins, l'était. L. parlait sérieusement ; elle paraissait calme, à l'aise. Il était évident qu'elle croyait dire la vérité.

L. m'a rappelé qu'à la fin de la séance elle était secouée, bouleversée. A ajouté que j'avais dû le remarquer, puisque c'était moi qui lui avais pris la main. J'ai reposé la question pour clarifier les choses : L. pensait-elle que j'avais été à l'initiative de ce geste ?

« Je ne le pense pas. Je le sais. Je m'en souviens, clair comme de l'eau de roche. Vous m'avez pris la main et vous l'avez doucement serrée. Et vous m'avez dit que je pouvais vous faire confiance. »

Avant que je puisse répondre, L. a ajouté :

« Mais nc vous inquiétez pas ! Je ne l'ai pas du tout mal interprété ! Et je suis désolée si c'est l'impression que je vous ai donné. Vous essayiez de me réconforter. Vous saviez exactement de quoi j'avais besoin à ce moment-là, et ça a marché. Vous ne devriez pas vous sentir mal à l'aise à cause de ça ; il n'y a certainement aucune raison de s'excuser. »

Je savais de manière certaine que mes propres souvenirs étaient corrects – mes notes détaillant l'incident en sont une preuve supplémentaire –, mais j'ai décidé de ne pas pousser plus avant. Je ne voulais pas que L. ait l'impression que je ne lui faisais pas confiance.

À la place, j'ai dit qu'il était fascinant que nous soyons tous les deux persuadés que l'autre était l'auteur de ce geste.

Ai reconnu combien il était difficile, voire impossible, d'être jamais complètement objectif. Ai voulu savoir comment elle se sentait devant nos divergences de point de vue. La réponse de L. a été remarquablement perspicace :

« Je crois que la mémoire a une façon de transformer nos souvenirs sans même qu'on s'en rende compte. C'est peut-être un moyen subconscient de créer notre récit personnel pour justifier une série d'événements et nous permettre de donner un sens à notre propre histoire. C'est peut-être notre façon de corriger et de donner forme à l'histoire que nous voulons nous raconter à nous-mêmes. »

Peut-être que la vérité de ce qui était arrivé résidait quelque part entre les deux, ai-je dit. Alors que l'un de nous était forcément à l'origine du geste, il ou elle devait vraisemblablement répondre à quelque chose qu'il avait perçu chez l'autre.

Ai demandé si cela affectait sa confiance, si je lui semblais moins fiable en tant que thérapeute.

L. a répondu qu'au contraire elle ne m'en faisait que davantage confiance. Qu'elle appréciait que je me sois attaqué à ce sujet délicat. Commençait à sentir qu'elle pouvait me faire confiance plus qu'à n'importe qui d'autre. Malgré l'acuité dangereuse des paroles de L., c'était clairement l'occasion de mieux comprendre ce qui motive un tel transfert. Lui ai demandé de développer.

« C'est juste la sensation que j'éprouve depuis que nous avons commencé à nous voir. Nous n'en sommes qu'à la troisième séance, et nous avons déjà parlé de choses dont je n'avais jamais discuté avec qui que ce soit. On dirait que vous me comprenez comme personne ne l'a jamais fait. Ça m'effraie un peu. »

Ai répondu que la vulnérabilité pouvait certainement faire peur.

« Mais je me sens en sécurité avec vous. Je ne pourrais jamais parler avec personne d'autre de certaines choses dont nous avons discuté. Ne vous méprenez pas : j'ai des amis merveilleux, des amis pour qui je ferais n'importe quoi. Mais, quand on est exposée comme je le suis, on apprend vite : on ne peut jamais faire entièrement confiance à qui que ce soit. Parce que si, pour une raison quelconque, la relation se brise, vos secrets peuvent devenir des armes qui se retournent contre vous. »

Ai dit que cela devait être épuisant d'avoir constamment à se protéger des autres. Demandé si elle se confiait à sa mère.

« Oh, je ne parlerais jamais à mère de tout ceci. Je ne pourrais pas. Après la mort de papa, elle a changé. C'est arrivé en une nuit, presque : elle est devenue une personne différente. »

En repensant au message vocal, j'ai demandé ce qu'il y avait dans la mort du père qui pouvait avoir fait changer Karen de façon aussi spectaculaire ; L. a dit qu'elle l'ignorait. Qu'elle n'avait aucun souvenir de cette nuit-là.

Ai dit à L. que je pensais qu'elle avait refoulé le souvenir traumatisant de l'accident, mais qu'en fait la mémoire pouvait être reconstituée. Que se confronter directement à ce souvenir pourrait l'aider à guérir. Ai commencé à parler d'EMDR, mais, avant que je puisse expliquer en quoi cette méthode consistait, L. m'a coupé en disant que cela ne serait d'aucune utilité. Qu'elle avait tenté de nombreuses fois de se souvenir. Que sa mémoire s'était envolée.

Ai senti L. se fermer, alors suis revenu à la mère. Lui ai fait décrire cette dernière.

« Elle est beaucoup plus dure qu'avant, plus coriace. Mais à l'intérieur ? On ne le croirait jamais en la voyant, mais en réalité elle est si fragile. Ça m'a rendue protectrice envers elle. »

« Après la mort de papa, a-t-elle ajouté, on a déménagé en Californie, elle a repris son nom de jeune fille, et a entrepris de se bâtir une carrière. C'était une des rares femmes à avoir réussi à l'époque à se faire une place dans le club fermé et masculin du cinéma. Elle s'est fabriqué cette espèce de carapace impénétrable, pour se protéger après tout ce qu'elle avait traversé. Mais je pense qu'elle a surcompensé. Elle était si douce, si vulnérable avant. Maintenant, elle répète constamment ce mantra : *Plus jamais. Plus jamais je ne laisserai le regard d'un homme définir ma valeur.* »

Elle a secoué la tête.

« Ça a pris du temps, mais elle va mieux maintenant, je crois ; elle paraît plus posée. »

« Mais elle est sur la corde raide, ai-je suggéré. Et vous avez peur que, si vous vous confiez à elle maintenant, si vous essayez de vous reposer sur elle, tout cela ne cède et que vous – ou elle – soyez entraînées dans la chute. »

« C'est exact. »

« Et Kurt, là-dedans ? »

« Kurt ? Kurt est bien la dernière personne à qui je me confierais. »

« Mais c'est votre fiancé. J'aurais cru que vous seriez allée vers lui en premier. »

« Tout ce dont on parle ici, mes parents, mes relations avec les hommes, tous ces secrets que j'ai enfouis, c'est comme ces abominables cicatrices que je ne pourrai jamais effacer.

Je travaille si dur à les cacher constamment. Kurt n'en sait rien et il ne doit jamais le savoir. Je ne veux pas qu'il se rendre compte à quel point je suis brisée. »

Ai dit à L. qu'elle n'était pas brisée ; peut-être qu'une partie de notre travail devrait porter sur son estime d'elle-même. Ai demandé ce que Kurt pensait du fait qu'elle avait démarré une thérapie. A répondu qu'il n'était pas au courant. Ne lui avait pas dit par peur de sa réaction – savait que cela le rendrait jaloux. J'ai clarifié : jaloux que L. aborde des sujets privés avec moi et pas avec lui ? A dit oui ; mais aussi le fait que je sois un homme.

Malgré son féminisme affiché, a expliqué L., K. a toujours été possessif, mal à l'aise avec les relations d'amitié qu'elle entretenait avec des hommes hétéros. A ajouté que c'était flatteur, en un sens. Ai demandé si elle avait déjà eu l'impression qu'il la contrôlait. L. a haussé les épaules ; Kurt veut ce qu'il veut, quand ça lui chante.

Avec précaution, ai suggéré que la possessivité, la jalousie étaient souvent une réaction à un problème personnel. Qu'il pouvait s'agir de la projection du malaise intérieur de K., pour masquer une peur plus profonde. L. m'a rapidement coupé, disant qu'elle lui avait toujours été fidèle. Ai clarifié : ce n'était pas ce que j'avais sous-entendu. Ai demandé si L. avait déjà eu le sentiment que Kurt pourrait lui être infidèle, lui.

Elle est devenue silencieuse.

« Il me trompe en ce moment même. »

L. a expliqué qu'ils avaient peiné à trouver l'actrice devant jouer Rosemary – personne ne faisait vraiment l'affaire. Mais, ensuite, elle avait découvert une jeune actrice inconnue, et elle avait su instantanément que c'était la bonne. (Là, L. s'est excusée, a expliqué qu'à cause du NDA, accord de non-divulgation, elle ne pouvait pas dire son nom.) Mais L. savait que Kurt devait être à tout prix celui qui l'avait « découverte », alors elle s'était arrangée pour que l'actrice passe une audition devant lui. Le soir du bout d'essai, Kurt était rentré tard en annonçant qu'il avait trouvé leur Rosemary. Il sentait le parfum, elle avait vu le suçon dans son cou. Elle avait fortement eu l'intuition que quelque chose s'était passé, mais elle avait tenté de se convaincre qu'elle s'imaginait des choses.

Et puis, lors de la première lecture de *Tendre* devant les invités, la semaine précédente, ses soupçons s'étaient confirmés. L'actrice se sentait clairement mal à l'aise, coupable. K. avait prétendu à peine la connaître, s'était même plaint d'elle pour détourner les soupçons de L. Mais K. n'avait jamais su jouer la comédie.

Elle pense que l'actrice a couché avec K. pour obtenir le rôle. Courant dans le milieu du cinéma – simplement, elle n'aurait jamais cru que K. le ferait aussi. Avait eu le sentiment que K. n'était pas l'homme qu'elle croyait.

Ai demandé ce qu'elle ressentait à l'idée de travailler avec cette actrice à présent.

« Oh, je ne lui en veux absolument pas. Ce n'est pas bien, ce qu'elle a fait. Mais quand on est une femme, dans ce milieu, vous savez, les rapports sexuels monnayés, ça arrive constamment. Et ça fonctionne. Simplement, j'aurais aimé ne pas la mettre dans une position aussi horrible, où elle a dû se sentir obligée de le faire pour obtenir le rôle. »

Ai dit à L. qu'elle pouvait difficilement s'en vouloir. Aurait été tenue d'avertir l'actrice si elle l'avait su, mais ce n'était pas le cas.

Ai demandé si elle était fâchée contre K.

« Fâchée ? »

Elle a secoué la tête.

« Non, je ne me sens pas fâchée du tout. »

Clair signal d'alarme. L'incapacité de L. à éprouver de la colère vient vraisemblablement de ses parents.

« Pourquoi ? Je crois que ce serait plus que justifié. »

« Je me sens simplement triste. »

S'est mise à pleurer.

« Dès le début, je n'ai jamais réussi à croire que Kurt voulait vraiment être avec moi. J'ai toujours senti que je devais être parfaite pour qu'il ne me quitte pas. Et maintenant, c'est confirmé : je ne lui suffis pas. »

Ai dit que l'infidélité de K. n'avait rien à voir avec le fait qu'elle ne soit pas assez bien. Que cela avait à voir avec lui-même. Ai demandé ce qu'elle comptait faire.

« Je ne peux pas m'imaginer perdre Kurt. Je ne sais pas ce que je ferais sans lui. Et tant de choses dépendent de notre relation professionnelle, de ce que nous avons créé ensemble. »

Ai répondu que de nombreux couples de stars de cinéma avaient survécu à des ruptures spectaculaires, mais L. a dit que ce n'était pas pareil. Ensemble, ils avaient bâti un empire.

L'anxiété de L. à l'idée de se retrouver seule est un indicateur supplémentaire que sa relation avec Kurt est vraiment malsaine. Elle ressent clairement de la honte en ce qui concerne sa propre psychologie, raison pour laquelle c'est seulement maintenant, en crise, que cette peur plus profonde ressurgit.

Ai demandé si L. avait l'intention de confronter K.

« Si je fais ça, il va me quitter. Je ne peux pas. »

Lui ai dit que j'avais une grande expérience dans le domaine de l'infidélité ; que les couples peuvent se retrouver, et se retrouvent effectivement. Mais il faut en parler – et il faut que ce soit maintenant, de sorte que si/quand ils se marient, ce soit dans une transparence totale. Si K. est le partenaire que mérite L., il ne prendra pas la fuite. Ai ajouté que si elle ne se sentait pas capable de faire ça toute seule, il était possible d'organiser une séance de couple où je guiderais la conversation.

L. a paniqué.

« Il ne doit pas savoir que je vous vois. Ça le mettrait trop en colère. »

Ai été décontenancé par la véhémence de sa réaction.

« Ce n'était qu'une suggestion. Vous n'avez pas à faire quoi que ce soit qui vous mette mal à l'aise. »

Mais ça n'a pas suffi à la calmer.

« Vous devez me promettre que notre relation restera secrète. »

« Bien entendu. Aussi longtemps que vous le désirerez, le travail que nous faisons ensemble restera confidentiel. Je suis là pour vous, Lila. Je ne m'en vais pas. »

L. m'a regardé.

« Vous me le promettez ? »

J'ai hésité.

« Promettez-moi que vous ne me trahirez jamais, a répété L., si doucement que je pouvais à peine l'entendre. Promettez-moi que vous ne trahirez jamais ma confiance. »

Malgré mes réticences, j'ai acquiescé.

« Je vous le promets. »

VI

Elle leur avait donné rendez-vous au Métropole, son repaire préféré dans le quartier. Karen aimait l'endroit pour le spectacle, parce que c'était là qu'il fallait être pour voir et être vu, mais les steaks n'étaient pas mauvais non plus.

Lila avait tout de suite repéré sa mère à l'extrémité du bar blanc satiné, téléphone scotché à l'oreille, talons hauts bien en vue, posture aguicheuse. Autour d'elle, l'offre du soir, à peu près le lot habituel : étalage recyclé d'hommes divorcés (autobronzant révélateur, bajoues tombantes, cheveux pommadés et graisseux, costume fatigué) et les indécis persistants (qui n'avaient pas encore quitté leur épouse et ne la quitteraient probablement jamais), testant le terrain, repérant les lieux. Et ensuite, bien entendu : les femmes. Séductrices, posées sur les tabourets derrière lesquels les hommes rôdaient. Traits figés dans la glaise de leur maquillage, cheveux intentionnellement crêpés pour dissimuler la déforestation continue du crâne, chemisier en soie adoucissant un ventre flétri par les maternités. Bouche crispée, yeux perçants qui scrutaient les lieux. On sentait un léger parfum de désespoir flotter autour d'elles.

Lila savait que sa mère adorait cet endroit. Elle l'aimait pour les sensations qu'il lui procurait. Design moderniste :

chartreuse, lavande et mandarine se détachant sur fond de blanc chatoyant, appliques aux lignes franches et géométriques, harmonieusement encastrées, tout était aussi attendu que la clientèle. Karen adorait espionner les conversations ennuyeuses, piètre vernis qui masquait avec peine le lent compte à rebours de la solitude. En général, à son arrivée, elle était au téléphone pour le travail, l'appareil extra-plat lui servant d'armure. Plus jamais. Plus jamais Karen ne serait une de ces femmes aigries par leur besoin hystérique d'être choisie. Elle était au-dessus de tout ça, à présent. Elle avait appris à ses dépens que le monde se divisait de façon impitoyable en deux clans diamétralement opposés ; et, pour le restant de ses jours, Karen Wolfe serait du côté des oppresseurs, elle ne permettrait plus jamais à personne de l'oppresser à nouveau.

Kurt s'approcha de Lila, lui posa la main dans le dos et murmura à son oreille :

— Finissons-en avec ça.

Comme à chaque fois, les clients se figèrent, toutes affaires cessantes, à l'arrivée des stars. Karen, comme toujours, fut la dernière à leur adresser un regard. Elle leva un doigt à leur approche, puis finit par interrompre la voix à l'autre bout du fil :

— Franchement, Jerry, je m'en fous. C'est dans son contrat. Lis-le toi-même si tu ne me crois pas. Je veux voir des prototypes qui montrent son visage, où elle ne disparaît pas à cause du foutu bloc de crédit. Je pensais que vous étiez des pros. Ces prototypes sont prétentieux et à côté de la plaque : c'est une perte de temps pour nous deux. Ne me rappelle pas avant d'avoir quelque chose qui vaille la peine.

Karen raccrocha en soupirant, se tamponna la lèvre supérieure, puis leur lança un grand sourire sans chaleur.

— Hello, Kurt.

— Désolé pour le retard. Ça a pris plus de temps que prévu de faire ajuster la bague de Lila, et ensuite on a eu quelques embouteillages.

Il pencha la tête : évidemment, à l'extérieur du restaurant, les paparazzi commençaient à grouiller, flashs crépitant dans le crépuscule, tandis que leurs gardes du corps les écartaient fermement.

Karen pinça les lèvres.

— Lila, chérie, tu es éblouissante, comme toujours.

Lila l'embrassa sur la joue.

— Comment vas-tu, mère ?

— Si tu savais… J'allais bien jusqu'à ce que je découvre la nouvelle affiche. Qui a embauché ces crétins ?

— Moi, répondit Kurt en posant un coude sur le bar. Comme tu t'en souviens peut-être, j'ai bossé avec eux sur les cinq derniers projets, dont les deux qui ont remporté un Oscar. Il y a un problème ?

Sourire pincé.

— Voyons, Kurt, je ne devrais pas avoir à te rappeler les clauses du contrat de Lila. Là, grâce à ces imbéciles, on regarde sa nuque. Je ne suis pas une experte, mais comment ça pourrait être une stratégie marketing payante, nom de Dieu ?

— Je ne connais pas bien le contrat de Lila, mais j'ai entièrement confiance en notre équipe. Et je pensais que la photo devait montrer Lila et Dom de profil…

— Oh, bien sûr, le bout de son nez, tu appelles ça un « profil ».

Karen but une petite gorgée de son martini – elle semblait s'amuser prodigieusement – avant d'ajouter :

— Je me soucie de Dom comme d'une guigne, mais, en tant que manager de Lila, je te rappelle qu'il est stipulé dans le contrat que le sujet principal de l'affiche doit être le visage de ma fille. Et, en tant que productrice déléguée d'une adaptation qui traite prétendument d'émancipation féminine, je me permets de faire remarquer que la maquette actuelle, où on voit Lila se détourner pudiquement, est une putain de parodie. Mais ne mélangeons pas travail et plaisir, n'est-ce pas ? En particulier en public.

Elle regarda brusquement les clients en train de les lorgner et leur décocha un regard brillant de colère. Ils détournèrent les yeux.

— Bon sang, on est serrés comme des sardines, ici ! Cette table, ça arrive ?

Ils furent conduits à la place habituelle de Karen, planquée dans un coin de la salle. Et, pour le confort de Lila et de Kurt, les tables alentour restaient inoccupées, malgré la masse de clients qui attendaient de s'asseoir.

— Lila, demanda Karen une fois qu'ils furent installés, comment vas-tu ? Raconte-moi tout.

— Je vais bien, répondit-elle dans un sourire. Je suis excitée qu'on ait commencé à tourner.

— Les scènes en solo de Dom, c'est ça ? Tu y as assisté ?

Kurt lança un coup d'œil à Lila.

— Elle a vu les rushs.

Le regard de Karen revint brusquement sur sa fille.

— Je suis surprise que tu n'aies pas voulu être présente.

— Bien entendu, Lila est la bienvenue sur le plateau quand elle le veut, déclara Kurt en reposant son menu. Mais je pense que je suis capable de gérer la réalisation, tu ne crois pas, Karen ?

Il posa une main sur celle de Lila.

— Tous les deux, on a une même vision du film.

— Je n'en doute pas, répondit Karen avec un sourire glacial.

— Bobby Starr te passe le bonjour, au fait, reprit Kurt. Il dit qu'il t'a ratée à la lecture sur table et qu'il te doit un verre. J'adore ce type, vraiment.

— Starr est un connard, répliqua Karen en appelant une serveuse qui se trouvait à proximité et sursauta brutalement, les yeux fixés sur Lila.

— Bonsoir, messieurs dames, comment allez-vous ce soir ?

— On va bien, mon chou, dit Karen. Pas la peine d'être nerveuse. Elle ne mord pas.

La fille vira au cramoisi.

— Oh, je suis désolée. Je ne voulais pas...

En un clin d'œil, Lila se réveilla, sauvant la fille des griffes de sa mère. Elle pivota sur son siège et roula des yeux d'un air espiègle.

— Je suis désolée, elle vous fait passer un mauvais quart d'heure. Comment allez-vous ?

— Je... euh...

La question semblait poser une colle à la pauvre fille.

— Oh, mon Dieu, lâcha-t-elle enfin. Oh, Dieu du ciel. Je suis tellement fan de vous.

— Vous êtes nouvelle, n'est-ce pas ? demanda Karen en fronçant les sourcils.

La fille acquiesça.

— C'est mon troisième jour.

— Félicitations ! Hé, vous savez quoi, dit Lila en lui touchant le bras, si vous pouviez me rendre service et empêcher les clients de prendre des photos, je me ferais un plaisir d'en prendre une avec vous avant qu'on parte. Vous pourriez faire ça pour moi ?

— Vraiment ? Ce serait génial ! Absolument ! Je vais surveiller de près. Je veux dire, je ne vais pas vous surveiller de près – oh, bon sang…

— Fantastique, fit Lila avec un sourire complice. Je meurs de soif. Vous voudriez bien me préparer une vodka soda avec de la menthe pilée et du citron vert ? Mère, tu prends quoi ?

Karen reposa bruyamment son menu sur la table.

— Un autre martini. Précisez à Catalina que, quand je dis « extra dirty », je veux dire *bien chargé*.

— Cocktails avant le vin ? demanda Kurt. Je prendrai un Bulleit. Sec. Et pourquoi vous ne déboucheriez pas ce carménère pour nous dès maintenant, histoire qu'il ait le temps de s'aérer ? J'imagine qu'il ira très bien avec nos steaks – saignants, s'il vous plaît.

— Excellent choix, monsieur Royall, souffla la fille. Je reviens tout de suite avec vos boissons.

— Je n'arrive pas à comprendre pourquoi tu aimes cet endroit, déclara Kurt une fois la fille partie, en jetant un coup d'œil autour d'eux à l'océan d'yeux qui les dévisageaient avec un air de merlan frit.

— Toujours la même clientèle barbante de l'Upper East Side. Ce vieux troquet est tellement déprimant.

— Parfait pour mettre au rancart une vieille jument fatiguée comme moi, je me trompe, Kurt ? répliqua Karen avec un clin d'œil. Oh, pardonne-moi mes goûts de béotienne. C'est mon plaisir coupable. Assister aux rituels d'accouplement de ce troupeau, c'est comme suivre un mélo, mais dans la vraie vie. En plus, quand vous êtes là tous les deux, j'ai l'impression d'être au cœur des ragots d'une petite ville de province.

Elle fit la moue, sa peau se fripant comme du papier mâché.

— D'autre part, je crois que tu m'es redevable. Si on considère que je n'ai pas été invitée au dîner de fiançailles de ma propre fille.

— Mère, tu sais bien qu'il s'agissait du dîner d'anniversaire de Kurt. La demande s'est faite sur un coup de tête.

Karen laissa échapper un rire tonitruant.

— Sur un coup de tête, mon cul ! Je te connais, Lila : s'il y a bien un trait de caractère qui te correspond, ma chérie, c'est ton côté stratège. Il n'y a pas une once de spontanéité dans ce joli petit corps.

Lila ignora la remarque.

— On vient de récupérer ma bague de fiançailles. Tu ne veux pas la voir ?

Karen poussa un grognement.

— Je n'arrive pas à croire qu'après tout ce qu'on a enduré à cause de ton père, tu sois encore assez naïve pour croire au mariage. Et maintenant, une bague ? Tu es quoi, sa propriété ? Pourquoi on ne parle pas dot, pendant qu'on y est ?

Kurt fit entendre un rire incrédule.

— Mère, reprit Lila, les sourcils froncés, ce n'est pas parce que tu ne crois plus au mariage que je dois y renoncer, si ?

— Oh, très bien, fit Karen en levant les yeux au ciel et en attrapant brusquement le poignet de sa fille sous la table. Voyons cette fichue bague.

Ils restèrent silencieux un moment tous les trois, admirant la bague : la coupe marquise spectaculaire du diamant, son cabochon aiguisé comme une lame contre sa peau.

Karen laissa retomber la main de sa fille avec une petite tape.

— Eh bien, c'est tout à fait toi, dit-elle. C'est clairement toi.

Mère et fille se mesurèrent du regard en silence avant d'éclater en même temps d'un rire incontrôlable. Karen rejeta la tête en arrière, laissant voir les molaires qui brillaient au fond de sa bouche.

Kurt les regarda tout à tour, l'air perplexe.

— Allez, Karen, dit-il alors que la serveuse revenait avec leurs boissons. Vous n'allez pas nous féliciter ?

— La vache !

La serveuse avait les yeux rivés sur la main de Lila.

— C'est la bague ?

— Non, répondit Karen en s'essuyant les yeux. C'est mon anus après décoloration.

Sa remarque tomba à plat, et elle gémit.

— Pour l'amour de Dieu, *s'il vous plaît*, pourrais-je avoir mon martini *maintenant* ?

La fille sembla retrouver ses esprits, bredouilla quelque chose et commença à distribuer les cocktails tandis que les deux femmes tentaient de se contrôler.

— Et si on portait un toast ? proposa Kurt.

— Oh, pour l'amour de Dieu. Laissez-moi d'abord reprendre courage en buvant un coup.

Karen vida la moitié de son martini puis leva son verre.

— À mon bébé…

Et, enfin, elle commença à se radoucir.

— … la petite architecte de son destin la plus méticuleuse que je connaisse. Comme sa mère.

Puis elle prit la main de Lila et embrassa le diamant, le maculant de rouge.

— Que tous tes rêves se réalisent, sans exception.

— Quelle sale conne.

Lila tourna la tête. Kurt triturait son téléphone d'un geste agressif, regardant par la vitre de la voiture le macadam qui cédait lentement la place aux pavés. On voyait la ligne de son cou noueux palpiter dans le noir.

— Qui ?

— Ta mère, voilà qui !

Kurt porta une phalange à sa lèvre supérieure et expira un grand coup, signe qu'il était en train de s'enfoncer dans une de ses colères.

Ils avaient tous les deux fini le dîner dans un sale état. Comme toujours quand ils partageaient un repas avec Karen, ils s'étaient soûlés au dernier degré, dans une tentative désespérée d'atténuer la tension qui atteignait une fréquence à vous vriller les oreilles ; mais les deux bouteilles de vin n'avaient fait que désinhiber Karen davantage, la poussant à réitérer ses opinions tranchées sur le mariage, et son mépris pur et simple pour tous les mâles hétéros (son futur gendre ne faisant pas exception). À la fin de la soirée, elle avait annoncé d'une voix pâteuse qu'elle préférerait se faire poignarder avec son propre couteau à steak qu'assister à leur mariage, puis avait terminé sur une menace haute en couleur à l'encontre de Kurt, lui enjoignant de régler le problème du foutu poster. Elle s'était surpassée.

— Le boulot de Jerry est incroyable, dit Kurt. C'est vraiment ce qui est écrit dans ton contrat ? Qu'on doit voir ton visage ?

— Je ne suis pas sûre, répondit Lila en faisant tourner sa bague.

Kurt jeta brutalement son téléphone sur le cuir entre eux deux, le reprit, le balança à nouveau.

— Je veux dire, sérieusement ? On est censés revenir à la planche à dessin, bazarder sa version finale qui est fantastique, juste pour avoir une photo qui flatte ta vanité ? Qui fait ça, putain ?

Petit haussement d'épaules.

— Mère.

La voiture s'arrêta devant chez eux. Kurt ouvrit sa portière et sortit du véhicule, puis la claqua au nez de Lila comme elle se glissait à côté de lui. Elle battit des cils, puis se tourna vers le chauffeur.

— Bonne nuit, Daniel, dit-elle avant de rouvrir la portière.

Kurt était déjà à la porte et tapait rageusement le code d'entrée.

— Bonne nuit, mademoiselle Crayne, répondit Daniel en hochant la tête.

Lila sortit à son tour de la voiture et se dirigea vers son fiancé, qui fulminait en poussant la porte du pied.

Pas un mot ne fut prononcé dans l'ascenseur ; mais, dès que les portes qui donnaient directement sur leur salon s'ouvrirent et que l'ascenseur se fut refermé derrière eux, Kurt se tourna vers elle, le regard glacial.

— Qu'est-ce que tu lui as dit ?

Lila cilla, une chaussure se balançant au bout d'un doigt, en équilibre délicat sur son unique talon.

— De quoi tu parles ?

— Ne fais pas l'idiote, Lila.

— J'ai fait quelque chose qui t'a dérangé ?

Kurt posa ses doigts entrecroisés au sommet de son crâne et se tourna vers l'Hudson, qui scintillait sous la lumière lunaire.

— Et si je te préparais un dernier verre ? La soirée a été dure pour toi.

Sur la pointe des pieds, Lila se rendit au bar, mit un énorme glaçon dans un verre en cristal et versa quelques doigts de whisky.

Elle le rejoignit devant la baie vitrée coulissante. Il était appuyé contre le chambranle en métal.

— Tu veux aller sur le balcon ? proposa-t-elle en lui tendant le verre.

Il le lui prit des mains et le vida d'un trait.

— Réponds-moi franchement, c'est tout. Qu'est-ce que tu as raconté à ta mère sur moi ? Sur nous ?

— Kurt.

Lila lui toucha l'épaule, mais il s'écarta. Elle déglutit, puis fit demi-tour et se laissa tomber sur le canapé.

— Elle sait seulement ce que tout le monde sait ; ce qui est évident aux yeux du monde entier.

— Qu'est-ce que c'est censé vouloir dire, bordel ?

Il fit un pas vers elle ; elle se rencoigna dans les coussins.

— Tu me fais peur.

— Nom de Dieu, Lila !

Kurt fit volte-face et donna un grand coup dans le chambranle, le faisant trembler avec un bruit de ferraille.

— C'est quoi, cette fois ? On a l'appartement, on est en train de tourner le film, on a lancé notre propre société de production – on va même se marier, bordel de merde ! Qu'est-ce que tu pourrais vouloir de plus ?

— Rien !

Les larmes lui piquaient le coin des yeux.

— Je ne demande rien.

Il lança son verre sur la table basse et le cristal glissa dangereusement près du bord.

— Alors pourquoi j'ai l'impression que, quoi que je te donne, ce n'est jamais assez ?

— S'il te plaît...

— Terminé, la guerre psychologique.

Il lui lança un regard brillant de colère.

— Qu'est-ce que ta mère a contre moi ? Il est on ne peut plus clair qu'elle souhaite me voir mort. Alors dis-moi : qu'est-ce qu'elle sait ?

Lila serra ses genoux contre sa poitrine, reprit lentement la parole.

— Elle sait que nous sommes une franchise, que nos carrières sont intimement mêlées, et qu'à cause de ça je suis dépendante de toi. En tant qu'agent, que femme, que mère, elle déteste cet arrangement. Tout ça n'a rien à voir avec toi. Mère t'en veut simplement d'être un homme. Tu sais bien que tout ça remonte à son histoire avec mon père.

— Ah oui ! Dieu sait qu'il ne se passe pas un seul jour sans qu'on mentionne ton père abusif.

Kurt leva les yeux au ciel, mais sa colère avait déjà commencé à s'atténuer.

— Alors toutes les conneries que ta mère a dites ce soir, c'était juste parce qu'elle est une féministe psychopathe. Elle me hait parce que j'ai une bite, et elle te déteste parce que tu la veux.

Elle hésita, puis se leva du canapé avec un timide sourire.

— Comment tu le sais ?

Il ne put s'empêcher de glousser.

— Tu es une vraie petite salope, hein ?

— C'est vrai ?

Elle saisit le bas de sa robe. La fit lentement passer par-dessus sa tête, et resta pratiquement nue au centre de la pièce, mis à part quelques rubans et un vague bout de dentelle.

— Alors pourquoi tu ne me donnes pas ce que je mérite ? reprit-elle.

Une fois de plus, cette danse de l'ombre. Ils retrouvaient leurs marques à présent, s'accrochant obscurément l'un à l'autre. Bientôt, très bientôt, tout irait mieux.

Le plus infime des sourires se dessina sur les lèvres de Kurt, ses yeux s'assombrirent devant l'étendue des possibles qui s'ouvrait à lui.

— Remets tes talons. Va sur le balcon.

Elle fit coulisser la baie vitrée, sortit dans l'obscurité. Loin au-dessous, de l'autre côté de la rue, l'éclat cotonneux des lampadaires réchauffant la promenade, le lent balancement des eaux. Quelques passants qui erraient au loin. À l'intérieur, Kurt éteignit les lumières, les rendant invisibles.

Il s'approcha d'elle par-derrière, la regarda se pencher vers la balustrade. Petit coup sec d'une ceinture qu'on détache d'une pichenette, bruissement feutré d'une fermeture qu'on ouvre. Elle frissonna en sentant une phalange rouler en douceur le long de sa colonne.

— Kurt ?

Elle hésita, réfléchit. Puis imagina un autre scénario.

— Fais comme si j'étais quelqu'un d'autre, murmura-t-elle. Quelqu'un que tu connais à peine. Quelqu'un que tu désires.

Il approuva d'un murmure, la gorge nouée de désir. Ici, dans l'obscurité, elle pouvait être n'importe qui. Les lignes ondoyantes de son dos anonyme, ses talons qui la rendaient plus grande. Ses cheveux, rassemblés en un chignon qu'elle détachait à présent, lui donnant un air de gamine. (Elle savait qu'il les avait toujours aimées jeunes.) Il la prit par les hanches.

Et, lorsqu'il s'enfonça en elle avec puissance, faisant trembler la rambarde du balcon, elle regarda le fleuve, les lampadaires brouillés par les larmes qui montaient, le béton terne, les voitures qui ne dormaient pas et filaient dans la nuit, ignorantes de ce qui se passait. Elle sentit ses entrailles se réchauffer tandis que Kurt redistribuait les rôles, lui donnant celui de cette incarnation plus jeune, plus douce ; et ses pensées refluèrent vers le réconfort du passé, quand tout cela suffisait, quand cette chimère excitante qui l'absorbait entièrement était tout ce à quoi elle pouvait prétendre. Il poussa un grognement guttural qui se transforma en syllabe avec l'orgasme, la saisit à la gorge et tourna sa tête vers lui, afin d'aller jusqu'au bout du fantasme en lui glissant à l'oreille le nom de l'autre femme – le nom que Lila connaissait déjà.

NOTES PERSONNELLES DE : J. GABRIEL

Patiente : L. Crayne

Date, heure : 1er juillet, 10 h 30

Séance : 4

Contretemps au démarrage. L. en retard (a raté presque la totalité de la séance). Maggie en a profité pour discuter de l'organisation du mariage. Malheureusement, L. nous a interrompus en pleine querelle. Mags éblouie par L. – ignorant le protocole, a permis à L. d'engager la conversation. M. a dit à L. que nous vivions au-dessus (apparemment, L. est notre voisine : vit à quelques pâtés de maisons) et qu'elle était artiste, studio à l'arrière. Quand L. a demandé à voir son travail, M. a parlé du prochain lancement de sa galerie. J'ai fini par carrément demander à M. de partir.

L. s'est jetée sur le canapé.

« Mon Dieu, elle a l'air géniale. Elle est tellement jolie ! Je tuerais pour avoir son allure. »

J'ai ri poliment.

« Je suis sérieuse. Elle est tellement… douce. Parfois, j'ai l'impression que ce métier m'a coupée de ma féminité. »

Étonné de cette fascination envers ma fiancée ; Maggie serait-elle (par extension) une autre manifestation du transfert de L. ? Et me suis interrogé sur ses motivations : espérait me voir protester, la rassurer sur sa beauté ? Était-elle jalouse ? Une critique voilée envers M., qui ne correspond pas aux standards habituels, que glorifie au contraire l'apparence de L. ?

L. a continué : parfois, elle aimerait pouvoir être quelqu'un comme M. La vie serait tellement plus facile. (Là encore : résultat d'un transfert, M. étant ma fiancée ? Ou une insulte masquée envers le physique ordinaire de M. ?)

Ai réorienté la conversation sur la vie de L. Lui ai demandé comment elle allait.

Crises de panique presque toutes les nuits cette semaine. Cas d'école : sensation de froid, vertiges, ne pouvait plus respirer, avait l'impression de suffoquer/se noyer. Jeune, pensait que c'était une crise cardiaque. Nouvelle information. L'ai interrogée sur ces crises dans son enfance.

Courantes quand le père était vivant. Rares dans les dernières années ; mais soudainement plus fréquentes depuis quelque temps.

Ai demandé si L. connaissait le déclencheur. A dit que parfois c'était évident ; mais que d'autres fois elle se sent normale, bien, même, et la crise survient brutalement.

Demandé si elle avait pris des médicaments par le passé. Avait essayé les antidépresseurs (Prozac, Zoloft) mais ça n'avait pas aidé (nausée, insomnie). M'a questionné sur les benzodiazépines. Voulait quelque chose en cas d'urgence.

Ai expliqué que les benzodiazépines, c'était délicat : hautement addictif. Ne peuvent pas être utilisés régulièrement ou à long terme. Les médicaments sont une solution de facilité ; le véritable traitement, c'est la thérapie. Lui ai prescrit du clonazépam à titre d'essai, en cas d'urgence uniquement.

À la suite de cela, L. s'est visiblement détendue. Remarqué qu'elle n'avait pas quitté sa veste – bizarre, avec ma clim cassée, il fait extrêmement lourd. Ai demandé si elle voulait la quitter. L. a hésité, puis s'est exécutée.

Elle avait réussi à donner le change avec du maquillage et des bijoux, mais en fait elle avait la poitrine et les bras couverts de croûtes et d'ecchymoses affreuses.

Ai demandé si L. voulait me dire quelque chose. Au début, a feint la confusion. Quand j'ai été plus clair, elle a écarté la question des bleus en disant qu'elle s'était blessée.

« C'est idiot. Dans notre appartement, on a des marches en béton qui mènent à notre chambre. C'était tard dans la soirée. Je descendais à la cuisine chercher un verre d'eau, et j'avais un peu trop bu. J'ai raté une marche et je suis tombée. »

Ai demandé si Kurt avait quoi que ce soit à y voir.

L. a fait non de la tête, d'un air effrayé.

Ai dit que je ne la croyais pas honnête avec moi. Montré des marques de doigts sur son cou, demandé d'où elles provenaient.

L. sur la défensive. A ajouté qu'elle m'avait dit tout ce qu'il y avait à dire, puis s'est enfermée dans le silence, en évitant mon regard. On avait atteint une impasse.

À ce stade, ai employé une tactique peut-être discutable mais, étant donné la gravité de la situation, je savais qu'elle serait efficace. Ai menacé d'interrompre nos séances.

Me suis levé, annonçant qu'on devrait en rester là pour aujourd'hui. Ne lui ferais pas payer la séance, mais ai dit à L. d'y réfléchir sérieusement, de décider si elle voulait dire la vérité et avancer, ou partir.

L. s'est mise à pleurer. A promis qu'elle me raconterait tout, que notre relation était trop importante à ses yeux. M'a supplié de ne pas la laisser tomber. Lui ai proposé des mouchoirs, ai attendu qu'elle se calme. Puis lui ai demandé de me raconter ce qui s'était réellement passé.

Arrivé le jeudi précédent. Dîner avec sa mère pour fêter ses fiançailles. L. nerveuse d'avance : Kurt et Karen ne s'entendent pas bien.

« Après papa, mère a cessé de faire confiance aux hommes, Kurt compris. Et lui sait combien l'opinion de ma mère compte à mes yeux, combien son approbation est importante pour moi. Je pense qu'il se sent menacé. Après le repas, il était d'une humeur massacrante. Ça lui arrive parfois, quand il subit une très grosse pression. Mais j'ai cru que je pouvais peut-être le secouer. Alors on… Mon Dieu, c'est tellement embarrassant. Enfin, Kurt et moi… notre vie sexuelle est parfois peu… orthodoxe ? »

Ai demandé à L. de développer.

« Oh, mon Dieu. Je ne parle jamais de ce genre de choses. Mais j'imagine… si vous pensez que c'est important ? »

A respiré un grand coup.

« Kurt aime se montrer agressif. Et il aime que je sois… eh bien… soumise. Que je joue mon rôle. »

Rien de surprenant là-dedans – ça s'inscrit directement dans la compréhension de la sexualité qu'elle a héritée du modèle parental.

« Il peut se montrer assez brutal. Il me rabaisse. Et il me fait faire des choses, des choses avilissantes, dans des endroits où on pourrait nous voir ou même nous surprendre. »

Ai demandé si elle aimait ça.

« Bien sûr ! »

Là non plus, rien de surprenant à ça ; probablement dans le déni, convaincue qu'elle apprécie le déséquilibre des pouvoirs – un écho familier de la dynamique parentale.

« Le sexe a toujours été comme ça avec lui. La première fois qu'on s'est retrouvés tous les deux… »

Secoue la tête, sourire forcé.

« Le truc, c'est que jeudi soir il était vraiment agressif. Et j'ai laissé faire, comme toujours. Seulement, cette fois, je n'arrêtais pas de penser à vous. »

« À moi ? »

« Je veux dire à la conversation qu'on avait eue, à propos de cette actrice avec qui il a couché. Je n'arrêtais pas de penser à ce que vous m'aviez dit, que je devais le confronter. Et pendant que ça se passait j'ai commencé à avoir l'impression que peut-être ça n'était pas normal. Que peut-être je voulais lui en parler. Alors j'ai attendu jusqu'à ce qu'il… vous voyez… et je me suis dit OK, maintenant, il se sent mieux. Plus calme. Alors après, au moment de nous mettre au lit, je lui ai demandé s'il avait couché avec elle. Mais il a nié. »

« Il vous a menti. »

Hochement de tête.

« Que s'est-il passé ensuite ? »

« Il s'est mis vraiment en colère. A dit qu'il n'arrivait pas à croire que je l'accuse d'un truc pareil. »

« Ça arrive souvent quand quelqu'un se sent coupable. Il vous manipulait. »

« Et je suis juste restée silencieuse, parce que la seule chose que j'arrivais à penser c'était : mais je sais que c'est vrai. Et aussi : ce n'est pas le Kurt que je croyais connaître. J'imagine que j'espérais, en dépit de tout, que si je le confrontais il s'effondrerait et s'excuserait, qu'il implorerait mon pardon. Promettrait que ça n'arriverait plus jamais. Mais me mentir ouvertement ? Et sa rage…

« Je suppose que mon silence ne lui a pas plu – on aurait dit que ça le mettait encore plus hors de lui. Il a commencé à hurler que je suis une ingrate. Que je suis une femme jalouse, possessive, qui s'imagine des choses. Je ne me souviens pas vraiment de ce qui s'est passé ensuite – je l'ai peut-être occulté. Je me souviens juste que soudain ses mains étaient sur moi. Il a commencé à me secouer, pour essayer de m'obliger à répondre. Mais je ne disais rien. Peut-être que je pleurais ? Je me souviens simplement m'être sentie comme paralysée. Et ensuite sa main a saisi ma gorge, juste ici, et c'est là que j'ai vraiment eu peur. J'ai reculé – je ne m'étais sans doute pas rendu compte que j'étais aussi près du bord. J'ai raté la marche du haut et suis tombée en arrière.

« Il ne m'a pas poussée. Il n'essayait pas de me faire du mal. C'était juste une… une terrible erreur. Je suis tombée, et j'ai dû m'assommer. À mon réveil, j'étais dans les bras de Kurt. Il me soutenait la tête, en disant combien il était désolé. Agissant exactement de la façon dont je l'avais espéré. Seulement, là, c'était trop tard. »

« Lila, vous auriez pu être sérieusement blessée. »

« Non, j'allais bien, vraiment. J'avais des bleus et je saignais un peu, mais je vais mieux à présent. C'est juste douloureux. »

L. s'est pris la tête entre les mains.

« Et humiliant. »

« Lila, ce que Kurt vous a fait, vous prendre à la gorge, essayer de vous étrangler, c'est un signal de grand danger. Vous savez que ce qu'il a fait c'était une agression, n'est-ce pas ? »

Lila a commencé à protester, puis s'est interrompue.

« Je sais. »

Elle avait admis que Kurt était un agresseur : première étape décisive. Ai remercié L. de me faire confiance ; réaffirmé ma position en tant qu'allié.

Elle a resserré ses bras autour d'elle.

« Je n'arrête pas de me dire que ça ne peut pas arriver. Je croyais savoir où allait ma vie. Je croyais connaître l'homme que j'allais épouser. Et maintenant… je me sens tellement prise au piège. »

« Je vais vous aider à vous sortir de là, Lila. Je sais que vous avez l'impression de ne pas pouvoir vous échapper, mais vous le pouvez. Vous le devez. »

L. m'a regardé droit dans les yeux. Et pendant un bref instant j'ai cru voir quelque chose de nouveau dans son expression : de l'amour.

VIII

— Très bien, vous tous, on se prépare pour le plan-séquence, on commence par la scène Dick/Rosemary dans la chambre. Ça veut dire qu'on tourne plateau fermé : équipe minimale uniquement. Tous les autres, merci beaucoup, vous avez terminé pour aujourd'hui.

De nouveau Eden : casque en guise de serre-tête, lunettes semblables à des lunettes de natation, fermeture du blouson d'aviateur remontée jusqu'au menton. Prête pour le grand plongeon.

Lila ajusta sa robe d'époque autour de son corps, la ceinture aussi serrée qu'un garrot, puis elle se fraya un chemin parmi les non-concernés qui s'en allaient, descendit le couloir lambrissé de l'hôtel Plaza et entra dans la suite Fitzgerald, où la dernière séquence de la journée devait démarrer.

Le plateau était immaculé, un décor élégant en noir et blanc, avec son tapis aux formes géométriques et stylisées et ses stores bateau repliés, ses murs gris-beige, ses fauteuils club en cuir clouté au-dessus desquels gravitaient des lustres rutilants en forme de planètes. Sur le bar tout en miroirs, nota Lila, un discret hommage : un mouchoir repassé et brodé aux initiales JG, entrecroisées d'un motif de marguerite. Elle le prit délicatement et le glissa dans sa poche.

Tandis que l'équipe s'affairait autour d'elle, elle entra dans le salon, s'attardant dans le recoin qui donnait dans la chambre. Du côté le plus éloigné du lit – seul point de couleur dans un univers autrement achromatique –, Celia, dans une robe saumon taille basse, en train de répéter ses répliques en silence, tout en pianotant nerveusement sur ses genoux. Lila sentit son cœur se serrer lorsqu'elle vit Kurt s'approcher de la jeune femme et faire lentement glisser sa main dans son dos. Celia frissonna, leva les épaules, puis croisa le regard de Kurt avec un sourire nerveux.

Quelqu'un vaporisait un produit sur les boucles de Lila, torsadant ses mèches et les faisant bouffer ; puis Eden se glissa jusqu'à Kurt, tablette serrée contre sa poitrine, et lui dit quelque chose à voix basse. Il marmonna une réponse, lui fit signe de s'en aller et s'assit à côté de Celia, caressant sa frêle épaule noueuse.

— Laisse-moi te regarder, mon chou.

Sa maquilleuse, Nadia : yeux noirs, peau laiteuse, grands doigts potelés. Elle lui releva le menton pour inspecter son travail, et fredonna un peu, satisfaite.

— Rayonnante – avec juste ce qu'il faut de trauma, reprit-elle.

Kurt parut soudain percevoir la présence de Lila et se retourna, croisa son regard. Il donna une tape sur l'épaule de Celia et se leva du lit.

— Chérie, dit-il en montrant le plateau d'un geste. Qu'est-ce que tu en penses ?

— C'est parfait.

Lila désigna Celia, qui les observait en silence, d'un signe de tête.

— Celia est splendide, n'est-ce pas ?

Kurt regarda Celia une seconde puis revint à elle.

— Pourquoi tu n'attends pas dans la suite parentale ? On n'aura pas besoin de toi avant un moment. Eden te fera signe quand ce sera à toi.

— J'aimerais regarder la répétition, au moins.

Elle sourit.

— Si ça ne pose pas de problème.

— Mais tu as un écran dans la suite.

— Je sais, mais cette scène est tellement importante ; et je veux voir ton génie en action. Je vais me faire toute petite dans ce coin là-bas, ajouta-t-elle, voyant qu'il commençait à objecter. Tu ne me remarqueras même pas.

Il cligna des yeux, puis hocha brusquement la tête.

— Très bien.

Il soupira, et elle le vit parcourir son corps du regard.

— Comme d'habitude, on attend le putain de son, alors je vais en profiter pour que les acteurs revoient les coupes une fois encore.

— Les coupes ?

Elle fronça les sourcils.

— J'ai fait des coupes hier soir.

Il secoua la tête.

— La scène ne fonctionnait pas. Rupert avait mis le côté prédateur de Dick trop en avant.

— Est-ce que Rupert est au courant ?

— On lui a dit de prendre sa journée, répondit-il en levant la main pour signifier que le débat était clos. Et en plus c'est un plateau fermé.

Elle croisa les bras et dit à voix basse :

— Kurt, Rupert devrait être là.

L'irritation traversa fugacement son visage, mais il se reprit très vite.

— Je vais voir si quelqu'un peut le faire revenir, dit-il en jetant un rapide coup d'œil à Eden, qui sortit après lui avoir fait un signe de tête.

— Hello, Miss Crayne, lança Dom en l'étreignant. Tu te joins à nous ? Tu sais que j'adore ta compagnie mais, si tu te rajoutes à cette scène, ça risque de changer l'intrigue un brin.

— Je vais me faire complètement invisible, je promets, répondit Lila. Tu ne sauras même pas que je suis là.

Il suivit son regard braqué sur Celia, qui fixait Kurt d'un air anxieux.

Dom soupira.

— Ne t'inquiète pas, mon chou. Elle ne durera pas.

Lila cilla, s'obligea à sourire, puis se réfugia dans le coin le plus éloigné tandis que Kurt levait la voix pour s'adresser au plateau :

— Très bien, au cas où quelqu'un aurait raté le mémo, c'est un plan-séquence. Ce qui veut dire pas de coupure jusqu'à ce qu'on ait terminé la scène de la salle de bains. On récapitule une dernière fois pour être sûrs qu'on est tous sur la même longueur d'onde.

« On commence par la scène de séduction Dick/Rosemary, ici, dans la chambre de Rosemary. Ensuite, Abe et Peterson les interrompent – quelqu'un peut s'assurer que Zev et Blake seront prêts quand on en arrivera à eux ? On suit les quatre acteurs à travers le hall jusqu'à la suite des Diver pour leur scène suivante. Après, Peterson s'en va ; puis Abe aussi.

Quand Rosemary sort à son tour, on la suit de nouveau jusqu'à sa chambre, où elle découvre Peterson assassiné – on doit s'entraîner à remplacer ces draps par d'autres ensanglantés, histoire de respecter le timing, d'accord ? On continue sur Rosemary qui revient en courant dans la suite de Dick, où Nicole vient d'arriver ; et ensuite on change de point de vue pour suivre Dick le reste de la scène – pendant qu'il cache les preuves, fait disparaître le corps, échange avec le directeur de l'hôtel – jusqu'à la fin, lorsque Dick regagne sa suite et découvre Nicole dans la salle de bains avec les draps ensanglantés, en pleine crise de schizophrénie parce qu'elle croit que le sang est la preuve de la virginité volée de Rosemary.

Leur directeur de la photo, Mike, ricana, et Kurt lui jeta un regard crispé.

— Je t'adore, mon vieux, lança Mike en secouant la tête, mais cette séquence est complètement déjantée. Tout ça, c'est dans le livre, vraiment ?

— Tout est dans le livre, répondit Kurt d'un ton sec, avant d'embrasser la pièce d'un regard plein de défi.

— D'autres questions ?

Silence.

— Très bien, alors. Pendant qu'on attend, on n'a qu'à revoir ces nouvelles coupes. On avancera dans la scène quand l'équipe son sera prête. On peut avoir le silence sur le plateau ?

Lila regarda rapidement Celia et lui sourit. Celia cilla, puis détourna les yeux.

— Donc on démarre avec toi, Dom, quand tu refermes la porte derrière toi. Celia, je te veux au centre de la pièce, juste à cette marque, là. Bien sûr, utilise le fauteuil comme repère visuel.

Il avança vers elle et lui posa les mains sur les épaules. Celia sursauta à son contact.

— On va te filmer avec ce projecteur latéral là-bas. Tu le vois ? Alors j'ai vraiment besoin que ton placement soit précis. Redresse un peu le menton.

Il lui saisit le visage et le leva vers lui, suivant du doigt la ligne de sa mâchoire. Quelqu'un toussa doucement, et Lila se retourna juste à temps pour voir Nadia et Eden échanger un regard entendu.

— Là, dit-il. N'oublie pas, d'accord ? Maintenant, on y va pour le dialogue, OK ? C'est parti.

— *Fais-le-moi,* murmura Celia.

Dom secoua la tête, amusé.

— *Te faire quoi ?*

Celia hésita.

— On a décidé de ça hier, tu te rappelles ? Maintenant, approche-toi de lui.

La main de Kurt au creux de ses reins, l'encourageant à avancer.

— Et touche-le. C'est ça. Rosemary est précoce, n'est-ce pas ? Alors utilise ces répliques pour flirter. Continue.

— *Vas-y,* dit Celia d'une voix tremblante. *Oh, s'il te plaît, vas-y, fais-moi ce que font les gens. Ça m'est égal si je n'aime pas ça – je ne me suis jamais attendue à aimer ça –, j'ai toujours détesté y penser, mais plus maintenant. Je veux que tu le fasses.*

— J'adore ce que tu fais, Dom. C'est brillant, dit Kurt. Cette marque au sol est un bon endroit où s'arrêter.

Lila devint nerveuse en voyant Kurt se tourner de nouveau vers Celia.

— Souviens-toi de l'orientation qu'on veut donner avec ces nouvelles coupes. Rosemary n'a pas peur, dans cette scène ; elle a le pouvoir. Je veux te voir prendre le contrôle. Tu veux cet homme, n'est-ce pas ? Alors va vraiment le chercher.

Il fit signe à Dom de poursuivre.

— *As-tu pensé au chagrin que cela pourrait faire à Nicole ?* lança Dom.

— Tu n'en as rien à foutre, de Nicole, murmura Kurt à Celia. Séduis-le, persuade-le de l'oublier, de ne penser qu'à toi.

Celia jeta un bref coup d'œil à Lila, puis revint à Dom.

— *Elle ne le saura pas – ça n'aura rien à voir avec elle.*

Dom s'appuya contre la chaise de bureau.

— *Il y a le fait que j'aime Nicole.*

— Tu dois en faire plus, Celia, déclara Kurt, dont la patience commençait manifestement à s'amenuiser. J'ai besoin que tu sois irrésistible à ses yeux.

Il la prit de nouveau par les épaules et la tira lentement vers lui – et, de nouveau, elle regarda Lila.

— Nom de Dieu, grommela Kurt. Celia, mon chou, je sais qu'il s'agit de ton premier film, mais tu dois rester dans ton personnage, dit-il, l'air sceptique. Tu dois faire comme s'il n'y avait personne ici, hormis vous deux. La seule personne que tu es autorisée à regarder, c'est… ?

Il attendit que Celia, humiliée, désigne Dom. Lila ferma les yeux.

— Bien. Maintenant, continue. Et fais un autre pas vers lui. Rapproche toi bien. Sers-toi de ton charme. Je t'ai déjà vue le faire. Je sais que tu peux…

— *Mais tu peux aimer plus d'une personne, non ?* reprit-elle doucement. *Comme moi, j'aime maman et je t'aime toi – encore plus. Je t'aime plus, maintenant.*

La porte de la suite s'ouvrit violemment, et Rupert entra en virevoltant, hors d'haleine. Dans sa précipitation, il avait mal boutonné son gilet de sorte qu'un côté formait une espèce de nœud coulant près de son cou.

— Je suis revenu ! dit-il en haletant, ses yeux démesurés dardant de tous côtés.

— Ah, juste l'homme qu'on cherchait, lança Kurt avec un sourire crispé.

— Hum, Kurt ?

Rupert brandit les pages chiffonnées qu'il serrait dans son poing.

— Est-ce que j'aurais raté un truc ? Je n'ai pas donné mon feu vert pour ces coupes.

Kurt soupira, puis passa un bras autour des épaules de Dom. Ce dernier se raidit et lui lança un coup d'œil circonspect.

— C'est juste ces quelques lignes, mon vieux, répondit Kurt. On trouve que ça fait passer Dick pour un manipulateur, et… eh bien… une sorte de pédophile. Il utilise à fond la psychologie inversée avec cette jeune fille pour la mettre dans son lit.

Rupert remonta ses lunettes et cligna des yeux.

— Mais toutes ces répliques sortent directement du roman.

— Bien sûr, mais il s'agit d'une adaptation, on est d'accord ? Ça te donne le droit, à toi, de le modifier. De lui donner un peu plus de peps. Le but de ce qu'on fait ici, c'est donner aux femmes de cette histoire plus de liberté de choix et de décision, tu comprends ? Et donc c'est ce que ton scénario doit refléter. Rosemary doit prendre les rênes. C'est elle qui doit mener la scène.

Rupert hésita, jeta un coup d'œil à Lila.

Kurt haussa un sourcil.

— Quoi ?

Lila inspira un grand coup.

— Je sais que ce n'est pas ma place…

— Non, ça ne l'est pas.

— … mais je pense que ces lignes devraient rester telles que Rupert les a écrites, poursuivit-elle prudemment. Les répliques qui ont été coupées montrent à notre public qu'en fait Rosemary est exploitée à ce moment-là.

— À t'entendre, tout est tout noir ou tout blanc, et ce n'est pas le cas, dit Kurt. Le génie de la scène, c'est qu'elle reste dans la zone grise. Ces lignes allaient à l'encontre de ce qu'on veut dire. Elles déprécient Dick et affadissent l'intrigue.

— Elles sont aussi essentielles à la dynamique des personnages, répliqua Lila. En tant que psychiatre, Dick ne peut qu'être attiré par l'oiseau blessé, et agir à la fois comme amant et comme père nourricier. L'innocence de Rosemary, sa vulnérabilité, et le besoin qu'éprouve Dick de sauver des femmes, c'est son talon d'Achille, son hamartia.

Elle regarda Dom.

— D'accord ?

Dom cilla et fit oui de la tête.

— Et la nature de cette affaire, la relation sous-jacente père-fille, c'est précisément ce qui est tellement viscéral pour Nicole. Ça ne peut pas être escamoté.

Kurt secoua la tête.

— Mais cette version – la version que tu défends – dépouille Rosemary de son pouvoir. Elle en fait une victime sans voix. C'est *elle* qui devrait lui courir après.

Lila hocha la tête à son tour.

— Mais, Kurt, ce n'est qu'une *enfant*. Et pour cette raison, sans parler du fait qu'il soit marié, Dick doit être tenu pour responsable.

— Regarde le texte original. Sa première fichue réplique : « *Fais-le-moi.* » Rosemary le veut, et c'est uniquement parce qu'elle continue à lui courir après que la relation existe. Non ?

Il se tourna vers Celia d'un air furieux, attendant une réponse.

Celia regarda tour à tour Kurt et Lila, terrifiée. Elle finit par parler.

— Au début, elle doit croire qu'elle a le pouvoir, dit-elle lentement. Mais elle est si jeune. Elle ne comprend pas entièrement la situation dans laquelle elle se trouve. Et quand elle comprend… il est trop tard.

Elle se tourna vers Lila.

— Elle réalise qu'elle n'a jamais eu le moindre pouvoir.

La pièce était silencieuse, personne ne respirait plus. Et puis, presque imperceptiblement, Kurt acquiesça.

— Réintégrez les coupes, dit-il avant de s'adresser à l'équipe d'une voix forte. On revient au script tel qu'il était. On continue à avancer. Les acteurs, vous avez besoin de revoir les pages ?

Dom jeta un regard courroucé à Kurt, puis fit non de la tête et reprit sa place au bureau ; mais, pendant un instant, Celia resta où elle était, observant Rupert qui se frayait un chemin à côté de Lila.

— À partir de : *J'ai bien peur d'être tombé amoureux de toi*, souffla Kurt en se plantant de nouveau à côté de Celia.

— *J'ai bien peur d'être tombé amoureux de toi*, murmura Dom, *et ce n'est pas ce qui pouvait arriver de mieux.*

— Embrasse son cou, Dom, dit Kurt, une phalange sur la lèvre supérieure.

Dom se pencha pour l'embrasser et Celia tressaillit involontairement. Il hésita, regarda Kurt, mais ce dernier lui fit signe de continuer. Lila croisa les bras, retint son souffle.

— *Tu me mets dans un état extraordinaire. Quand une gamine arrive à perturber un monsieur d'un certain âge – les choses se compliquent.*

— Maintenant, flatte son ego là, Celia. Tends la main et touche-lui le visage. Je veux voir ta menotte sur sa joue.

Dans un coin de la pièce, un membre de l'équipe étouffa un ricanement.

— *Tu n'es pas vieux, Dick*, murmura Celia. *Tu es la personne la plus juvénile du monde.*

— Prends-la par la main et conduis-la vers le lit.

— *Viens t'asseoir sur mes genoux, tout contre moi*, dit Dom, *et laisse-moi m'occuper de ta jolie bouche.*

— Installe-toi sur ses genoux, Celia. Non, bon sang, pas comme ça. Arrête. Arrête. Dom, laisse-moi faire.

Dom cilla.

— Quoi ?

— Contente-toi de bouger, rétorqua Kurt. Je vais vous montrer exactement ce que je veux.

La pièce était silencieuse. Lila vit Dom hésiter, sourcils froncés, puis s'écarter. Celia serrait ses bras autour d'elle, les yeux écarquillés.

— Regarde bien, Crayne…

Sourire mordant.

— … et dis-moi si tu penses que c'est ce qu'exige vraiment notre adaptation.

Kurt prit la place de Dom sur le lit puis attrapa la main de Celia et l'attira à lui ; elle s'installa en vacillant sur ses genoux.

Lentement, délicatement, Kurt caressa les lèvres de Celia du bout des doigts ; elle contracta les épaules.

— Maintenant, tends la main et joue avec les revers de ma veste, murmura-t-il.

Elle obéit à contrecœur.

— C'est bien.

Il lui sourit furtivement et se pencha comme pour l'embrasser – mais Celia se détourna avec un brusque hoquet et fixa Lila du regard d'un air désespéré.

— Putain, Celia !

Kurt bondit du lit.

— Combien de fois je t'ai dit de ne pas regarder Lila !

Tout le monde resta figé tandis que les deux femmes se tournaient l'une vers l'autre : Celia, terrifiée, Lila, le visage impénétrable.

— Je suis désolée, dit Celia d'une petite voix. Je ne peux pas…

— Je ne veux pas entendre d'excuses. Je veux juste que tu fasses ton boulot, rétorqua Kurt, sans desserrer la mâchoire.

Celia ouvrit la bouche.

— Mais…

— Ça fait partie du contrat de Lila d'être sur le plateau à tout moment. Alors tu vas devoir trouver un moyen de gérer ça, ou c'est nous qui trouverons quelqu'un d'autre qui peut le faire.

— S'il vous plaît…, fit Celia, des larmes plein les yeux, et Kurt se détourna avec un aboiement incrédule.

— Je me demande si je ne pourrais pas parler à Celia seule, dit alors Lila.

Tout le monde se tourna vers elle.

— Juste une minute, s'empressa-t-elle d'ajouter. Je n'ai pas l'intention de nous retarder, mais je crois que je pourrais peut-être aider.

Kurt regarda Celia puis Lila, et haussa les épaules.

— OK, une minute.

Elle sourit à Celia et pencha la tête pour lui suggérer de trouver un coin plus au calme. Puis elle sortit dans le couloir encombré de câbles noirs emmêlés, de trépieds repliés, de réflecteurs empilés, de tasses de café à moitié terminées. Celia la suivit en s'essuyant les yeux.

— Lila, je ne peux pas…

Lila se retourna vivement vers elle et toucha le micro accroché à son costume en guise d'avertissement.

— D'abord, je veux te dire : ta performance est incroyable.

Celia battit des cils.

— Je le pense vraiment. Je sais que tout le monde te donne du fil à retordre parce que c'est ton premier film et que tu apprends sur le tas ; mais, vraiment, l'innocence que tu apportes est tout à fait juste. Je ne peux pas détacher mes yeux de toi, Celia. Honnêtement, j'ai le sentiment d'apprendre tellement en te regardant jouer.

Elle prit la main de la jeune femme dans la sienne.

— Je sais que ma présence ici est un peu gênante. Et je sais que Kurt peut se montrer dur…

— C'est une brute ! lâcha Celia. Je ne crois pas que je vais pouvoir en supporter davantage…

Lila secoua la tête.

— Je comprends. Vraiment. Mais il est comme ça, c'est tout, ajouta-t-elle doucement. Il devient comme ça quand il travaille sur un projet qui lui tient à cœur. Et on tient tous à ce projet. Je sais que, moi, j'y tiens.

Elle regarda Celia d'un air entendu.

— Et je pense que toi aussi.

— Bien sûr ! murmura Celia. Tu sais bien que oui.

Lila sourit.

— Essaie simplement de ne pas le laisser t'atteindre, d'accord ? Et suis ton instinct. Parce que je sais que tu comprends Rosemary mieux que n'importe lequel d'entre nous. Tout ce que tu as à faire, c'est réagir honnêtement dans l'instant présent et te faire confiance ; ce que tu apportes naturellement au rôle est d'une justesse parfaite.

Celia leva les yeux, hésita.

— Et quant à ma présence ici, pourquoi tu ne t'en sers pas ? Vois ça comme un défi. Parce que Rosemary aime aussi Nicole, n'est-ce pas ? Et elle se sent terriblement coupable de ce qu'elle est en train de lui faire.

Lila pencha la tête, sourit.

— N'est-ce pas ?

Celia acquiesça, le menton tremblant, et Lila la prit dans ses bras et la serra contre elle de toutes ses forces.

— Par-dessus tout, n'oublie pas pourquoi on fait ce film – à qui il s'adresse, en fin de compte.

Elle essuya un peu du mascara qui avait coulé sur la joue de Celia et la regarda dans les yeux.

— Allez, murmura-t-elle. Allons en finir avec cette scène.

De retour dans la suite Fitzgerald, Kurt s'était accaparé les écouteurs de Mike, et il écoutait attentivement la conversation, les bras croisés. Quand il les vit revenir, il se mit les écouteurs autour du cou et regarda Lila.

— On est prêtes, dit cette dernière avant de serrer la main de Celia et de regagner son coin.

Il s'éclaircit la gorge.

— Très bien, on reprend où on en était. Tu es sur les genoux de Dom, Celia.

Les acteurs se mirent en place et la pièce devint silencieuse. Celia jeta un coup d'œil à Lila, puis baissa le menton et se concentra sur Dom.

Timidement, elle effleura les revers de sa veste, puis leva la main vers son visage. Kurt se retourna pour regarder Lila, lui fit un signe de tête approbateur, et se concentra à nouveau sur les acteurs.

Dom embrassa soudainement Celia, et elle demeura immobile, stupéfaite, comme si elle n'avait jamais été embrassée avant, comme si elle ne savait pas comment faire.

Elle était spontanée et intègre, instinctive et sans artifice. Elle était parfaite.

— *Oh, nous sommes de tels comédiens – toi et moi*, souffla-t-elle.

Il l'embrassa à nouveau, avec plus d'empressement, et cette fois Celia lui retourna son baiser. Ils se laissèrent aller sur le lit, s'embrassant de plus en plus passionnément.

— Zev et Blake sont prêts pour leur entrée ? cria Kurt.

— Eh merde, fit Eden avant de sortir à toute allure pour aller les chercher, marmonnant des ordres paniqués dans son casque.

Le reste de l'équipe se détendit et reprit ses préparatifs, brisant le silence qui s'était installé.

Kurt s'approcha de Lila, qui l'embrassa sur la joue.

— Tu as entendu ? murmura-t-elle en touchant discrètement son micro.

— Le moindre mot, répondit-il en lui effleurant l'oreille des lèvres. Impressionnant, Crayne.

Lila hocha la tête.

— Je lui ai juste dit ce qu'elle avait besoin d'entendre.

Ils se regardèrent en souriant jusqu'à ce que Zev et Blake débarquent dans la pièce en courant.

— Je te laisse y retourner, dit-elle. Je vais me préparer pour mon entrée.

— Très bien, on a nos acteurs. On continue, tonna Kurt.

En sortant, Lila croisa le regard de Rupert et lui fit signe de la suivre. Elle enfila le couloir jusqu'au bout et tourna au coin, puis retira son micro sans fil et l'éteignit. Un instant plus tard, Rupert apparut, l'air penaud.

— Qu'est-ce qui s'est passé ? murmura-t-elle. Tu étais où ?

Rupert tripotait ses lunettes, fuyant son regard.

— C'était un plateau fermé. On m'a dit de rester à l'écart.

— Tu es le *scénariste*. C'est dans ton contrat : tu as le droit d'être là. Et tu devrais toujours y être.

Ils se turent tandis que la séquence de répétition se déplaçait vers le couloir : acteurs, caméras et techniciens traversèrent lentement celui-ci vers la pièce qui faisait office de suite pour Dick et Nicole.

— Zev et Blake, vous suivez Dom, et nous on vous suit, lança Kurt, une main sur l'épaule de Mike. Celia, tu suis la caméra, mais… Non ! ne ferme pas la porte, c'est important. Laisse-la ouverte. Laisse-nous passer devant, on va rester sur toi pendant que tu traverses le couloir. Tu nous suis, et ensuite tu fermes la porte derrière toi.

La porte qui menait à la suite des Diver se referma, et le dialogue continua, assourdi.

— Écoute, dit Lila en se tournant à nouveau vers Rupert. Tu as compris ce qui s'est passé ? Kurt est convaincu qu'une adaptation féministe signifie donner plus de liberté d'action aux femmes – alors que ce qu'il fait en réalité, c'est débarrasser les hommes du poids de leur faute. Qu'il en ait conscience ou pas, il est déterminé à ce que Dick demeure le héros de l'histoire par tous les moyens, même si ça signifie faire capoter le film.

— Je ne suis pas sûr d'être taillé pour ce genre de choses, répondit Rupert en secouant la tête. Depuis quand être écrivain signifie servir de punching-ball ?

— Depuis la nuit des temps. Et le jeu en vaudra la chandelle quand tu recevras ton Oscar. Mais tu dois rester fort et tenir tête à Kurt. Ça avait été stipulé par écrit : la seule personne autorisée à faire des coupes dans le script, quelles qu'elles soient, c'est toi. Mais tu dois honorer ta part du contrat.

Lila se tut à nouveau en voyant la porte des Diver s'ouvrir sur Blake, qui regagna en fredonnant la suite Fitzgerald pour la scène de son meurtre.

— C'est bientôt à moi, dit-elle. Considère ceci comme une mise en garde, Rupert. Tu dois me promettre que tu défendras le script à l'avenir, sinon je ne sais pas ce que tu fabriques ici. Compris ?

— Compris, répondit-il de ses yeux affolés de chouette.

Elle le salua d'un signe de tête et regagna le couloir. La porte des Diver se rouvrit à nouveau, et cette fois ce fut au tour de Zev de sortir. Il jeta un coup d'œil vers Rupert, planté derrière Lila.

— On met notre jeune écrivain au pas, Crayne ?

Lila leva les yeux au ciel avec un grand sourire, et Zev lui renvoya un clin d'œil avant de se diriger vers la salle de repos en quête d'une jolie figurante à draguer.

Elle jeta un regard d'avertissement à Rupert.

— Quoi qu'on te dise, tu ne vas nulle part.

La porte s'ouvrit une fois encore, et la voix de Kurt se fit entendre.

« Très bien, maintenant, Celia, tu vas te tourner – oui, comme ça – et on va te suivre dans le couloir. Quelqu'un pourrait scotcher ce foutu câble, histoire qu'elle ne se brise pas le cou ? On va te suivre jusqu'à ta chambre – oui, la porte sera ouverte, comme tu l'as laissée. Et ensuite tu la refermes et tu te diriges immédiatement vers… »

La porte se referma, noyant ses indications. Lila se glissa dans la suite des Diver, où Dom se préparait pour leur scène à venir. Un membre de l'équipe tendit à Lila son manteau et son sac à main tandis que Dom déboutonnait sa chemise. Il leva les yeux vers elle, hésita.

— Je suis désolé pour tout à l'heure. Je me sens idiot. Je n'avais pas compris que Rupert n'avait pas approuvé les coupes.

— Je sais. Ce n'était pas ta faute.

Elle se passa la main au creux des reins et ralluma son micro.

De l'autre côté du couloir, Celia fit entendre un hurlement à vous glacer les sangs, et Lila et Dom se préparèrent – Dom accrochant sa chemise, Lila, se laissant tomber dans le canapé pendant que Celia traversait le couloir en courant puis entrait en coup de vent dans la pièce, suivie de Kurt et de toute l'équipe.

— *Dick, chéri !* hurla-t-elle. *Oh, chéri, viens voir !*

— Dom, tu vas la dépasser, dit rapidement Kurt. La caméra se rapproche en plan serré sur Lila pour capturer l'instant où elle comprend qu'ils ont une liaison.

En silence, la caméra massive se rapprocha jusqu'à survoler le visage de Lila à quelques centimètres, l'observant de son œil de cyclope au regard fixe, puis soudain elle changea de direction, et Kurt et l'équipe lui emboîtèrent le pas pour sortir.

Pendant un instant, Lila resta en arrière, le cœur battant, prêtant l'oreille à la voix du réalisateur qui résonnait à travers les murs. Puis elle traversa lentement le couloir jusqu'à la porte, attendit. Eden lui fit signe : à elle.

Lila posa les mains sur la porte et appela doucement.

— *Dick ?*

La porte s'ouvrit à la volée : Dom, l'air fou et paniqué.

— *Prends la couverture et un couvre-lit dans notre chambre. Il ne faut pas qu'on te voie.*

Il lui claqua la porte au visage et les larmes lui montèrent aux yeux.

Voix assourdie de Kurt :

« Okay, Dom, je veux que tu traînes le corps par les chevilles. Génial, exactement comme ça. On doit l'entendre cogner sur le sol. Blake peut supporter. Si tu y arrives, essaie de l'amener jusque-là, plus près de la caméra, de façon qu'on le voie bien. Très bien. Dès qu'il est à terre, enlève la couverture et le couvre-lit. Peu importe comment, tu les retires aussi vite que possible. Tu ne veux pas que le sang pénètre plus profondément, d'accord ? »

Une tape sur l'épaule de Lila : Eden, un tas de linge de lit immaculé dans les bras, lui faisant signe en silence de rejoindre la suite parentale pour qu'on lui donne le signal.

Kurt continua, la voix de plus en plus sonore au fur et à mesure qu'ils se rapprochaient de la porte :

« Tu prends les draps pleins de sang dans tes bras et tu dépasses le corps. Entrouvre légèrement la porte. Un peu plus, qu'on voie ce que tu vois. Il y aura une figurante en train de tourner au coin avec un chariot pour le room service. Non, on va doubler leurs répliques. OK ; vas-y. »

Eden reçut le signal dans son casque et fit signe à Lila, qui ouvrit la porte, les bras chargés de couvertures propres.

— Lila, tends-lui d'abord les tiennes ; ensuite, Dom, tu lui donnes celles qui sont pleines de sang, puis tu la laisses là et tu retournes à l'intérieur – attention à la caméra. On va se tasser dans le coin ici pour que tu puisses refermer la porte.

Lila contempla fixement le tas de couvertures ensanglantées dans ses bras, étonnamment humides et chaudes au toucher, et elle se sentit rentrer en elle-même, les bruits ambiants du plateau s'estompant peu à peu. Elle pénétra dans la suite, dépassa la masse confuse de l'équipe en mouvement, puis Rosemary et ses yeux écarquillés, et se dirigea vers son unique refuge. Eden lui prit les couvertures des bras le temps que Nadia l'aide à enfiler la même robe mais ensanglantée, la préparant pour le plan final.

Elle referma la porte de la salle de bains : enfin seule. Le bain était déjà en train de couler, l'eau chaude embuait les miroirs, l'atmosphère. Elle se laissa glisser sur le carrelage humide et poisseux, le couvre-lit tel un bouquet sanguinolent entre ses bras, et y enfouit son visage, le cœur battant à tout rompre. L'odeur doucereuse du sang et celle du parfum âcre de Dick se mélangeaient et emplissaient la pièce semblable à une étuve. Elle ferma les yeux, se boucha les oreilles des deux mains, et laissa son esprit s'envoler vers ce passé lointain, vers cette première trahison éclatante – sa vie entière n'ayant été qu'une réponse à ce traumatisme indicible qui l'avait hantée au fil des ans –, trahison qui se manifestait une fois encore devant ses propres yeux. Et, au plus profond d'elle, une douce furie commença à brûler.

Malgré l'eau qui coulait, elle entendit des voix approcher. Elle ouvrit brusquement les yeux et vit sa robe blanche détrempée de sang, le tissu lui collant à la peau. Elle hurla.

Bruits de pas précipités, puis la porte qui s'ouvre à la volée. Elle gémit en le voyant au-dessus d'elle. Leurs regards se croisèrent, puis Dick se retourna, repoussa Rosemary à l'extérieur et claqua la porte, les piégeant tous les deux dans la pièce.

— *C'est toi !* hurla-t-elle. *C'est toi, tu pénètres de force dans le seul endroit au monde où je peux me réfugier en paix – avec ta couverture pleine de sang rouge.*

— *Calme-toi !*

Elle leva les yeux, la vision brouillée par les larmes.

— *Je n'ai jamais espéré que tu m'aimerais – c'était trop tard –, juste n'entre pas dans cette salle de bains, le seul endroit où je peux me réfugier pour être tranquille, en traînant des couvertures pleines de sang rouge et en me demandant de les nettoyer.*

Dick secoua la tête, lèvres retroussées de dégoût.

— *Lève-toi !*

La chaleur humide et suffocante se refermait sur elle.

— *Nicole !*

Et le monde commença à s'assombrir.

— *Nicole !*

— Et… coupez !

Lila cligna des yeux, les paumes contre le sol humide.

On tendit une main pour l'aider à se relever ; elle la prit, essayant de ralentir sa respiration en se redressant. Mais, quand elle leva les yeux, elle fut surprise de découvrir Kurt qui l'observait de près, comme si elle était une étrangère. Il ouvrit la bouche, prêt à parler, puis se ravisa et hocha la tête à la place, un sourire lugubre sur le visage.

— Génial, putain, murmura-t-il.

Il ouvrit la porte de la salle de bains, et une bouffée d'air frais emplit l'espace.

— Très bien, vous tous : le son est enfin prêt, alors on se remet en place, on appelle les coiffeuses et les maquilleuses pour les retouches, et on fait notre première prise.

De l'autre côté de la pièce, Eden :

— On est prêts dans la suite Fitzgerald, Kurt. Ils prennent juste les dernières photos pour les raccords.

Nadia commença à coiffer Lila, sa robe initiale, immaculée, mollement pendue au creux de son bras, prête à être enfilée.

Rupert était juché devant le moniteur qui avait été installé dans la suite parentale. Lila s'approcha de lui, se mit le casque libre sur les oreilles ; il lui jeta un coup d'œil, mais elle garda les yeux braqués sur l'écran tandis que Nadia lui poudrait le visage avec un talc fin.

— Silence sur le plateau, dit Kurt dans le casque. Clap.

Un déclic, un clap, puis un léger vrombissement, projecteurs qui chauffent, obturateur qui se ferme, mise au point. Plus un mouvement. Un imperceptible bruissement d'impatience.

— Et… action !

Trois heures plus tard, ils avaient bouclé la journée. Lila s'était assurée d'embrasser les acteurs en leur souhaitant bonne nuit, remerciant chacun d'eux pour leurs efforts (excepté Celia, qui, d'une façon ou d'une autre, s'était éclipsée avant que Lila puisse lui mettre la main dessus). Kurt, de son côté, s'était contenté de donner à Dom une petite tape dans le dos, lui assurant qu'ils avaient eu ce qu'il leur fallait. Une chose était sûre : Rupert se trouvait sur la corde raide. Il n'avait eu droit qu'à un bref regard de Kurt et Lila l'avait seulement salué de la tête avant qu'on la raccompagne à sa caravane pour prendre une douche et se changer en vue de leur interview de la soirée avec Daya Patel, journaliste culture pour *Vogue*.

Ils étaient convenus de se retrouver sur le toit-terrasse de la suite Grand Penthouse de l'hôtel Plaza. Plus tôt dans la soirée, Lila avait proposé par texto à Freddie de passer prendre un cocktail vite fait. Elle avait enfilé une robe en broderie anglaise avec de délicates ornementations au crochet, qui dégageait les épaules et dont la jupe ample épousait avec sensualité ses mouvements. Lunettes énormes, sandales beiges avec bride de cheville, cheveux détachés façon sortie de plage et juste quelques colliers ultra-fins pour mieux mettre la bague en valeur. Kurt, quant à lui, portait une chemise en lin bleu ciel et un pantalon beurre frais à l'ourlet retourné ; il avait les cheveux savamment ébouriffés et les yeux brillants.

Daya les attendait, chic et professionnelle dans son short taille haute couleur mandarine et ses escarpins pointus, sa chevelure noire lissée et ramenée en arrière en un chignon bas sur la nuque. Ils s'embrassèrent et s'installèrent dans d'immenses transats tandis qu'arrivaient des whisky-gingembre et des huîtres citronnées. À la périphérie, leur tournant autour, le cliquetis continuel des appareils photo. Loin au-dessous, des touristes en T-shirts et shorts en jean flânaient le long de Central Park, regardant les affiches à vendre et s'arrêtant pour flatter le museau tiède des chevaux à la robe brillante de sueur à cause de la chaleur. Devant eux, le parc verdoyant se déployait dans toute sa splendeur exubérante et ombragée, le ciel se reflétant à la perfection dans le miroir étincelant d'un étang. Parfaitement alignés le long du parc, les élégants buildings des quartiers chics, et à l'est la lumière chatoyante de l'après-midi finissant. À l'ouest, perçant au travers de la silhouette en dents de scie des gratte-ciels du centre-ville, le soleil et son jaune dégoulinant sur l'horizon.

Daya sourit au couple remarquable nonchalamment enlacé devant elle – nota la coupe parfaite de leurs vêtements, leur peau bronzée et ferme, l'éclat magnétique de leur beauté. Elle jeta un œil sur sa liste de questions.

— On comprend facilement pourquoi *Vogue* vous a choisis tous les deux comme couple du moment, déclara-t-elle. En plus de former un duo charismatique et tellement élégant, vous êtes au sommet de votre carrière, et actuellement en train de tourner un des films les plus attendus de l'année, *Tendre est la nuit*. Comment cela se passe-t-il ?

— Comme sur des roulettes, répondit Kurt, un bras posé sur le dossier du transat de Lila. Le roman de Fitzgerald est magnifique et, comme vous le savez, nous avons un casting de rêve. J'adore l'énergie sur ce plateau. Avec ce groupe, tout est question de collaboration. Prenez aujourd'hui, par exemple, on tournait la scène de séduction entre Dick et Rosemary…

— Dick qui, bien entendu, est joué par le brillant Dominic Reeves, fit Daya, enthousiaste. Mais je crois savoir que l'actrice qui tient le rôle de Rosemary n'a pas encore été publiquement présentée… ?

— Et j'ai bien peur, Daya, que nous ne vous fassions languir un tout petit peu plus longtemps, lança Lila avec un clin d'œil.

— Notre public ne sera pas déçu, cela dit, je vous le promets, ajouta Kurt. Notre petite starlette est une sacrée bombe. Mais, comme je vous le disais, Daya : nous étions en train de tourner cette scène très intime, très délicate… et ça ne fonctionnait tout simplement pas. On a dû faire une série de modifications de dernière minute au beau milieu d'un plan-séquence compliqué, et tout le monde était totalement partant. Ce que je demande, en tant que réalisateur, c'est que tout le monde laisse son ego à la porte. Sur mon plateau, il s'agit de faire les choses bien et non d'avoir raison.

Il plongea un doigt dans la sauce mignonnette et le lécha.

— Bon sang, c'est réconfortant, dit Daya. Qu'est-ce qu'on ne donnerait pas pour rencontrer davantage d'hommes qui pensent de cette manière, je me trompe ?

— Je sais, répondit Lila. Bien entendu, ça ne veut pas dire que tout est parfait tout le temps. Kurt et moi avons nos moments de difficulté, comme n'importe quel couple. Mais nous nous connaissons si bien, maintenant. Nous trouvons toujours le moyen de nous en sortir, n'est-ce pas, chéri ? Entre nous, la confiance est tellement profonde.

Elle lui effleura la cuisse de sa paume ; il posa une main sur la sienne.

— OK, racontez-moi les circonstances de votre rencontre.

Daya se pencha en avant, tout sourire, faisant saillir ses pommettes semblables à des prunes.

— Je veux tout savoir de vos débuts romantiques, dans le moindre détail à l'eau de rose.

Ils hésitèrent un moment. Lila regarda rapidement Kurt. Il toussa, rit.

— OK, j'imagine que c'est moi qui vais raconter. Eh bien, celle que vous voyez là est venue auditionner pour un petit film indépendant que je réalisais…

— … et qui s'est avéré être un film culte, et l'un de mes préférés de tous les temps, *Waiting Game*, mentionna Daya.

— C'est très gentil, reprit Kurt. *Waiting Game* tient une place particulière dans mon cœur. Quoi qu'il en soit, Lila s'est pointée et nous a complètement estomaqués. Vous avez vu le film, Daya, alors vous savez : sa performance est extraordinaire. Et, même si j'aime à penser que j'ai quelque peu aidé, honnêtement, Lila a fait une première lecture incroyable. Elle était fascinante. Nous ne pouvions pas détacher nos yeux d'elle.

Daya acquiesça.

— Et c'est là que vous êtes tombés amoureux ?

Kurt inspira, roula sa manche.

— Eh bien, je ne peux pas dire que je ne l'avais pas remarquée ; à l'évidence, c'est une femme séduisante. Mais je me suis toujours imposé une règle stricte : ne pas mélanger le travail et le plaisir. Et je m'y suis tenu, je n'ai pas lâché un instant. Bien plus tard, une fois ensemble, on s'est rendu compte qu'on avait tous les deux eu des sentiments l'un pour l'autre durant tout le tournage de *Waiting Game*. Mais on n'a jamais donné suite. On a attendu d'en avoir complètement terminé, quand il n'y avait plus de risque que quiconque se sente sous pression, ou que quelque chose puisse compromettre le travail. Et alors je lui ai proposé un rendez-vous. Je suis de la vieille école, au fond, Daya.

Il porta une huître luisante à sa bouche et l'aspira.

— Un vrai gentleman, ajouta Lila en remontant ses lunettes sur son crâne et en plissant les yeux à cause du soleil. Pour être honnête, je pensais que ce type d'homme n'existait pas.

— Allez, vous deux, reprit Daya d'un ton taquin. Donnez-moi les détails croustillants. Vous ne vous souvenez pas de votre premier rendez-vous ?

De nouveau, ils hésitèrent.

Puis Lila regarda Kurt avec un sourire diabolique.

— Comment pourrais-je jamais oublier ?

Elle se laissa aller en arrière, suivant du regard le lent mouvement des cumulus au-dessus de sa tête.

— Kurt m'avait dit que c'était un rendez-vous exotique. C'est comme ça que tu l'avais présenté, n'est-ce pas, chéri ? Il m'avait dit de le retrouver à l'héliport privé du côté ouest de l'île, et il m'a emmenée directement à Montauk. On a mangé des langoustes sur le sable à Navy Beach, puis on s'est rendus au Montauket pour boire des cocktails. On a regardé le soleil se coucher sur l'île Gardiners et on a dansé sous les étoiles jusqu'aux petites heures du matin.

— Comme c'est romantique ! Est-ce pour cette raison que l'adaptation de *Tendre* se passe en partie là-bas ?

Kurt hésita.

— Il y a un certain nombre de raisons à cette décision…

— Mais il se peut que cela ait un lien, ajouta Lila en souriant. Comme vous le savez certainement, le roman se passe sur la Côte d'Azur. Et, vraiment, les Hamptons n'en sont-ils pas l'équivalent américain ?

— Et à deux pas de Great Neck, où se situait *Gatsby*, fit remarquer Daya.

— Exactement. Les Hamptons évoquent Fitzgerald à plein nez, n'est-ce pas ? Le style de vie hédoniste et glamour, la beauté irrésistible, la richesse ostentatoire…

Kurt s'engouffra dans la brèche.

— Et alors que, dans le livre, les personnages font un voyage à Paris pour les scènes qu'on a tournées aujourd'hui, dans notre version, ils se rendent à New York.

— J'adore ! fit Daya en souriant. Revenons-en à vous deux. Quand est-ce que vous avez su l'un et l'autre que c'était la bonne personne ? À votre premier rendez-vous ?

Kurt s'éclaircit la gorge.

— Eh bien, rappelez-vous, à ce stade, on se connaissait déjà parfaitement l'un et l'autre. Nous étions des amis proches, vraiment. Mais, jusque-là, je ne m'étais jamais autorisé à rêver que Lila puisse être intéressée par quelqu'un comme moi.

— Oh, c'est censé vouloir dire quoi ? demanda Daya, espiègle.

Kurt se laissa aller dans son transat, les mains nouées derrière la tête.

— Arrêtez, Daya. Ça ne vous a pas échappé que je suis un tantinet plus âgé que Lila, n'est-ce pas ? Je me suis dit qu'elle devait me voir comme… eh bien, un vieux. Mais ce soir-là, pendant qu'on dansait dehors, sur la terrasse du Montauket… Bébé, tu l'as si bien décrit ! Tu m'as ramené en arrière. On avait pas mal bu, à ce stade, si vous voyez ce que je veux dire… Mais la manière dont elle me regardait, avec une telle admiration… je suis tombé amoureux d'elle à l'instant même.

— Et vous le lui avez dit ?

Lila posa une main sur le genou de Kurt, se pencha en avant.

— Il l'a fait.

— Tellement adorable ! Et vous, Lila ? À quel moment vous avez su ?

Lila attrapa son verre, fit tourner les glaçons.

— Écoutez, je ne peux pas vraiment dire qu'il y ait eu un moment précis, comme ça a clairement été le cas pour lui. C'était tellement mignon, Kurt. Mais mon point de vue sur l'amour est peut-être un peu moins conventionnel.

— Dites-m'en plus, reprit Daya en penchant la tête.

Lila observa sa bague, la fit lentement tourner à son doigt.

— Je ne crois pas en l'amour inconditionnel. Je crois qu'aimer quelqu'un, c'est faire un choix sans cesse renouvelé, tous les jours. Je crois que l'amour le plus vrai arrive lorsque deux personnes ne cessent d'être là, encore et encore, l'une pour l'autre tout au long de la vie ; quand elles continuent à s'estimer et à se respecter mutuellement sans faillir. Ça me rend peut-être moins romantique que Kurt, mais il m'arrive de l'être.

« Lorsque j'ai fait ma demande à Kurt pendant sa soirée d'anniversaire, par exemple, je voulais montrer au monde que je m'engageais vis-à-vis de lui de la même façon qu'il s'était engagé vis-à-vis de moi.

Elle sourit à Kurt, lui prit la main. Effleura la bague rutilante à son doigt.

— C'était ma manière de déclarer au monde que, comme Scott l'avait dit de Zelda, Kurt était *le commencement et la fin de tout*.

Kurt pencha la tête, vida son verre.

— Ce qui nous amène au mariage.

Les yeux de Daya brillaient comme de l'or dans la lumière qui déclinait.

— Avez-vous décidé d'une date ? Choisi un lieu ? À l'étranger, peut-être ?

— Pour le moment, nous sommes entièrement focalisés sur le film.

Kurt tendit le bras et passa la main dans les cheveux de Lila, puis les ébouriffa.

— Mais je suis sûr que celle-ci a un grand projet en réserve que je ne connais pas. Je me trompe ?

Lila s'humecta les lèvres.

— J'ai effectivement quelques idées. Mais tout ça va rester top secret. À moins que… (un grand sourire lui fendit le visage) *Vogue* veuille l'exclusivité en double page pour la cérémonie ?

— Pour « la fille chérie de l'Amérique » ?

Daya applaudit et s'exclama :

— Ce serait un honneur !

— Alors c'est d'accord.

Lila regarda Kurt, ravala un sourire.

— Mon Dieu, vous semblez tellement pragmatiques, tous les deux, dit Daya. Comment y parvenez-vous ? Comment est-ce que vous parvenez à séparer le travail et le plaisir, selon vos propres mots, tout en réussissant quand même à consacrer du temps à votre relation ?

— Tout est dans les détails.

Kurt pressa un citron sur une huître et l'offrit à Lila.

— Le vieillard que je suis se réveille plus tôt que ma Lila, alors je lui apporte toujours un cappuccino de notre café favori au lit.

— Quel luxe.

Lila lécha sa fourchette à huîtres.

— Et moi j'essaie de donner à Kurt autant qu'il me donne. Tous les soirs, je lui apporte un dernier verre de son whisky préféré, que je fais venir spécialement du Japon. Nous avons des journées plutôt longues, mais nous prenons toujours le temps de faire le point avant de dormir.

— Et nous essayons de nous bloquer une soirée en amoureux de temps en temps, ajouta Kurt. Il faut bien que je gâte mon bébé quelquefois.

— Vous deux ! s'exclama Daya, extatique. OK, avant qu'on en finisse, j'ai un petit jeu à vous proposer : un genre de quiz, vous répondez du tac au tac. Durant les Années folles, Scott et Zelda étaient le couple en vue de New York. Nos lecteurs de *Vogue* veulent savoir : un siècle plus tard, de quelle manière notre garçonne des temps modernes et son philosophe feraient-ils la bringue, façon Fitzgerald ?

— Oh, j'adore ! s'exclama Lila en tapant des mains. Je suis devenue passablement fan de Fitzgerald, alors ça va être très amusant.

Elle se tourna vers Kurt.

— Tu commences ?

— Eh bien, le point de départ de notre périple est évident, dit Kurt en ouvrant les bras.

— C'est exact, déclara Lila. Comment pourrait-on ne pas démarrer ici, avec le Plaza ? Scott a écrit un jour qu'il avait coutume de *monter sur le toit du Plaza pour prendre congé de cette ville magnifique qui s'étend aussi loin que puisse aller le regard.* Le Plaza est un personnage récurrent dans un grand nombre de ses romans et de ses nouvelles. Zelda et lui étaient des habitués du lieu. On vient de tourner une de nos scènes dans la suite Fitzgerald, que l'hôtel a créée de toutes pièces, en hommage tout particulier à la scène cruciale de *Gatsby*. Quand on y entre, on a l'impression de faire un voyage en arrière dans le temps.

Kurt se pencha en avant.

— Très bien, de là, si on descendait quelques pâtés de maisons en direction de St Patrick ? Tu n'as pas dit que c'était là qu'ils s'étaient mariés, bébé ?

— Eh bien… Pas exactement.

Lila eut un grand sourire.

— Nos vrais fans de Fitzgerald admireraient la beauté de la cathédrale… avant de se rendre directement dans la sacristie où la cérémonie a eu lieu *en réalité*, parce que Zelda ne voulait pas se convertir !

Kurt haussa les épaules d'un air chagriné.

— Qu'est-ce que je peux dire ? Fitz et moi, on partage la même faiblesse pour les femmes têtues.

Lila continua.

— Ensuite, on fête les jeunes mariés en se rendant au Waldorf. On se glisse discrètement dans la cuisine, on cueille au passage une toque de chef, et on saute sur la table pour danser comme le faisaient Scott et Zelda.

Daya rit.

— Et après ?

Lila leva un doigt.

— Une petite pause au Grand Hyatt.

— Le Hyatt ? fit Kurt, l'air sceptique.

— Celui qui se trouve à Grand Central, et qui était connu sous le nom de Commodore. À l'époque où ils faisaient la bringue, Scott et Zelda vivaient à l'hôtel, passant d'une suite huppée à une autre. Ils ont fêté leur arrivée au Commodore en utilisant les portes tournantes de l'hôtel pendant une demi-heure !

— OK, j'ai la suite, déclara Kurt. De là-bas, on chope un taxi, style Fitzgerald : on monte sur le toit et on file dans toute la ville. On dégotte peut-être des billets pour la dernière pièce à succès sur Broadway…

— Ou on flâne sur la Cinquième Avenue et on dépense une fortune pour un luxueux manteau de fourrure. En espérant qu'il soit faux, contrairement à la fourrure préférée de Zelda, l'écureuil !

Kurt se laissa aller dans son transat, croisa les jambes.

— Ensuite, on refait le plein dans un bar clandestin. C'est la prohibition, après tout. On trouve l'entrée secrète en passant par la cabine téléphonique du Please Don't Tell, ou on va à celui que je préfère, Death and Co…

Lila glissa sa main dans la sienne.

— Et on finit la nuit à Union Square, où, comme l'avait fait Zelda, tu pourras toi aussi sauter tout habillé dans la fontaine !

— Quelle folie ! lança Daya en riant. OK, dernière question, avant de vous libérer. Pour en revenir à *Tendre est la nuit*, qu'est-ce qui devrait nous enthousiasmer le plus ?

— Lila, bien entendu, répondit Kurt en refermant une main autour de sa nuque. Je peux déjà vous le dire : cette performance sera sa meilleure à ce jour.

Lila sourit, rougissante, puis fixa Daya droit dans les yeux, avec une expression intense.

— Pour moi, ce qui m'enthousiasme le plus, c'est ce que cette adaptation va apporter aux femmes. Ce qui me tient le plus à cœur, Daya, plus que jouer ou filmer, ou tout le glamour clinquant que cela permet, c'est redonner le pouvoir aux femmes victimes. Et, dans notre version de *Tendre est la nuit*, c'est la *femme*, l'héroïne.

— C'était quoi, ce bordel ? lança sèchement Kurt dès qu'ils eurent pris congé et se retrouvèrent seuls.

Lila se tourna vers lui dans le crépuscule naissant.

— Quoi, chéri ?

— *Quoi, chéri ?* cracha Kurt. Tu sais précisément quoi, *chérie*. L'héliport privé ? Les langoustes et la danse sous les étoiles ? Faut espérer qu'elle ne va pas se mettre en tête de vérifier, putain. Qu'est-ce qui t'a poussée à débiter ces conneries ? Matt et Reena nous avaient briefés pour cette question. On avait une histoire toute prête à lui servir. Une histoire qui sonnait vrai.

— Une histoire ennuyeuse et sans imagination.

Lila soupira.

— J'essayais juste d'aider. Elle attendait clairement quelque chose de plus romantique, alors je le lui ai donné. Vois-le autrement : au moins, je ne lui ai pas raconté la véritable histoire, d'accord ?

Kurt fit volte-face.

— Pas drôle, Lila.

Elle haussa les épaules.

— Ça a marché, cela dit, non ? Elle a tout gobé.

Il se tut, réfléchit.

— Et si je ne veux plus jouer à ça ?

Lila cilla.

— De quoi tu parles ?

— Ça. Nous.

Kurt désigna d'un geste l'espace autour d'eux.

— Et si je refuse de me marier ? Et si je veux laisser tomber ?

Lila observa sa bague qui brillait dans l'ombre, et sa voix ne fut plus qu'un murmure :

— Tu avais promis que tu ne le referais pas.

— Dommage !

Il leva les mains au ciel.

— Qu'est-ce que tu vas faire contre ça ?

Elle le dévisagea, les yeux brillants.

— Kurt, tu peux faire ce que tu veux. Je sais que je ne peux pas t'en empêcher. J'espère juste que je n'ai pas à te rappeler tout ce qu'on a et tout ce qu'il y a à perdre. Tu veux vraiment foutre tout ça en l'air ?

Les portes menant à la terrasse s'ouvrirent à la volée. Freddie.

— Très bien, vous deux. Je viens de passer la dernière heure à me bourrer la gueule dans la caravane de Lila, ce qui, je l'espère sincèrement, fait de moi un cassos. Alors si on en a terminé ici, s'il vous plaît, est-ce qu'on peut aller se torcher un bon coup ?

Freddie s'arrêta net en voyant les yeux pleins de larmes de Lila.

— Oh, mon Dieu, je suis désolé. Lila, tu vas bien ?

— Kurt ?

Elle se tourna vers son fiancé et une larme solitaire glissa sur sa joue.

— S'il te plaît ?

Kurt soupira, fit oui de la tête, et Lila se réfugia entre ses bras, le serrant de toutes ses forces.

— Dis-moi que tu ne me quitteras jamais, dit-elle, le nez contre sa poitrine. Promets-le-moi… ?

Il enfouit son visage dans ses cheveux et colla ses lèvres contre son oreille.

— Tu m'as eu, Crayne, murmura-t-il. Je ne pourrais pas te quitter, même si j'essayais.

NOTES PERSONNELLES DE : J. GABRIEL

Patiente : L. Crayne
Date, heure : 8 juillet, 10 h 30
Séance : 5

Progrès stupéfiants. Sidéré de voir combien on a avancé, alors que la séance avait démarré de façon frustrante (même si prévisible) : au début, L. semblait avoir fait marche arrière, désireuse de changer la situation.

Est entrée timidement dans le bureau, disant qu'elle avait un cadeau pour moi. J'ai objecté, expliquant que je ne pouvais recevoir de cadeaux des patients, mais elle a insisté. A sorti un mouchoir de sa poche.

« Il vient de la suite Fitzgerald au Plaza, où on tournait une scène. C'est joli, n'est-ce pas ? Les marguerites ont toujours été mes fleurs préférées. "JG" signifie "Jay Gatsby", bien entendu, mais, quand je l'ai vu, je me suis rendu compte que vous aviez les mêmes initiales. »

Ai eu le sentiment que je devais aborder L. avec délicatesse aujourd'hui. Demandé si le Rivotril fonctionnait. Elle en avait pris une fois – avait bien marché.

C'était arrivé vendredi dernier. Ils avaient tourné toute la journée : la scène de l'hôtel où Nicole découvre la liaison Dick/Rosemary. Ensuite, interview de *Vogue*. D'après L., normalement, un grand numéro de lèche-bottes, des articles mondains et flatteurs, mais ce jour-là ça sonnait faux, ça ne collait pas. L. épuisée, pas dans son assiette ; par inadvertance, avait dérapé et fait quelque chose qui avait contrarié Kurt.

C'était arrivé quand on les avait interrogés sur leur premier rendez-vous, le début de leur relation. Étonnamment, a dit L., n'avaient jamais eu cette question dans une interview officielle. Les journaux à scandale, les réseaux sociaux présumaient qu'ils s'étaient rencontrés sur le tournage de *Waiting Game*. Avant l'interview, ils s'étaient préparés avec leur équipe de relations publiques, mais la question n'avait pas été envisagée. Quand on l'avait interrogé, Kurt s'était figé. Alors L. était intervenue, et avait concocté une histoire de premier rendez-vous complètement imaginaire. Avait juré de ne jamais révéler la véritable histoire.

Ai parlé de celle que L. m'avait racontée précédemment (une soirée avant *Waiting Game* où Kurt lui avait fait des avances) et demandé si c'était vrai. À la suite de ma question, L. s'est excusée : ce n'était pas toute l'histoire.

K. avait effectivement organisé une soirée avant *Waiting Game*, mais elle avait omis de me dire que, quand elle s'y était rendue, son contrat n'avait pas encore été finalisé. Son agent poussait depuis des semaines pour conclure l'affaire, mais en vain. L'autre partie bloquait. La raison n'était pas claire.

Quand L. était arrivée à la soirée, elle se sentait nerveuse, pas à sa place. Kurt ne la quittait pas des yeux. Toute la soirée, il l'avait gardée à côté de lui. Au début, elle avait pris cela pour une attitude protectrice et paternelle. Mais vu le contexte, drogues et alcool, l'explication lui avait paru de moins en moins plausible.

Après quelques verres, Kurt lui avait fait des avances. Voyant que L. hésitait, mal à l'aise, il lui avait dit qu'il existait de nombreuses autres actrices jolies et talentueuses, qui auraient tué pour se trouver à sa place. Tout avait un prix, et L. devait jouer selon les règles. Si elle refusait, K. déchirerait le contrat et offrirait le rôle à quelqu'un d'autre.

Ce soir-là, elle avait couché avec lui. Le lendemain matin, au réveil, le contrat était finalisé.

L. sans réaction, presque froide, en racontant l'histoire. Avait clairement pris grand soin de se distancer du trauma. Ai demandé si elle avait couché avec K. contre sa volonté ; mais elle a nié précipitamment. La décision venait d'elle. Ne voulait pas perdre une opportunité de cette importance.

Atterré par l'attitude de K. – en totale contradiction avec la description qu'en fait L. : un féministe, selon elle – mais, étant donné l'état de L., voulais aborder le sujet avec précaution. Ai demandé comment ils en étaient venus à sortir ensemble. Pourquoi fréquentait-elle quelqu'un qui avait fait de leur première rencontre une obligation contractuelle ? A répondu qu'après la première fois K. avait agi comme s'il ne s'était jamais rien passé, la traitant comme n'importe qui d'autre. Sa soudaine indifférence avait piqué l'intérêt de L. (Rien d'étonnant, vu les tendances à l'évitement du père.) Alors les rôles s'étaient inversés : elle avait commencé à lui courir après. À sortir avec lui. Le public les aimait, leur carrière était florissante ; elle avait fini par tomber amoureuse de lui et avait relégué leur première rencontre au fin fond de sa mémoire. Mais c'était pour ça qu'évoquer leurs débuts était délicat ; sans réponse toute prête, L. paniquait.

Ai suggéré qu'elle avait peut-être raconté une histoire qu'elle aurait voulue vraie. Demandé comment K. avait réagi.

Il ne pouvait pas la contredire pendant l'interview. Mais ensuite, quand ils avaient été seuls, il avait menacé de rompre les fiançailles. Et c'est là que l'épisode avait déclenché une attaque de panique. Quand K. avait vu à quel point L. était bouleversée, il était revenu en arrière, avait promis qu'il ne partirait pas.

Ai demandé s'ils en avaient discuté depuis, mais elle a répondu que K. n'était pas en ville, qu'il tournait à Montauk.

Ai donné à L. du travail à la maison. Ai demandé qu'à l'avenir elle tienne un journal, et m'envoie ses entrées. Cela m'intéresse de suivre le cheminement de ses pensées à propos de sa relation avec Kurt. A accepté.

Ai demandé comment elle se sentait à présent, plusieurs jours après la querelle.

« Je m'interroge… Kurt a besoin de moi en ce moment pour le film, mais, une fois qu'on aura terminé de tourner, est-ce qu'il va me quitter pour de bon ? »

Ai demandé à L. de réfléchir : pourquoi entretenir une relation avec quelqu'un qui menaçait de partir ? Devrait sortir avec quelqu'un qui se soucie d'elle, qui est honnête avec elle, avec qui elle se sent en sécurité.

« Vous voulez dire quelqu'un comme vous ? »

Avant que je puisse répondre, elle a secoué la tête.

« Jonah, ce genre d'homme – quelqu'un de gentil, de sérieux, d'attentionné –, il ne choisirait jamais une femme comme moi. Je suis trop abîmée. Non, s'il vous plaît, écoutez-moi.

J'attire les prédateurs. Les hommes qui me font des avances. Même s'ils prétendent être différents, je sais que je ne peux jamais vraiment leur faire confiance. C'est mon lot. J'ai appris à l'accepter. »

Ai dit qu'elle n'avait pas à accepter. Que, si on pouvait comprendre la raison de ce schéma, on pourrait le changer. Qu'elle n'était pas obligée de rester avec quelqu'un comme K. Tant qu'elle serait avec lui, ne serait jamais véritablement à l'abri.

Mais je suis allé trop loin : L. a commencé à se fermer. Trop peur pour partir. A répété qu'elle avait peur de ne jamais être digne de l'amour d'un homme, que tous les hommes finiraient par l'abandonner. Ai demandé pourquoi elle ressentait cela.

L. a hésité.

« Vous croyez que Kurt est comme papa ? »

« Cette façon qu'il a de vous rabaisser. Cette impression que vous avez de ne jamais être assez bien. Le déséquilibre des pouvoirs. Les menaces de départ. La violence physique. »

« Mais c'est seulement quand il est en colère. Le reste du temps, il est merveilleux. »

« Tout à fait. Exactement comme votre père. La quintessence du mâle alpha : solide, sûr de lui, charismatique. Mais, en tant que fille, vous avez plus vu ses mauvais côtés que ses bons. Et il me semble que plus vous resterez avec Kurt, plus ses mauvais côtés ressortiront, là aussi. C'est dans sa vie privée avec vous que Kurt va montrer son véritable visage. J'aimerais parler un peu plus de votre père : comment c'était, de se trouver près de lui lorsqu'il se mettait en colère ? On peut faire ça ? »

L. a répondu qu'elle m'avait déjà confié ce dont elle se souvenait, qu'elle ne pouvait se rappeler précisément les détails. Souvent le cas chez les personnes souffrant de stress post-traumatique, ai-je dit.

Première fois que je posais un diagnostic ; L. clairement surprise.

Ai expliqué que de nombreuses personnes souffrent de stress post-traumatique lorsqu'elles ont connu un trauma. L'incapacité de L. à retrouver des souvenirs précis concernant son père : certainement une façon qu'a le cerveau de se protéger pour ne pas être à nouveau submergé. Mais il existe des moyens de surmonter ça, de reconsolider la mémoire. Ai rappelé à L. la raison première de cette thérapie : accéder à son propre trauma et le traiter tout en assumant son rôle dans le film. Notre travail ici consiste à aider L. à mieux se connaître, mieux traverser la crise actuelle, l'aider à vivre mieux à l'avenir.

Lui ai dit que j'aimerais essayer un traitement appelé EMDR. Existe des opinions divergentes quant à son efficacité, mais ai déjà obtenu des résultats grâce à lui auparavant. Lui ai expliqué rapidement en quoi cela consistait, l'objectif étant de localiser l'origine du trauma, de réduire son intensité afin de pouvoir mieux travailler à la guérison. L. sceptique, mais partante pour essayer.

Avons rapproché les chaises de sorte que nos genoux se touchaient presque. Ai ordonné à L. de suivre mon doigt des yeux. Ai ajouté que je la guiderais au fur et à mesure ; lui poserais des questions. Elle devrait rester concentrée sur mon doigt, respecter mes consignes. Songé à tenter d'accéder au souvenir du viol de L., mais ai réalisé qu'elle risquait de se fermer complètement. À la place, suggéré qu'on commence par l'accident de voiture.

Ai levé l'index entre nous et commencé un mouvement de va-et-vient. Une fois les yeux de L. installés dans un mouvement rythmique, lui ai demandé d'inspirer, puis d'expirer et de fermer les yeux. Me suis arrêté, lui ai demandé de me décrire ce dont elle se souvenait. Est restée silencieuse un moment.

« Je suis… Je ne sais pas comment faire ça. Je suppose… je suis sur le siège arrière ? »

Ai demandé quelle heure il était.

« Je ne sais pas, tard ? Il fait noir dehors. »

Lui ai demandé de continuer.

« Je ne sais vraiment pas quoi dire… »

Demandé ce qu'elle voyait autour d'elle.

A inspiré un grand coup.

« Il pleut. Il pleut fort. »

Lui ai demandé de poursuivre.

« Je sens une odeur. Peut-être… Il y a peut-être un sac venant du restaurant ? Je me souviens… Oh, mon Dieu, je crois me souvenir que je voulais manger un cookie que la serveuse m'avait donné. »

A secoué la tête, souri un peu.

« Mais mère avait dit que je devais attendre qu'on soit revenus à la maison. »

Ai demandé à L. d'ouvrir les yeux, de suivre mon doigt, d'inspirer en même temps que moi, puis d'expirer et de refermer les yeux. Ai demandé ce qu'elle remarquait. L. calme, concentrée.

« Il y a une chanson à la radio. C'est dur à distinguer : la pluie est tellement forte… »

« Continuez. »

Son expression a changé.

« Mes parents se disputent. Ils crient, ils se traitent de tous les noms. Et j'essaie de ne pas écouter, de me concentrer sur la pluie, c'est tout. »

« Quoi d'autre ? »

Soudain éclair de souffrance sur le visage de L. Elle a rouvert les yeux, m'a regardé fixement, visage fermé.

« C'est tout ce dont je me souviens. »

Ai demandé à lui prendre les mains. A hésité. L'ai rassurée en disant que cela faisait partie de la méthode. L. a posé ses mains dans les miennes. Les ai retournées, paumes en l'air, ai placé mes pouces en leur centre.

« On va faire la même chose, seulement, cette fois, vous me regardez droit dans les yeux. Je vais presser vos paumes de cette manière. D'accord ? »

J'ai commencé à presser une paume, puis l'autre, encore et encore, sans la quitter des yeux. Cette fois, connexion très forte. Ai ordonné à L. d'inspirer, puis d'expirer, de refermer les yeux. Demandé ce qu'elle remarquait.

A froncé les sourcils. Secoué la tête.

« Qu'y a-t-il ? »

« Papa crie sur mère. Il dit qu'il va la tuer. La voiture roule de plus en plus vite. »

« Quoi d'autre ? »

L. a plissé très fort les paupières.

« Il lui dit de ralentir. Il lui hurle de ralentir. »

L. a secoué la tête. Rouvert brusquement les yeux.

« Mais… ? »

Sentais le dénouement tout proche. Demandé à L. de rester là-dessus. Elle a acquiescé, refermé les yeux. Inspiré.

« … c'est vrai. Ce n'est pas lui qui conduit. C'est mère. Il essaie d'empoigner le volant. Et il y a des phares qui arrivent en face, à toute vitesse, de plus en plus brillants. Et ensuite mère se retourne, et me crie par-dessus son épaule de rester de notre côté de la voiture. De ne pas détacher ma ceinture. De me protéger la tête. Papa hurle : "Qu'est-ce que tu fous ?" Et ensuite elle fait une embardée à gauche, en plein sur la file opposée, et le camion qui arrive en face donne de grands coups de klaxon, mais il ne peut pas s'arrêter assez vite. Il nous fonce dessus, droit sur le passager avant. Droit sur papa. Oh, mon Dieu. »

Des larmes ont coulé des yeux fermés de L.

« Lila ? Ça va ? »

Ses yeux s'ouvrent, elle a les pupilles dilatées. M'a agrippé la main.

« Elle l'a tué. Elle a tué mon père. Et elle l'a fait volontairement. Elle voulait sa mort. »

Refermez le livre et retournez-le
pour découvrir l'acte II

Acte III

NOUS DEVONS TOUS NOUS EFFORCER D'ÊTRE BONS

I

Il filait à toute allure dans la nuit, les jambes fouettant l'air, comme en apesanteur sous son corps, le martèlement léger de ses richelieus résonnant en écho dans la rue. Il courait plus vite qu'il ne l'avait jamais fait, plein ouest, sur le trajet le moins emprunté, celui qui n'était pas encombré par des restaurants et des bars. Courut sans s'arrêter jusqu'à la pellicule argentée de l'Hudson, puis tourna à gauche et continua, se rapprochant toujours plus de Lila. Au-dessus de lui, le ciel lugubre et sans lune, les étoiles depuis longtemps avalécs par le smog de la ville. Il avançait toujours tel un fantôme dans l'obscurité, éclairé le temps d'une inspiration par un lampadaire, pourchassé, éclipsé, doublé par son ombre, avant qu'elle ne disparaisse purement et simplement, comme s'il n'avait absolument jamais été là. De l'autre côté de West Street, couples, jeunes familles, petits groupes d'amis qui s'entassaient sur les quais aménagés, flânant à la lisière de la ville pour observer l'eau, la côte du New Jersey aux bâtiments bas et trapus dont les vitres reflétaient le soleil dans un scintillement de lumière. Il les évitait comme des flaques d'eau, ces gens, qui tous se dirigeaient aveuglément vers la rivière, ignorants jusqu'au dernier de la crise en cours.

L'adrénaline coulait à flots dans ses veines tandis qu'il se demandait quelles horreurs Lila était en train de vivre. Il lutta pour bloquer ces visions épouvantables, limiter ses angoisses à un bruit blanc. Et concentra ses pensées sur une seule mélopée méditative, encore et encore, au rythme de sa course : *Lila. Lila. Lila.*

Il atteignit enfin son pâté de maisons. Son immeuble, qui se dressait devant lui, ressemblait à présent à une forteresse, renfermant un terrible secret entre ses murs. Il s'enfonça dans la rue latérale, la passa en revue du haut en bas, incapable de se défaire de l'impression tenace qu'en ce moment précis quelqu'un était peut-être en train d'observer ses moindres mouvements. Et pourtant il ne vit rien : juste la rue tranquille et bordée d'arbres, une file de voitures vides serrées les unes contre les autres, un piéton solitaire au loin. Comme s'il s'agissait de n'importe quel soir d'été. Comme si son monde tel qu'il le connaissait n'était pas en cet instant même à deux doigts de changer pour toujours.

Il s'approcha de l'entrée qui se trouvait dans un renfoncement, jeta un coup d'œil sur les caméras de sécurité orientées vers le bas, comme prêtes à faire feu. La porte d'entrée elle-même était une plaque d'acier rutilante dotée d'une serrure à pêne dormant avec, à côté, un clavier de sécurité. Bien sûr, aucun répertoire ne lui indiquait quel code composer pour Lila Crayne ; les touches elles-mêmes ne portaient aucune indication. Il y avait seulement une troisième caméra dôme qui dépassait du mur tel un œil de cyclope omniscient. Jonah prit une inspiration, tenta la poignée de porte.

Verrouillée.

Quel abruti je fais, se dit-il. Être venu jusque-là et n'avoir aucune idée de la façon d'entrer. Devait-il appeler Lila ? Lui envoyer un texto ? Il sortit son téléphone, et son cœur fit un bond lorsqu'il vit le même numéro inconnu affiché en haut de l'écran.

Utilise la clé.

La clé ? Quelle clé ? Il fouilla l'entrée du regard pour y trouver la moindre cachette, en vain. Il n'y avait ni paillasson, ni plante en pot, ni rebord caché. Les contours du bâtiment étaient lisses, immaculés ; pas une fissure ou une crevasse en vue. Et puis une pensée lui vint.

Il sortit la clé du pied-à-terre de sa poche. L'idée était totalement absurde, complètement farfelue. Frottant du pouce la clé dentelée, il s'interrogea. Le temps pressait, ses chances de sauver Lila s'amenuisaient de seconde en seconde. Il glissa la clé dans la serrure, la fit tourner avec un bruit sec.

La porte s'ouvrit.

Devant lui, un hall faiblement éclairé, industriel et froid. Directement en face, un gros monte-charge, portes ouvertes bloquées comme s'il l'attendait, ses entrailles d'acier tout ce qu'il y a d'ordinaire, mis à part le sol, une langue rouge vif. Il jeta un dernier regard à la rue paisible et réconfortante dans la douce chaleur du soir. Il se dit qu'il pouvait encore faire demi-tour, encore appeler le 911 et regagner la sécurité de sa propre maison. Mais non : la dernière chose que voudrait Lila, ce serait de se retrouver exposée de façon intolérable aux yeux de la police – et, dans son sillage, à ces charognards de journalistes. Il serra les dents et referma la porte à grand bruit.

Bien que sa respiration se soit calmée, son cœur conservait le rythme rapide d'une pluie légère mais régulière. Il entra dans le monte-charge et déglutit péniblement. À l'intérieur, mêmes boutons anonymes, mais cette fois il n'y avait que six choix et il savait que l'étage de Lila était le dernier. Il inspira un grand coup et appuya sur le bouton, puis retint son souffle en le voyant s'illuminer et les portes en acier se refermer.

Tandis que le monte-charge commençait son ascension avec un vrombissement sourd, Jonah sortit son téléphone, pressa simultanément les touches « volume » et « marche/arrêt », et vit apparaître avec soulagement l'option « appel d'urgence ». Il lui suffirait d'enfoncer ces boutons et de balayer l'écran pour que les renforts se mettent en route. Il glissa de nouveau son téléphone dans sa poche, et l'entendit cliqueter contre un objet qui s'y trouvait.

Son couteau de poche.

Il n'y avait même pas pensé jusque-là, n'avait pas considéré qu'il pourrait être judicieux d'apporter une arme – et malgré lui il ressentit un léger soulagement. Kurt était plus grand que lui, et nettement plus costaud. Mais maintenant il avait quelque chose dont il pourrait se servir, si on en arrivait là.

Mais ça ne sera pas le cas, se dit-il. Il lui fallait juste parvenir jusqu'à Lila et persuader Kurt de la laisser partir.

Le monte-charge s'arrêta, sembla flotter en plein ciel, puis les portes s'ouvrirent directement sur l'appartement de Kurt et de Lila.

Toutes les lumières avaient été éteintes. Devant lui, la grande salle tentaculaire et ses six mètres sous plafond, son immense mur vitré donnant sur l'étendue spectaculaire du balcon vide et le long ruban d'eau de la rivière au-delà. En pleine journée, la pièce devait être bien aérée et baignée de soleil, mais à présent, de nuit, l'étrange luminosité ambiante de la ville projetait des ombres fantomatiques dans le noir ; et ces fenêtres célestes et prophétiques s'étaient une fois de plus transformées en un millier d'yeux, regardant à la fois dedans et dehors, montant la garde en silence. *Icare*, remarqua-t-il, avait déjà été accroché, son cadre massif rampant sur toute la longueur du mur, comme suspendu dans l'obscurité. Il frissonna. Pourquoi Lila l'avait-elle fait livrer ici plutôt qu'à son pied-à-terre ? Peut-être – c'était possible – pour protéger l'emplacement de son refuge secret ?

À sa gauche, un escalier, qui menait certainement à leur chambre. L'escalier, se souvint-il, au bas duquel Kurt avait fait rouler Lila. Tout au bout de la pièce, un bar laqué, qui étincelait même dans le noir avec ses carafes en cristal, ses entrailles ambrées et miroitantes. Plus loin dans l'espace, la salle à manger, puis un couloir, menant, sans aucun doute, à la cuisine. Tout était silencieux.

Un son étouffé. *Lila ?* Ça avait été tellement fugace qu'il se demanda s'il l'avait imaginé. Mais ensuite il entendit un léger mouvement, comme un frottement qui venait de la direction de la cuisine. Quelqu'un s'y trouvait, essayant de ne pas faire de bruit.

Il commença à avancer sur le tapis qui courait sur toute la longueur du salon. Passa le bar en revue pour repérer quelque chose de dangereux, n'importe quel objet que Kurt pourrait utiliser comme une arme contre lui, puis il se rappela qu'il ne serait pas nécessaire d'en arriver là. Tandis qu'il approchait de la cuisine, les poils de ses avant-bras se hérissèrent et il sentit qu'il percevait une présence toute proche, se demanda si l'on percevait aussi la sienne. Muscles bandés, mains prêtes, il se faufila dans la salle à manger vide.

Du coin de l'œil, il entrevit une brève lueur, comme une ombre fugace qui se découpe, et il se figea, avisant soudain la cuisine ouverte qui brillait dans le noir. Il avança sur la pointe des pieds, les battements de son cœur lui cognant aux oreilles, concentré sur l'embrasure plongée dans le noir qui se dévoilait lentement à sa vue.

Dans les ténèbres, les blancs et argent pâles de la cuisine renvoyaient la lumière spectrale qui pénétrait dans la pièce par le mur vitré. Il atteignit enfin la porte et retint son souffle. Tout doucement, il se pencha à l'intérieur, encore un peu plus, jusqu'à ce qu'il n'ait plus d'autre choix que de franchir le seuil, à découvert.

— Jonah.

À sa droite, à quelques pas : Kurt, appuyé contre le marbre, bras croisés sur la poitrine.

— Lila m'avait dit que vous viendriez.

Il secoua la tête. Fit craquer ses articulations.

— Je dois dire, j'aurais vraiment aimé que vous ne veniez pas.

Jonah en eut la nausée. Quelle punition brutale Kurt avait-il en tête ?

Il s'éclaircit la gorge.

— Où est Lila ?

Mais Kurt ignora la question.

— Écoutez, on n'a pas beaucoup de temps. Je vais tout vous dire, mais je ne peux pas le faire ici.

Il leva les yeux et Jonah suivit son regard. Effectivement, dans le coin supérieur : un minuscule globe blanc pratiquement invisible. Lila avait dû faire installer des caméras, réalisa-t-il, une sécurité supplémentaire pour se protéger de Kurt.

Il déglutit, tenta de détendre ses traits. Il eut soudain l'idée absurde qu'ils étaient des acteurs dans une scène, chacun jouant le rôle qui lui avait été attribué, récitant à la perfection les répliques écrites au préalable. Il essaya de chasser cette idée, un sourire nerveux aux lèvres. Il devait avoir l'esprit clair, à présent.

— On doit se dépêcher, dit Kurt. La salle de bains est le seul endroit où il n'y a pas…

— Vous devez me prendre pour un imbécile.

— Vous voulez bien m'écouter ? murmura Kurt. Je n'en ai strictement rien à foutre de vous, mon vieux. Mais, si vous savez ce qui est bon pour vous, vous allez foutre le camp d'ici.

Il tendit le bras pour lui poser une main sur l'épaule, mais Jonah recula brusquement.

— Ne me touchez pas.

Derrière Kurt, il voyait à présent un bloc à couteaux, sans couteaux. *Où étaient-ils ?*

— Je ne vais nulle part avant d'avoir parlé à Lila, reprit Jonah, la mâchoire contractée.

Kurt hésita, l'étudia ; puis il soupira en secouant la tête.

— Vous allez le regretter.

— Vous me menacez ?

— Ça recommence, avec les menaces ? lança Kurt. Mec, c'est moi le gentil, ici.

— Selon moi, vous méritez d'être enfermé pour tout ce que vous avez fait subir à Lila.

— Très bien, va te faire foutre, connard, répliqua Kurt, l'air de plus en plus sombre. Sauf erreur de ma part, c'est toi, le sac à merde qui vient d'entrer par effraction dans la maison de sa patiente. Alors, si quelqu'un doit se retrouver en taule, c'est toi.

Jonah inspira d'un coup sec. Il devait renverser la vapeur, et vite.

— Vous êtes clairement en colère, tenta-t-il. Je sais que cette situation est chaotique. Mais pour le moment, s'il vous plaît, est-ce qu'on pourrait essayer de séparer mon implication personnelle avec Lila de mon rôle en tant que thérapeute ?

— Non, je ne crois pas qu'on puisse, répondit Kurt. En fait, je ne pense pas que *tu* puisses le faire non plus. Je pense que tu as commis une grosse faute professionnelle.

— Elle ne vous aime pas ! explosa Jonah. Elle est en train de vous quitter. Et moi, je vais la protéger de vous.

— De *moi* ?

Kurt se mit à rire.

— C'est incroyable, putain. Dis-moi : qu'est-ce que j'ai fait à Lila Crayne ?

— Je sais tout, répondit Jonah. Je sais que vous avez abusé d'elle. J'ai vu les ecchymoses, les marques.

— Je n'ai jamais porté la main sur cette femme, rétorqua Kurt. Je ne l'ai jamais blessée. Pas une seule fois.

— Je ne suis pas obligé d'écouter ça.

Jonah fit demi-tour, le cœur battant à tout rompre, et commença à sortir de la cuisine.

— Lila ? cria-t-il en traversant la salle à manger et en regagnant la grande salle. Derrière la vitre, la vaste étendue d'eau miroitait sombrement.

— Lila ?

— Elle ne va pas te répondre, lança Kurt dans son dos. Elle ne viendra pas.

Jonah fit volte-face.

— Pourquoi ? Qu'est-ce que vous lui avez fait ?

— Je croyais que les thérapeutes étaient censés être à l'écoute des autres, répliqua Kurt en fronçant les sourcils. Je te l'ai dit : je suis innocent. Je n'ai rien fait du tout.

Ils étaient dans une impasse. Jonah s'humecta les lèvres, réfléchit.

— Si vous refusez de me dire où elle se trouve, alors je n'ai pas le choix. J'appelle la police.

Il sortit son téléphone de sa poche. Et en un éclair Kurt bondit, le lui arracha des mains et le jeta par terre. Avant que Jonah ait pu le ramasser, il leva le pied et l'écrasa sous son talon.

Jonah contempla fixement son téléphone, en mille morceaux sur le sol.

— J'ai essayé de t'aider, mec, dit Kurt. J'ai vraiment essayé. Mais tu n'as pas voulu écouter. Alors voilà ce qui va se passer. Tu vas rester gentiment où tu es, ta petite queue entre les jambes, pendant que moi, j'appelle la police et que je leur dis que quelqu'un s'est introduit chez moi. Et ensuite je leur expliquerai que tu n'es pas n'importe quel intrus ; que tu es un enculé manipulateur obsédé par sa patiente, que tu l'as suivie jusqu'ici et que tu es entré par effraction chez elle, en violation de sa vie privée et de sa sécurité. Tu seras arrêté, ton cabinet sera fermé, tu vas finir en taule, là où est ta place, et tu ne seras plus jamais autorisé à t'approcher de Lila.

Jonah considérait Kurt, réfléchissant à toute allure. Les choses avaient dégénéré si vite, cela allait bien au-delà de ce qu'il pouvait gérer tout seul. Devait-il essayer de trouver Lila, au risque quasi certain que Kurt le descende ? Ou essayer de prendre la fuite et arriver le premier chez les flics, Dieu sait comment ? Mais, même s'il parvenait à s'échapper, Kurt les appellerait immédiatement ; et Jonah savait, même si ça lui faisait mal de l'admettre, qu'il n'avait aucun argument solide contre Kurt. Si ce dernier arrivait à joindre les flics en premier, ce serait terminé.

Qui plus est, se sauver, n'était-ce pas en fait une façon de penser à lui plutôt qu'à Lila, de risquer la vie de cette dernière pour sauver la sienne ? Comment pourrait-elle jamais lui pardonner une telle trahison ? Il avait déjà tout risqué pour elle. À quoi bon vivre sans elle ?

Non. D'une façon ou d'une autre, il devait arriver jusqu'à Lila. Et il ne pouvait pas laisser Kurt passer ce coup de fil.

Il sut ce qu'il avait à faire.

— Je comprends, dit-il en levant lentement les mains. Et je ferai exactement ce que vous voulez. D'accord ?

— T'es un mec intelligent.

Kurt s'approcha de lui.

— Pas besoin que les choses dégénèrent, hein ?

Kurt se détourna légèrement pour attraper son téléphone dans sa poche. Jonah se prépara.

Et, pile au moment où Kurt levait les yeux, Jonah ferma le poing, prit son élan et le frappa en plein visage avec un craquement répugnant. Kurt tituba en arrière avec un gémissement, protégeant d'une main son nez cassé d'où le sang coulait à flots. Puis il se redressa et se tourna pour lui faire face.

Juste avant de l'attaquer, Kurt gonfla la poitrine, et Jonah réalisa à quel point il était plus grand, plus costaud que lui ; il savait qu'il n'était pas de taille. Kurt plongea sur lui en grognant, le fit tomber, puis le cloua au sol et le frappa de toutes ses forces en plein visage. Sa nuque vint heurter le sol de béton coulé avec un bruit sec, et le monde devint d'une luminosité aveuglante, les bruits de la pièce s'estompèrent soudain ; durant un instant, Jonah n'entendit que les battements assourdis de son propre cœur. Il battit des cils, luttant pour refaire surface. Kurt pesait sur lui de tout son poids, le sang dégoulinait sur son visage affreusement grimaçant.

— Ça suffit, maintenant, grogna-t-il. Tu crois vraiment que tu as une chance ? Je te l'ai déjà dit, pas la peine que quelqu'un soit blessé. Je ne veux pas te faire de mal, mec. Alors pourquoi ne pas arrêter tout de suite, avant que je fasse de vrais dégâts ?

D'un mouvement vif, Jonah colla son genou dans l'aine de Kurt. Ce dernier bascula sur le côté en hurlant, et Jonah en profita pour se remettre péniblement debout, encore étourdi.

Son couteau. Il tâtonna dans sa poche, puis l'ouvrit d'une pichenette tandis que Kurt s'efforçait de se relever.

— Ne vous approchez pas plus, cria-t-il en levant sa lame.

Kurt écarquilla les yeux en la voyant.

— Jonah. Arrête. Pose ce couteau. Tu ne veux pas faire ça.

Mais Jonah braqua la lame vers lui, serra plus fort le manche.

— Je vous le demande encore une fois. Laissez Lila partir.

Kurt secoua la tête.

— Tu ne comprends toujours pas, n'est-ce pas ? Ça n'a jamais été une option.

Avant que Jonah puisse comprendre ce qu'il venait de dire, Kurt plongea pour s'emparer du couteau, mais Jonah lui entailla la joue et Kurt tituba en arrière en poussant un cri. Il trébucha sur une table et s'écrasa au sol, et Jonah suivit. Juste derrière Kurt, les yeux immuables, omniscients – et, à travers eux, l'eau, bouillonnante et avide dans l'obscurité. Jonah se dressa au-dessus de lui, la lame posée sur sa jugulaire. Il vit la peur dans le regard de Kurt.

— Vous ne m'avez pas laissé le choix. Je ferais tout pour elle. Tout.

— Attends, dit Kurt dans un murmure fébrile. Écoute-moi. Tu ne sais pas ce que tu fais. Tout ça ? Ce n'est pas ce que tu crois. Il y a des choses entre Lila et moi que tu ne sais pas. Je ne suis pas l'ennemi. On est tous les deux victimes, ici.

Jonah secoua la tête, le cœur battant la chamade.

— Quoi ?

Kurt hocha la tête avec véhémence.

— Je te le jure. Elle est complètement dingue. Elle nous a piégés tous les deux. S'il te plaît, ne fais pas ça…

Dans son dos : Lila, se précipitant vers lui, paniquée.

— Jonah, arrête !

Il plongea les yeux dans ceux de Kurt. Murmura :

— Pour Lila.

Et, d'un seul mouvement vif, Jonah enfonça profondément la lame dans le cou de Kurt, puis lui trancha la gorge d'un coup sec. Lila hurla.

Kurt avait les yeux exorbités, le sang se mit à gicler et à dégouliner sur le sol en cascade. Parcouru de tremblements, il leva lentement les yeux et, au moment où ils croisaient ceux de Jonah, il s'effondra sur le côté, un terrible gargouillis s'échappant de sa gorge tranchée. Le souffle court, Jonah observa le sang chaud qui jaillissait à gros bouillons du cou de Kurt, de sa bouche, de son nez, de son corps agité de soubresauts.

— Oh, mon Dieu, murmura-t-il, un sourire stupéfait se dessinant sur son visage.

Là, devant lui, Kurt Royall recroquevillé sur le sol, en train de mourir.

Peu à peu, les soubresauts diminuèrent, s'espacèrent, sans pour autant s'arrêter. Et puis enfin, dans un soupir pitoyable, Kurt cessa de bouger.

Une joie étrange, étourdissante, se diffusait en lui à présent. Il l'avait fait : il l'avait sauvée ! L'épreuve était faite – il avait affirmé sa volonté avec violence. Il laisserait l'indulgence suivre le sillage de la victoire. Lila – sa Lila – était libre.

Puis il entendit un son affreux, un son animal, comme arraché violemment de la gorge de Lila. Il se tourna vers elle, laissa tomber le couteau sur le sol avec fracas.

— Tu l'as tué !

Son visage était tordu de douleur.

— Jonah, *pourquoi ?*

Il l'attrapa pour l'amener à lui, tenta de calmer ses tremblements.

— Tout va bien maintenant, murmura-t-il. Tu es en sécurité.

Mais, lorsqu'il s'écarta pour la regarder, elle recula, terrorisée. Puis il remarqua le sang qui lui maculait le visage, la poitrine. Il baissa les yeux. Il était trempé du sang de Kurt.

La nausée le prit. Il fit un pas en arrière en chancelant et se laissa tomber dans le fauteuil le plus proche. Se palpant l'arrière du crâne, il sentit son propre sang, tiède et poisseux. Quand il regarda ses doigts, il fut surpris de voir leur couleur éclatante.

Lila s'éloigna en titubant, puis se jeta en gémissant sur le corps de Kurt, cherchant fébrilement un pouls…

Il ferma les yeux. Quelque chose ne tournait pas rond. Il avait fait ce qu'il fallait – il le *savait* – et pourtant elle semblait tellement effrayée à présent, tellement malheureuse au-delà de ce qu'elle pouvait supporter…

Et puis l'image de Kurt, de tout ce sang, commença à prendre toute la place dans son esprit. Et soudain il n'eut que trop conscience de ce qui l'entourait : le corps juste là, à quelques pas de lui, sans vie sur le sol.

La panique s'installait, désormais, son cœur s'accélérait. Il serra plus fort les paupières, avala de l'air entre ses dents, poitrine gonflée, inspira plus fort… Plus fort encore…

Que faire ?

Ils devaient appeler la police. Oui, ils devaient demander de l'aide. Mais ensuite ? Comment pourrait-il leur faire clairement comprendre qu'il avait agi en état de légitime défense ?

Tandis qu'il s'efforçait d'élaborer un plan, de ralentir sa respiration, de calmer ses mains tremblantes, quelque part au loin Jonah entendit un faible raclement métallique, un bruit de pieds qui collent sur un sol humide.

Il ouvrit les yeux.

Lila se tenait devant lui, son slip blanc couvert de sang.

Et pourtant…

Et pourtant elle était maintenant différente de toutes les Lila qu'il avait connues. Ce n'était pas la jeune femme naïve et vulnérable de leurs séances, ni l'ingénue charmeuse de son journal, ni l'héroïne romantique de son pied-à-terre. *Cette* Lila, debout devant lui à présent – cette Lila était entièrement nouvelle.

— Lila ? demanda-t-il doucement.

Et soudain il cessa de respirer.

Dans une main, elle tenait son couteau. Et, dans l'autre, un objet imprimé de manière indélébile dans sa mémoire depuis toutes ces années…

Un masque doré.

II

Université de Princeton. Même si elle était là depuis déjà six mois, ce nom continuait à lui chatouiller la langue, tel le carillon d'une cloche en argent. Elle, Lila Crayne, avait été acceptée dans une des universités de l'Ivy League ! Encore maintenant, cette idée la laissait sous le choc. Devant elle, le futur lui ouvrait les bras, étendue infinie de possibles.

Jusqu'à Princeton, sa vie avait été rasée et rebâtie une fois seulement, quand Lila n'avait que huit ans. Immédiatement après la mort de son père, sa mère lui avait annoncé que le temps du changement était venu, que cela leur ferait du bien. Karen avait vendu le pavillon de Reno, et elles avaient dit adieu à leur existence morne et aride et déménagé sur la côte, dans un endroit ensoleillé et plein de promesses : Santa Barbara.

Avec ce nouveau foyer, avait annoncé sa mère, elles allaient s'inventer un nouveau mode de vie : une existence calme et monastique, débarrassée de l'influence des hommes. Douze années passées à endurer la fureur de son mari avaient endurci Karen, l'avaient transformée. Elle avait le sentiment d'avoir appris la vérité à ses dépens, à savoir que, au plus profond d'eux, tous les hommes étaient égoïstes, sans cœur et cruels. Et, si une femme se mettait en tête de faire obstacle à la voie choisie par un homme et ne s'alignait pas immédiatement et à la perfection sur ses objectifs narcissiques, elle se ferait tabasser jusqu'à ce qu'elle finisse par consentir.

Karen avait juré qu'elle ferait tout ce qui était en son pouvoir pour protéger sa fille – mais elle savait que son pouvoir avait ses limites. Alors elle avait fait jurer à Lila de ne jamais laisser un autre homme entrer dans sa vie. Au bout du compte, avait-elle ajouté, les hommes ne feraient que blesser Lila et la dépouiller de sa liberté chèrement acquise. Elle devait lui promettre de ne plus jamais sacrifier cette liberté.

Elles avaient pris ce nouveau départ dans une ancienne mission aux attrayantes fenêtres cintrées et au toit comme plissé, une maison dont les portes ouvraient directement sur le Pacifique. Lila pouvait à peine en croire ses yeux ; ses années mornes et poussiéreuses lui paraissaient déjà si loin. À l'abri dans leur paisible sanctuaire, Lila avait appris que tout ce dont elle avait eu besoin, tout ce dont elle aurait jamais besoin, c'était sa mère.

Elle accueillait chaque nouvelle journée en sortant sur la terrasse chauffée au soleil et en se mettant à l'eau. Dans sa nouvelle existence, les premières choses dont elle s'était débarrassée avaient été les chaussures. De minuscules cristaux de sable n'avaient pas tardé à s'incruster entre ses orteils ; et, peu importe le nombre de douches qu'elle prenait ou combien de fois elle se décapait, elle en repérait toujours qui restaient collés, accrochant la lumière. Elle passait tellement de temps au bord de l'océan que sa peau elle-même avait commencé à capter une partie du soleil et à briller de son propre éclat. Toute propension à l'acné avait été lentement consumée, et ses cheveux, châtain clair au naturel, avaient viré au blond filasse, réfléchissant la lumière à la perfection.

Sa chevelure était devenue sa caractéristique principale, tant son épaisse crinière délavée par le sel était saisissante. Depuis le déménagement, Lila l'avait laissée pousser, ses pointes venant lui chatouiller la taille. Elle avait vite décidé qu'elle détestait les pantalons, qu'elle trouvait inconfortables et qui la serraient ; quelle que soit la saison, elle avait tôt fait d'enfiler une robe légère sur son maillot de bain, et encore plus de l'enlever pour se précipiter dans les vagues.

Voilà comment elle s'était épanouie, comment elle avait appris à trouver son chemin dans la vie. Alors, quand elle était arrivée à Princeton et qu'elle avait pour la première fois franchi le légendaire portail FitzRandolph, Lila avait eu le sentiment de pénétrer dans un autre univers : le vaste parc d'un château, l'architecture majestueuse et la maçonnerie imposante, les flèches gothiques, les parterres soignés et les élégantes allées de brique qui grouillaient d'étudiantes tout aussi élégantes et soignées dans leur polo BCBG, avec leur queue-de-cheval qui se balançait dans leur dos, et leur veste ornée d'un petit animal brodé sur la poitrine en guise d'emblème.

Elles étaient tellement lisses, tellement soignées – toutes ! Cheveux parfaitement coiffés, tenue sur mesure qui épousait soigneusement leur silhouette, gestes secs et décidés et tête bien droite, se combinant en une équation mathématique complexe que Lila semblait incapable de résoudre. Elles étaient toutes si sophistiquées, si aisément intégrées dans cette bonne société.

Et voilà que Lila se retrouvait au milieu de tout ça : à l'état brut et mal coiffée, sautant de son lit en s'étirant de tout son long, brossant ses cheveux emmêlés à toute vitesse, enfilant une robe d'été, même dans les mois d'hiver les plus froids. Comment avait-elle atterri parmi cette espèce entièrement nouvelle ? Elle les regardait avec une fascination mêlée de curiosité, sans ressentir le moindre besoin de changer pour entrer dans le moule. Et eux, en retour, s'étaient rapprochés d'elle. Sa mystérieuse altérité, son décalage évident par rapport aux normes en vigueur possédaient un certain effet de magnétisme. Elle s'était fait des amis, et vite ; et ceux qui l'avaient choisie étaient puissants, l'élite de ce monde totalement privilégié. Elle avait commencé à passer ses soirées à Ivy et Cottage, les clubs de restauration les plus fermés de Princeton, où elle avait rapidement été appréciée par ses membres et avait commencé à recevoir des invitations pour leurs soirées privées.

Et ensuite il y avait le problème du sexe opposé. Elle avait juré à sa mère longtemps auparavant qu'elle ne succomberait jamais à leurs charmes, mais il y avait tellement de garçons mignons, et partout ! Dans ses cours, dans son dortoir, son réfectoire, ou qui croisaient son chemin dans le bâtiment du théâtre où elle passait la plupart de ses soirées à répéter la pièce de l'automne. Ses flirts innocents avaient commencé à devenir charnels les vendredis et samedis soir, lorsque l'alcool coulait à flots dans les clubs de restauration, et Lila trouvait cela merveilleusement simple de rencontrer un beau garçon éméché qui ne demandait qu'à la raccompagner.

Mais, malgré ces expériences anodines, Lila demeurait une romantique dans l'âme, vieux jeu par nature. Oh, elle y avait bien goûté un peu au lycée, sous l'œil vigilant de sa mère, mais les rendez-vous amoureux, tels qu'elle les avait connus, n'avaient jamais dépassé le stade du bain de minuit dans l'océan ou la séance de pelotage passionné à l'arrière d'une voiture. Et même maintenant, lorsqu'elle se retrouvait au lit avec un beau garçon, nue et affamée, flirtant délicieusement avec sa virginité, même dans l'excitation aveuglante de ces moments-là, elle n'allait pas plus loin. Elle résistait (elle détestait le terme « se réserver », qui sentait le christianisme bigot, la grenouille de bénitier) pour quelqu'un de vraiment spécial, la première personne dont elle tomberait amoureuse.

En côtoyant de plus en plus l'élite, Lila avait entendu parler de St A.'s (l'abréviation de Saint Anthony Hall), la société littéraire secrète de l'université. C'était, avait-elle découvert, l'aristocratie de Princeton, le royaume des sangs bleus, bien au-dessus du statut de ses clubs de restauration, sans parler de leur dérisoire vie grecque. Les rumeurs concernant son fonctionnement interne restaient mystérieuses, mais, d'après ce qu'avait pu glaner Lila, St A.'s écrémait la population étudiante, choisissant uniquement ceux qui faisaient preuve du potentiel intellectuel le plus élevé tout en occupant les positions sociales les plus prestigieuses. Personne ne savait exactement qui en étaient les membres, bien que les doigts aient tendance à désigner ceux qui portaient des blazers, des chemises Oxford et des mocassins – les plus rusés et les plus vifs, et souvent les plus riches. Certains étudiants faisaient les dégoûtés devant la société littéraire, la dédaignant, la considérant comme trop prétentieuse et élitiste ; mais en réalité c'était le dépit de ne pas avoir été choisi qui s'exprimait.

Ce printemps-là, pour la toute première fois de l'histoire, St A.'s allait adopter une tradition en vigueur depuis longtemps chez leurs camarades de chapitre à Yale et accueillir l'événement social le plus attendu de l'année : le bal de Pump and Slipper. Depuis largement plus d'un siècle, ce bal avait été cité dans de nombreux ouvrages littéraires, incluant à de multiples occasions des écrits de F. Scott Fitzgerald. Cette année-là, le bal serait une ode à *Gatsby le Magnifique* et aux années 1920, et il aurait lieu à Cottage, avec orchestre de swing et costumes d'époque. Cette soirée privée marquerait le début du processus de recrutement de St A.'s, au cours duquel une poignée d'heureux étudiants de deuxième année seraient sélectionnés en tant que potentiels nouveaux membres. Au cours des semaines suivantes, le nombre de ces jeunes espoirs se réduirait à quelques heureux élus, qui seraient finalement invités à rejoindre les rangs de la société secrète.

Les invitations pour le bal étaient quasiment impossibles à obtenir, et Lila éprouva un discret sentiment de triomphe lorsqu'elle ouvrit la porte de sa chambre un soir et découvrit l'enveloppe crème caractéristique qui l'attendait.

AINSI QUE GATSBY L'AVAIT ÉCRIT À NICK,
NOUS SERIONS ABSOLUMENT HONORÉS SI VOUS ACCEPTIEZ
DE VENIR À NOTRE PETITE SOIRÉE.
VOUS ÊTES TRÈS CORDIALEMENT CONVIÉE
AU BAL PUMP AND SLIPPER,
UNE SOIRÉE DE LUXE ET DE RÉJOUISSANCES.
METTEZ-VOUS SUR VOTRE TRENTE ET UN,
AVEC VOS PLUS BEAUX VÊTEMENTS DES ANNÉES FOLLES.

À votre arrivée, on vous donnera
un masque à porter.
Les membres de la société porteront
un masque blanc,
Tous les autres se verront offrir du noir.
Mais, si vous avez été choisie, le masque
que vous recevrez sera de couleur vive.
Les masques doivent être portés
durant toute la durée de la soirée,
Et personne ne devra divulguer son identité,
Pas même Jay Gatsby lui-même.
Nous espérons très chaleureusement votre venue.
Les membres de Saint Anthony

Dans les jours qui suivirent, on ne parlait que de ça. Armée de cette simple petite enveloppe, Lila vit s'accroître encore davantage son prestige dans le monde. Le tabou qui entourait la soirée, son aura de mystère l'excitaient ; et, maintenant qu'elle avait des chances d'être choisie, elle se retrouva à attendre impatiemment le vendredi soir, où, à son arrivée, elle se verrait peut-être remettre un masque de couleur.

Le soir en question arriva enfin, et Lila enfila la robe qu'elle avait gardée pour une occasion spéciale. Il s'agissait, en fait, de la robe de sa mère, et elle était parfaite pour le thème de *Gatsby* : une robe de garçonne blanc argent fendue haut sur les cuisses, avec des franges qui chatoyaient dans la lumière. Elle s'étudia une dernière fois dans le miroir avant de sortir, un sourire plein d'espoir se dessinant sur son visage.

Lorsqu'elle arriva à Cottage, elle fut accueillie à la porte par un homme portant un masque blanc.

— Lila Crayne, dit-il. On se rencontre enfin.

Elle sourit timidement, étudia la bouche de l'inconnu, la seule partie visible de son visage. Quelque chose en lui lui semblait familier.

— J'aimerais pouvoir en dire autant, mais j'ai bien peur de ne pas savoir qui vous êtes.

— Chaque chose en son temps.

Un rictus, et il se détourna un instant. Quand il lui fit de nouveau face, il tenait à la main un masque doré orné d'une délicate aigrette de perles scintillantes et d'une unique plume qui voletait.

— Félicitations, Lila, dit-il tandis qu'un sourire adoucissait sa bouche. Tu as été choisie.

Cottage tel qu'elle le connaissait avait été entièrement transformé. Toutes les lampes avaient été éteintes ; à présent, le club était uniquement éclairé par d'énormes grappes de bougies piliers. Le manoir qu'elle en était venue à si bien connaître semblait soudain mystérieux, sensuel. Des ombres flirtaient au long des murs ; au loin, elle entendait un groupe de jazz qui jouait en sourdine, les cuivres suraigus faisant vibrer l'air. Et au premier plan les invités se rassemblaient, tous incognito. Lila fouilla la pièce du regard à la recherche d'un autre masque coloré. Jusqu'ici, elle était la seule.

Au fur et à mesure du déroulement du cocktail, la foule enfla jusqu'à compter une centaine de personnes, et l'espace résonna de rires tandis que l'assistance grouillait et sirotait et cueillait au passage des canapés de la taille d'une bouchée sur des plateaux étincelants qui faisaient le tour de la salle. Mais, en dépit de l'atmosphère festive, il était clair que les membres de St A.'s ne plaisantaient pas avec l'anonymat : toutes les quelques minutes, semblait-il, un nouvel invité qui avait tenté de briser cette règle était reconduit à la porte. C'était difficile à dire, mais Lila avait l'impression d'avoir compté seulement dix masques colorés (et toutes des femmes, remarqua-t-elle) et quinze masques blancs – dont la quasi-totalité étaient des hommes. D'après la rumeur, cette année, il n'y avait que cinq places à pourvoir. Et elle en conclut qu'elle était censée se mêler au plus grand nombre de masques blancs possible afin d'améliorer encore ses chances.

Elle chercha le membre de St A.'s qui l'avait accueillie à la porte (d'où le connaissait-elle ? l'énigme la rendait dingue) ; mais, lorsqu'elle le repérait, il était toujours à une certaine distance. Elle se demanda si le fait qu'il semble s'abstenir de boire l'aidait à se démarquer – il paraissait d'autant plus respectueux que l'hilarité confraternelle ne cessait de s'accroître. Tous les autres membres masqués de blanc, nota Lila, l'approchaient avec une fréquence surprenante, proposant discrètement de délicates fioles en verre ou de minuscules paquets de fine poudre blanche. Lorsque Lila déclinait poliment, ils revenaient à la charge avec divers types de cocktails ; et, même si personne ne la pressait à proprement parler, elle se sentait obligée d'accepter chaque verre qu'on lui glissait dans la main.

Après une ou deux heures de ce régime sur un estomac pratiquement vide, sa capacité à faire la conversation s'amenuisait. Elle remarqua avec une horreur silencieuse que son élocution devenait de plus en plus difficile ; et du coin de l'œil elle repéra une fille avec un masque violet qui se dirigeait à toute vitesse dans un claquement de talons vers les toilettes pour vomir. Mais les membres de St A.'s se montraient affables, ne semblaient pas ennuyés, ni même surpris ; et plus Lila devenait ivre, plus ils guidaient la conversation, détournant discrètement l'attention pour lui permettre de rire poliment en aparté. Et elle leur était reconnaissante de cette petite faveur.

La musique finit par l'emporter sur la conversation, et tout le monde émigra vers la salle de bal pour écouter l'orchestre, qui donnait sa pleine mesure. Peu après, ils s'entassèrent tous sur la piste de danse, testant leur équilibre instable avec le charleston. Alors que la fête battait son plein, tout fut éteint, et une lumière noire s'alluma. Lila et le reste des nouvelles étudiantes furent conduites au centre de la pièce – lumineux pistil de filles étincelantes, aux douces épaules dénudées et à la divine chevelure qui embaumait –, et, à la périphérie, les membres de St A.'s les observaient, anonymes sous leurs masques blancs identiques. À ce stade, Lila se sentait en pleine forme, son ébriété commençant à s'estomper. Elle avait atteint cet état délicieusement agréable où elle contrôlait encore suffisamment ses facultés, tout en étant assez détendue pour danser sans inhibition. Elle se sentait totalement libre, sans entraves, plus libre qu'elle ne l'avait jamais été de toute l'année. Tout en dansant, elle percevait la présence des hommes de St A.'s qui l'observaient dans l'obscurité, reconnaissait cette énergie si singulière propre au regard masculin insistant, mais à ce moment-là elle y prenait plaisir, espérant qu'ils appréciaient ce qu'ils voyaient.

La nuit avançant, l'atmosphère devint survoltée et sauvage. Plus tôt, Lila avait négligemment serré les mains des filles qui se trouvaient à côté d'elle, laissé les hommes lui tourner autour en une danse impromptue ; mais à présent les invités commençaient à former des couples, dans les coins ou même juste là, sur la piste de danse, se cognant contre elle avec leur partenaire anonyme pour la nuit. Elle ferma les yeux, essaya de se perdre dans la musique en dansant, mais maintenant elle aussi commençait à ressentir l'attrait de l'atmosphère débridée et dissolue.

— Comme on se retrouve.

Cette voix dans son oreille, basse et caressante. Elle se retourna : *lui*. Il sourit, et ses dents étincelèrent.

— Qu'est-ce que tu penses du Pump and Slipper ?

Elle se mordit la lèvre, passa une main dans sa chevelure indomptable.

— J'ai l'impression qu'on m'a lâchée au beau milieu d'une des fameuses soirées de Fitzgerald. Je continue d'espérer que je vais rencontrer Gatsby en personne.

Il eut un grand sourire.

— C'est peut-être déjà fait.

Il la regardait comme toutes les filles voudraient qu'on les regarde. Il avait une si jolie bouche, remarqua-t-elle à nouveau – serait-elle un jour… ?

— J'aime à me considérer comme un inconditionnel de Fitzgerald, ajouta-t-il, et elle dut ravaler son sourire.

Son langage formel et élaboré frisait l'absurde ; on aurait dit qu'il choisissait ses mots avec grand soin.

— J'ai lu toute son œuvre. Tu aimes son travail ?

Elle leva les yeux vers lui et se sentit toute chose.

— Je dois admettre avec embarras que j'ai seulement lu *Gatsby*.

— Dans ce cas, tu devrais apprendre à mieux le connaître, à mon avis.

Il lui prit délicatement les mains et les posa sur ses épaules, et autour d'eux le monde devint flou et ralentit.

— Il avait le *pouvoir de recréer cette illusion du jeune amour romantique que les femmes ne cesseront jamais d'attendre et de regretter*.

— Tu avances un argument convaincant.

Il sourit.

— Il était membre de ce club, tu sais, lui dit-il. Fitzgerald a terminé son premier roman ici, à Cottage, il y a environ un siècle. Une page de son manuscrit est encadrée dans la bibliothèque. Je peux te la montrer plus tard, si tu veux.

— J'adorerais.

— *Tu as fait très grosse impression*, murmura-t-il à son oreille, et elle sentit son estomac faire un bond.

Malgré elle, malgré le fait de ne pas savoir qui il était ni à quoi il ressemblait, ou peut-être justement parce qu'elle l'ignorait, elle se sentait irrésistiblement attirée. Leurs corps commencèrent à onduler sur la musique, unis par le rythme, et elle s'accrocha à lui, appréciant le contact de ses mains sur sa taille, la chaleur de son corps contre le sien. Il était grand et plutôt mince, mais néanmoins fort. Elle sentit quelque chose remuer en elle, une bouffée de chaleur et des picotements.

C'était un bon danseur, solide sur ses pieds et meneur, un homme qui savait prendre le contrôle. Elle rit tandis qu'il la faisait tournoyer, en dehors, en dedans, puis en dehors à nouveau, la faisait tourbillonner sous son bras, derrière son dos, puis la ramenait à nouveau vers lui d'un coup sec ; le monde autour d'elle vacillait.

À un moment, ils avaient pris possession de l'espace – sa robe, le masque de son cavalier brillant dans l'obscurité –, et les hommes au masque blanc s'étaient rassemblés sur les côtés. Au coin de son œil, le flash soudain d'un appareil photo la fit sursauter. Ses sens étaient submergés par les rugissements de la foule hurlante qui les poussait vers l'apothéose finale et frénétique. Cœur battant, poitrine gonflée, ils tombèrent dans les bras l'un de l'autre ; autour d'eux, les masques blancs attendaient en silence.

Il s'humecta les lèvres, repoussa ses cheveux en arrière.

— Quand Fitzgerald a épousé Zelda, il a dit qu'il épousait l'héroïne de ses histoires, c'est connu. Tu me fais penser à elle.

— Laquelle ? répondit-elle avec un petit rire. Daisy ?

Mais les yeux de l'homme restaient fixés sur elle, sans ciller.

— Tu me fais penser à toutes ses héroïnes, rassemblées en une seule.

À cet instant, elle réalisa soudain qu'elle savait qui il était. Jonah.

Premier jour du deuxième trimestre : introduction à l'anthropologie. Lila l'avait tout de suite repéré – elle l'avait aperçu à l'occasion autour du campus, traversant la cour à grandes enjambées, étudiant à une table lustrée dans la bibliothèque Firestone ou faisant la queue pour une part de pizza à minuit après une soirée au Street. Où qu'il soit, il avait toujours attiré son regard.

Il était mignon, aucun doute là-dessus. Beau garçon à sa façon, studieux et élancé, on aurait dit qu'il sortait directement d'un monde ancien et plus romantique. Il portait toujours quelque chose de chaud et de pelucheux, peu importe le temps ; un pull à losanges, une veste à chevrons, un pantalon en velours côtelé légèrement élimé. Il était parfaitement adapté à un endroit comme Princeton. Plus que les joueurs de crosse bon chic bon genre ou les gars du water-polo, avec leur attirante silhouette musclée et leur démarche pleine d'assurance, Jonah semblait être un véritable intellectuel aux yeux de Lila, un homme à l'esprit puissant, plein de promesses. Il était calme, mystérieux, semblait toujours sérieux et perdu dans ses pensées. Et pourtant, il y avait quelque chose chez lui qui lui faisait sentir qu'il était tout aussi conscient de son existence à elle qu'elle l'était de la sienne. Ça la rendait un peu dingue, en fait ; et elle se demandait souvent si cette conscience romantisée qu'ils avaient l'un de l'autre n'était pas une simple invention de son imagination hyperactive. Bien que ne l'ayant jamais surpris en train de regarder dans sa direction, elle ne pouvait néanmoins se départir du sentiment qu'il l'observait.

Elle fut donc étonnée de le découvrir dans le même amphi qu'elle le premier jour après les vacances. Son mystérieux béguin était là, dans un cours introductif ? Peut-être était-ce le signe qu'ils étaient destinés à se rencontrer tous les deux. Et, à présent, elle tenait enfin sa chance.

La musique passa à quelque chose de plus lent. Il la serra contre lui. Elle leva les yeux, et il murmura :

— Une de mes citations préférées de lui, c'est : *La biographie de toute femme commence avec le premier baiser qui compte.*

Il plongea les yeux dans les siens.

— Qu'en penses-tu ?

Aurait-elle su à l'époque ce qui allait arriver – et résonner sans relâche durant les années à venir, transformant pour toujours la femme qu'elle était –, Lila se serait éloignée, l'aurait laissé sur-le-champ. Mais elle n'en savait rien et, en cet instant, elle s'autorisa à ne pas penser, à suivre une innocente impulsion. Elle se haussa sur la pointe des pieds, enroula délicatement une main autour de la nuque de Jonah, et elle lui donna sa réponse.

Il réagit pleinement, juste comme elle l'avait espéré, et sa bouche trouva la sienne, puis il la hissa sur un mur tout proche. Elle sentait l'immensité écrasante de son désir, et l'importance que cela lui conférait l'excita. Cela, ce *pouvoir* absolu, c'était entièrement nouveau. La moindre respiration, le moindre petit geste subtil transformé en un délicieux moyen de le taquiner, savoir qu'il était esclave de ses moindres caprices. C'était stupéfiant ! Comment cet étudiant de dernière année mystérieux et sophistiqué avait-il pu perdre tout pouvoir sous l'effet de la passion qu'il éprouvait pour elle ?

— Je t'ai observée toute l'année, dit-il doucement.

Cet aveu l'enchanta – elle ne s'était pas trompée ! –, et elle lui mordit la lèvre.

Il recula un instant, puis croisa son regard et sourit, l'embrassa avec plus de passion encore.

À un moment, elle dut sentir qu'on les observait, et lorsqu'elle ouvrit les yeux elle sursauta. Alors que le reste des danseurs avaient repris leur ronde enivrée, plusieurs masques blancs demeuraient étrangement immobiles, le regard fixé sur elle. *Que voulaient-ils ?*

Jonah avait dû percevoir le changement en elle, car il regarda par-dessus son épaule, et se raidit en les voyant.

— Nom de Dieu.

Lila sentit son pouls s'accélérer.

— Quoi ?

Il secoua la tête, puis se retourna. Hésita.

— Il y a quelques types à St A.'s qui se prennent pour l'intelligentsia de cette société. Ils – mon Dieu, c'est ignoble – ils ont cette tradition, ce « jeu » auquel ils aiment jouer.

De nouveau, il hésita.

Elle glissa sa main dans la sienne.

— Dis-moi.

Il serra les dents. Déglutit.

— Ils votent pour décider quelle est la fille la plus sexy parmi celles qui ont été choisies. Et ensuite…

— Quoi ?

Il la regarda d'un air peiné.

— S'il te plaît, ne m'oblige pas à le dire.

Il ferma les yeux.

— Ce sont des connards. Ils pensent qu'ils ont le droit d'obtenir tout ce qu'ils veulent. J'ai essayé de les arrêter, mais…

Il secoua la tête.

— Disons qu'ils sont férocement déterminés.

Il baissa les yeux vers elle, et elle comprit : ce soir, c'était *elle* qu'ils voulaient.

Elle commença à paniquer.

— Mais je ne…

Il lui effleura la joue.

— Bien sûr, dit-il. Écoute, je ne laisserai rien de tel t'arriver, d'accord ? Mais ces types sont sacrément malins.

Il fronça les sourcils.

— Tu n'as pas accepté de verre venant de l'un d'eux, n'est-ce pas ?

Son cœur s'accéléra tandis qu'elle luttait pour se souvenir.

— Je ne suis pas sûre…

— Merde, dit-il à voix basse avant de la regarder. Il faut que je te sorte de là, que je t'éloigne d'eux. Je connais un endroit où tu seras en sécurité.

Elle regarda ses yeux francs et dignes de confiance.

— Emmène-moi, murmura-t-elle.

Il lui prit doucement la main, l'entraîna à l'écart de la foule en ébullition, jusqu'à l'escalier qui menait aux étages supérieurs du manoir, où seuls les membres du club étaient autorisés à se rendre. Il commença à monter les marches, puis regarda en arrière en la sentant hésiter.

— Ça va aller, dit-il. Tu peux me faire confiance.

Elle observa sa main dans la sienne, scruta son regard.

— Je sais, souffla-t-elle.

Ils grimpèrent jusqu'au deuxième étage, la musique leur parvenant plus assourdie à travers les planchers. Durant tout ce temps, elle ne cessa de regarder par-dessus son épaule, terrifiée par ce qu'elle risquait d'y voir – un masque blanc émergeant tel un fantôme de l'obscurité –, mais, à chaque fois qu'elle osait tourner les yeux, elle ne voyait rien. Tout en suivant Jonah, elle étudiait sa haute silhouette, ses belles mains, la sensation de ses doigts autour des siens. Elle s'interrogeait sur cette soudaine intimité avec un total inconnu, se sentait farouchement reconnaissante envers lui d'avoir le courage de la protéger, de la conduire en lieu sûr. Ils passèrent devant la bibliothèque vide, puis pénétrèrent dans un couloir sombre et étroit, encore plus silencieux. Était-il membre du bureau du club et l'emmenait-il jusqu'au sanctuaire de sa propre chambre ? Il tourna à nouveau et, sortant une clé de sa poche, ouvrit une porte en bois toute piquetée. Elle grinça, laissant apparaître une étroite volée de marches. Sans un regard en arrière, il commença à grimper.

L'obscurité était aveuglante à présent, et Lila se rendit compte qu'elle devait se fier au bruit des pas de Jonah, trébuchant un peu, sa propre respiration devenant assourdissante. Et, juste au moment où elle se demandait si cette ascension allait finir un jour, ils arrivèrent. Il lui lâcha la main et traversa la pièce plongée dans le noir jusqu'à la petite lucarne qui se trouvait devant eux, et l'ouvrit. Le reste du monde s'engouffra dans la pièce en même temps qu'une bouffée d'air froid – bruits de la fête sous leurs pieds, guirlandes lumineuses scintillant sur la pelouse, odeur de douce nuit printanière.

— Tout va bien, maintenant, dit-il. Ils ne penseront jamais à venir ici.

Elle se tourna vers lui.

— Tu vas bien ? demanda-t-il.

Elle inspira, fit oui de la tête.

— Merci, murmura-t-elle.

Il sourit gentiment, pencha la tête, tendit les mains vers son visage ; et, avant qu'elle comprenne ce qui se passait, il lui avait retiré son masque. Elle frissonna, se sentant soudain mise à nu. Par la fenêtre, le jazz flottait jusqu'à eux, comme venu d'un autre monde. Elle tendit à son tour la main vers son masque afin qu'elle aussi puisse le voir enfin, mais il recula.

— Je ne peux pas, dit-il d'un air peiné. Ces stupides règles s'appliquent encore.

Quel air merveilleux, songea-t-elle distraitement en tremblant. Tout pouvait encore être merveilleux ce soir – pardessus tout cette scène romantique, l'inéluctable tenu juste à distance, délicieusement proche. En cet instant précis, ses perspectives d'avenir ressemblaient encore à une succession ininterrompue de scènes semblables à celle-ci : sous la pâle lumière des étoiles, à l'arrière de roadsters bas et confortables garés sous des arbres protecteurs… seul le garçon pouvait changer – et celui-là était si agréable…

Il lui prit la main, embrassa sa paume retournée. Puis ses lèvres trouvèrent son cou et il fit glisser de ses épaules les bretelles de sa robe, qui s'étala en une flaque sur le sol. Elle se tint devant lui, frémissante. Ici, dans ce grenier silencieux, ils étaient si totalement seuls.

— Mon Dieu, que tu es belle, dit-il.

Et tandis qu'il l'observait, les yeux brillants derrière son masque, elle comprit : il pensait toujours qu'elle ignorait qui il était.

Elle sentit d'instinct, brusquement, que quelque chose de terrible se préparait. Quelque chose lui disait qu'elle n'était pas en sécurité. Qu'elle devait sortir. *Maintenant.* C'était le moment où elle aurait dû comprendre.

Il l'embrassa alors brutalement, un baiser comme un coup de poing. Il avait une poigne d'une force étonnante, qui l'effraya. Il gémit un peu en se pressant contre elle, sa puissance et sa taille menaçant de l'avaler tout entière. Les rôles s'étaient inversés à présent, et pour la première fois elle se sentit impuissante. Il se débarrassa de sa veste tout en l'embrassant, retira sa cravate, commença à déboutonner sa chemise.

— Pas trop vite, l'implora-t-elle.

Il s'interrompit, sourit un peu.

— Ne t'inquiète pas. Tu es en sécurité, à présent.

Il revint à la charge et elle tenta de lui rendre son baiser, mais elle ne parvenait toujours pas à se débarrasser des picotements qu'elle ressentait en elle et qui la glaçaient. Les baisers se firent de nouveau plus insistants, et elle recula. Tout était faux, le rythme de leur relation intime ressemblait à un train filant à toute allure dans la nuit et elle avait la sensation qu'elle ne pouvait rien faire pour l'arrêter. Sa chemise tomba, ses chaussures valsèrent, la braguette de son pantalon s'ouvrit. Il fit courir ses mains dans l'épaisse crinière de ses cheveux et, les empoignant fermement, tira dessus en la regardant au fond des yeux.

— Tu aimes ça ? demanda-t-il, et elle fit vaguement oui de la tête.

Elle le fit – n'est-ce pas ?

— Allongeons-nous, dit-il.

Il la souleva sans effort et la posa sur le tapis poussiéreux.

Il s'allongea à côté d'elle, puis commença à l'embrasser en remontant le long de son corps, et elle tenta du mieux qu'elle put de se laisser aller à son contact.

Il y eut, durant ce laps de temps, des silences aussi murmurants que des sons. Des hésitations qui semblaient au bord de se briser – avant d'être brusquement renvoyées à l'oubli sous son étreinte toujours plus forte, et la sensation qui se rappelait à elle d'être encore là, telle une plume légère, prise au piège, dérivant dans l'obscurité.

Lorsque les yeux de Jonah parvinrent à sa hauteur, il la cloua au sol par les épaules. Elle ne pouvait plus bouger, quand bien même elle l'aurait voulu.

Sa main était en elle, à présent, ses doigts longs et assurés – elle détourna le visage, ferma très fort les yeux –, et il lui mordit violemment le cou. Elle poussa un cri étouffé, le cœur battant la chamade. Puis sentit un changement, une soudaine pression.

— Je ne suis pas prête, dit-elle.

— Pas besoin d'être nerveuse, répondit-il. Tu peux me faire confiance.

Il lui caressa la joue, ses yeux étincelaient dans le noir.

— D'accord ? murmura-t-il.

Et, avant qu'elle ait pu répondre, il referma les doigts autour de son cou et s'enfonça en elle.

Elle cria à la première déchirure, une douleur vive, lui enfonça les ongles dans le dos. Elle le sentit en elle, et l'élancement intense commença à s'atténuer, mais malgré tout ce n'était pas ce qu'elle voulait.

— S'il te plaît, murmura-t-elle.

Il lui sourit d'un air sombre derrière son masque, un sourire qui allait la hanter pendant des années, comme s'ils avaient été durant tout ce temps dans une sorte d'alliance perverse et extatique, comme s'il s'agissait là d'un secret partagé et que tout cela était une sorte de jeu tordu. Puis il la retourna doucement, la tira vers lui en la tenant par les hanches et s'enfonça encore davantage.

— Tu es en sécurité, à présent, murmura-t-il à nouveau.

À quoi bon résister ? Avec un gémissement, elle capitula, les larmes lui coulant sur le visage ; et elle le laissa avoir ce qu'il voulait.

Il l'avait prise sous de faux prétextes, lui avait délibérément donné un sentiment de sécurité, lui avait fait croire pleinement qu'il pouvait et allait prendre soin d'elle. Et il avait su tirer le meilleur parti de son temps avec elle, avait pris ce qu'il pouvait, avec avidité et sans scrupules. Il l'avait prise cette calme nuit de printemps – l'avait prise, parce qu'il n'avait pas vraiment le droit de lui toucher la main.

Quand ce fut terminé, il se laissa retomber à côté d'elle, sa poitrine montant et descendant au rythme de sa respiration saccadée. Puis il l'attira à lui et l'enlaça, et Lila sentit le souffle chaud de Jonah dans ses cheveux ralentir bientôt jusqu'à prendre un rythme plus profond. Elle ferma les yeux, essayant de trouver du réconfort dans le fait d'être ainsi enlacée, essaya de se convaincre qu'en brisant sa promesse d'enfance elle avait eu ce qu'elle méritait. Mais elle savait que c'était faux.

Elle se réveilla quelques heures plus tard, nue et seule, un élancement douloureux entre les jambes. Dehors, le ciel d'aurore commençait tout juste à se diluer dans un gris laiteux. Elle jeta un coup d'œil dans le grenier sinistre : meubles massifs dans des housses recouvertes de poussière, piles d'objets encombrants entassés dans les coins, calme effrayant d'un endroit oublié. Son cœur se mit à battre la chamade. Comment avait-il pu la laisser là ? Il fallait qu'elle sorte, qu'elle retrouve la sécurité de sa chambre et de son propre lit ; elle pourrait baisser les rideaux et remonter les couvertures, se perdre dans le noir et essayer d'oublier.

Elle enfila ses vêtements comme elle put, et remit une fois de plus son masque doré, comme s'il pouvait, d'une façon ou d'une autre, la protéger. Puis elle descendit les marches raides en suivant le mur de la main, poussa la porte, qui grinça. Elle observa le couloir de l'étage supérieur, constata avec soulagement qu'il était vide ; mais, tout au bout, elle entendit un murmure de voix assourdies. Les portes battantes de la bibliothèque avaient été fermées, cependant, à travers le quadrillage de leurs vantaux, elle voyait les lumières allumées. Pour sortir, elle allait devoir passer devant la bibliothèque, au risque d'être vue. Elle fixa son regard au loin, se précipita dans le hall mais, arrivée à la hauteur de la bibliothèque, elle ne put s'empêcher de jeter un coup d'œil à l'intérieur.

Les membres de St A.'s étaient rassemblés autour d'une table, en pleine discussion, se balançant sur leur chaise, avachis d'épuisement, et même paresseusement vautrés sur le sol.

Ils avaient tous enlevé leur masque, et ces visages blancs et inexpressifs étaient éparpillés sur la table, ou pendaient à leur poignet, aveugles. Sans les masques, ils paraissaient tous si terriblement ordinaires, tellement insignifiants. Teint brouillé, maquillage des rares femmes en déroute, et tous jusqu'au dernier fatigués, bouffis, avec la gueule de bois. Lila éprouva tout à coup une sensation de dégoût.

Puis elle le vit, présidant l'assemblée à l'extrémité de la table. Il avait fait glisser son masque à l'arrière de son crâne, donnant ainsi l'illusion d'un homme à deux visages, un dieu omniscient, regardant à la fois l'avenir et le passé.

Il dit un mot de conclusion, et, tandis qu'on reculait les chaises en raclant le sol, Lila s'élança à toute allure dans l'escalier, passa la porte principale et déboucha dans l'air frisquet du petit matin.

Elle était presque arrivée à la route quand elle l'entendit appeler son nom. Elle hésita, puis se retourna.

Il avait une fois de plus remis son masque. En le voyant à présent dans l'air translucide et lumineux du matin, il lui parut débraillé et hébété, ridicule, à vrai dire, comme s'il avait simplement perdu son chemin. Tandis qu'il continuait à descendre l'allée, elle sut qu'elle devait réprimer son envie de s'enfuir.

— Je ne voulais pas te réveiller. Ça va ?

Ce sourire, à nouveau. Elle ne l'oublierait jamais. Il tendit la main pour lui toucher l'épaule, et elle frissonna.

— Ça va, dit-elle. J'ai juste un peu trop bu.

Il inclina la tête.

— J'espère que tu as passé une bonne soirée… ?

— Bien sûr, répondit-elle avant d'ajouter instinctivement : Bien que mes souvenirs soient plutôt un peu flous.

Il se figea, et pour la première fois son sourire vacilla.

— Tu ne te souviens pas de ce qui s'est passé ?

Elle évita son regard.

— Je devrais ?

Il hésita, et derrière le masque elle crut apercevoir une certaine souffrance dans son regard. Mais il secoua la tête et le sourire revint.

— Tout va bien, dit-il. Toi et moi, on a passé un merveilleux moment.

Elle cligna des yeux, effarée. Puis, avant de pouvoir s'en empêcher, elle tendit le bras pour lui arracher son masque.

Il recula. Pendant un instant, ils demeurèrent silencieux, s'observant l'un l'autre.

Elle se força à sourire.

— Est-ce que je ne peux pas savoir qui tu es ?

Il laissa échapper un petit rire en entendant sa question. Puis il se pencha, lui embrassa la joue, et elle prit sur elle pour ne pas reculer.

— Il faudra que tu attendes la prochaine fois pour le découvrir, murmura-t-il.

À la suite de cette terrible nuit, Lila trouva le courage de confier à quelques amies ce qui lui était arrivé, et ce fut un choc pour elle de découvrir que, à un moment ou à un autre, chacune d'entre elles avait été victime d'une agression. Mais, en racontant ce qui s'était passé, elle commença à douter. Jonah avait-il seulement conscience d'avoir fait quelque chose de mal ? Cela avait-il été (*réellement*) un viol ? Bien entendu, elle savait qu'elle n'avait pas *voulu* faire l'amour avec lui ; mais le lui avait-elle fait savoir suffisamment fort, avec suffisamment d'insistance ? Ou avait-elle envoyé des signaux mitigés ? Était-elle, en fait, en partie à blâmer ?

Lorsqu'elle demanda conseil à ses amies sur la conduite à tenir, ces dernières se montrèrent unanimes : ça ne servait à rien que Lila le dénonce. Si elle-même n'était déjà pas très sûre de sa propre version, alors elle n'avait rien de concret sur quoi s'appuyer. Et de plus, d'après leur expérience, les hommes trouvaient toujours le moyen de s'en tirer. Signaler ce qui s'était passé ne ferait que lui apporter davantage de honte, davantage d'humiliation. La meilleure solution, dirent-elles, était de mettre tout ça derrière elle, d'essayer d'oublier. Finalement, Lila se sentait si fragile, si lasse et effrayée qu'elle avait capitulé. Elle ne l'avait pas dénoncé.

Cette même semaine, Jonah avait reçu l'appel de chez lui, et il avait quitté Princeton pour s'occuper de sa mère. Il avait terminé ses études à distance, et obtenu son diplôme in absentia. Lila avait attendu dans la crainte le jour où il chercherait à la contacter, mais ce jour n'était jamais arrivé. Elle n'avait entendu son nom qu'une autre fois ce printemps-là, quand on avait annoncé qu'il avait gagné le prix le plus prestigieux de Princeton attribué à un étudiant senior, pour sa thèse sur *Tendre est la nuit*, de Fitzgerald.

C'est à ce moment-là qu'elle avait compris combien elle était seule. Le monde ne veillerait pas sur elle, avait-elle réalisé. C'était à elle de trouver un moyen de s'en sortir toute seule.

Dans un geste de représailles irréfléchi, Lila avait dérobé l'unique exemplaire relié de noir de la thèse de Jonah que possédait l'université, puis elle avait compris qu'elle avait maintenant entre les mains un moyen de traiter son traumatisme. Et, tandis qu'elle étudiait dans les moindres détails le grand opus de Jonah, s'échinant à lire sa thèse pour tenter de percer à jour son auteur, une idée avait germé en elle. Elle s'était lancée dans une nouvelle démarche personnelle de création, réécrivant le roman de Fitzgerald pour offrir à Nicole la juste fin qu'elle méritait. Une riposte secrète au texte misogyne que Jonah Gabriel révérait tant.

Au fil du temps, elle avait découvert que cette adaptation née sous le coup de la fureur ne suffisait pas. Elle n'en avait jamais rien eu à faire, de Fitzgerald, après tout. Sa seule préoccupation avait toujours été de réduire à néant l'homme qui l'idolâtrait. Lila finirait par découvrir qu'elle allait devoir écrire sa propre conclusion pour obtenir le dénouement qu'elle recherchait si désespérément. Mais sur le moment, alors même qu'elle s'apprêtait à inventer sa propre méthode de guérison, Lila Crayne avait commencé à apprendre une précieuse leçon : la vengeance a un goût exquis.

III

Elle agrippe le masque à deux mains – reflet d'armure dorée dans le noir – et regarde avec horreur le corps de Kurt affalé dans une flaque de sang foncé qui s'étale lentement autour de lui.

— Il faut qu'on appelle la police, dit maintenant Jonah, et qu'on leur dise clairement qu'il s'agit d'un accident.

Elle se rend compte de sa présence – il se frotte les mains, elles sont tachées de rose à cause du sang – et son expression vire au dégoût.

— Ce n'était pas un accident, dit-elle.

Il écarquille les yeux.

— Lila, on a besoin d'aide…

Elle fait non de la tête, en tremblant.

— Quel bien ça pourrait faire ? Rien ne le ramènera. Rien ne pourra défaire ce que tu as fait.

— Ce que j'ai… ?

Il secoue la tête.

— De quoi est-ce que tu parles ?

Elle avale sa salive, semble se forcer à rester forte, à faire tout ce qui est en son pouvoir à présent pour mener son plan à bien, et donner à Jonah la fin qu'il mérite.

Elle contourne le fauteuil à oreilles violet, s'enfonce dedans.

— C'était un coup monté, Jonah, dit-elle à voix basse. Un piège.

Subitement, toute couleur se retire du visage de ce dernier.

— Tu m'as pris quelque chose cette nuit-là à Princeton, quelque chose que je ne pourrai jamais récupérer. Et pendant treize ans tu t'en es tiré à bon compte, libre comme l'air. Mais à présent ?

Elle regarde à nouveau Kurt, et sa détermination semble se renforcer.

— À présent, tu vas payer. Est-ce que tu comprends combien ça a été terrible, de vivre avec le traumatisme de ton agression ?

— *Agression ?* Lila, je…

— La ferme ! Pour une fois dans ta vie, Jonah, tu vas la boucler et écouter. C'est à mon tour de parler.

De nouveau, son regard se fixe sur le corps de Kurt. Elle ferme les yeux, essayant d'éloigner la terrible vision.

— Pendant des années, le cauchemar de ce que tu m'as fait subir s'est imposé à moi. Je me sentais tellement impuissante, tellement vulnérable. Je n'arrêtais pas de me poser des questions, de douter de moi. De me dire que d'une certaine façon j'étais fautive. Avec le temps, j'ai appris à repousser ces pensées dans un coin de ma tête, mais je n'ai jamais pu guérir complètement. Je croyais que je ne guérirais jamais.

« Mais voilà qu'un jour, il y a environ trois ans, j'ai reçu un mail d'une jeune actrice qui était en premier cycle à Yale. Au début, je n'y ai pas tellement prêté attention. *Waiting Game* venait de sortir – je me suis dit qu'il s'agissait peut-être d'une fan. Mais son message était étrangement énigmatique :

elle disait que nous avions quelque chose en commun, et demandait si j'accepterais de l'aider.

Elle avale sa salive, essaie de calmer sa respiration.

— J'ai accepté de la rencontrer en personne, et j'ai immédiatement remarqué notre étrange ressemblance. Et ensuite elle m'a raconté son histoire, et le parallèle était impossible à ignorer. Durant sa première année à Yale, elle avait été choisie par le chapitre de St A.'s là-bas ; et au cours de *leur* Pump and Slipper, elle avait été violée par un homme portant un masque.

Il ferme les yeux.

— Oh, mon Dieu.

Elle s'essuie les mains encore et encore sur son slip couvert de sang.

— Je n'avais pas besoin d'en entendre plus. C'était forcément toi. Elle était tellement traumatisée qu'elle a complètement laissé tomber Yale. Sa vie partait en lambeaux. Mais, sur les conseils de son thérapeute, elle a pris contact avec moi, parce que le seul indice qu'elle possédait sur ton identité, c'était que tu t'étais vanté d'avoir passé une nuit romantique en ma compagnie. Elle espérait que peut-être, peut-être seulement, je pourrais savoir qui tu étais. J'ai cherché sur Internet, et découvert que tu étais effectivement à Yale à l'époque, en train de préparer ton doctorat. Tout ce qu'elle voulait, c'était ton nom, pour pouvoir te dénoncer pour viol.

— Attends une minute, Lila, dit Jonah, éperdu. Ce n'est pas…

— Tu peux imaginer à quel point je me suis sentie affreusement mal.

Elle ferme les yeux.

— Mes doutes m'avaient empêchée de parler durant toutes ces années, et c'était mes doutes qui avaient permis que tu t'en tires une fois de plus. C'était, en partie, *ma faute*.

Elle le regarde.

— Mais l'histoire qu'elle m'a racontée de ce que tu lui as fait subir ? Il n'y avait *aucune place* pour le doute. Tu l'as violée, exactement comme tu m'as violée.

Il secoue la tête.

— Comment peux-tu dire ça ? Lila, comment tu peux penser une chose pareille ?

— J'ai alors compris que te dénoncer ne suffirait pas. Trop d'années s'étaient écoulées, et nous n'avions ni l'une ni l'autre effectué un kit post-viol. Il n'y avait aucune preuve, aucun témoin… Ça pouvait facilement tourner à « sa parole contre la tienne », et il n'était pas dans mon intérêt d'essayer de convaincre quiconque de ce que je *savais* que tu avais fait.

Elle referme ses bras autour d'elle en frissonnant.

— Toute ma vie, on m'a martelé qu'on vivait dans un monde d'hommes, où des types comme toi pouvaient faire ce qu'ils voulaient et s'en tirer, sans avoir à payer pour leurs crimes. J'ai décidé que je ne laisserais plus cela arriver. Je l'ai convaincue de différer son dépôt de plainte. Et j'ai trouvé un moyen pour qu'on obtienne toutes les deux la justice qu'on méritait.

Elle se tourne de nouveau vers Kurt, et ses yeux s'emplissent de larmes.

— Jusque-là, l'arrangement entre Kurt et moi me convenait.

Elle s'agenouille près du corps et les larmes se mettent à couler sur ses joues.

— Bien sûr, nos débuts ont été difficiles ; mais nous avions dépassé ça, notre relation avait évolué et nous profitait à tous les deux. Publiquement, professionnellement… et même sexuellement.

Elle lui prend la main, la caresse doucement, l'alliance brille dans le noir.

— Une relation libre, ce qui m'allait bien ; je me fichais de ce qu'il faisait, tant qu'on sauvait les apparences.

Elle embrasse la main de Kurt, puis fait glisser la bague de son doigt, détache son collier, et met l'anneau à la place qui lui revient.

— Ma carrière avait explosé, le public nous adorait, mais il n'y avait pas de véritable lien, pas d'amour. Et j'ai alors compris : c'était l'occasion de prendre un nouveau départ.

« J'ai réalisé que j'avais besoin de l'aide de Kurt pour un film important, un projet qui me tenait énormément à cœur. Son nom garantirait pratiquement à lui seul qu'il puisse voir le jour. Mais je savais qu'il n'accepterait jamais, encore moins en sachant que j'étais l'autrice du scénario.

Elle s'essuie les mains sur ses cuisses, puis ramasse le couteau et se lève, se force à quitter du regard le corps de Kurt.

— Alors j'ai inversé les rôles et je l'ai menacé de laisser fuiter qu'il m'avait forcée à coucher avec lui pour obtenir le rôle dans *Waiting Game*. Il a paniqué et essayé de me faire taire en me promettant tout ce que je voulais.

Elle avale sa salive, relève le menton.

— Pendant plus de deux ans, j'ai maintenu notre relation à flot. Je contrôlais totalement sa vie personnelle et professionnelle. Kurt faisait tout ce que je voulais avant même que je le lui demande. Et tout ça en valait la peine, parce que notre film avait obtenu le feu vert. Un projet auquel je savais que tu serais incapable de résister.

Elle se tourne vers Jonah.

— *Tendre est la nuit*, adapté en secret par Lila Crayne ? Un livre écrit par ton auteur favori, et le sujet de ta thèse ?

Il ferme les yeux.

— Oh, mon Dieu.

Elle se dirige vers l'étagère, glisse le couteau hors de portée sur la marche la plus haute de l'escalier, puis attrape le gros pavé relié de noir posé sur le rebord.

— Ta thèse était inestimable, le parfait manuel pour l'argument que je voulais réfuter.

— C'est *toi* qui l'as volée ?

— Évidemment. Elle a toujours été en ma possession.

Elle l'observe.

— Toutes ces années. Tu as vraiment cru que tu allais m'avoir, n'est-ce pas ? Tu croyais sincèrement que tu ne t'étais pas fait repérer ? Tu étais tellement prévisible, tellement amateur. Je veux dire, passer en courant devant mon appartement tous les matins ? Mon service de sécurité a voulu demander une ordonnance d'éloignement dès la première semaine, mais je les ai convaincus de ne pas le faire.

Elle ramène ses cheveux, poisseux de sang, en arrière. Frissonne.

— La fille de tes rêves, innocente et sans défense, qui travaille sur ton sujet de prédilection et vient frapper à ta porte ? Piégée dans une terrible relation abusive, dont toi seul peux la sauver ?

Elle hoche la tête.

— Kurt ne m'a jamais frappée ; pas une fois. Il aimait se montrer un peu brutal, mais il n'a jamais été violent.

— Mais les bleus…

— C'est incroyable ce que le maquillage de cinéma peut faire, non ?

Elle sent son pouls palpiter à sa tempe.

— Mais mon moment préféré, ça a été notre « avancée », lorsque tu as *miraculeusement* débloqué un traumatisme d'enfance qu'en réalité je n'avais jamais réprimé.

En entendant ses paroles, il cligne des yeux.

— Tu veux dire… ?

— Je suis actrice, Jonah. Une bonne actrice. Je n'ai jamais oublié l'accident de voiture. Mère et moi n'avons pas de secrets l'une pour l'autre. Nous n'en avons jamais eu.

— Lila, je t'en prie ! Pourquoi est-ce que tu fais ça ?

— Lorsque Kurt a laissé tomber le film, tout s'est mis en place. Tu sais ce que mère lui a dit dans son texto, comment on l'a fait revenir ? Je lui ai offert sa liberté s'il acceptait de m'aider à te piéger.

Il gémit doucement.

— Je n'ai jamais eu besoin d'échapper à Kurt, je mc suis servie de lui comme d'un appât, pour que tu puisses te sentir tel le héros, fondant en piqué sur ta proie pour me sauver. Et tu as foncé droit dans le piège.

Elle inspire brusquement, regarde ses pieds, où le sang de Kurt s'infiltre entre ses orteils. Sa respiration s'accélère et elle presse ses paumes encore et encore contre le tissu de son slip, essayant désespérément de se débarrasser du sang.

— J'avais juré à Kurt que, s'il te piégeait ce soir, je te ferais passer pour le prédateur jaloux et manipulateur, et lui, pour le héros qui m'avait défendue. Que je ne parlerais jamais à personne des femmes qu'il avait forcées, et qu'il pourrait partir pour toujours. Comme garantie, je lui avais donné des photos que Freddie avait prises de Dom et moi dans ce qui ressemble à une étreinte romantique ; on les aurait fait fuiter après, pour preuve de mon infidélité. Tout ce qu'il avait à faire, c'était attendre que tu entres dans la maison, te coincer, et appeler les flics. Les lois protégeant les femmes sont tellement insuffisantes, c'était le minimum. On avait planqué toutes les armes, et je lui avais assuré que, même si tu en venais aux mains, tu ne faisais pas le poids. Je lui avais juré qu'il ne serait pas blessé.

Là, sa voix se brise, ses yeux se voilent.

— Je n'ai jamais voulu qu'il meure, murmure-t-elle. Je pensais qu'une fois qu'on t'aurait piégé on se contenterait de te livrer à la police avant de partir chacun de notre côté. Je n'ai jamais pensé que tu pourrais le tuer.

Pendant un instant, elle observe Jonah, une larme roule sur sa joue. Puis elle secoue la tête, s'essuie le visage. Et croise les bras, résolue.

— Mais tu l'as bel et bien tué. Ce qui ne fait que confirmer à quel point tu es horrible. Tout ce que j'ai fait, c'était te donner la corde pour te pendre ; mais maintenant tu t'es mis tout seul dans la peau d'un meurtrier.

— Je ne suis pas un meurtrier, crie-t-il. C'était de la légitime défense ! J'ai cru qu'il allait me tuer !

— Je t'ai vu, Jonah. J'ai vu ce que tu as fait. Ta vie n'a jamais été en danger, il n'avait pas d'arme ! Et il n'a pas arrêté de te demander de poser le couteau. Tu n'avais pas à le tuer, mais tu l'as fait.

Elle secoue la tête.

— Les autorités ne te croiront jamais, de toute façon, quand elles découvriront toutes les preuves.

— Quelles preuves ?

— J'ai enregistré toutes nos séances. J'ai des preuves de tous les moments où tu as franchi la ligne. Nos échanges de textos. Mon journal, qui me dépeint comme quelqu'un de *très* vulnérable, et montre des signes très nets de transfert.

Elle laisse échapper un petit rire.

— Je t'ai donné tellement d'échappatoires ! Tellement d'occasions de faire le bon choix cette fois-ci. Je ne serais jamais allée jusqu'au bout si tu l'avais fait. Mais toi, tu as simplement continué à démontrer ta propre culpabilité. Tu n'avais pas à me prendre comme patiente et à mentir sur notre histoire. Quand je t'ai avoué que j'avais été violée, tu aurais pu admettre que l'homme qui m'avait violée, c'était toi.

— Mais je n'ai pas…

— C'est exact : tu n'as pas. Une fois de plus, tu as caché ton identité.

Elle croise les bras.

— Tu n'avais pas à permettre que notre relation devienne charnelle. Et tu n'avais pas à tromper Maggie. Et pourtant, tu l'as fait.

Elle traverse la pièce.

— Ensuite, il y a les images de toi en train de rôder autour de mon appartement. Les témoignages de mon équipe de sécurité. Oh, et Freddie et Dom – je leur ai dit que tu m'espionnais, et ils ont promis de m'aider et de me protéger.

Elle attrape une télécommande sur la table basse et la braque vers l'écran géant monté sur le mur.

— Et, enfin, il y a ça.

La télé s'allume, aveuglante dans l'obscurité. Une image floue en noir et blanc emplit l'écran, filmée par les caméras de surveillance : deux taches sombres dans un océan de gris clair. Puis une des taches bouge, et Jonah retient son souffle.

— J'ai essayé de récréer l'atmosphère de St A.'s ce soir-là dans mon pied-à-terre. Je me suis dit que tu aurais envie de revivre la scène, et je ne m'étais pas trompée : tu as reproduit presque toutes les étapes. Tu vois ? Tu m'as embrassée brutalement, et tu m'as maintenue alors que j'essayais de te repousser. Tu m'as tirée par les cheveux, obligée à m'allonger sur le sol. Et me voilà, j'essaie de m'échapper.

Sans transition, la caméra change d'angle et l'on voit Lila ramper sur le sol, et Jonah qui la suit.

— Tu m'as cloué les épaules au sol pour que je ne puisse plus bouger, ensuite tu m'as saisie à la gorge et immobilisée. Et, après, tu as poussé mon visage de côté comme tu te préparais à me pénétrer de force.

Elle éteint la télé avec un bruit sec.

— Il n'y a pas de son dans cette vidéo ! crie Jonah. Tu voulais que je t'embrasse, tu m'as supplié de le faire ! Je ne t'ai rien fait contre ta volonté.

— Les images donnent une autre version, cela dit, non ?

Elle s'assied dans son fauteuil, en agrippe les accoudoirs sanguinolents pour se calmer.

— Toutes les preuves vont dans le sens d'un narratif clair : à Princeton, je t'obsédais, et tu m'as violée en croyant que je ne découvrirais pas qui tu étais. Et maintenant, des années plus tard, tu as dissimulé cette histoire et transgressé toutes les règles de ta profession quand tu m'as acceptée, moi, une star de cinéma vulnérable, en tant que patiente, juste pour atteindre ton objectif. Et, quand tu es enfin parvenu à me manipuler pour que je voie en toi la réponse à tous mes problèmes et que tu m'as séduite afin d'entamer avec moi une relation romantique, Kurt est devenu le seul obstacle qui t'empêchait de m'avoir à toi une fois pour toutes. Alors ce soir, dans un état de déséquilibre mental effrayant, tu as assassiné mon fiancé dans un accès de jalousie enragée.

Elle secoue la tête.

— Peut-être que, si tu avais été capable de voir au-delà de ton propre ego, tu aurais compris ce qui se passait bien plus tôt. Quant à Maggie... Maggie n'était pas autocentrée, elle. Elle savait que quelque chose déconnait, n'est-ce pas ?

Il grimace, ferme les yeux.

— Tu aurais dû l'écouter quand tu en avais l'occasion.

Elle baisse la voix.

— Dieu merci, je l'ai sauvée de tes griffes.

— Maggie m'aime !

Il hésite, puis parle doucement, presque pour lui-même :

— Elle se porterait garante pour moi. Maggie prendrait ma défense.

— Vraiment ?

Elle penche la tête.

— Je lui ai parlé aujourd'hui, juste pour être sûre. Quand elle est venue livrer le tableau, j'étais en train de pleurer, hors de moi, clairement traumatisée. Je lui ai dit que tu m'avais harcelée, et que récemment tu m'avais même agressée. Je lui ai montré la vidéo, celle que tu viens de voir. Je lui ai promis de me faire aider ; mais je lui ai dit que, pour sa propre sécurité, elle devrait aussi rester loin de toi.

— Elle n'a pas mordu à l'hameçon. Elle a dit qu'elle ne savait pas qui croire.

— Bien sûr qu'elle a dit ça. Elle est intelligente. Elle a probablement essayé de te mettre en garde, en te disant de ne pas venir ici, je me trompe ? Et à ce moment-là… Laisse-moi deviner : tu as pensé que c'était une garce jalouse et fourbe, qui essayait de nous séparer. Alors tu lui as sorti quelque chose d'impardonnable, quelque chose qui a fait comprendre à Maggie combien elle avait peu compté pour toi depuis le début. J'ai bon ?

Mais il secoue la tête.

— Ton histoire ne colle pas. Si tu croyais vraiment que je t'ai agressée, pourquoi tu serais venue me chercher, moi, pour une thérapie ? Soit tu savais qui j'étais, soit tu ne le savais pas. Tu ne peux pas gagner sur tous les tableaux.

Elle sourit tristement.

— Tu en es sûr ?

Puis elle ferme les yeux, se plaque les mains sur les oreilles. Ses épaules s'arrondissent et se lèvent, ses mains jointes se tordent, et, lorsqu'elle bat des cils et ouvre les yeux, ils sont écarquillés, brillants.

— Votre Honneur, je n'avais aucun souvenir de cette nuit-là. Si Jonah ne m'avait pas montré comment débloquer les souvenirs que j'avais réprimés, je ne sais pas si je me serais rappelée un jour. Je n'aurais peut-être jamais compris qu'il m'avait délibérément traquée et était une fois de plus en train de me piéger.

Elle cligne des yeux, les essuie. Puis elle se tourne vers Jonah, les lèvres pincées en une ligne sévère.

— C'est ma parole contre la tienne. Et, en fin de compte, le monde prendra le parti de la femme. Parce que, avec toutes ces preuves accablantes, qui penses-tu honnêtement qu'ils vont croire ?

— Lila, je t'en prie, ne fais pas ça ! Je te connais ! Ce n'est pas toi !

— Tu n'as pas la moindre idée de qui je suis ! Tu as devant toi la vraie Lila, Jonah. Quoi – tu n'aimes pas cette version ? Je te fais peur ? Tu veux que je sois à nouveau ta douce patiente infantilisée ? Ou alors ta diariste sexy et cinglée ? Je suis curieuse de savoir quel était ton fantasme préféré. Tout ce que tu *crois* savoir sur moi, tout ce que tu as vu jusqu'à présent – nos séances en thérapie, les pages de journal, cette nuit-là dans mon pied-à-terre –, tout ça, c'était un numéro d'acteur. Un mensonge. Tu crois que je suis méconnaissable ?

Elle secoue la tête.

— Tu ne me connais absolument pas.

Il inspire un grand coup, mais répond ensuite, très doucement :

— Et cette nuit-là à Princeton ? Ce n'était pas toi, à l'époque ?

Elle fronce les sourcils.

— C'était bien toi, je pense. La femme dont je suis tombé amoureux.

Une pause.

— La femme que j'aime toujours.

Durant un instant, ils s'observent l'un l'autre en silence.

— Si tu m'aimes vraiment, dit Lila, admets ce que tu m'as fait.

Il hésite.

— Quoi ?

Elle semble prendre sur elle.

— Je veux que tu admettes que tu m'as violée. Pourquoi est-ce que tu ne peux pas simplement le reconnaître, après toutes ces années ?

Debout devant lui, elle attend. Juste derrière, *Icare* se profile, réincarnation épique du seul souvenir qu'a Jonah de cette nuit-là : une photo sombre et voilée d'eux deux ensemble. Elle se tient devant lui, blême, fragile et tremblante. De rage ? Ou – est-ce possible – *de peur* ?

— Il y a eu un terrible malentendu, déclare-t-il avec lenteur. Ce que tu dis que je t'ai fait cette nuit-là… je n'aurais jamais fait ça à personne.

Elle cligne des yeux, effarouchée.

— Je n'ai pas l'intention de minimiser ce que tu as vécu. Mais, Lila… je pense que, peut-être, tes souvenirs sont faussés.

— Je ne voulais pas coucher avec toi, réplique-t-elle fermement. Tu m'y as contrainte.

— C'est tellement douloureux de t'entendre dire ça. Parce que pour moi…

Il la regarde.

— … ça a été la meilleure nuit de toute ma vie.

Au loin, le tonnerre.

— Je sais que j'ai commis de terribles, impardonnables erreurs. Je n'aurais pas dû t'accepter comme patiente. J'aurais dû te dire que je me souvenais de toi. C'était moralement et éthiquement inacceptable, *je sais*. Mais…

Il la regarde.

— Je n'ai pas cessé de penser à toi toutes ces années, en espérant que nos chemins se croisent à nouveau. Alors, quand tu es revenue dans ma vie, j'ai vu ça comme mon unique chance.

Il s'essuie les yeux.

— Mon Dieu, Lila. Depuis toutes ces années, je suis amoureux de toi !

Violent coup de tonnerre. Et, derrière les yeux omniscients des fenêtres, la voûte céleste se fissure, illuminée à contre-jour par un brusque éclair qui déchire le ciel.

La pièce est de nouveau plongée dans le noir, seule la blancheur du slip de Lila se voit encore dans la lueur rémanente des éclairs. Il la regarde ramasser le masque, le faire tourner entre ses mains.

— Tu as enlevé *mon* masque, dit-elle lentement, mais tu n'as jamais enlevé le tien.

— À cause de ces règles stupides…

Elle le regarde.

— Mais le lendemain matin ?

Il hésite.

— Si tu avais réellement trouvé cette nuit parfaite, tu aurais voulu t'assurer que je sache qui tu étais en pleine lumière. Mais tu as gardé ton masque. Tu protégeais ton identité, parce qu'une partie de toi savait que tu avais commis quelque chose de mal.

— C'est logique que tu voies les choses de cette façon, mais ce n'est pas pour ça que je l'ai gardé. Je pense…

Il lève les mains.

— J'étais sous le choc. Je pensais que, pour toi aussi, cette nuit avait été parfaite, et, là, je découvre que tu ne te rappelais rien… ? J'étais humilié.

Elle secoue la tête.

— Mais tu m'as menti à propos de ce qui s'était passé…

— Je ne t'ai pas menti, insiste-t-il. Je crois que j'ai juste dit qu'on avait passé un merveilleux moment. Je pensais que c'était vrai ! J'ignorais totalement que ça n'était pas le cas. Je ne voulais pas t'embarrasser davantage en te faisant un commentaire détaillé d'une nuit dont tu ne te souvenais pas. Il ne m'est jamais venu à l'idée que tu aies pu mentir.

Elle ouvre la bouche pour protester.

— Mais ça n'a pas d'importance, ajoute-t-il rapidement. Bien entendu, que j'aurais dû tout te dire. J'étais juste tellement embarrassé et je me suis comporté comme un lâche. Quant à ce qui s'est vraiment passé cette nuit-là, j'aurais juste aimé que tu dises quelque chose. Je pensais réellement que tu en avais autant envie que moi.

— J'ai essayé de t'arrêter...

Il penche la tête.

— Vraiment ?

Les larmes montent aux yeux de Lila.

— Je suis tellement désolé d'avoir mal interprété les signes. Mais, Lila, tu ne m'as jamais dit que tu ne voulais pas faire l'amour. Du moins, je ne pense pas que tu l'aies fait.

Il l'observe.

— Je devais penser que, si tu n'avais pas voulu, tu me l'aurais explicitement fait savoir. Mais je ne me souviens pas que tu aies jamais dit non. Je me trompe ?

Elle regarde le sang de Kurt qui s'étale lentement autour d'eux.

Il lève la main.

— Ça n'a pas d'importance. Tu ne voulais pas. Tout ce que je dis, c'est : je ne savais vraiment pas. Si j'avais su, je n'aurais jamais...

— Mais c'est arrivé plus d'une fois. Tu as recommencé...

— Je me souviens de cette autre femme, l'étudiante de première année à Yale. C'était il y a environ quatre ans. En tant que membre du chapitre de St A.'s à Princeton, j'avais été invité à leur Pump and Slipper. Elle est venue vers moi, dès le début. Elle était charmante, presque aussi jolie que toi. On a tout de suite sympathisé et bu quelques verres… et c'est vrai qu'on a passé la nuit ensemble. J'ai trompé Maggie ce soir-là ; mais je le lui ai avoué dès le lendemain. J'ai assumé la responsabilité de mon erreur. Mais quant à ce qui s'est réellement passé cette nuit-là à Yale ?

Il fait un pas vers elle.

— Cette fille t'a menti. C'est elle qui a pris l'initiative, elle en avait plus envie que moi.

Il marque un temps d'arrêt.

— En y repensant, je me dis qu'elle espérait peut-être davantage. Mais, bien entendu, il était hors de question que je quitte Maggie. Alors il se peut qu'elle t'ait contactée parce qu'elle voulait m'atteindre et se venger. Tu l'as dit toi-même : sa vie était un désastre. Elle n'allait pas bien.

Il se rapproche encore.

— Lila, pense à mon travail. Ma vocation. Je ne m'en prends pas aux femmes, je les aide ! Pense à toutes les femmes que j'ai aidées au fil des ans. Pense à Brielle.

Il hésite, puis ajoute :

— Pense à la façon dont je t'ai sauvée, il y a de ça des années.

Le menton de Lila se met à trembler.

— Tu ne te souviens pas de ces hommes et de tous les verres que tu avais acceptés ?

Il murmure presque, à présent.

— La seule raison pour laquelle je t'ai emmenée à l'étage, c'était pour te protéger. Je pensais que tu voulais t'éloigner d'eux. Ça n'était pas le cas ?

Une larme glisse sur la joue de Lila.

— Bien sûr que si.

— J'étais plus qu'attiré par toi. Je commençais à tomber amoureux de toi. Mais cette nuit-là, avec ces types, je voulais juste te mettre à l'abri.

Doucement, il lève les mains.

— Je sais ce que tu veux entendre. Et je veux te donner ce qu'il te faut pour guérir. Mais…

Il secoue la tête.

— … je ne peux tout simplement pas admettre quelque chose dont je n'avais pas connaissance ou que je n'avais pas l'intention de faire. Je ne dirai pas que je t'ai violée, Lila. Je ne pourrais jamais admettre cela.

Le silence s'installe entre eux.

Et puis, au-dessus, une autre voix, qui tremble jusqu'à eux.

— Tu mens.

Elle apparaît sur le palier, ramasse le couteau en haut des marches, et Jonah inspire un grand coup.

— Celia ?

— Le communiqué de presse sort demain, murmure Lila en regardant Celia avec circonspection. Pour annoncer que c'est Celia qui joue le rôle de Rosemary.

— Tu nous a violées, Jonah, murmure Celia.

— Je n'ai pas…

— Tu l'as fait ! hurle-t-elle. Je sais que tu l'as fait, parce que tu as utilisé *le même piège* deux fois.

Il se fige.

— Je ne te courais pas après ce soir-là, déclare-t-elle. Tu ne m'intéressais même pas ! Tu ne voulais pas me laisser tranquille. Tu m'as sorti ton ridicule numéro sur Fitzgerald, et ensuite tu m'as dit que je ressemblais en tous points à Lila Crayne, que tu l'avais connue des années auparavant.

Sa main trouve la balustrade, l'agrippe de toutes ses forces.

— D'autres hommes flirtaient avec moi, et ça ne te plaisait pas. Alors tu m'as prise à part et tu m'as dit que tu les avais entendus parler de toutes les choses innommables qu'ils voulaient me faire subir. Tu étais inquiet : avais-je accepté un verre de leur part ?

Sa voix se brise.

— Mon Dieu, j'étais terrifiée ! Je voulais partir de là immédiatement. Mais tu as dit que je ne devrais pas faire ça, parce qu'ils risquaient de me suivre. Tu connaissais un endroit où je serais en sécurité, où je pourrais attendre jusqu'à leur départ.

Sa voix est à peine plus forte qu'un murmure :

— Une fois qu'on a été seuls tous les deux, tu es devenu une personne complètement différente. Je t'ai dit que je ne voulais pas coucher avec toi, et tout du long je t'ai *supplié* d'arrêter. Mais ça ne comptait pas. Tu as agi comme si tu ne m'entendais même pas. Tu n'arrêtais pas de me dire de me taire, de ne pas m'inquiéter. De me répéter que j'étais en sécurité.

— Les autres hommes…, murmure à son tour Lila, les yeux écarquillés devant cette révélation. C'était un mensonge ? Mais…

Elle se tourne vers Celia.

— Mais tu ne m'as jamais dit…

— Tu ne m'en as jamais laissé l'occasion.

Celia hoche la tête.

— Tu n'étais pas intéressée par les détails de mon histoire. La seule chose qui te préoccupait, c'était ce qui t'était arrivé, à toi.

Et puis Celia se retourne vers Jonah et porte le coup de grâce :

— Il n'y a jamais eu d'autres hommes qui voulaient nous faire du mal, n'est-ce pas ? Le seul qui le voulait, c'était toi.

— À t'entendre, on dirait que c'était prémédité, bégaie-t-il. C'était juste une histoire inventée, une phrase stupide pour draguer…

— C'était un piège. Un piège dont tu t'es servi deux fois. Tu voulais nous avoir. Peu importait que ça ne soit pas le cas pour nous.

En un éclair, l'expression de Jonah change.

— Tu n'as jamais compté.

Il se tourne à nouveau vers Lila.

— Tu dois comprendre : on avait bu, et… mon Dieu, elle te ressemble tellement !

Lila reste silencieuse.

— Si tu veux que j'admette l'avoir agressée, elle… si c'est ce que tu veux que je dise…

Il laisse planer l'interrogation.

— Mais, Lila, tu dois me croire : je ne t'ai jamais violée.

Celia regarde Lila, qui fixe Jonah d'un air dubitatif.

— Tout le monde commet des erreurs, non ? martèle-t-il. Je voulais juste revivre ma nuit avec toi. Je voulais me réapproprier le souvenir de notre nuit parfaite, la nuit que tu m'avais dit avoir oubliée. Elle n'a jamais compté. Il n'a jamais été question que de…

— … Lila, dit Celia en essuyant rageusement ses larmes. Crois-moi, j'ai bien compris le message. Tu n'en avais rien à foutre de moi. Tu t'es juste servi de moi pour la remplacer.

— Je l'aimais !

Il se tourne à nouveau vers Lila.

— Je sais que je n'aurais pas dû te raconter cette histoire à propos de ces types. Je le sais ! Mais, Lila, je n'arrivais pas à croire que ça arrive enfin ! Et je n'étais pas sûr que tu veuilles être avec moi. Je voulais te donner une raison de rester, que tu saches qu'avec moi tu serais toujours en sécurité. Lila…

Il se triture le visage.

— Je t'aime.

— Ce n'est pas de l'amour, répond Lila. C'est de la possession.

Puis elle hoche la tête.

— Laisse tomber, Jonah. Il est temps pour nous que la justice qu'on mérite nous soit rendue.

Mais, à ces mots, Celia laisse échapper un rire incrédule.

— Il n'a jamais été question de justice. Il a toujours été uniquement question de Lila Crayne.

Lila fronce les sourcils.

— De quoi est-ce que tu parles ?

Celia inspire un grand coup.

— La première fois qu'on s'est rencontrées, en tête-à-tête, tu m'as promis que Jonah serait condamné pour ce qu'il nous avait fait. Mais il te fallait plus de temps pour rassembler des preuves, découvrir d'autres victimes potentielles… Tu avais promis que tu ferais tout ce qui était en ton pouvoir pour élaborer une argumentation irréfutable et sans faille afin de prouver sa culpabilité ; et, une fois cela fait, on irait ensemble à la police pour le dénoncer. « Deux femmes sont plus fortes qu'une seule », c'est ce que tu disais.

Lila jette un coup d'œil à Jonah.

— Celia…

— En attendant, tu allais tourner ton film. Et tu as généreusement offert de convaincre Kurt de me laisser auditionner.

Elle inspire.

— Tu m'avais prévenue que Kurt pouvait se montrer difficile sur le casting ; mais cela signifierait *tellement* pour toi si j'obtenais le rôle. Tu aurais l'impression de réparer les choses pour moi. On pourrait devenir de vraies amies tout en rassemblant les preuves pour l'arrestation de Jonah.

Celia s'arme de courage.

— Même après la nuit dernière, quand j'ai découvert que tu savais que Kurt allait me forcer à coucher avec lui, même alors, j'ai essayé de me persuader que tu n'avais pas dû avoir le choix ; sinon, comment aurais-tu pu laisser quelque chose d'aussi terrible m'arriver ?

— Mais, Celia, je ne…

— Quand je suis arrivée à l'improviste ce soir, tu as été prise de court, pas le choix, tu devais me planquer. Et j'ai tout entendu, Lila. Ça faisait des années que tu faisais chanter Kurt ! Ça ne t'aurait rien coûté de me protéger.

À ces mots, Lila hésite, et Celia laisse échapper un petit rire étouffé.

— Ça ne t'a probablement pas déplu que je le divertisse, n'est-ce pas ? Il n'a pas cessé de me harceler tout au long du tournage, et, par pure confiance en toi, je n'ai rien dit. Je me sentais même coupable, comme si j'étais une sorte de briseuse de ménage ! Tu ne m'avais pas dit, bien entendu, que votre relation était basée sur un mensonge.

Lila secoue la tête.

— Je suis tellement désolée, dit-elle. Je ne m'étais pas rendu compte. J'ai cru que tu avais compris que le sexe faisait partie du deal, que tu savais que c'était le prix à payer pour lancer ta carrière. Je pensais que tu avais accepté de plein gré.

— Ce n'est pas parce que, toi, tu avais accepté qu'il te fasse subir ça que, moi, j'étais d'accord. Ça ne veut pas dire que c'est normal. Et ça ne rend pas les choses moins traumatisantes pour autant. Pourquoi tu ne m'as pas prévenue explicitement ? On connaît toutes les deux la réponse : parce que, si tu le faisais, ça risquait de mettre tes plans en péril. Alors tu n'as rien dit, et tu as laissé les choses se faire. À tes yeux, j'étais un sacrifice utile.

Lila joint les mains.

— Celia, ce n'est pas vrai…

— Arrête de jouer la comédie. Je sais qu'il s'agit encore d'un de tes numéros.

— Je ne joue pas ! crie Lila. Je jure que je dis la vérité.

— Je te faisais confiance. J'étais sûre qu'on était du même côté. On avait partagé le même traumatisme : comment aurait-on pu ne pas être alliées ? Est-ce que tu en avais même quelque chose à foutre que Jonah m'ait violée, moi aussi ? N'étais-je pas juste un pion, le catalyseur qui a mis en branle ton plan machiavélique ?

Celia embrasse du regard la scène macabre.

— La mort de Kurt ? dit-elle avant de regarder Jonah. Et faire passer celui-là pour un meurtrier ?

On l'entend à peine.

— Même *lui* ne mérite pas ça. C'est toi qui en as *fait* un meurtrier, Lila. Tu es aussi responsable de la mort de Kurt que lui. Peut-être même plus. C'est toi seule qui as créé ce cauchemar. Si j'avais su que c'était ça que tu complotais en réalité, je n'aurais jamais voulu y prendre part. Kurt est mort à cause de toi.

— Je ne voulais pas qu'il meure ! crie Lila. C'était un accident !

— La vie de Kurt était un risque que tu étais prête à prendre. Un dommage collatéral. Exactement comme moi.

— Celia, s'il te plaît, écoute.

Elle regarde brièvement Jonah.

— On n'avait aucune preuve ! On savait toutes les deux qu'il nous avait violées, mais on n'avait aucun moyen de le montrer. Tout ce que j'ai fait, c'est créer la preuve en question.

— Avec des *mensonges* ! s'écrie Celia. Est-ce que tu réalises seulement ce que tu as fait ? La fausse violence de Kurt – prétendre que ton fiancé t'agressait régulièrement ? Est-ce que tu t'inquiètes de savoir que tu feras reculer la cause des véritables victimes, si ces mensonges venaient à être révélés au grand jour ?

— Ces mensonges, c'était juste pour le piéger, lui, répond Lila en jetant un bref coup d'œil à Jonah. Et cette vidéo que j'ai faite ? Jonah m'a vraiment agressée. C'est arrivé ; il est simplement question du moment où ça s'est passé.

Celia secoue la tête.

— Tu as créé de fausses preuves.

— Je lui ai donné une autre chance ! Tout ce que j'ai fait, c'est lui donner l'occasion de fabriquer les preuves dont on avait besoin pour le traîner en justice.

— La justice ne peut pas s'appuyer sur des mensonges, réplique Celia. C'est de l'incitation au délit.

— Celia, s'il te plaît ! l'implore Lila. On est tellement près d'obtenir tout ce qu'on voulait...

— Tout ce que *tu* voulais, lui renvoie Celia. Et ce que je veux, moi ?

— Tu ne veux pas le voir enfermé à vie ?

— Tu avais promis que je pourrais témoigner !

Lila ouvre la bouche pour répondre, mais rien ne sort.

— J'ai passé des années en thérapie à travailler sur ce qu'il avait fait, reprend Celia. Témoigner était ce dont j'avais besoin pour tourner la page. J'ai *besoin* de me présenter devant un tribunal pour raconter le cauchemar que j'ai traversé, et regarder l'homme qui m'a violée droit dans les yeux. Je veux montrer l'exemple aux autres femmes, leur montrer qu'elles n'ont pas à avoir peur de se manifester et de dire la vérité ! Mais comment est-ce que je peux faire ça, maintenant ? Comment est-ce que je pourrais témoigner sous serment sans risquer que tout soit dévoilé au grand jour ? Tu peux me dire, honnêtement, s'il y a toujours moyen dans ton plan génial que je puisse témoigner à la barre ?

Lila la regarde, incapable de réagir.

— Tu es aussi mauvaise que lui, murmure Celia. Quand est-ce que tu vas apprendre à faire attention aux autres femmes ?

Elle s'approche de Lila, s'arrête à quelques centimètres de son visage.

— J'ai tout enregistré ce soir, lance-t-elle en serrant le couteau dans sa main. Exactement comme tu l'aurais fait, non ?

Elle hésite.

— Si je voulais, je pourrais te faire tomber, non ?

Elle observe Lila. Attend.

— J'en ai assez de tes conneries, dit-elle enfin. Le moment est venu d'en finir avec tout ça, une fois pour toutes.

Elle sort son téléphone d'une des poches de sa veste.

— Celia, je t'en prie ! crie Lila. Je veux que tu obtiennes la justice que tu mérites. S'il te plaît, je t'en supplie : qu'est-ce que je peux faire ?

— Après toutes les promesses que tu n'as pas tenues ? Je ne pourrai plus jamais te faire confiance, quoi que tu fasses.

Celia commence à composer le numéro.

— Attendez ! crie à son tour Jonah.

Les deux femmes se tournent vers lui.

— Et si je vous disais que j'ai quelque chose à vous proposer ? Quelque chose qui pourrait vous intéresser ?

Celia serre plus fort le manche du couteau.

— De quoi est-ce que tu parles ?

Il s'humecte les lèvres.

— Mes patientes.

— Quoi ? dit doucement Lila.

Il prend une grande inspiration.

— Presque toutes mes patientes sont victimes d'abus. Les choses ne sont pas obligées de s'arrêter là avec moi. Je peux tout vous donner : leurs noms, les notes sur leurs séances, leurs informations personnelles, les enregistrements… tout ce qu'il vous faut pour détruire la vie de leurs agresseurs à jamais. Vous ne voulez pas démolir ces hommes-là, et rendre justice à leurs victimes ?

Les deux femmes le regardent, absolument immobiles.

— Tu peux encore faire disparaître le problème, dit-il à Lila en montrant le cadavre de Kurt. Tu peux encore prétendre que c'était un partenaire violent et abusif, que je suis venu à ton secours et que je l'ai tué en état de légitime défense.

Il déglutit.

— Je te donnerai tout si, en retour, tu me laisses partir.

Il attend.

— Oh, Jonah, dit Lila. Tu penses que je suis une sorte de veuve noire. Mais mes motivations ont toujours été pures, et ma bataille s'arrête ici, avec toi. Et, en offrant de sacrifier tes patientes pour ne pas avoir à payer pour tes crimes, tu n'as fait que te condamner davantage.

— Vous êtes tous les deux cinglés, murmure Celia. Il faut que je sorte d'ici…

Mais Lila se jette brusquement sur le téléphone, et Celia bondit en arrière en poussant un cri de surprise.

— Allez, Celia, dit Lila. Donne-moi ce téléphone.

— Va te faire foutre, répond celle-ci en le serrant encore plus fort entre ses doigts. C'est à la police de s'occuper de ça, à présent. Et tu n'auras pas le temps d'échafauder un plan pour t'en tirer.

Jonah se détourne, chancelant. Ses jambes cèdent sous lui, et il se penche en avant pour prendre appui contre la porte coulissante.

— Celia…, crie Lila, arrête !

Et puis, presque inaudible, une sonnerie dans le lointain, la voix d'une opératrice. Et ensuite Celia qui parle, parfaite imitation de Lila :

— S'il vous plaît, aidez-moi. Quelqu'un a été poignardé. Il est… Oh, mon Dieu, je crois qu'il est mort.

L'opératrice répond et Celia donne l'adresse d'une voix étouffée, puis ajoute :

— S'il vous plaît, dépêchez-vous. *S'il vous plaît.*

Puis elle coupe la communication.

— Comment tu m'as trouvée ?

Voix sans expression.

— Est-ce que ma prestation t'a rendu justice ?

Dans un cri strident et étranglé, Jonah se propulse à l'autre bout de la pièce. Il plaque Celia au sol, envoyant valser téléphone et couteau, puis la chevauche…

Et il met ses mains autour de la gorge de Celia.

— Qu'est-ce que tu fais ? hurle Lila.

Il serre plus fort, à fond, et le bruit qu'émet Celia se fige en un étrange râle grinçant, elle a les yeux exorbités, sa peau délicate gonfle et rougit… vire au violet foncé…

— Je vais la tuer, Lila, lance-t-il en serrant les dents. Je vais le faire pour toi.

— Quoi ?!

— Je vais te sauver de ses griffes, et me damner pour toi.

— Jonah…

— Prends-moi. Laisse-moi porter le chapeau.

Lila ouvre la bouche pour crier à nouveau, puis inspire… Hésite.

Les talons de Celia glissent dans le sang, martèlent le sol avec un bruit sourd, un bruit caverneux de sabots d'animal, de poupée. Ses ongles griffent le dos de Jonah, puis semblent oublier leur objectif et déchirent l'air, impuissants. Il grimace sous le coup de l'effort – ou serait-ce un sourire qui lui tiraille à présent les lèvres ?

— Chtttt, ordonne-t-il, et il lui répète de se taire.

Les paupières de Celia commencent à se fermer, ses yeux partent en arrière, le boulot est presque terminé…

— Lâche-la.

Lila ramasse le couteau, pose la lame sur le cou de Jonah.

Il lève les yeux vers elle.

— Mais…

Elle appuie davantage, et une perle de sang jaillit.

— Enlève tes mains de là, Jonah, ou je jure devant Dieu que je vais te tuer.

Il finit par lâcher Celia, qui halète, s'étouffe en cherchant l'air, puis se recroqueville sur elle-même avec un gémissement rauque. Entre ses jambes, une fleur sombre et humide.

Il lève lentement ses mains ensanglantées et regarde Lila d'un air désespéré.

— J'ai fait ça pour toi, murmure-t-il. Tout était pour toi…

— Ça suffit.

Celia se tient doucement la gorge. Elle lève les yeux vers Lila, défaite.

— C'est terminé, maintenant, Jonah, dit Lila. Je me fiche que tu n'avoues jamais ce que tu as fait. Je connais la vérité. Je n'en douterai jamais plus. Et, pour moi, c'est suffisant.

Il se lève et se dirige vers le balcon, ouvre la porte coulissante sur une averse torrentielle. Il sort, et la pluie chatoyante s'abat sur lui en grandes nappes glacées, lavant à grande eau le sang rosé qui ruisselle sur la terrasse. Le ciel commence à s'éclaircir ; l'aube n'est pas loin. Il s'accoude à la balustrade et contemple la surface ondoyante de la rivière, la pluie lui coule à flots sur le visage.

Son regard se dirige vers la rue en contrebas, vers l'arbre où il s'arrêtait pour récupérer, chaque matin. Il cligne des yeux en voyant quelqu'un hésiter dans la grisaille, épier…

Il cligne à nouveau. L'étrange silhouette couleur de cendres a disparu.

Le sourire s'efface peu à peu de son visage, jusqu'à ce qu'il soit si ténu qu'on le voit à peine. Il attend, les lèvres entrouvertes. Et, de l'autre côté du mur de verre insonorisé, il n'entend pas la conversation silencieuse des deux femmes, ne voit pas Celia se faufiler hors de la pièce pour s'éviter une accusation de complicité, ni Lila qui essuie le manche du couteau, le jette dans un coin, et se prépare pour sa dernière performance.

Il entendra les sirènes, cependant : si faibles au début qu'il croira les avoir imaginées, puis enflant jusqu'à envahir tout l'espace, comme le feraient des trompettes. Et, par un tour de passe-passe auditif et visuel, le son sera inextricablement lié aux lumières vertes de Jersey qui s'éteignent, l'une après l'autre. Ensuite, durant un unique instant éphémère et enchanté, il retiendra son souffle, tendra les bras plus loin dans l'obscurité, et le son lui semblera comme un présage de l'autre côté de l'eau – l'appel du salut, l'appel de la maison…

Il sera prêt pour eux, quand ils viendront.

CODA

C'est l'hiver, à présent.

Elle se dirige vers l'ouest, dépasse les jeunes arbres stériles, les volets hermétiquement fermés et les fenêtres vides, sombres dans la lumière lugubre de janvier. Lorsqu'elle atteint l'ancienne voie rapide, elle s'arrête juste un instant devant l'arbre de Jonah, puis continue jusqu'au bout de la jetée.

Après le succès retentissant du film, la conclusion sans heurts du procès, elle avait été certaine que tout était enfin terminé. Jonah avait été condamné à perpétuité ; aux yeux de la nation, « la fille chérie de l'Amérique » s'était élevée au rang d'héroïne. Elle avait enfin obtenu la justice qu'elle méritait.

Mais ensuite elle avait reçu la lettre de Maggie. Maggie était convaincue que Jonah avait été victime d'une injustice, et elle avait demandé à Lila si elles pouvaient se voir en privé. Tout ce que voulait Maggie, tout ce qui avait toujours compté à ses yeux, c'était la vérité.

Lila sait ce qu'elle doit faire ; c'est malheureux, mais c'est le seul moyen. D'ici quelques minutes, Maggie va arriver, et Lila va lui présenter une version à toute épreuve qui l'exonérera complètement. Et après, enfin, elle s'en ira, libre…

Mais, bien entendu, quelqu'un doit porter le chapeau.

Celia.

L'air devient soudain violemment revigorant et elle en respire une longue bouffée, indiciblement consciente que ce pays est le sien – le nôtre – avant de se fondre en lui à nouveau, au point de ne plus pouvoir s'en distinguer.

Et déjà ses pensées bondissent à la surface de l'eau, par-delà les constellations de pylônes éparpillés qui pourrissent lentement, par-delà même le soleil exsangue qui cède du terrain.

Elles sont en partance pour un lieu entièrement nouveau – un lieu distant et encore invisible –, elles volent de plus en plus vite, même si elles sont sans cesse ramenées vers le passé. Pourtant, elles resteront fermes et inébranlables dans leur but, et – très bientôt, maintenant – elle sentira à nouveau l'inexorable étreinte familière de cette douce et chaude obscurité qui a toujours été, et sera toujours, sa destinée…

Mais là, dans le crépuscule, deux femmes approchent, ombres graciles qui survolent la jetée. Dans les mains de la blonde, le masque doré. La brunette va déclencher son téléphone, il commence à enregistrer en silence. Le triangle parfait converge, avance. Peut-être percevra-t-elle leur présence – ou peut-être les deux femmes vont-elles murmurer son nom dans le noir…

Et elle se retournera.

REMERCIEMENTS

À mon équipe de rêve, deux femmes fortes et adorables chez WME : Suzanne Gluck et Andrea Blatt. Accepter votre offre, en 2021, de me joindre à votre duo, est une des décisions les plus intelligentes que j'aie jamais prises. Vous êtes les meilleures agentes qu'un auteur puisse espérer. Merci pour vos conseils avisés et votre soutien sans faille ; c'est grâce à vous que je peux maintenant me considérer comme une écrivaine. Jill Gillett et Nicole Weinroth, je me pince chaque fois que je me rappelle que, grâce à vous, mon rêve de porter *Exquise est la fureur* à l'écran devient une réalité. C'est un honneur d'être de mèche avec vous deux. Caitlin Mahony et Suzannah Ball, qui représentez avec enthousiasme *Exquise est la fureur* par-delà les États-Unis jusque dans le reste du monde, vous êtes des femmes dynamiques, toutes les deux, et je me sens tellement reconnaissante de me trouver entre vos mains expertes et rassurantes.

À ma famille Simon & Schuster : tout d'abord et principalement, ma géniale éditrice, Carina Guiterman. Carina, tu surpasses mes rêves les plus fous. Tu es pleine de sagesse, attentionnée, perspicace, et si humble et gentille. J'ai su le jour où nous nous sommes rencontrées que j'avais trouvé en toi mon âme sœur. Dès le début, tu as su voir dans *Exquise est la fureur* ce que j'avais seulement osé espérer qu'on y trouve, et j'ai su au fond de moi que je pouvais te faire entièrement confiance. Merci de faire de moi une meilleure autrice ; je suis ravie que nous soyons lancées dans cette aventure à long terme. Tim O'Connell, j'ai été époustouflée par ton fervent soutien dès le tout début. Merci de ta gentillesse, et de croire en moi. Jonathan Karp, je suis honorée que le succès de ce livre te tienne tellement à cœur. Merci de m'inviter à considérer Simon & Schuster comme ma maison. Danielle Prielipp et Maggie Southard, merci d'avoir mis toute votre âme et votre cœur au service de ce roman, afin de le faire connaître dans le monde. Sophia Benz, merci de ta patience infinie devant mon incompétence en matière de technologie ! Stacey Sakal, Kayley Hoffman, Susan Bishansky et Megha Jain, un grand merci pour vos lectures attentives des versions finales, qui ont permis de transformer mes tirets demi-cadratins (beaucoup trop utilisés !) en tirets cadratins. Jackie Seow, Martha Kennedy, Wendy Blum et Beth Maglione, merci d'avoir mis votre époustouflante intelligence collective au service de la superbe couverture et de la maquette du livre. Lisa Rivlin, merci du temps et du soin que tu as consacrés à ce que mon livre atterrisse en lieu sûr.

Quant à mes familles internationales : je me dois de distinguer Imogen Nelson, chez Transworld, dont la foi et la passion pour *Exquise est la fureur* m'ont fait pleurer de joie. J'ai eu la chance d'avoir deux éditeurs au cours du processus éditorial, et, Imogen, ta perspicacité et tes remarques pertinentes ont rendu ce livre tellement plus puissant. J'ai vraiment une chance énorme de travailler avec toi. En ce qui concerne le reste de ma famille internationale

Acte II

UNE VOLONTÉ DU CŒUR

I

Si Jonah Gabriel avait appris une chose de F. Scott Fitzgerald, c'était bien celle-là : chaque héros doit avoir son héroïne. Comme la plupart d'entre nous, Jonah aimait s'imaginer en héros de sa propre histoire – et donc cette sagesse n'était pas à prendre à la légère.

Treize ans plus tôt, il l'avait trouvée, son héroïne. Dès l'instant où il avait posé les yeux sur elle, il l'avait su : pour Jonah, Lila Crayne était le commencement et la fin de tout.

Ce matin, il s'était réveillé avec le sourire, des papillons dans le ventre d'impatience. Il avait ouvert les yeux au bruissement cordial de l'orme de Sibérie derrière leur fenêtre, au doux frottement des feuilles contre le verre ondulé. Près de lui, Maggie, pelotonnée comme à son habitude, la lumière fractale virevoltant sur sa peau. Une main entrelacée dans le nid de ses cheveux emmêlés, l'autre nichée entre son menton et sa poitrine. Le visage lavé des larmes de la nuit passée.

Il choisit le premier de ses nombreux T-shirts en Thermolactyl pour une meilleure circulation sanguine, empilés comme des briques par piles d'une douzaine, puis un short léger en tissu absorbant (fait sur mesure à Londres). Cueillit au passage une paire de chaussettes et repositionna les paires restantes en rangées parfaites agréables à regarder. Il embrassa le

sommet du crâne de Maggie – elle remua sans se réveiller – puis passa rapidement dans la salle de bains pour faire ses ablutions, avant d'enfiler ses chaussures de course et de sortir de leur immeuble sur Horatio Street, la porte se refermant derrière lui avec un léger cliquetis.

Le soleil commençait son ascension bien qu'il soit à peine 6 heures passées, l'air immobile était déjà chargé d'humidité. Il commença par ses étirements matinaux, passant d'une posture à l'autre dans une sorte de danse bien huilée. Il détestait cette chaleur du plein été, craignait l'inévitable sensation des vêtements moites collant à la peau, l'insistante transpiration sur les tempes, les sourcils, la lèvre supérieure. Lorsque la climatisation avait lâché dans son bureau, quelques semaines auparavant, il avait pratiquement perdu la tête. Dieu merci, le nouvel appareil était conçu pour vous glacer jusqu'à la moelle.

Il ouvrit son application de localisation, sélectionna sa playlist et commença son jogging matinal. D'abord, plein ouest vers le Whitney, puis à gauche sur Greenwich et son atmosphère paisible, ses briques aux couleurs douces, ses fenêtres semblables à des lacs dans lesquels il se mirait, ses trottoirs bordés de jeunes arbres protégés par des grilles et ses voitures endormies, tout cela silencieux, hormis un occasionnel conducteur passant dans un grondement de moteur. Tandis qu'il cheminait vers le sud, ses muscles commencèrent à s'assouplir, se relâchant et se réchauffant comme il le désirait, et Jonah adopta une respiration régulière, intensifia son effort. C'était sa méditation matinale, apaisante dans sa régularité, sa routine. Il avait mis à contribution sa mémoire quasi parfaite en entretenant mentalement

une liste des divers lieux intéressants – à chaque fioriture architecturale une référence, à chaque immeuble un visage familier –, et il se représentait à l'avance chaque monument devant lesquels il passait. Et, tandis qu'il poursuivait son circuit matinal, une phrase se mit à résonner à ses oreilles, lui procurant une sorte d'excitation enivrante, au rythme familier de ses foulées : *On est soit chasseur, soit gibier, actif ou fatigué ; c'est l'un ou l'autre.*

Si l'on devait porter au crédit de Fitzgerald d'avoir été le modèle essentiel dans l'élaboration du personnage de Jonah, on aurait raison. Toutes les grandes leçons de vie que Jonah avait apprises, il les avait glanées dans les mots de Fitzgerald.

Il avait découvert l'écrivain à l'adolescence quand, tout comme le reste des États-Unis, il avait eu *Gatsby le Magnifique* au programme de son année de seconde. À l'époque, Jonah l'avait abordé comme tous les autres livres prescrits par les professeurs : une corvée à ingurgiter, assimiler, régurgiter et oublier.

Mais, avec *Gatsby*, son univers s'était fissuré. Il avait eu le sentiment d'avoir dormi durant toute sa jeunesse et de s'être soudain réveillé, et maintenant la vie semblait se déverser en lui, engloutissant tous ses sens, un déferlement de potentiel romantique de tous les instants. Pour la première fois, il comprenait ce que signifiait se consumer, sentir le souffle chaud et vivant d'une histoire à chaque page. Il ressentait distinctement qu'au travers des personnages de Fitzgerald il s'était découvert lui-même. Il *était* Nick – partageait la faculté de ce dernier à voir les gens pour ce qu'ils sont vraiment –, et en retour le monde le reconnaîtrait comme un homme à qui on pouvait faire confiance, capable de sonder

le cœur humain. Et pourtant, plus encore que Nick, il était Gatsby incarné, avec sa sensibilité aiguë aux promesses de la vie, son aptitude au romantisme, sa prodigieuse disposition à l'espoir. Il n'était pas l'un ou l'autre mais *les deux* ; ou plutôt Jonah espérait que la nature lui avait généreusement accordé les plus belles qualités des deux personnages, tout en lui épargnant leurs erreurs fatales. Qui était cet écrivain qui avait si parfaitement capturé l'essence de l'homme qu'il espérait devenir ?

Il avait commencé son éducation personnelle avec *L'Envers du paradis*, une autobiographie romancée de Fitzgerald et son premier ouvrage publié. Et, en le dévorant, Jonah avait commencé à saisir le caractère sacré de l'affinité qu'il ressentait avec l'auteur. Avant cette découverte, il n'avait fait que s'agiter en vain dans le noir, perdu, avec son seul instinct pour le pousser vers sa future gloire rêvée. Mais, en tombant par hasard sur la description du chemin qu'avait suivi Fitzgerald, Jonah avait miraculeusement découvert le sien.

Quand il était plus jeune et plus vulnérable, sa mère, Birdie, avait été la figure dominante de son enfance. Jonah l'avait éperdument aimée ; dans sa tête, il la mettait sur un piédestal avec une sorte de révérence terrifiée. Son père n'avait jamais fait partie du tableau : il était parti avant la naissance de Jonah. Le seul souvenir de ce dernier, la seule preuve qu'il ait eue de l'existence de son père, c'était le couteau de poche que celui-ci avait laissé derrière lui. Lorsque sa mère l'avait découvert, elle avait immédiatement voulu s'en débarrasser, et Jonah avait dû batailler pour la persuader de le garder. Depuis, il l'avait toujours avec lui, se sentant un peu plus en sécurité de cette façon – comme si, à travers ce

couteau, son père était toujours en train de veiller sur lui, de le protéger discrètement.

Plus qu'un fils, Jonah avait occupé le rôle de compagnon de sa mère ; et, dès l'instant où il avait su parler, elle avait exigé d'être appelée uniquement par son prénom. Birdie lui avait confié tous ses espoirs et ses peurs secrètes, de sorte qu'avant même d'avoir atteint la puberté Jonah était devenu une espèce de mari miniature. C'était une artiste, une peintre, qui créait des œuvres délirantes et passionnées, aussi fougueuses et versatiles que leur créatrice. Les dépressions nerveuses étaient fréquentes et banales et, quand elles survenaient, c'était le boulot de Jonah de la calmer.

La plupart des nuits se passaient bien. La plupart des nuits, sa mère était la Birdie qu'il adorait, la femme charismatique et haute en couleur avec de grands cheveux et un rire plein de gaieté, la femme qui se glissait au piano à l'heure des cocktails et faisait résonner dans toute la maison ses envolées de soprano, offrant à Jonah des gorgées de son verre, ravie lorsqu'il montrait des signes d'ébriété. Ensuite, elle le prenait dans ses bras et ils dansaient ensemble autour du salon jusqu'à ce qu'il tombe de sommeil. Mais, même dans ces moments les plus joyeux, la peur était toujours là, sous-jacente et silencieuse, car Jonah ne savait jamais vraiment quand sa mère risquait de s'absenter d'elle-même – et de laisser émerger l'autre femme à sa place.

Un de ses tout premiers souvenirs : au beau milieu d'une de leurs valses romantiques du soir, peut-être le verre de Birdie était-il plus fort que d'habitude, ou peut-être Jonah avait-il simplement bu quelques gorgées de plus ; toujours est-il que, lors d'un de leurs tours grandioses et enragés, le

corps du petit garçon s'était fait lourd et encombrant, et il avait envoyé valser le martini de Birdie, qui était tombé du piano et avait volé en éclats sur le sol. Il s'était précipité pour ramasser les morceaux, la pièce tournant encore autour de lui, et un éclat pointu lui avait entaillé le doigt. Il avait levé la tête vers sa mère, les larmes aux yeux, pendant que son sang gouttait sur le tapis de prix et que le visage lunaire de Birdie se rapprochait de plus en plus, rougeoyant jusqu'à l'éclipse totale. Et, avant qu'il comprenne ce qui lui arrivait, elle l'avait giflé, le réduisant à un silence abasourdi tandis qu'il agrippait sa joue brûlante. Ensuite, elle avait pris sa main qui saignait entre les siennes et avait pressé très fort la blessure contre ses lèvres. Et elle lui avait dit que tout ce qu'ils avaient au monde, c'était eux deux. Elle prendrait soin de lui, mais en retour Jonah devait lui promettre de toujours prendre soin d'elle.

En y repensant maintenant, il reconnaissait là le moment charnière, la blessure initiale qui avait été à l'origine de sa vocation. Au fil des ans, ce souvenir était devenu inextricablement lié à un de ses passages favoris chez Fitzgerald, qui avait inspiré sa propre raison d'être, de sorte qu'il ne pouvait maintenant convoquer l'un sans évoquer l'autre :

Il ne nous est pas donné de connaître ces moments où les autres sont totalement ouverts et où le moindre contact peut flétrir ou guérir. Une seconde trop tard et nous ne pourrons plus jamais les atteindre en ce monde. Ils ne seront pas guéris par nos médicaments les plus efficaces, ni tués au moyen de nos plus tranchantes épées.

Il consacrerait sa vie à réfuter cette assertion. En tant que thérapeute, Jonah était certain qu'il n'était jamais trop tard pour guérir ; et, à chaque cas qu'il acceptait, il faisait

le vœu d'aider sa patiente à redécouvrir sa propre blessure originelle ; et ensuite, contre toute attente, il trouverait le moyen de la sauver d'elle-même.

Il balaya ces pensées en tournant à droite dans Charles Street pour passer devant le Wilson's, un café gros comme une boîte d'allumettes, tout en bois brut et en verre, conçu, semblait-il, pour rappeler une épicerie à l'ancienne, avec ses savons et ses onguents, ses caisses remplies de sacs à café froissés, ses piles bien rangées de bonbons à la menthe et de boîtes de thé, ses paniers en osier chargés de fleurs. À l'intérieur, le serveur du matin venait d'arriver et ouvrait la boutique d'un air endormi ; la lueur blafarde d'une suspension industrielle solitaire plongeait le petit espace dans l'ombre. Il ressentit une solitude troublante en voyant le pauvre serveur tendre le bras au-dessus du comptoir et se cogner dans la lampe en se redressant trop brutalement, puis jurer et se frotter le crâne tandis que la suspension se balançait lentement au-dessus de lui, comme un pendu. Le serveur parut soudain sentir une présence mais, lorsqu'il se retourna pour voir qui l'observait, Jonah avait déjà disparu en courant – et le serveur n'aperçut que la rue pavée silencieuse, vide et paisible.

Il avait tenu la promesse faite à sa mère, avait accepté son rôle consistant à veiller sur elle ; pourtant, même quand il était enfant, Jonah avait perçu de façon subliminale qu'il ne pourrait jamais compter sur Birdie pour prendre soin de lui. En y réfléchissant à présent, il était tellement clair qu'il y avait eu un vide dans sa vie, le manque d'une figure parentale rassurante et stable, un vide qui demandait désespérément à

être comblé. En découvrant Fitzgerald, Jonah avait trouvé le père qu'il n'avait jamais eu.

En moins d'un an, il avait dévoré toute son œuvre. Et bien que conscient que c'était déchoir et qu'il était malavisé de succomber au vote de la plèbe, même à l'époque, même maintenant, Jonah considérait toujours *Gatsby le Magnifique* comme le chef-d'œuvre de Fitzgerald. Avec *Gatsby*, Fitzgerald s'était imposé comme le grand écrivain du rêve américain, la voix de son pays. Et, bien sûr, demeurait le fait que *Gatsby* avait été le premier roman de Fitzgerald que Jonah avait lu – celui qui avait fait de sa vie celle qu'elle était aujourd'hui –, et Jonah avait toujours été un romantique dans l'âme. Il s'était juré de relire sa bible personnelle tous les ans. Et tous les ans, depuis, il avait tenu sa promesse.

En tant que fils autoproclamé du Dieu qu'il s'était choisi, Jonah avait décidé qu'il lui incombait de s'occuper des affaires de Son Père, de servir une beauté immense, vulgaire, clinquante. Et ainsi, à l'âge où un garçon devient un homme, tout comme Gatz s'était réinventé en Gatsby, de même Jonah avait suivi la doctrine sacrée de Fitzgerald pour engendrer exactement la sorte de Jonah Gabriel qu'un gamin de dix-sept ans aurait pu inventer, et il était resté fidèle à ce modèle jusqu'au bout.

Fitzgerald ayant étudié à Princeton, la question ne se posait pas pour Jonah de savoir où aller. Il avait été accepté dans le *country club* le plus plaisant des États-Unis, ainsi que Fitzgerald l'avait décrit : tous ceux qui le fréquentaient étaient indolents, agréables à regarder et aristocratiques. Jonah était fasciné. Il passait d'innombrables jours dans la bibliothèque, à fouiller le trésor qu'étaient les manuscrits de

Fitzgerald, se perdant dans les méandres de ses gribouillis ; passait d'innombrables nuits à errer dans cette vallée isolée d'étoiles et de flèches, redécouvrant l'architecture poétique de Princeton. Au début, il avait espéré devenir écrivain, lui aussi ; mais il avait mis cette ambition de côté après un unique cours d'écriture créative durant sa première année, où on lui avait fait comprendre sans ambages que son style était banal, sentimental, sans intérêt. Il avait ignoré la critique ; il n'avait pas besoin d'être écrivain pour être un héros.

Il s'était donné beaucoup de mal pour se transformer en véritable charmeur sophistiqué, avec son allure bon chic bon genre et propre sur lui, son intelligence en société, son ambition, sa popularité et – bien entendu – ses cheveux toujours gominés. Il avait mis au point un sourire à nul autre pareil qui dégageait une impression de réconfort immuable. Un sourire qui se portait, ou semblait se porter, un instant sur le monde extérieur tout entier – puis se concentrait sur vous, sur vous seul, avec un irrésistible préjugé en votre faveur.

En conséquence, les femmes lui tombaient dans les bras sans effort – un véritable kaléidoscope de filles. Mais pas une seule ne retenait encore toute son attention, dans la mesure où il était toujours exclusivement concentré sur lui-même, d'une façon touchante et enfantine.

Après sa première année, il avait réussi à obtenir une chambre à Patton, Little et Campbell Hall, les résidences où Fitzgerald avait logé en son temps. Quand était venue la semaine des querelles (l'équivalent des recrutements à Princeton), il avait adopté le flamboyant système des castes universitaires et s'était glissé sans effort dans le *eating club* de Fitzgerald, Cottage. Il avait été le premier choisi pour

rejoindre la société secrète de Princeton, St A.'s, généralement considérée comme l'élite intellectuelle de l'université ; et pour finir il en avait été élu président. En quatrième année, Jonah s'était forgé une réputation de romantique : quelqu'un de légèrement en retrait mais néanmoins largement respecté. Ne lui restait plus qu'à choisir son héroïne.

Il tourna dans Washington et continua vers le sud pendant quelques pâtés de maisons. Et, bien qu'il empruntât ce trajet tous les matins sans faute, il sentit malgré tout son cœur s'accélérer à l'approche de l'endroit où Lila était endormie.

Jonah s'accrochait de toutes ses forces au souvenir de la première fois où il l'avait vue, c'était son étoile polaire qui le guidait au travers d'un océan d'années sans fin. Et, même en sachant que la Lila Craync d'aujourd'hui risquait de ne pas se montrer à la hauteur de ses rêves (non par sa faute à elle bien entendu, mais en raison de la colossale vitalité de son illusion à lui), même ainsi il espérait.

Début de sa quatrième année. Jonah venait de regagner le campus et se remettait encore d'un été éprouvant où il avait pris soin de Birdie. Il avait passé juin et juillet convaincu que sa mère avait simplement une de ses crises spectaculaires et persistantes. Mais, en août, la réalité lui avait donné tort. Birdie avait un cancer des ovaires de stade IV ; elle était en phase terminale. Il lui restait un an à vivre tout au plus.

Un mois plus tard, Jonah s'était pratiquement enfui pour regagner Princeton et il s'était jeté à corps perdu dans sa thèse, une analyse des fondements psychologiques de l'archétype de *l'homme manqué*[1] de Fitzgerald et sa ruine

1. En français dans le texte.

tragique, provoquée par la femme fatale et vampirique de *Tendre est la nuit*.

Ce soir-là, il avait fait une pause dans son travail et traversait le campus en direction de Cottage pour aller dîner avec des amis. Il venait de passer Woolworth, se dirigeait vers l'arche de 1879 quand un halo de lumière avait attiré son regard : elle était là, dans une robe jaune citron dont la jupe s'étalait autour d'elle sur la pelouse comme un tournesol. Sandales abandonnées, ongles de pied d'un rouge sang rutilant. Bien qu'arrivée depuis deux semaines à peine, elle était déjà entourée d'une clique de filles excitées qui ne cessaient de jacasser, simples constellations en orbite autour de ce nouvel astre incandescent. Des boîtes en carton marron contenant de minuscules gâteaux couleur pastel étaient grandes ouvertes sur l'herbe, les volutes de glaçage à la crème en train de fondre lentement dans la chaleur étouffante de fin d'après-midi. Un anniversaire, peut-être, bien qu'elles soient encore quasiment des étrangères ? Ou simplement une fête spontanée : une célébration de la jeunesse, de la beauté, d'elles-mêmes ? Peu importe, elles étaient entièrement à leur affaire, à leur propre félicité superficielle. Son rire, le son éclatant d'un carillon dans la cour, avait sonné aux oreilles de Jonah comme l'appel d'une sirène, le pressant de rentrer à la maison. Il l'avait trouvée, son héroïne, son nec plus ultra.

Peut-être que s'il s'était arrêté un instant il aurait pu voir ce qui se passait, aurait pu diagnostiquer sa propre pathologie. Il aurait compris que l'intensité de son engouement immédiat était simplement réactionnelle : il avait un double diplôme d'anglais et de psychologie, après tout ! Il avait parfaitement conscience de la maltraitance que Birdie lui avait infligée

durant son enfance, encourageant leur dépendance mutuelle et le forçant à jouer un rôle de parent alors qu'il était trop jeune. Durant les vingt et une premières années de son existence, sa mère avait été la seule femme importante dans sa vie, et maintenant, à l'annonce inattendue de sa condamnation, il se retrouvait en chute libre, à se démener comme un fou dans les airs pour s'assurer un point d'ancrage afin de remplacer sa supernova désintégrée. Et là, juste comme il allait toucher le fond : sa panacée.

Alors, au lieu de se préparer à la perte imminente de sa mère, au lieu de pleurer sur l'enfance qu'il n'avait jamais eue, Jonah était devenu obsédé, déterminé. Cette fille parfaite serait son étoile polaire, d'une luminosité tellement aveuglante qu'il n'aurait peut-être jamais besoin d'affronter cette pièce manquante et capitale, cet abîme obscur de douleur sans fin.

Il n'avait pas été difficile de découvrir qui elle était. Le petit frère de son camarade de labo était coordonnateur de résidence et avait donc accès à un annuaire de tous les étudiants de première année. Jonah était prêt à parcourir les mille cinq cents photos lui-même, mais le petit crétin s'était déjà entendu avec ses potes et avait tapé une liste obscène des « Bizuts baisables », organisée numériquement et par ordre de préférence. Elle y figurait – en numéro deux – derrière une fille au bronzage artificiel, l'image même d'un érotisme prépubère : muscles noueux, poitrine ferme, lycra brillant. Jonah était atterré. (Comme si elle pouvait être autre chose que numéro un.) Et, alors que la liste le dégoûtait – il trouvait atroce ce dénigrement et cette déshumanisation flagrante de ces pauvres filles –, il ne pouvait s'empêcher de se réjouir secrètement que tant d'autres hommes la désirent.

Pendant six mois, il s'était tenu à distance. Dans l'intervalle, il passait le temps avec d'occasionnelles aventures ; à Princeton, se trouver une jolie fille pour un coup d'un soir était d'une facilité sans nom. Mais, avec elle, il était déterminé à ce que ce soit différent. Elle méritait tellement mieux, était si clairement digne d'un véritable amour – et, plus que tout, Jonah espérait être l'heureux élu qui le lui apporterait. Il savait qu'elle était tout pour lui – car elle était Rosalind, Gloria, Daisy, surtout ! Lila Crayne, avait-il décidé, était toutes les héroïnes de Fitzgerald à la fois, délicieusement réunies en une seule.

C'était devenu un jeu, un passe-temps fascinant. Il avait fini par connaître ses trajets habituels sur le campus, ses endroits préférés pour étudier ou rencontrer des amis, les *eating clubs* qu'elle fréquentait quand elle sortait le soir. Quand Lila avait obtenu le rôle principal dans la pièce de théâtre à l'automne, Jonah était allé la voir jouer deux fois. De façon insensée, il était même allé jusqu'à ajouter le cours 201 « Introduction à l'anthropologie » à son cursus complet, s'asseyant parmi la fange des étudiants de première année qui cuvaient leur gueule de bois pendant chaque cours magistral, juste pour pouvoir partager la même pièce que Lila une fois par semaine. Il avait été témoin du déroulement prévisible de sa première année : les nuits blanches et fébriles avant les examens, les dragues bien arrosées sur la piste de danse, les retours tardifs et titubants jusqu'à son dortoir pour ramener dans son lit ces garçons sans intérêt. Il demeurait son protecteur distant et fidèle, s'assurant que Lila était en sécurité. Lui arrivait-il d'être jaloux ? Peut-être un peu ; peut-être Jonah comprenait-il à présent, tout

comme Fitzgerald l'avait compris avec Zelda, pourquoi on enfermait les princesses dans des tours. Mais, malgré tout, il continuait à maintenir son contrôle à distance, imperturbable. Il attendrait cette nuit unique et parfaitement orchestrée, où héros et héroïne se rencontreraient enfin. Ensuite, il sortirait avec elle, apprendrait à la connaître, et se dévouerait entièrement au bonheur de Lila.

Jonah ralentit en atteignant le grand chêne familier au bord de l'Hudson, agrippa le tronc entre ses mains et commença à s'étirer, levant le regard jusqu'à ces fenêtres aux yeux réfléchissants qui émergeaient à présent, énormes et pâles, de la nuit que l'aube grignotait peu à peu. Il attendrait là, c'était son guet sacré, s'autoriserait juste un instant pour contempler furtivement Lila sortant sur le balcon avant de continuer son chemin. Ce ne serait plus long, maintenant.

Il repensa à cette soirée de printemps parfaite où ils s'étaient enfin rencontrés, des années auparavant. Ils avaient partagé quelque chose de spécial alors, quelque chose d'extraordinaire : une étincelle qui arrive une fois seulement dans toute une vie. Et ensuite elle s'était évaporée – et il avait compris qu'il s'était engagé à poursuivre un graal.

Que Lila ait oublié la splendeur de leur unique rencontre amoureuse était la tragédie personnelle de Jonah. Sa seule consolation, qui continuait à le faire avancer encore maintenant, c'était le même espoir aveugle que Gatsby avait lui aussi ressenti en son temps : si seulement il pouvait revivre le passé, et arranger les choses pour qu'elles redeviennent comme avant, il pourrait peut-être redevenir celui qu'il était autrefois. Il se pourrait alors qu'elle le reconnaisse, et qu'elle

comprenne, tout comme lui, qu'ils étaient faits l'un pour l'autre. Et, un matin glorieux, Lila Crayne serait enfin à lui.

Il posa le café sur la table de nuit, et Maggie entrouvrit les yeux juste assez pour voir le logo du Wilson's, finement tatoué sur le gobelet.

— Merci, Jo.

Elle se redressa pour s'asseoir, ses épaisses boucles couleur chocolat lui dégoulinant en cascade sur le visage pendant qu'elle buvait sa première gorgée.

— Nouveau serveur ce matin, dit Jonah en quittant sa chemise. Mon Americano a un goût d'engrais.

— Rien de tel qu'une bonne tasse de gadoue matinale.

Elle souffla sur sa boisson à travers le trou destiné à la paille.

— Pourquoi tu n'essaies pas un autre endroit ? Kava est bien plus près. Et il y a aussi ce café sur l'Hudson…

— Le Wilson's est le parfait point final pour mon jogging. Et tu sais combien je tiens à ma routine.

Il roula des yeux d'un air espiègle, colla ses vêtements trempés sur le bord du panier à linge à grand bruit.

— Et comment !

Elle s'appuya sur les coudes, ses tétons faisant de l'œil à Jonah sous le débardeur.

— Belle allure, Doryphore, lança-t-elle. Eh, je suis d'humeur à sculpter. Qu'est-ce que tu dirais d'un petit coup de burin ?

Il lui décocha un grand sourire.

— J'adorerais, Mags, mais je n'ai pas le temps. Et je pue.

Il se dirigea vers la salle de bains.

— Je ne veux pas salir les draps, ajouta-t-il.

Jonah tourna le robinet et entra dans la douche. Il ferma les yeux, présenta son front au jet d'eau et commença à se masser le crâne pour faire mousser son shampoing. À côté de lui, cuvette de W-C qu'on relève d'une pichenette, petit jet tintant contre la porcelaine. Il sentait qu'elle l'observait à travers le rideau.

— Jo ?

Un temps d'arrêt.

— Je peux te rejoindre ?

Il savait ce qu'elle était en train de faire, savait qu'elle essayait de renouer le contact après l'engueulade de la nuit dernière, mais merde, il ne s'en sentait tout simplement pas la force. Pas maintenant.

— Attends une seconde, d'accord ? répondit-il doucement. J'ai presque fini.

Maggie murmura quelque chose en réponse, mais il choisit de ne pas entendre et se concentra plutôt sur le martèlement du jet contre son crâne, le savon qui glissait sur sa peau tel un palet de hockey, le shampoing qui s'écrasait bruyamment tout autour de lui. Et, lorsqu'il eut terminé de se rincer les cheveux et de les plaquer en arrière, qu'il eut fermé le robinet et ouvert le rideau, Maggie avait disparu.

Il la retrouva dans la cuisine, de dos, en plein travail de découpe. Mags était une excellente cuisinière, toujours à bricoler de nouvelles recettes originales, des choses savoureuses, fantaisistes, épicées. Cela lui venait de ses racines – père italien, mère mexicaine –, qu'elle tressait en une cuisine fusion délectable. Mais, même si ses repas étaient toujours délicieux, Jonah avait remarqué une nette corrélation entre

leur excellence et son humeur. Plus Maggie était en colère, lui semblait-il, plus sa cuisine était virtuose. Et, récemment, ses plats battaient des records.

Il tira une chaise en la faisant crisser sur le sol et s'assit à la table en mosaïque, son talon se mettant aussi sec à gigoter nerveusement, comme à son habitude. Il attrapa un kiwi dans la coupe à fruits au centre de la table, puis ouvrit son couteau d'une pichenette et commença à scalper la peau hérissée de petits poils. Il laissa tomber les épluchures dans le cappuccino abandonné par Maggie, dont la mousse maintenant figée avait pris l'aspect d'une pellicule crémeuse. Elle n'avait pas pris la peine de se changer, remarqua-t-il ; s'était contentée d'enfiler un vieux survêtement taché de peinture et d'étranges fleurs produites par l'eau de Javel. Et, bien qu'il soit déchiré et élimé, il épousait quand même son cul volumineux, provoquant chez lui des démangeaisons d'envie. Elle avait remonté son bas de pantalon élastiqué jusqu'aux tibias et se tenait sur la pointe des pieds pour attraper un bol tout juste hors d'atteinte, faisant saillir ses mollets musclés. Il fit tourner le kiwi lustré entre ses doigts, mordit dedans. Leur gros chartreux, Zelda, entra dans la pièce en miaulant, puis sauta sur la table et s'assit sur son derrière, contemplant Jonah. Maggie commença à battre les blancs de ses œufs juste comme il les aimait, les omoplates délicates de son dos se déployant telles des ailes, sa crinière s'agitant furieusement.

Il ferma les yeux, ressentit une pointe de culpabilité.

Lorsqu'ils avaient acheté ce duplex, quatre ans auparavant, ils avaient considéré cela comme un engagement l'un

vis-à-vis de l'autre. Et, même si l'appartement était au nom de Jonah (il avait utilisé le reste de l'héritage considérable que lui avait légué sa mère pour le premier versement et les rénovations ultérieures), c'était Maggie qui en avait fait un foyer. L'appartement appartenait auparavant à une femme qui y avait vécu seule pendant soixante-cinq ans avant de mourir juste là, dans la cuisine ; et, lorsqu'ils l'avaient racheté, chaque pièce de la maison, remplie du sol au plafond de tout ce qu'elle y avait accumulé, était en piteux état à force de négligence. Jonah était tellement dégoûté par les crottes de souris et les squelettes de cafards desséchés qui craquaient sous le pied, les planchers pourrissants et les appareils électroménagers rouillés, la poussière cotonneuse qui l'avait fait suffoquer à la porte d'entrée, les cloques dues à des fuites d'eau et les moisissures duveteuses, qu'il avait immédiatement voulu partir. Mais Maggie, toujours la plus patiente des deux, avait su voir au-delà de la décrépitude immédiate jusqu'à l'ossature du bâtiment, et dans ses fondations elle avait perçu du potentiel.

Jonah savait que, pour Maggie, acquérir cette maison représentait bien plus qu'un achat immobilier. À l'époque, ils étaient ensemble depuis cinq ans et la patience de Maggie commençait à s'effilocher. Elle était déterminée à assurer leur avenir commun, une fois pour toutes ; et, avec cette demeure, elle était sûre d'y parvenir.

Les choses avaient atteint leur paroxysme le jour où ils avaient emménagé. Tandis qu'on montait les meubles par l'escalier, Jonah avait été submergé par une crise de panique. Il avait poussé les déménageurs, sentant les spores de moisissure s'infiltrer lentement dans sa gorge, avait renversé un tas de

cartons, désespéré qu'il était de s'échapper de leur nouveau brownstone pour inspirer de l'air frais.

— Jo ?

Maggie lui avait couru derrière jusque dans l'allée.

— Qu'est-ce qui ne va pas ?

— Je ne peux pas respirer là-dedans, avait-il répondu en se frottant la gorge.

Mais, bien sûr, Maggie avait compris. Maggie avait toujours possédé la faculté mystérieuse de déterrer la vérité à la racine. Ensuite, son cadavre humide au creux des mains, elle l'exposait en douceur à la lumière.

— Écoute, avait-elle dit calmement, je peux m'occuper de la saleté et de la poussière. Je peux tout faire disparaître. Mais ça va être notre maison, Jonah. On va construire notre vie ici.

Elle s'était interrompue, attendant une réponse ; et plus le silence durait, plus cela devenait périlleux.

Pour finir, elle avait soupiré, regardé ses pieds. Et, quand elle avait repris la parole, c'était d'une voix si basse qu'il pouvait à peine entendre ce qu'elle disait.

— Je n'ai jamais douté de toi. Mais, pour je ne sais quelle raison, je ne peux pas me départir de l'impression que toi tu n'as jamais été entièrement sûr en ce qui me concerne. Alors, si c'est plus qu'une question de poussière, si c'est à propos de nous, j'ai besoin que tu me le dises maintenant.

Il l'avait regardée, debout dans l'encadrement de la porte d'entrée de leur maison. Et il avait fait la seule chose qu'il pouvait faire : il l'avait attirée à lui, avait entremêlé les doigts dans ses cheveux et lui avait dit qu'elle était tout ce qu'il avait toujours désiré. Et, en entendant ces mots, Maggie

avait rayonné et dit quelque chose dont il ne se rappelait plus à présent. Et ensuite, bras dessus bras dessous, ils étaient retournés à l'intérieur.

Maggie avait travaillé sans relâche pour lui faire plaisir ; et en un an elle avait transformé leur nouvelle maison en un foyer dont elle espérait qu'il ne voudrait plus jamais partir. Elle avait arraché les planchers gauchis, colmaté les fuites, comblé des trous avec de la laine d'acier, et laborieusement retiré jusqu'à la dernière couche de peinture cirée des murs tachés. Au rez-de-chaussée, elle avait abattu tous les murs non porteurs qui assombrissaient les pièces et leur donnaient un aspect exigu, et elle avait partagé la surface en deux, de sorte que la première moitié, à l'avant, était devenue le cabinet de Jonah, un lieu douillet aux murs lambrissés, meublé de somptueux tapis, de cuir de qualité et de livres rutilants comme des joyaux. La partie arrière – nettoyée au Kärcher et décapée au sable jusqu'à ses fondations en béton – ouvrait directement sur le jardin et serait l'atelier lumineux de Maggie, où s'empileraient des toiles géantes, toutes follement colorées et pleines de mouvement, aussi enflammées que Mags elle-même.

Un matin tôt, pendant qu'ils rénovaient, Maggie avait entendu un faible miaulement venant du vide sanitaire sous son atelier. Braquant une lampe de poche à l'intérieur, elle avait découvert un chaton gris-bleu pétrifié et crasseux, aveuglé par le faisceau lumineux. Pour Maggie, la question ne se posait même pas : ils devaient l'adopter. Après moult discussions, Jonah avait accepté, à condition qu'il puisse choisir le nom du chat. Et Maggie, bien entendu, avait levé les yeux au ciel et accepté, riant avec bonne humeur comme

elle le faisait toujours quand il s'agissait de son obsession pour Fitzgerald. Et c'est ainsi que Zelda était entrée dans leur vie.

Avant qu'ils emménagent, la cour de derrière n'était qu'un coin de terre, un cimetière à déchets. Maggie y avait découvert une prolifération de mauvaises herbes, des éclats de terracotta, de petits cadavres non identifiables, et des bouts d'os déchiquetés. Chaque fois qu'elle bloquait sur sa peinture, elle enfilait ses gants et se lançait à l'assaut du jardin ; arrachant, ratissant, aérant le sol pour un nouveau départ. C'était elle qui avait semé les graines qui avaient fini par pousser avec le temps : pieds de tomates grimpants enroulés sur eux-mêmes, treillis d'où jaillissaient des concombres, grappes de poivrons dans leurs jardinières, citronnier niché dans un coin, romarin rampant, menthe incontrôlable. Et les fleurs : massifs d'hydrangeas semblables à des têtes de choux, dahlias et jonquilles, phlox roses, et azalées tout le long de leur clôture. Elle avait posé une allée de brique qui serpentait pour se terminer en spirale sous une petite table en fer forgé. Au bout de quatre ans, le jardin était devenu luxuriant. Assis en son centre, on pouvait se perdre entièrement dans son feuillage.

Leurs pièces à vivre, au premier étage, étaient du Maggie tout craché. Enfant, elle avait passé ses étés à San Miguel, et les couleurs chaudes et éclatantes de la ville, ses épices acidulées, ses cristaux de sel et son citron vert astringent s'étaient tous combinés pour trouver le chemin de leur maison. Elle avait posé au sol d'épais azulejos espagnols dignes d'une *cocina mexicana*, un kaléidoscope de bleu océan, de mandarine, de jaune citron et de rouge corail. Le bois était resté brut, les

tapis tressés resplendissaient de couleurs vives ; les poutres étaient apparentes, les fenêtres, larges, les meubles, solides et inébranlables. Leur maison était chaleureuse, une maison qui réclamait qu'on y cuisine, qu'on y invite des amis à bras ouverts, quelle que soit l'heure.

Dans ce nouvel espace, Maggie avait créé une œuvre d'art, persévérante dans ses efforts pour effacer le moindre doute qui subsistait et pour bâtir un foyer où construire une vie à deux. Elle avait même conservé une minuscule deuxième chambre, qui pourrait être reconvertie en pouponnière un jour. Tout avait été pensé à la perfection. Jonah était convaincu que Maggie était l'autre voie, la meilleure, la voie qu'il voulait, dans laquelle il pouvait disparaître en toute sécurité et avec sensualité, loin des regards. En choisissant Maggie, croyait-il, Jonah avait finalement fait le bon choix.

Jusqu'à ce que Lila réapparaisse dans sa vie.

Il pensait avoir laissé passer sa seule chance avec elle, toutes ces années auparavant. Après le miracle absolu, extraordinaire, de cette première nuit, le destin les avait arrachés l'un à l'autre. La mère de Jonah s'était effondrée et il avait été contraint de quitter Princeton plus tôt que prévu afin d'assister Birdie durant sa lente et douloureuse agonie, terminant ses études et finissant sa thèse à distance. Peu de temps après son diplôme, Birdie était morte. Et, pour la première fois de sa vie, Jonah s'était retrouvé complètement seul.

Il s'était forcé à aller de l'avant, à dépasser le chagrin du décès de sa mère, inextricablement lié à la perte de sa seule chance avec Lila. Pour ajouter l'offense à la douleur, la bibliothèque Mudd de Princeton avait un jour appelé Jonah pour l'informer que, Dieu sait comment, inexplicablement,

sa thèse avait été égarée ; mais cette nouvelle lui avait paru de peu d'importance dans le tourbillon saumâtre de sa misérable existence du moment. Il avait emballé les tableaux de sa mère, stocké le reste de son héritage dans un box, et mis en vente sa maison d'enfance. Une semaine plus tard, elle était vendue. Et, au moment où Lila regagnait Princeton pour démarrer sa deuxième année, Jonah faisait route vers Harvard, où il tenterait de remplir le vide exquis de son esprit.

Il avait passé son master en trois ans et demi et déménagé à New Haven pour faire son doctorat à Yale, parachevant ainsi le tiercé gagnant de l'Ivy League et incarnant le type même du gentleman tel que défini par Fitzgerald : *un homme qui vient d'une bonne famille et qui est allé à Yale ou Harvard, ou Princeton, qui a de l'argent, qui danse bien, tout ça.* (Perfectionniste comme il l'était, Jonah avait fréquenté les trois.) Et puis, quelques mois après avoir pris son poste à Yale, au moment où il s'y attendait le moins, Jonah avait fait la connaissance de Maggie.

Ils s'étaient rencontrés lors d'une soirée où l'on exposait les œuvres des étudiants diplômés de Yale. À l'époque, le nouveau pote de Jonah, Lee, travaillait au noir comme traiteur, et il avait été embauché pour l'événement. Il n'avait cessé de harceler Jonah pour qu'il vienne, lui promettant l'alcool gratuit s'il lui tenait compagnie. En vérité, il n'avait pas eu à le convaincre. Sa récente installation dans une ville nouvelle et le sentiment qui l'accompagnait de devoir recommencer sa vie à zéro, sans maison ni famille vers lesquelles revenir, faisaient que Birdie lui manquait. Il aimait l'idée d'être à nouveau en contact avec l'art, curieux de voir ce qu'il en résulterait quatre ans après sa mort. Alors il s'était pointé,

avait avalé un verre de vin bon marché et fait le tour. Tout était passablement déprimant, les autoportraits présentés tous décevants et sans originalité, à l'exception d'un seul : une peinture à l'huile extravagante représentant une femme contemplant un miroir brisé. Son dos était au premier plan de sorte que celui qui regardait ne pouvait pas voir le visage du sujet ; mais un minuscule détail chaque fois différent se réfléchissait dans chaque éclat de verre, les morceaux étaient tous antinomiques et incroyablement différents, et pourtant ils provenaient tous d'une seule et unique femme. Ce tableau lui avait fait penser, sans équivoque, à sa mère. Le titre : *Eco de Narciso*.

Se sentant un peu grisé, un peu bouleversé, il s'était versé un autre verre et rendu sur le quai de chargement à l'arrière de l'entrepôt. Il avait sorti un joint et s'était allongé sur le dos, observant le ciel obscur. En entendant des pas approcher, il s'était dit que Lee prenait une petite pause et avait lancé :

— Si je vois encore un autoportrait médiocre, je pense que je vais me flinguer.

— Dites-moi tout.

Elle s'était assise à côté de lui, lui avait pris le joint des mains et avait tiré une taffe.

— Ils sont tellement coincés, vous ne trouvez pas ? On peut pratiquement sentir le manque d'assurance dans la peinture.

Elle s'était tournée vers lui.

— Alors pourquoi êtes-vous venu ? Non, laissez-moi deviner.

Elle s'était allongée, pensive.

— Un ami solidaire ? Un petit ami ? Un voyeur ?

— Je suis ici pour l'alcool gratuit, avait-il répondu en se tournant vers elle. Et vous ?

Elle avait souri.

— Je suis une des artistes.

Jonah s'était étouffé avec son pétard, avait commencé à tousser de façon incontrôlable.

— Oh mon Dieu. Je me sens tellement con.

Elle avait eu un sourire narquois.

— Vous êtes peut-être un con, mais vous avez aussi raison. Je vous pardonne si vous parvenez à deviner lequel était le mien.

Jonah avait réfléchi.

— Le tableau pointilliste en noir et blanc avec l'oreille de l'artiste en rouge ?

Elle avait sorti son téléphone, fait défiler ses photos, et lui avait montré... *Eco de Narciso.*

Jonah avait retenu son souffle.

— Vous me croiriez si je vous disais que c'est le seul que j'ai vraiment aimé ?

Elle avait eu un grand sourire.

— Foutaises.

— Bon, j'ai foiré. Comment je peux me racheter ?

— Et si...

Elle avait penché la tête.

— ... vous me laissiez peindre votre portrait ?

Maggie lui plaisait, elle lui plaisait beaucoup. Quand ils avaient commencé à sortir ensemble, Jonah avait découvert qu'elle était le parfait reflet des immenses tableaux follement colorés qu'elle créait : truculente et pleine de vie, chaleureuse et instinctive. Elle possédait la faculté étrange d'être

le miroir de l'humeur qui l'habitait, de sorte que, quand il était avec elle, Jonah avait le sentiment très net de rentrer à la maison. Qui plus est, il aimait l'idée d'être avec elle, l'idée de s'associer avec une artiste révolutionnaire profondément engagée, tout comme Fitzgerald avait toujours tenu compagnie aux visionnaires de son temps. Ce récit pouvait fonctionner, il avait du sens. Et il avait commencé à se dire que Maggie était quelqu'un d'infiniment rare, une personne devant qui s'émerveiller, une femme rayonnante et authentique qui, grâce à ce premier moment de rencontre magique, pouvait effacer les années de dévotion sans faille pour sa mère. Durant une nuit de réflexion sans sommeil, il avait effectué des recherches sur Lila sur Internet et découvert qu'elle s'était installée à L. A. afin de poursuivre une carrière d'actrice. Il avait pris cela comme un signe. Les circonstances, le moment… Les choses ne devaient pas se faire, tout simplement. Il devait accepter qu'il n'avait plus la fille dont le visage désincarné flottait le long des corniches noires et des enseignes aveuglantes ; il devait à la place serrer plus fort dans l'étau de ses bras la fille qui était à ses côtés.

Le lendemain, il avait demandé à Maggie si elle acceptait d'être sienne. Elle avait levé les yeux au ciel devant son langage prétentieux et répondu que c'était déjà le cas. Au semestre suivant, elle avait emménagé avec lui et ils avaient démarré la grande expérience d'une vie à deux. Un dimanche matin, alors qu'elle était allongée nue sur le ventre, draps étalés autour d'elle, crayonnant les courbes charnues de ses orteils, Jonah avait réalisé qu'il était tombé amoureux et le lui avait dit. Elle avait souri, embrassé sa voûte plantaire, murmuré qu'il était grand temps.

Cinq ans plus tard, Jonah avait son doctorat en poche et ils s'étaient installés en ville. Ils avaient fait une offre pour leur brownstone du « West Egg » et Jonah avait ouvert son cabinet. À trente et un ans, il avait déjà fréquenté les trois plus grandes universités du pays, acheté un appartement en duplex dans le meilleur quartier de la meilleure ville du pays, et démarrait ce qui serait sans aucun doute une brillante carrière. Il était beau et en bonne santé, possédait beaucoup de charme ; et il avait une petite amie qu'il aimait et qui l'aimait en retour. D'ici un mois ou deux, il lui proposerait de l'épouser, et Mags, ravie et soulagée, accepterait. La vie était aussi intense et satisfaisante pour Jonah Gabriel que dans les livres et les rêves.

Mais, juste comme Jonah commençait à prendre l'habitude d'appeler Mags sa fiancée, *Waiting Game* était sorti dans les salles. Succès immédiat au box-office. Soudain, le nom de Lila, son visage étaient partout, impossibles à ignorer. La Lila de vingt-huit ans était la même que toutes ces années auparavant : toujours aussi fraîche et rayonnante, universellement admirée par la gent masculine du monde entier, toujours une créature d'une incroyable et exquise beauté. Au fur et à mesure que grandissait sa notoriété, Jonah se rendit compte qu'il devait refréner son envie de mentionner sa propre rencontre avec « la fille chérie de l'Amérique », sachant trop bien que partager la perfection de ce souvenir ne ferait que le ternir. Et cependant, malgré l'omniprésence croissante de Lila, Jonah était déterminé. Il avait travaillé tellement dur pour se la sortir de la tête. Il était dévoué à Maggie, à présent. Il ne faiblirait pas.

Mais ensuite, sept mois plus tôt, la destinée s'en était à nouveau mêlée, et cette fois les intentions de Lila étaient claires. Elle et Kurt s'installaient à New York pour démarrer la préproduction de leur nouveau projet, un remake de *Tendre est la nuit*, de Fitzgerald. Et, en fouinant juste un peu sur Internet, Jonah avait découvert qu'ils avaient acheté un appartement dans le Village, à seulement quelques pâtés de maisons de l'endroit où Maggie et lui vivaient – plus près encore que la petite baie privée séparant la propriété de Gatsby de la lumière verte au bout du quai où habitait Daisy.

Au début, il s'était dit qu'il était simplement curieux, comme on peut l'être d'un béguin d'enfance. Il se contenterait de suivre ce qu'elle faisait, un plaisir innocent, une petite échappatoire enivrante. Après tout, ce genre de comportement était plutôt commun ; et Jonah était tout sauf inconscient de ses actes. Il se connaissait suffisamment pour savoir qu'il garderait toujours ses manies sous contrôle.

Et qui n'a pas connu dans sa vie une personne qui nous rend légèrement obsédés, un peu dingues ? Combien d'entre nous ne se sont pas adonnés à une petite recherche en ligne sur la personne en question, une sorte de contrôle quotidien – en particulier quand cette personne se trouve être une icône américaine dont le nom et le visage sont partout, où qu'on se tourne, presque impossibles à éviter ? Il ne s'agissait pas uniquement de Jonah : le monde entier était sous l'emprise de cette femme. Lila Crayne était le rêve américain fait chair ; personne ne pouvait résister à son sublime attrait.

Quelques mois plus tôt, l'occasion lui avait été offerte. Durant une séance avec une de ses patientes, une productrice de films nommée Brielle, cette dernière avait mentionné que

son amie Lila venait de s'installer sur la côte Est et était à la recherche d'un thérapeute. Elle lui avait demandé si elle pouvait communiquer son nom à Lila.

Il pouvait à peine croire à sa bonne fortune. Il avait louvoyé, le cœur battant la chamade – il ne lui était pas vraiment possible de prendre de nouveaux patients –, mais oui, d'accord, puisque c'était une amie à elle, il verrait ce qu'il pouvait faire.

Et c'est ainsi que leurs séances avaient commencé.

Il savait qu'il agissait de façon irrationnelle, que son comportement était autodestructeur. Il connaissait les risques, comprenait qu'il était en train de mettre sa carrière – sa vie entière, même – en péril. Il avait falsifié ses notes, bien entendu, pour camoufler le conflit d'intérêts évident et son propre investissement très personnel. Bien qu'ayant indiqué le contraire, il n'avait jamais enregistré leurs séances en réalité (créer volontairement des preuves physiques de ses propres manipulations serait juste tenter le diable). Cependant, il ne se leurrait pas assez pour croire qu'il n'existait pas d'autres moyens de découvrir la vérité. Mais, pour Lila, Jonah était prêt à tout risquer.

La force du lien dans leurs séances avait été immédiate. Et à mesure que Lila se dévoilait, tellement avide de ses conseils pour dénouer l'écheveau emmêlé de sa vie, Jonah avait fini par se demander si les étoiles n'étaient pas enfin en train de s'aligner. Tout se mettait en place si facilement. Lila était en crise, espérait désespérément échapper à la réalité qu'elle avait bâtie. Et elle avait fait des progrès si rapides – après l'avancée de sa dernière séance, lorsqu'ils avaient débloqué le souvenir du traumatisme de son enfance, Jonah était

persuadé que ce n'était qu'une question de temps à présent avant qu'il parvienne à la tirer de la situation dans laquelle elle se trouvait. Et, ensuite, héros et héroïne s'uniraient-ils enfin ?

Jonah regarda Maggie incorporer doucement les blancs avec sa spatule et mettre à cuire l'astre moelleux. Puis elle le fit glisser, grésillant de beurre, exsudant le fromage, la coriande, le pico de gallo et la pancetta sur une assiette bleu cobalt. Mags sourit à Jonah – une trêve ? – et se lécha le doigt avec satisfaction. Bon Dieu, comment était-il possible d'aimer deux personnes à la fois ? Il était fiancé à une femme merveilleuse, une artiste talentueuse, une partenaire incroyable ; et, un jour, une mère magnifique. Mais Jonah avait un défaut fatal : son romantisme incurable. Au plus profond de lui demeurait la certitude que Lila Crayne était celle qui lui avait échappé. Et si elle devenait une possibilité ? Il n'y avait pas de lutte possible, il le savait. Nul feu, nulle glace ne rivalisera jamais en intensité avec la foule des chimères qui se pressent dans le cœur d'un homme.

Dans moins de trois heures, leur prochaine séance allait commencer. Il sentit son pouls s'accélérer en se demandant quel parfum elle aurait choisi, quels vêtements elle aurait adoptés pour mettre son élégante silhouette en valeur… quelle lingerie pourrait être cachée juste dessous. Et il se demanda si c'était aujourd'hui qu'elle allait réaliser qu'elle avait des sentiments pour lui – et qu'alors l'amour, renaissant tel le phénix de ses propres cendres, jaillirait à nouveau de son repaire mystérieux, insondable…

— On peut parler ?

Jonah refit surface, cligna des yeux. Maggie le regardait d'un air plein d'espoir.

— Je suis désolée pour hier soir, dit-elle. Je sais que tu pensais seulement à moi, à nous. Et tu avais raison : le lancement de la galerie a vraiment été hyper prenant, et c'est ma faute si on a pris du retard dans l'organisation du mariage.

« Mais, Jonah, *mi amor*... (Elle lui effleura les cheveux et, instinctivement, il se laissa aller contre sa paume.) Je sais que je peux gérer les deux. Je le *veux*. Ça fait tellement d'années que je veux me marier avec toi – et je refuse qu'on repousse plus longtemps. C'est tellement important pour moi, et pour ma famille. Ma grand-mère ne sera pas toujours là. Je veux qu'elle me voie épouser l'homme que j'aime.

— Je le veux aussi, Mags. Vraiment.

Il soupira, se frotta le front, comme s'il pouvait éliminer l'image de Lila qui persistait dans son esprit. Puis il prit la main de Maggie, la regarda droit dans les yeux.

— Mais, plus que ça encore, je veux ce qui est le mieux pour toi. Ta carrière est sur le point de décoller, et, quand ça arrivera, je veux que tu puisses concentrer toute ton énergie là-dessus. Je ne veux pas que notre mariage te détourne de ce qui est le plus important. Tu le regretterais.

— Ce n'est pas juste, répliqua-t-elle, le rouge lui montant aux joues. Je suis en train de te dire ce qui est le plus important pour moi, Jonah. Tu m'écoutes ? Je n'ai pas mon mot à dire là-dessus, moi aussi ?

— Je ne voulais pas te bouleverser, répondit-il en laissant tomber sa main. Écoute, ce n'est pas le bon moment. J'ai une

patiente dans cinq minutes. Je suis désolé, Mags, ajouta-t-il quand elle ouvrit la bouche pour protester.

Il avala une dernière bouchée de son omelette parfaite avant de repousser sa chaise, abandonnant à Zelda les restes beurrés. Il embrassa Maggie sur le sommet du crâne, lui murmura qu'il devait aller travailler mais qu'ils en discuteraient à un autre moment. Bientôt, l'assura-t-il. Et, tandis qu'il se dirigeait vers la cage d'escalier menant à l'étage inférieur, il sentit Maggie qui l'observait dans son dos, troublée, en plein désarroi. Et malgré tout, l'idée de voir Lila d'ici quelques heures lui réchauffant le cœur, Jonah ne put s'empêcher de sourire.

Journal de thérapie de Lila
Pour Jonah Gabriel

Entrée 1
18 juillet

Cher journal,

Confession numéro un : cela me procure tant de joie de tenir à nouveau un journal, exactement comme le faisait Gloria dans *Les Heureux et les Damnés*. (Mon éducation personnelle de Fitzgerald continue.)

En t'attribuant le qualificatif de « journal », je me sens immédiatement ramenée à mes années de préadolescence. (Je pense que c'est probablement la dernière fois que j'ai tenu un journal, avec cadenas en forme de cœur et clé. Note : dois me trouver une clé.) Si on était dans la version filmée de ma vie, je m'affalerais sur le ventre sur un canapé au motif fleuri, Britney à fond dans la chambre, en tortillant ma queue-de-cheval et en battant l'air des pieds.

En réalité, cependant, il s'agit simplement de moi, la vraie Lila Crayne, celle que le monde ne voit jamais vraiment. À votre demande, Jonah, je vais faire de mon mieux pour

documenter la réalité de ma vie privée et de ma relation complexe avec Kurt, et cela, dans le but d'approfondir notre travail ensemble.

Il règne un silence absolu, presque 2 heures du matin. Après la tournure qu'ont prise les événements d'hier soir, je me suis pelotonnée dans mon fauteuil préféré, celui du coin, qui est confortable, avec les baies vitrées de chaque côté qui laissent voir les lumières scintillantes de la ville. C'est dans des moments comme celui-ci que j'aimerais avoir un chat. Les chats, m'a-t-on dit, sont des animaux nocturnes (très semblables à moi), sagaces dans leurs sentiments, économes dans leur confiance. (Note : devrais me comporter plus comme un chat.) Ce serait agréable d'en avoir un lové sur mes genoux en ce moment même, avec son museau effilé, son doux ronron rassurant ; mais hélas je suis seule et, ayant totalement abandonné l'idée de dormir, j'ai décidé que c'était le bon moment pour remplir la première entrée de ce journal – qui pourrait bien, en fait, être la dernière.

Hier avait été une de ces rares journées qui s'annoncent magnifiquement vides au départ ; une journée où aucune de mes scènes n'était prévue au tournage. Je m'étais laissée aller à rêver de moments à moi dont j'avais désespérément besoin (Oh, une grasse matinée ! Une manucure ! Même – cri étouffé – lire un livre !). Mais au matin ma liberté avait été prestement planifiée jusqu'à n'être plus que peau de chagrin : trois essais de costumes et un rendez-vous maquillage, ma séance de sport journalière de deux heures, et une nouvelle interview avec la presse. À la fin de la

journée, je n'avais plus qu'une envie, un bon petit remontant et ensuite au lit.

Kurt, je le savais, devait rester tard sur le tournage, et je doutais qu'il soit à la maison avant 11 heures (… et probablement bien plus tard, vu sa relation en cours avec notre Rosemary). J'étais donc là, à me traîner comme une malheureuse dans notre ascenseur, prête à me débarrasser de mes fringues et à courir me terrer sous les couvertures avec une bouteille d'alcool fort, quand les portes s'ouvrent en tintant pour laisser apparaître… Kurt (?!) dans son T-shirt couleur melon que j'aime tant, celui qui colle juste ce qu'il faut à sa large poitrine musclée.

« Qu'est-ce que tu fais à la maison ? » demandé-je.

« Surprise, répond-il. J'ai fini tôt. Je voulais faire quelque chose de spécial pour toi. Tu te souviens de ça ? »

Il me tend un cocktail blond fumé, plein de gros glaçons et d'un brin de menthe vert vif. Je bois une gorgée, savoure son goût relevé et épicé.

« Tu n'as pas fait ça », dis-je.

« Si. Tu te souviens ? »

Comment pourrais-je oublier ? Le *pepper smash.* On l'avait découvert des années auparavant dans un restaurant de L. A. qui servait une cuisine gastronomique branchée. C'était, à ce jour, le meilleur cocktail que j'avais jamais bu – et Dieu sait comment, Kurt, l'avait recréé pour moi.

« Prends ton verre et mets des vêtements confortables, dit Kurt. Le dîner est presque prêt. »

« Tu as cuisiné ? »

Il fait non de la tête.

« Je ne voudrais pas t'imposer une telle souffrance. Non, bien mieux : Pierre a été là toute la journée, il a fait à manger pour un régiment. »

Pierre ! On avait rencontré ce cher Pierre pour la première fois quelques années plus tôt à Paris, lors d'une escapade de week-end en jet privé. On avait logé en plein cœur de la ville, au Saint James Albany (qui, vous devez le savoir, Jonah, était l'hôtel où descendaient Zelda et Scott quand ils visitaient Paris !). Lors de notre première soirée là-bas, un ami de Kurt lui avait recommandé un restaurant ouvert depuis peu sur l'île Saint-Louis, dont la rumeur disait que ce serait le prochain haut lieu de la gastronomie parisienne, Le Petit Perchoir (oui, *le* Petit Perchoir !). Le chef en était notre cher Pierre Dufresne, qui, quelques mois après seulement, allait connaître un succès fulgurant. Ce soir-là, lorsque Pierre était venu nous saluer, nous l'avions trouvé si charmant que nous l'avions invité à boire un verre. Un verre qui était devenu une bouteille, puis deux… Et à la fin de la soirée nous lui avions promis d'investir dans son prochain projet. L'année suivante, nous avions aidé Pierre à ouvrir L'Œuf du Perchoir, ici, à New York.

« Vous venez de vous rater, me dit Kurt. Pierre a dû repartir au restaurant. Je sais, je sais, bébé. Mais je voulais être sûr que cette soirée serait juste à nous. Je te dois des moments en tête à tête. »

C'était plutôt gentil. Dieu sait que Kurt aime être sous les feux des projecteurs, alors que je suis malheureusement l'opposé. Je ne l'admettrai jamais à voix haute, mais je trouve les caméras intrusives, la publicité incessante, la notoriété constante absolument épuisantes. (Pauvre petite starlette de

cinéma que je suis !) Mais la vérité, que je n'admettrai qu'ici, Jonah, est celle-ci : plus que tout, ce dont je me soucie, c'est de contribuer à quelque chose de réellement significatif aux yeux du monde – et j'ai enfin l'impression que c'est ce que je fais à présent. Et tout le passif que je traîne en étant moi ? Parfois, je crois que je donnerais à peu près n'importe quoi pour recommencer une nouvelle vie et abandonner le titre de « fille chérie de l'Amérique » derrière moi.

Je digresse. Donc. J'emporte mon savoureux petit verre à l'étage, enfile une robe dos nu bohème et me dirige vers le balcon.

La table extérieure a été installée, son centre danse à la lumière des bougies. Tout autour : des lanternes en acier jettent une lumière vacillante. Kurt est appuyé contre la rambarde, dans une posture de coureur, et contemple l'eau à ses pieds. Lorsque je sors, il se retourne et m'ouvre les bras en grand, et je sens mon estomac qui se noue. Je le laisse m'envelopper de ses bras rassurants. Un bref instant : coton doux, parfum musqué, respiration sourde, battements de cœur. Je n'avais pas réalisé à quel point j'étais tendue, combien j'avais lutté pour tenir le coup. Je me sens fondre pour la première fois.

Nous nous délectons du somptueux dîner de Pierre, son équipe travaille en silence derrière les vitres insonorisées, et nous partageons une bouteille de rouge qu'on avait mise de côté – un côtes-du-rhône, que nous avions découvert ce même week-end à Paris. Et c'est presque comme c'était au début. Pour une fois, on ne parle pas boulot, ce qui rend la conversation légèrement empruntée, un tout petit peu

gênante. Je me sens nerveuse, on dirait une jeune fille. C'est plutôt charmant, à vrai dire.

À la fin du repas, l'équipe a nettoyé et disparu, nous restons silencieux dans le noir, l'esprit apaisé par le clapotis de l'eau devant nous. On se lève tôt tous les deux, pourtant on ne bouge pas, touchés par la simplicité du moment.

Je suis appuyée contre la poitrine de Kurt quand je le sens prendre une grande inspiration, retenir son souffle.

« Lila, bébé. »

Il glisse un doigt sous la bretelle aussi fine qu'un cheveu d'ange de ma robe.

« Je sais que j'ai été un vrai connard récemment. C'est la pression à cause du film. Tu sais comment je deviens. »

J'acquiesce, bien qu'à l'intérieur mon cœur commence à cogner fort.

« Mais malgré tout ça n'est pas une excuse, ajoute-t-il. J'ai reporté toute ma frustration sur toi, et tu es bien la dernière personne à qui je voudrais faire du mal. Tu me pardonnes ? »

J'ai le cœur qui bat comme un tambour à présent, se préparant une fois de plus pour son combat sans fin. Jonah, je ne peux tout simplement pas m'en empêcher : j'ai toujours été une romantique dans l'âme. Mais je commence à comprendre, grâce au travail qu'on fait tous les deux, que ce romantisme désespéré m'a exposée à souffrir, encore et encore. Et donc, bien que l'habitude me souffle de répondre « oui, évidemment, tout est pardonné ! », cette fois, quelque chose me retient.

« Il faut que je te dise quelque chose. Je vois un thérapeute. Depuis un moment. »

Son visage commence à s'assombrir et j'ai la chair de poule.

« Qui ? » demande-t-il à voix basse.

J'hésite.

« Il m'a été recommandé par une amie. »

Kurt repousse sa chaise et se dirige vers la rambarde.

« Kurt ? Qu'est-ce qui ne va pas ? »

« Pourquoi tu me dis ça ? »

« Je lui ai parlé de nous », dis-je.

« Tu as quoi ? »

J'insiste.

« Il s'inquiète de notre dynamique de couple. Il trouve qu'elle n'est pas saine. »

Il frappe violemment la rambarde.

« À quoi tu pensais, bordel ? »

Il fait volte-face.

« Tu sais les répercussions que ça pourrait avoir sur moi si les choses en viennent à se savoir. »

« Kurt, ça n'arrivera pas. Il ne ferait jamais ça. Il est tenu au secret professionnel… »

« … qui vole en fumée s'il pense que tu es en danger. Nom de Dieu, Lila ! »

« Je suis désolée », murmuré-je.

« Il sait quoi, au juste ? »

« Que veux-tu dire ? »

« Dans chaque histoire il y a deux versions. Tu lui as parlé de la mienne ? »

« Kurt, au contraire, j'ai pris ta défense. »

« Foutaises. »

Il a un rictus de mépris.

« Je te connais, Crayne. Malgré tous les principes féministes que tu débites sans arrêt, tu adores capitaliser sur ton

rôle d'innocente, de victime. C'est comme ça que tu attires les gens. Un vrai cas d'espèce. »

Il sait combien cela va me blesser, et pourtant il sourit en prononçant ces mots. J'ouvre la baie vitrée, rentre. Mais il me suit, me saisit le poignet.

« Écoute-moi bien. »

Je me retourne à contrecœur.

« Tu veux que ça fonctionne ? Tu veux que notre film se fasse sans accroc ? Alors, toutes nos affaires, ça reste entre toi et moi. Compris ? »

J'acquiesce, à peine capable de dire un mot.

« Je ne lui parlerai plus de nous. »

« Pas suffisant. Tu dois arrêter de le voir. »

J'essaie de retirer ma main, mais il m'emprisonne le poignet, il me fait mal.

« Kurt, s'il te plaît… »

Il penche la tête.

« Ou y a-t-il quelque chose d'autre entre vous deux ? »

J'hésite. Et à ce moment-là Kurt me pousse contre le pilastre de la rampe d'escalier. Et je sais ce qui va se passer, je le sais bien avant qu'il remonte ma robe, s'agenouille, m'écarte les jambes. Pas la peine de lutter, à présent ; j'ai appris il y a longtemps qu'il valait mieux faire comme si tout était normal, faire semblant que tout va bien. Il referme un bras autour de ma taille et je m'accroche aux balustres en fer qui cliquettent sur leur socle. Et je ferme les yeux et me dis : *Qu'est-ce que j'ai fait pour mériter ça ? Pourquoi est-ce qu'il m'enlève la seule personne en qui j'ai vraiment confiance ? Comment est-ce que je vais survivre sans Jonah ?*

Quand il est près de conclure son affaire, il me demande une réponse et je lui dis alors ce qu'il veut entendre. Oui, je vais y mettre un terme. Oui, je le promets. Il termine, me repose gentiment au sol. Et une fois de plus il est tendre, il est gentil. Il ne tarde pas à monter dans la chambre en trébuchant, et, bien que moi aussi je sois épuisée, le sommeil me fuit à présent.

Alors je suis redescendue sans bruit jusqu'à ce fauteuil pour écrire ce récit, au moins – peut-être qu'il n'y en aura pas d'autre. Je dois tout noter avant le lever du soleil, de peur de camoufler ce qui s'est passé, de faire comme si tout allait bien. Parce que ce n'est pas le cas. Je dois échapper à cela, une fois pour toutes.

Aidez-moi.

III

Jonah avait commencé à commettre des erreurs.

Toute la journée, il avait été incapable de réfléchir correctement. Au retour de son jogging matinal, il avait failli renverser le cappuccino de Maggie quand, en ouvrant son téléphone, il avait découvert le nom de Lila qui s'affichait tout en haut de l'écran. Il soupçonnait déjà que quelque chose n'allait pas : bien qu'il ait attendu presque une demi-heure, Lila n'était pas sortie sur le balcon comme elle le faisait si souvent. À la place, elle avait fini par se montrer à la fenêtre et s'était tenue là un moment, son expression dissimulée par la vitre ; et ensuite, à la grande perplexité de Jonah, elle avait fait demi-tour et avait disparu.

Lorsque son nom s'était affiché sur l'écran, il avait pensé de façon absurde qu'elle l'avait vu en train de l'observer. Mais il avait écarté cette inquiétude irrationnelle, ses doigts s'emmêlant tandis qu'il débloquait son téléphone et découvrait la première entrée du journal de Lila.

Un schéma récurrent de violence sexuelle était apparu dans la relation entre Kurt et Lila, et il fallait le casser. Mon Dieu, il méprisait Kurt : au plus profond de lui, un homme narcissique, phallocrate et coureur de jupons chronique. Comment Lila avait-elle pu croire un jour que cette brute était un féministe ?

Perdu dans ses pensées, préoccupé, il avait pris sa douche et son petit déjeuner avec Maggie comme un somnambule, et s'était précipité dans son bureau. À peine la porte fermée, trop impatient pour attendre que son ordinateur s'allume, il avait tapé une réponse sur son téléphone :

Lila,
Merci de m'avoir envoyé votre journal. Prévoyons d'en discuter lors de notre séance de demain. Mais si vous avez besoin de parler plus tôt, s'il vous plaît, faites-le-moi savoir. Prenez soin de vous et faites attention.
Jonah

Ses rendez-vous du jour s'étaient déroulés dans le brouillard. Son infaillible concentration lui faisait défaut, et il se surprenait à n'être qu'à demi présent lorsque chaque patiente débarquait dans son bureau avec ses propres révélations intimes. Il ne pouvait empêcher son talon de marteler nerveusement le sol – ne pouvait s'empêcher de consulter la minuscule pendule posée sur la console derrière la tête de la patiente, attendant désespérément les quelques instants entre deux séances qui lui permettaient de consulter rapidement son téléphone.

En début d'après-midi, alors qu'il s'était enfin persuadé qu'elle ne répondrait pas, Jonah avait néanmoins consulté son téléphone une fois de plus et découvert un texto d'un numéro inconnu :

Merci pour votre mail. Aurai peut-être besoin de parler plus tôt.

Jonah lui aurait-il donné son numéro personnel sans le vouloir ? Il ne le faisait jamais. Toute sa vie, il avait toujours

pris extrêmement soin de protéger son intimité. Mais pour Lila ? Il ne s'en souvenait pas. Sentant son pouls s'accélérer il avait répondu :

Bien sûr. Quand ?

Et ensuite il avait souffert tout au long de ses interminables séances de l'après-midi ; et, à chaque heure qui passait, Jonah se sentait de plus en plus désespéré devant l'absence de réponse.

À la fin de la journée, il s'était obligé à regarder les choses sous un autre angle. La séance du lendemain était toujours d'actualité, et les heures qui l'en séparaient diminuaient régulièrement. En un rien de temps, il reverrait Lila.

Il termina la journée par une séance avec l'amie de Lila, Brielle. Après des années de travail commun, Brielle avait finalement réussi à se sortir d'une relation toxique qui durait depuis longtemps. Deux semaines auparavant, elle avait signé en douce un bail pour un studio, puis avait pris un jour de congé maladie et quitté l'appartement de son petit ami pendant qu'il était encore au travail. Durant la séance de la semaine précédente, Jonah avait eu peur qu'elle rechute – ils s'étaient déjà séparés de nombreuses fois par le passé, et à chaque fois le petit ami l'avait suppliée de revenir, jurant qu'il avait changé, et à chaque fois elle avait cédé. Mais, cette fois, Brielle l'avait promis à Jonah. Cette fois, c'était différent.

— Je ne peux pas m'empêcher de penser à ce dicton que vous m'avez appris, disait-elle à présent. « Les gens blessés blessent les autres. »

Il acquiesça.

— Et rester avec lui ne faisait que lui donner les moyens de le faire, de renforcer son comportement, ajouta-t-il doucement.

— Je me sens tellement idiote, dit-elle. Je ne cessais d'y retourner pour en avoir plus, encore et encore.

— Parce que vous l'aimiez, répondit-il. Bien sûr, que vous l'aimiez. Et lui aussi, il vous aimait. *L'amour*, c'est ce qui rend les relations abusives si différentes de n'importe quel autre crime.

Il secoua la tête.

— Je comprends, Brielle. Vraiment. C'est incroyablement difficile d'admettre que la personne que vous aimez – peut-être plus que n'importe qui d'autre au monde – est aussi la personne qui voudrait vous faire le plus de mal.

Jonah récapitula avec elle ses mesures de protection habituelles : il lui montra comment changer les paramètres de son téléphone, de façon que son ex ne puisse pas la tracer, vérifia qu'elle avait bien annulé ses cartes de crédit, changé tous ses noms d'utilisateur et ses mots de passe pour qu'il ne puisse pas pirater ses comptes.

— Si vous avez des trajets et des routines habituels, changez-en, ajouta-t-il. Changez tous les rendez-vous prévus dont il est au courant. Trouvez de nouveaux endroits où faire vos courses, de nouveaux cafés à essayer.

Elle écarquilla les yeux.

— Je sais que ça paraît radical, reprit-il, mais, croyez-moi, je connais les hommes comme lui. J'ai vu ça des tas et des tas de fois. Ça peut vraiment devenir très moche. Mieux vaut prévenir que guérir.

Plus tard dans la semaine, elle irait, en train, rejoindre la maison familiale, échapperait à la ville et à son ex, et se laisserait dorloter par ses parents un petit moment. Mais elle promit à Jonah que si elle se sentait rechuter elle le contacterait. Et à son retour en ville ils reprendraient leur travail ensemble.

— Par-dessus tout, n'oubliez pas, dit Jonah. Rien de tout ça n'a jamais été votre faute. Si à un moment donné vous vous rendez compte que vous songez à le recontacter, rappelez-vous : vous méritez d'être en sécurité. Vous méritez d'être traitée avec respect. Et vous méritez d'être heureuse.

— Je n'aurais jamais été capable de le quitter sans vous. Je le pense vraiment. Je ne peux pas imaginer où j'en serais si vous n'aviez pas été là. Enfin, si ; mais je ne le veux pas.

Elle s'essuya les yeux et se leva.

— Lila est entre de bonnes mains, ajouta-t-elle.

Jonah raccompagna Brielle à la porte d'entrée, où elle le serra chaleureusement dans ses bras, puis il la regarda longer le pâté de maisons et tourner au coin de la rue. En levant la tête, il vit les feuilles frissonner dans l'air. Les nuages avaient gonflé et pris une couleur violacée. Un orage se préparait. Il eut soudain l'impression étrange qu'on l'observait. Il jeta un coup d'œil sur sa droite…

Et vit Kurt Royall debout de l'autre côté de la rue, un bras appuyé contre un arbre. En train de le fixer.

Il cligna des yeux, bouche bée. Essaya rapidement de formuler le meilleur plan d'action.

Mais Kurt traversait déjà la rue dans sa direction, de son pas alerte et agressif, les mains légèrement écartées du corps comme pour repousser toute interférence.

— Docteur Gabriel ? dit Kurt en lui tendant la main.

— Jonah, corrigea-t-il automatiquement avant de croiser les bras.

Mais Kurt réagit en douceur, glissant la main dans sa poche tout en franchissant la grille jusqu'aux marches du porche.

— Je suis Kurt Royall…

— Je sais qui vous êtes, dit-il en même temps.

Kurt sourit – *il doit se dire que je suis fan de son travail,* pensa Jonah.

— Je suis désolé de vous déranger de cette façon. J'ai juste besoin de quelques minutes.

Il désigna la porte.

— Puis-je ?

— Je crains que non, répondit Jonah. Je n'ai vraiment pas le temps. Si vous voulez, je peux vous donner mon adresse mail…

Kurt insista.

— S'il vous plaît, je voulais vous parler en personne. De Lila.

À ces mots, Jonah hésita.

— Elle va bien ?

Kurt fronça les sourcils.

— Pour autant que je sache, *physiquement*, elle va bien. Mais il s'est passé quelque chose et ça m'inquiète.

Jonah inspira un grand coup.

— Quoi ?

Kurt baissa le menton, pensif. Autour d'eux, la brise fraîche soufflait en tourbillonnant, et les nuages menaçants s'amoncelaient.

— Ce matin, je suis tombé sur le journal de Lila…

— Je vous demande pardon ? quoi ? fit Jonah. Ce journal est personnel. Il n'est destiné qu'à Lila et moi.

— Je le sais, répondit Kurt en hochant la tête. Et je comprends, vraiment. Mais je l'ai lu, et je dois vous le dire : elle ment.

Jonah ferma les yeux.

— Cette conversation est inappropriée. Lila est ma patiente, et cela viole le secret professionnel…

— Je comprends, mais ce que je suis en train de vous dire l'emporte sur un quelconque accord de confidentialité que vous pourriez avoir. À l'évidence, elle interprète mal ce qui s'est passé entre nous, et insinue clairement que je…

— Cette conversation est terminée.

— Est-ce que vous allez m'écouter, nom de Dieu ?

Pendant un instant, juste le froufrou des feuilles. Puis Kurt serra les dents, pressa une phalange contre sa lèvre.

— Je suis désolé. Je n'avais pas l'intention de crier. Je suis juste…

Il soupira.

— … très en colère. Clairement, elle manigance quelque chose, je ne sais pas quoi.

Il s'interrompit.

— Écoutez, la nature de notre relation, et tout ce qui se passe entre nous en ce moment… Disons simplement que c'est une situation inhabituelle. Je ne pense pas que vous ayez envie de vous retrouver embringué là-dedans.

Jonah cilla.

— C'est une menace ?

— Une menace ? Non, mon vieux.

Il eut un rire triste.

— C'est juste aberrant qu'elle essaie à présent d'impliquer le premier thérapeute venu.

— Je ne dirais pas vraiment que je suis le premier venu. Il s'agit de mon domaine d'expertise.

— Très bien, parfait. Si vous voulez l'aider, alors peut-être que vous le pouvez. Elle ment. Il se pourrait même qu'elle mente de façon pathologique. Je vous le dis : Lila est instable, elle a sérieusement besoin d'aide. Alors, vous et votre « expertise », vous pourriez lui trouver un établissement psychiatrique ?

— Je vous demande pardon ?

— Je ne me fous pas de vous, mon vieux. Je pense vraiment qu'elle a besoin d'aide à ce niveau.

Au loin, le tonnerre grondait.

— Vous devez partir. Maintenant, fit Jonah. Ou j'appelle la police.

Kurt resta silencieux, l'air perplexe. Puis il secoua la tête.

— Vous ignorez totalement où vous mettez les pieds.

Jonah avait sa dose.

— Croyez-moi, je suis un professionnel hautement qualifié et j'ai énormément d'expérience en matière de situations comme celle de Lila. Je pense vraiment que je suis à la hauteur dans ce cas précis. Et je ne vais certainement pas me laisser intimider par vous.

Et, sur ce, Jonah fit volte-face et rentra dans la maison à grands pas.

Le putain de culot ! En moins de vingt-quatre heures, ce salopard avait agressé sexuellement Lila, transgressé le caractère sacré de son journal intime, et il avait le toupet de se pointer chez son thérapeute pour sauver sa peau – il était

même allé jusqu'à recommander de faire interner Lila ! Il n'y avait aucune subtilité là-dedans : Kurt essayait d'écarter le seul allié de Lila, sa seule échappatoire, de façon à pouvoir la garder prisonnière et à sauver sa propre réputation.

Il regagna l'étage dans un état d'excitation fébrile, préoccupé. Mags, de dos, coupait des légumes, quelque chose de dur qui ressemblait à une racine. Comme toujours, elle lui demanda comment s'était passée sa journée, et il éluda prestement le drame qui venait de se dérouler, se lançant à la place dans une diatribe à propos d'une patiente qu'il avait vue plus tôt dans la journée.

S'il avait fait plus attention, il aurait remarqué les signaux d'alarme. Maggie était en train de préparer le plat signature de sa mère, le *caldo de pollo*, une recette que Jonah adorait mais qui demandait des heures de préparation. Maggie s'y lançait uniquement lorsqu'elle se débattait avec quelque chose de réellement problématique, et elle ne le cuisinait absolument jamais en été, quand la cuisine était à coup sûr étouffante. Il y avait des brins de coriandre égarés et des citrons verts pressés un peu partout dans la pièce ; la découpe à laquelle se livrait Maggie accélérait progressivement et le hachoir venait heurter le bois violemment.

— Mon agent a appelé aujourd'hui, disait-elle à présent. Apparemment, le lancement a fait tellement de bruit qu'une galerie de DC a proposé d'exposer mon travail à l'automne.

— Waouh, c'est génial !

Il sortit une bière du frigo, ouvrit son couteau, décapsula la bouteille d'une pichenette et se retourna pour observer la pièce. Un jour, les toiles de Maggie, ses pinceaux, ses palettes et ses peintures avaient migré de son studio jusque dans la

cuisine. Des grattoirs sales, des torchons humides et des serviettes en papier froissées jonchaient le sol, et d'épaisses taches de peinture rouge maculaient la surface de la table. Il tira une chaise en soupirant, déplaça avec précaution une toile encore fraîche pour l'appuyer contre la chaise d'à côté.

— Le bouche-à-oreille fonctionne tellement bien qu'ils envisagent de répertorier mes tableaux d'avance, poursuivit-elle. D'après eux, ils pourraient se vendre avant même le lancement.

— Hum.

Le bazar le rendait dingue. Il ferma les yeux. Respira. Un peu de bazar n'avait aucune importance, se dit-il. *Ce qui importe le plus à l'instant, c'est le lancement, et que Maggie se sente pleinement soutenue.*

Il croisa les mains derrière sa tête, bascula en arrière sur les pieds grinçants de la chaise et inspira, concentré sur la volaille qui mijotait dans son jus salé. Il porta la bouteille à ses lèvres, et, au moment où la mousse amère lui dégoulinait sur le menton, Maggie se retourna pour lui faire face.

— Est-ce que tu as une liaison ?

Il se laissa retomber sur le sol un peu trop brusquement.

— Quoi ?

— Tu m'avais promis, tu te souviens ?

Elle croisa les bras, la mâchoire crispée ; elle essayait tellement dur, il le savait, de se blinder, de rester forte.

— Il y a longtemps, après cette fille à Yale, tu m'avais promis que ça n'arriverait plus.

— Et j'ai tenu ma promesse, répondit-il. Je n'ai pas de liaison, Mags. Ça sort d'où ?

Des larmes de soulagement lui montèrent aux yeux. Elle leva les bras au ciel comme si elle expirait de tout son corps.

— Tu as été si distant tout l'été. Tu n'es plus du tout affectueux. Tu ne veux même plus faire l'amour.

— Si…

— Pas comme avant. Je te vois à peine, et quand je te vois tu es tellement préoccupé. C'est comme si ton esprit était toujours ailleurs…

Haussement d'épaules.

— … avec quelqu'un d'autre.

Il écoutait, le cœur battant, essayant de décider quoi faire.

— Jo.

Maggie s'essuya les mains sur son short en jean, puis s'approcha et les posa sur ses épaules, se mit à califourchon sur ses genoux. Chercha son regard.

— Allez, dit-elle doucement. Je te connais. Tu n'es pas ici avec moi. Où es-tu, *mi amor* ? Où es-tu parti ?

Dehors, le roulement bas et métallique du tonnerre. Jonah ferma les yeux. Ça n'était pas censé se passer comme ça ; il n'était pas prêt ; n'était pas encore sûr de ce qu'il voulait. Et pourtant on y était, ça arrivait maintenant, quand il s'y attendait le moins. Elle avait toujours été d'une honnêteté sans faille avec lui, elle méritait de savoir.

Mais lui dire la vérité, risquer de perdre Maggie, sa future femme, son amour ? Ils fonctionnaient bien ensemble, leur relation avait du sens. L'esprit analytique et l'ambition constante de Jonah avaient permis à Maggie de garder les pieds sur terre, de rester ancrée dans la réalité, et elle, de son côté, lui avait apporté de la légèreté, lui avait appris à rire de lui-même. Elle aimait son insatiable curiosité, ses

cogitations romantiques et intellectuelles ; et lui aimait son esprit fougueux, la liberté de ses rêves. Ensemble, ils couvraient toute la gamme des plaisirs gourmands de la vie : longues explorations de la psyché, débats existentiels sur l'art, danse, cuisine, rire, et sexe délicieusement débridé. Ils pouvaient fonctionner, allaient fonctionner, jusqu'au bout.

Et pourtant.

Jonah inspira, posa les mains sur les hanches de Maggie.

— Je me débats avec quelque chose, dit-il, et il sentit Maggie se crisper. J'ai des sentiments pour une patiente.

Elle se détourna. Tout ouïe.

Doucement, il caressa du pouce la ceinture de son jean.

— Je n'avais pas ressenti le besoin d'en parler parce que ce genre de choses est relativement courant en thérapie.

— Ne fais pas ton psy avec moi maintenant, Jonah, répliqua-t-elle en se levant. J'en ai rien à foutre, que ce soit courant ou pas. Ça n'excuse rien.

— Je peux comprendre pourquoi tu es en colère.

— Oh, merci ! cria-t-elle en levant les mains au ciel. Merci de valider mes sentiments. Je me sens tellement mieux, maintenant.

— Et qu'est-ce qui te ferait te sentir mieux ?

— Je veux tout savoir.

Elle agrippa le comptoir derrière elle, et les jointures de ses doigts blanchirent.

— Depuis combien de temps ?

Il hésita.

— À peu près comme tu as dit. Deux mois, peut-être ?

Elle hocha la tête.

— De qui s'agit-il ?

Il secoua la tête.

— Ça n'a pas d'importance.

— Bien sûr, que ça en a. Ça en a pour moi, Jonah. Qui est-ce ?

Il fit lentement tourner sa bouteille, laissant un rond de condensation humide sur la table.

— Tu sais que je ne peux pas te le dire.

— Je m'en fous ! cria-t-elle. J'emmerde le secret professionnel. Je veux savoir qui c'est !

Il tapota des doigts, croisa les jambes. Attendit.

— Est-ce que tu es amoureux d'elle ? murmura-t-elle.

— Je suis amoureux de *toi*, Mags.

Elle secoua la tête, le regarda attentivement.

— Est-ce que tu es amoureux d'elle ?

Il soupira.

— Je ne sais pas.

— Nom de Dieu, Jonah, lança-t-elle, les larmes aux yeux. Comment tu as pu ?

Il se pencha en avant.

— Je n'ai jamais eu l'intention de te blesser.

— Ah oui ? Eh bien, tu l'as fait.

Elle hocha la tête.

— Le mal est fait.

Il se débattait pour trouver les bons mots, voulait tellement alléger sa peine.

— Mags, je suis désolé.

— Tu lui as dit ce que tu ressentais ?

— Non, bien sûr que non, répondit-il. Ça ne serait pas professionnel.

Maggie rit.

— C'est vrai, mais te masturber dans la douche en pensant à elle, c'est professionnel ?

— De quoi tu parles ?

— Tu crois que je n'ai pas remarqué ?

Elle s'interrompit un instant.

— Alors, est-ce que cette femme a des sentiments pour toi ?

Jonah hésita.

— Oh, mon Dieu.

Maggie lui tourna le dos, s'appuya contre le comptoir.

— Je n'en suis pas sûr, dit-il enfin.

— Mais tu penses qu'elle pourrait en avoir.

Elle baissa la tête, et ses cheveux bouclés lui cachèrent la figure.

— C'est vraiment la merde.

— Mags. Je te jure que je n'ai rien fait.

— Mais tu y penses.

Elle lui fit de nouveau face.

— N'est-ce pas ? Alors qu'est-ce que tu comptes faire ?

Le tonnerre à nouveau, plus fort, cette fois.

— Qu'est-ce que tu veux dire ?

— Tu sais exactement ce que je veux dire. Tu veux quoi ?

— Je ne sais pas.

Elle laissa échapper un rire incrédule en le regardant.

— Tu allais te contenter de ne rien me dire ? Simplement démarrer une aventure dans mon dos ?

— Ce n'est pas juste.

— Jonah. Sois honnête avec moi. C'est ça que tu veux ? Tu veux qu'on s'en sorte ? Ou tu veux être avec elle ?

Dehors, le déluge soudain d'une pluie d'été, tel un rideau blafard. Les arbres au garde-à-vous derrière leur fenêtre.

Et un coup à la porte.

— Qui est-ce ? demanda-t-elle.

Il secoua la tête.

— Aucune idée.

Zelda se fraya un chemin dans la pièce, enroulant sa queue autour des mollets de Maggie au passage. Les coups reprirent et la chatte se figea, les yeux écarquillés, les poils argentés de son menton brillant dans la lumière.

Mags la prit dans ses bras et enfouit son visage dans sa fourrure.

— Tu ne vas pas voir qui c'est ?

Jonah reposa la bouteille et s'approcha d'elle sous les yeux émeraude de Zelda, qui le regardait fixement. Il se pencha pour embrasser Maggie sur le front.

— Ne fais pas ça, dit-elle doucement en se détournant.

— Mags.

Il attendit, mais elle refusait de le regarder.

— On en reparle, d'accord ? dit-il gentiment. Je reviens tout de suite.

Elle haussa les épaules, puis acquiesça.

Jonah descendit l'escalier et se dirigea vers la porte d'entrée, où les coups insistants continuaient.

— J'arrive ! cria-t-il.

Il tâtonna pour ouvrir le verrou.

— Lila.

Elle serrait les bras autour d'elle, trempée et frissonnante dans une veste à capuche, et regardait nerveusement derrière elle.

— Je suis désolée de vous déranger. Mais il fallait que je vous voie…

— Entrez.

Il la laissa passer puis scruta la rue, où la pluie tombait en nappes argentées et ininterrompues. Il referma la porte, neutralisant ainsi le bruit de la pluie. Le silence soudain de l'entrée fut presque effrayant.

— Vous allez bien ?

Elle fit non de la tête.

— On peut parler ?

Jonah jeta un coup d'œil à l'étage. Il savait que Maggie attendait, qu'elle écoutait.

— Malheureusement, ce n'est pas le meilleur moment. J'aurais aimé que vous appeliez…

— Je sais. Je suis désolée. Je n'avais pas l'intention de débarquer comme ça chez Maggie et vous. Mais c'était une urgence. Je ne savais pas où aller. J'ai couru jusqu'ici.

Elle repoussa sa capuche, laissant voir un début de cocard.

Il retint son souffle.

— Très bien. D'accord. Je ne peux pas vous recevoir longtemps, mais allons dans mon bureau.

Elle baissa les yeux.

— Merci.

Il la suivit dans le couloir faiblement éclairé où s'alignaient tous ses diplômes, puis passa devant elle afin d'ouvrir la porte. Leurs épaules se frôlèrent. Il sentit son regard sur lui pendant qu'il bataillait avec la serrure capricieuse. Le sol avait dû se déformer suite aux infiltrations d'eau, et la porte avait également gonflé et bloquait à cause de l'humidité ambiante. Lorsqu'il réussit enfin à l'ouvrir, elle racla le plancher avec un

crissement abominable. Il grimaça. Il avait fini par accepter cette maison comme un monde à part entière. Mais, en la regardant à présent à travers les yeux de Lila, il s'en trouva inévitablement attristé.

Il alluma, recula pour la laisser entrer.

— Donnez-moi juste un instant.

Il envoya un rapide texto à Maggie.

Patiente urgente. Dans mon bureau. Vais faire vite. Désolé, Mags.

Il empocha son téléphone et, en relevant la tête, il vit Lila postée devant la fenêtre, en train de regarder dehors.

— Vous voulez vous asseoir ?

Elle déclina.

— Vous avez lu mon journal ?

— Je l'ai lu.

Il s'assit sur l'accoudoir du canapé.

— Vous avez reçu ma réponse ?

Elle avait toujours les yeux fixés sur la rue.

— Je pensais que si vous l'aviez vraiment lu vous auriez réalisé l'urgence de la situation.

Il inspira.

— J'espère que vous avez compris en voyant mon message que vous pouvez toujours me contacter en cas d'urgence si vous avez besoin qu'on avance la date de notre rendez-vous.

— Eh bien, les choses ont empiré.

Elle effleura la peau autour de son œil. Tressaillit.

Jonah se pencha vers elle.

— Que s'est-il passé ?

— À votre avis ?

Sa gorge se noua et elle secoua la tête.

— Je suis désolée. J'ai juste tellement peur. J'ai vu Kurt dans la rue en venant ici. Je ne sais pas si lui aussi m'a vue. Je ne sais pas s'il m'a suivie jusqu'ici.

Jonah avala sa salive, se demandant s'il devait lui dire que Kurt s'était présenté sans y être invité à peine une demi-heure plus tôt. Ce n'était pas le moment, décida-t-il. Lila était trop fragile ; lui dire maintenant ne ferait que l'effrayer davantage.

— Et si je fermais les stores ?

Il jeta un rapide coup d'œil dans la rue, puis les baissa et entraîna doucement Lila vers le canapé.

— Vous êtes en sécurité ici. Essayez de respirer calmement.

— On doit mettre un terme à tout ça. Je ne peux plus continuer à vous voir.

Lila écarta des mèches mouillées de son visage.

Jonah s'assit en face d'elle.

— Lila, écoutez-moi. Pour moi, il est très clair que vous êtes en danger. Il faut qu'on vous éloigne de lui.

Elle fit non de la tête.

— Si je le quitte maintenant, le film va tomber à l'eau. Je ne peux pas risquer que ça arrive.

— Vous préférez risquer votre propre sécurité ?

Elle ferma les yeux, se laissa aller dans le canapé.

— Tout le monde perdrait son emploi. Des millions de dollars jetés par les fenêtres. Ma réputation serait ruinée. Personne ne voudrait plus jamais financer un film dans lequel je joue.

Elle soupira.

— *Tendre* est tout pour moi, Jonah. Je dois aller jusqu'au bout.

Il l'observa.

— Combien de temps avant le bouclage ?

— Trois semaines, je pense… ? répondit-elle avec un haussement d'épaules.

— Très bien.

Il vint s'installer à côté d'elle et Lila ouvrit les yeux. Le regarda.

— Voilà ce qu'on devrait faire, à mon avis, dit-il. Les trois prochaines semaines, on se voit en secret. Si vous voulez me rencontrer ailleurs, c'est possible ; tout ce qui vous rassure. Mais on utilise ce laps de temps pour vous préparer à sortir de cette relation toxique. Partir n'est pas un événement, c'est un processus. Ça va être réellement très difficile, et vous ne devriez pas avoir à affronter cela seule. Laissez-moi vous aider.

Elle hésita.

— Je ne peux pas venir demain. Il sait que c'est ce jour-là qu'on se voit. Il a reprogrammé mon temps de présence sur le plateau pour pouvoir me surveiller constamment.

— Dans ce cas, on trouvera un autre moment. Un autre moyen.

Il posa doucement la main sur son épaule.

— Et à l'avenir, si vous pouviez vous assurer qu'il ne lise pas votre journal…

Elle leva la tête, fronça les sourcils.

— Vous voulez dire… Vous pensez qu'il… ?

Il hésita. Il ne pouvait pas le lui dire maintenant, ne pouvait prendre le risque que la peur que lui inspirait Kurt les empêche de travailler ensemble.

— Je veux juste que vous soyez encore plus prudente, dit-il, et Lila acquiesça en battant des cils. Vous allez devoir brouiller toutes les pistes afin de vous assurer qu'il ne découvre pas qu'on travaille encore ensemble.

— J'ai tellement peur, murmura-t-elle.

— Je sais.

Prudemment, il lui passa un bras autour des épaules.

— Mais on va vous sortir de là. Ce sera peut-être la chose la plus difficile que vous ferez, mais ce sera aussi la plus courageuse.

Elle se pelotonna contre lui, le nez contre sa clavicule, puis à la base de son cou, et inspira par saccades.

— Merci, Jonah.

Elle leva lentement les yeux et, au moment où leurs regards se croisèrent, il revit en un éclair cette soirée si lointaine : ces mêmes yeux obsédants, qui le dévisageaient en brillant dans l'obscurité. Elle était si proche, à présent. Il se pencha très légèrement…

Mais elle s'était déjà écartée, serrant sa veste autour d'elle, par bonheur inconsciente de la ligne que, dans un moment d'égarement, il avait presque irrémédiablement franchie.

— Je devrais y aller, dit-elle. Il va avoir des soupçons si je reste trop longtemps partie.

Jonah se leva.

— Vous n'avez pas d'autre endroit où vous pourriez aller ce soir ? Un endroit sûr ?

Elle s'enserra de ses bras.

— Ça va aller. Ça ne ferait que le mettre encore plus en colère, empirer la situation.

— Lila, vraiment, je ne…

— Ce n'est que quelques semaines de plus, d'accord ? Je peux y survivre.

Elle se força à sourire.

— Vous me promettez de trouver un moyen pour qu'on continue ?

Elle acquiesça.

— Je suis désolée d'être aussi paumée.

— Ça n'est pas votre faute.

Il lui toucha le bras.

— Rien de tout ça n'est votre faute.

Lila leva les yeux vers lui et, une fois de plus il se rendit compte qu'il devait refréner son envie de la prendre dans ses bras et de lui dire qu'il l'aimait, de lui promettre qu'il la protégerait toujours. Il laissa retomber son bras.

— Si vous êtes certaine que ça va, je devrais…

Il désigna l'étage d'un geste.

Elle acquiesça.

— Bien entendu.

Il la raccompagna à la porte, l'ouvrit. À l'extérieur, la pluie avait viré au crachin tiède.

— Je vous appelle une voiture ?

— Non, ça va aller. Ce n'est pas loin.

Elle passa devant lui.

— Vous savez où j'habite.

Il cessa de respirer.

— Quoi ?

Elle se retourna vers lui.

— Je crois que je vous l'ai dit, non ? J'habite à seulement quelques pâtés de maisons. On est pratiquement voisins.

Son regard survola l'épaule de Jonah, et elle fit un petit signe de la main.

— Salut, Maggie. Je suis désolée de vous avoir dérangés.

— Pas de problème, répondit cette dernière, et au ton monocorde de sa voix Jonah sut qu'elle avait compris que la femme en question était Lila Crayne.

— Eh bien…

Le regard de Lila passa de l'un à l'autre.

— … bonne nuit. Merci encore, Jonah.

Elle offrit un petit sourire, fit demi-tour et commença à descendre les marches.

Jonah referma la porte, rassembla ses esprits et se tourna pour faire face à sa fiancée.

Dehors, une soudaine rafale de vent, puis une brusque averse ; tempête d'aiguilles contre la porte. Les lumières vacillèrent.

— Mets-y un terme, Jonah, dit doucement Maggie. Mets-y un terme maintenant, ou je te jure que je te quitte.

Il inspira profondément, se trouva incapable de répondre. Maggie commença à monter les marches en silence, laissant Jonah en plan dans l'éclairage tremblotant de l'entrée, seul.

Journal de thérapie de Lila
Pour Jonah Gabriel

Entrée 2
25 juillet

Cher journal,

Imagine-moi en ce moment : accroupie dans le placard de l'entrée, une loupe à la main, vêtue d'un sage tweed à chevrons, avec pour tout éclairage une simple ampoule au bout d'un fil. J'écris en cachette, griffonne des gribouillis inspirés, retiens mon souffle quand j'entends des pas devant la porte, j'ai peur qu'on finisse par nous découvrir, toi et moi.

Bien entendu, il n'en est rien. Je n'ai pas de placard dans l'entrée, pas de loupe. (Hélas, pas de tweed sage non plus ! Note : corriger cet oubli honteux.) Mais, dans la version filmée de ma vie, c'est ainsi que je la représenterais : une histoire policière, sombre et couleur sépia.

Dans la réalité, j'enregistre de petits mémos vocaux à voix basse sur mon téléphone chaque fois que je le peux (cependant, n'ayez crainte, Jonah, grâce à vos conseils, tous les mots de passe ont été changés), puis je transcris ces

pensées décousues en les corrigeant afin d'en faire un récit plus cohérent (enfin, je l'espère).

Avant que vous ne disiez quoi que ce soit : je sais que tout cela est un peu mélodramatique. Mais si je ne peux pas écrire ici la vérité sur ce que je ressens, où puis-je le faire ? Mes pensées se tournent si souvent vers mère, à présent. Je songe au calvaire qu'elle a vécu avec papa, et je me demande comment elle a si longtemps tenu le coup. Elle était sa prisonnière en réalité, et elle a passé sa vie à avoir peur. Tant que papa était vivant, elle n'a jamais pu se sentir en sécurité. Je crois que je commence à comprendre pourquoi elle a fait ce qu'elle a fait cette terrible nuit-là.

Plus réjouissant, je pense avoir réussi à convaincre Kurt que j'ai laissé tomber la thérapie. Nos horaires sont tellement infernaux en ce moment pour réussir à boucler le film que l'on a à peine eu un moment en tête-à-tête. Et, quand il arrive que l'on se trouve malgré tout dans la même pièce, il me traite avec une sorte d'indifférence froide, et se concentre entièrement sur sa jeune actrice à la place, qu'il continue obstinément à poursuivre de ses avances. Il y a deux mois – bon sang, il y a deux semaines –, je m'illusionnais peut-être assez pour croire que notre relation pouvait encore s'arranger. Mais maintenant, grâce à votre aide, Jonah, j'y vois plus clair dans les actions de Kurt, et je distingue le schéma. Et je suis résolue à sortir de là.

Aujourd'hui, on tourne l'avant-dernière scène du film, celle où Nicole décide qu'elle veut être avec Tommy et met fin à son mariage avec Dick. (Étant le véritable expert de

Fitzgerald, Jonah, vous ne manquerez pas de noter qu'il s'agit en réalité d'un mélange de quelques scènes du livre cumulées en une seule afin de faire monter la pression.) Je remercie Kurt d'avoir attendu aussi longtemps pour tourner cette scène. C'est un morceau d'anthologie et j'avais besoin de préparer le terrain autant que possible pour lui rendre justice.

Mais il y a un aspect crucial de la scène qui continue à me titiller (et qui ne m'a jamais paru tout à fait juste dans le livre) : lorsque Tommy et Nicole confrontent Dick et demandent le divorce, pourquoi est-ce Tommy qui parle presque tout le temps ? Pourquoi insiste-t-il pour parler au nom de Nicole ? Qu'en pensez-vous, Jonah ? Si, à ce stade, Nicole est guérie, est-ce que ça ne serait pas beaucoup plus satisfaisant que ce soit elle qui affronte enfin son oppresseur et mette elle-même un terme au mariage ? Si la scène paroxystique consiste en réalité à regarder deux hommes marchander la liberté de Nicole, alors que celle-ci reste silencieuse à côté d'eux, j'ai peur que cela ne remette la thèse du film entièrement en question. Mais je m'emballe.

J'arrive à la villa de Montauk avec une heure d'avance pour me laisser le temps d'errer sur le plateau. C'est la première fois qu'on a une scène dans la chambre de Dick et Nicole, et j'ai besoin de temps pour me familiariser avec les lieux. La pièce est parfaite – exactement comme Nicole décrit l'endroit où Tommy et elle couchent ensemble pour la première fois (*comme ces tables dépouillées qu'on voit dans tellement de Cézanne et de Picasso*). Le lieu est spacieux, chaleureux, moucheté de lumière. Murs à motifs ondulés et recouverts d'une épaisse couche de peinture, portes cintrées, couvre-lit en désordre

et draps entortillés en dessous, ventilateur de plafond qui tourne paresseusement au-dessus, unique fauteuil en bois poussé dans un coin, tapis zapotèque aux couleurs éclatantes disposé sur le sol de terracotta. L'endroit me donne envie de me pelotonner tel un chat pour une longue sieste délicieuse.

Je me glisse sous les draps et enregistre tous les détails. Et, petit à petit, la pièce s'emplit de souvenirs que je puise dans mon propre passé pour ancrer l'histoire de Nicole dans une vérité particulière. Je suis du doigt les coutures à peine visibles du couvre-lit, mémorise les fissures au plafond, observe l'océan qui déferle au loin à travers la porte vitrée. Je m'approprie l'endroit.

Un quart d'heure avant le début du tournage, des membres de l'équipe commencent à circuler tout autour sur la pointe des pieds, faisant de leur mieux pour ne pas déranger la folle dans le lit (gros plan sur moi : yeux fermés, bras croisés sur la poitrine, je pleure en silence. DINGUE, je vous dis). Dix minutes plus tard, le plateau commence à s'agiter, alors je me glisse hors du lit et me dirige vers ma caravane pour le maquillage et la coiffure.

Nadia me concocte un teint lumineux et éclatant d'après-coït, des cheveux ondulés et décoiffés par la brise salée. Je colle ces cache-tétons terriblement gênants, dénoue cet horrible cache-sexe puis enfile un somptueux peignoir afin d'être relativement décente, et regagne le plateau. Kurt, me dit-on, a été retenu pour une réunion de dernière minute, mais heureusement mon partenaire est déjà là, et m'attend.

« Lila. »

Freddie se tient au milieu de la pièce, sa poitrine lisse et dorée bien en vue sous un peignoir identique. Il ouvre les

bras, et je m'y plonge, respire son odeur familière d'écran total et de parfum : un vrai mondain à la Fitzgerald, qui s'est enfui vers des rivages plus radieux et ensauvagés.

« Tu tiens le coup ? »

« Oh, je survis. »

J'essaie de sourire, mais il me connaît trop bien.

« Parle-moi. Qu'est-ce qui se passe ? »

Et, durant un bref instant, je songe à avouer tous les noirs secrets enfermés tout au fond de moi. Freddie, plus que tout autre, comprendrait, vu le cauchemar qu'il vient de vivre avec son ex. *Je peux sûrement faire confiance à Freddie*, me dis-je. *Freddie ne me trahirait jamais.*

« Crayne, lance Kurt, à la porte. Viens là une minute. »

Mes réflexions silencieuses s'envolent en fumée tandis que je m'approche de mon (bientôt ex-) fiancé.

« Tu veux savoir où j'étais ? lâche-t-il avec un sourire dangereusement crispé. J'étais en réunion avec l'équipe des assistants réalisateurs au complet, et je me suis fait engueuler comme un foutu môme. Apparemment, tu te baladais sur le plateau sans autorisation, ce matin. »

Un seul regard et je sais ce qui m'attend, Jonah.

« Je voulais juste me familiariser avec l'espace. »

« Eh bien, tu as aussi donné du boulot en plus aux préparateurs de plateau, qui ont dû remettre en place tout ce que tu avais foutu en l'air. »

« Je suis désolée, dis-je. Je pensais avoir tout remis comme c'était. »

« Tu pensais mal. Et maintenant on est en retard sur le planning, ce qui signifie encore davantage de fric foutu par la fenêtre. »

Freddie me regarde brusquement d'un air interrogateur, mais je me mords la lèvre, fais non de la tête. Répondre ne ferait que provoquer davantage Kurt.

« Bonjour, tout le monde, lance ce dernier à la cantonade. Comme vous le savez sûrement tous, on est un peu en retard ce matin grâce à Miss Crayne, mais avec un peu de chance on sera opérationnels d'ici peu. En attendant, Lila ? Freddie ? Revoyons la scène ensemble. »

Alors que la pièce fait silence, j'essaie de ralentir le battement de mon sang dans mes veines, de faire abstraction de la présence de Kurt, qui fulmine à côté de moi. Freddie se frotte le visage, se redresse en faisant craquer ses épaules, puis se tourne vers le mur opposé pour reprendre ses esprits.

Et, comme toujours, j'entre en moi-même. Je me bouche les oreilles, ferme les yeux, et laisse le monde extérieur s'estomper. Je me concentre sur mon univers intérieur, sons de l'océan pareils aux entrailles lisses d'une conque, respiration semblable à du sable roulé par les vagues, chaud battement du cœur dans le lointain. Je suis tous les secrets que j'abrite, me dis-je. Je contiens des multitudes.

Mes os se réalignent, mes muscles s'étirent pour s'adapter à la matérialité physique de Nicole. Posture de danseuse : colonne comme une enfilade de perles, épaules redressées et tirées en arrière, hanches ouvertes en pétale, ventre en avant, bras fluides comme de l'eau le long du corps. Cette grâce soigneusement élaborée dessine une carte de son trauma, un atlas de son tumulte intérieur.

Freddie et moi, nous sourions, chacun de notre côté du lit, puis nous enlevons notre peignoir, le laissons tomber en vrac au sol, et nous glissons sous les draps. Il tend le bras

et je me pelotonne dans ce repli familier. Il effleure mon menton, et je lève les yeux, saisis son tendre regard.

— *Je vais passer beaucoup de temps à te regarder, dorénavant.*

Ses doigts suivent le contour de ma joue et un curieux sourire se dessine sur ses lèvres.

— *Je croyais connaître ton visage, mais on dirait que j'ignorais certaines choses de lui. Depuis quand as-tu ces pupilles dilatées d'escroc ?*

Je bats des cils, m'écarte.

— *Si mes yeux ont changé, c'est parce que je suis guérie.*

Je m'assieds.

— *Et, comme je suis guérie, peut-être que je retrouve ma vraie identité. Je suppose que mon grand-père était un escroc et que je suis un escroc parce que j'ai hérité de lui, et c'est comme ça.*

Il s'appuie sur un coude, m'admire.

— *Pourquoi ne t'ont-ils pas laissée telle que tu étais à l'origine ? Cette foutue volonté de domestiquer les femmes !*

Il m'attire à lui et descend lentement le long de mon corps en m'embrassant. Je m'étire tandis qu'il me tient les pieds avec vénération. Et, comme il entame son ascension, je tends le bras, lui caresse le visage.

— *Embrasse-moi sur les lèvres, Tommy.*

Il me regarde, rempli d'amour, puis se redresse. Nous nous asseyons sur nos tibias, nous sourions timidement, et à ce moment je me sens entièrement neuve, comme si tout était possible.

« La porte claque. Dick est rentré », lance Kurt, et nous nous séparons en sursaut, regardons la porte, échangeons un regard.

En silence, rapidement, nous commençons à nous rhabiller. Kurt donne de nouvelles indications :

« La présence de Dick devrait déjà te renvoyer à la version brisée de toi-même. Freddie, tu vois ce qui se passe. Attrape-lui la main pour l'arrêter. »

— *Dis-moi que tu m'aimes*, murmure-t-il, et j'hésite, jette un nouveau coup d'œil vers la porte.

— *Oh, je t'aime*, dis-je en secouant la tête. *Mais il n'y a rien qu'on puisse faire pour le moment.*

Je commence à m'écarter, mais il me tient fermement.

— *Bien sûr que si*, dit-il.

Et alors je réalise : l'heure est venue. J'inspire profondément, acquiesce, et commence à me rapprocher de la porte.

« Très bien, tout le monde, on passe à la deuxième partie de la scène, crie Kurt. Dom est prêt ? »

« Je suis là, Kurt ! » répond ce dernier du bout du couloir.

« Excellent. Tu te mets en marche, Lila. Tu vas suivre la caméra dans le couloir jusque dans le salon. On va rester en plan serré sur ton visage. Bien. C'est bien. Une fois que tu as passé la porte cintrée, tu t'arrêtes juste là, derrière ce fauteuil. Ouais : sers-t'en pour t'y accrocher. Dom, tu es au piano ? Génial. Commence à jouer *Thank Your Father*. Continue. Les touches sont muettes. Ton whisky est préparé pour toi sur le dessus du piano ; tu en bois une gorgée quand tu veux. »

Kurt passe derrière moi, me murmure à l'oreille :

« Observe-le vraiment bien – cette mauvaise humeur qui émane de lui. Tu peux déjà dire que c'est une bataille perdue d'avance. »

— *J'avais cru, à lire ton mot, que tu partais plusieurs jours.*

« Encore plus soumise, Crayne. Je veux que tu sois déjà en train de te noyer. »

J'agrippe le dossier du fauteuil, le regarde continuer à jouer du piano en silence.

— *Tu t'es bien amusé ?*

— *Autant qu'on peut s'amuser quand on est pris dans une sorte de fuite en avant*, répond-il.

« Bien, Dom. Maintenant, remue le couteau dans la plaie avec la réplique suivante. »

Il me regarde subrepticement, les yeux brillants.

— *J'ai conduit Rosemary jusqu'à Southampton et je l'y ai mise dans un train.*

Puis il tourne les pages de la partition et continue à jouer. Et je me rends compte que je ne peux plus respirer, la cacophonie régnant dans mon cœur jurant avec la rondeur veloutée des touches silencieuses, le doux cliquètement de ses ongles sur l'ivoire.

J'avale ma salive.

— *Je suis allée danser hier soir – avec Tommy Barban. On est allés…*

Il martèle violemment les touches.

— *Ne me dis rien.*

Il attrape son verre, le finit, puis le repose et recommence à jouer.

Oh, Dick. Je m'approche de lui, lui effleure l'épaule ; mais il tressaille et se dégage brusquement.

— *Ne me touche pas !*

« C'est ça, Crayne, murmure Kurt. Tu sais exactement comment ça va finir, ce qu'il s'apprête à te faire une fois de plus. »

Il se tourne vers moi avec un regard clinique.

— *J'étais justement en train de réfléchir à ce que je pense de toi...*

« Mets-la à terre, Dom. Ne te retiens pas. »

Et une fois de plus je commence à me recroqueviller en moi-même, et je souris tristement en fermant les yeux.

— *Pourquoi ne pas ajouter une nouvelle catégorie, dans ton livre ?*

— *J'y ai songé*, répond-il froidement. « *Au-delà et en deçà des psychoses et des névroses* »...

« Tu devrais faire marche arrière plus vite, me murmure Kurt. Tu n'as pas une chance. Tu devrais t'effondrer. »

Pourtant, encore, je serre les dents.

— *Je ne suis pas venue ici pour qu'on se dise des choses désagréables.*

— *Alors, pourquoi es-tu venue, Nicole ?*

« Attaque-la plus fort. C'est elle, le véritable ennemi, non ? »

Il secoue frénétiquement la tête.

— *Je ne peux plus rien pour toi. J'essaie de me sauver, moi.*

Je souris, les larmes coulent sans retenue à présent.

— *Tu as peur que je te contamine ?*

« Achève-la, Dom, nom de Dieu ! »

Il me regarde, les yeux pleins de haine.

— *Mon métier me met en contact avec des gens douteux parfois.*

Une pause.

« On a Tommy ? » rugit Kurt.

Silence.

« Quelqu'un peut aller chercher Freddie ? Il a raté sa putain d'entrée ! »

« Hum. En fait, Kurt… »

Eden : semelles en caoutchouc de ses rangers couinant sur le carrelage, un tas de papiers à la main.

« Oui, Eden ? » répond Kurt, les yeux brillants de colère.

Elle lui montre les feuillets d'un air désolé, et il lève les mains au ciel.

« Quoi ? lance-t-il d'un ton sec. C'est quoi ? »

Eden grimace.

« C'est Rupert. »

« Rupert ? raille Kurt. Qu'est-ce qui se passe avec Rupert ? Je croyais que ce bon vieil Yeux-de-Chouette ne pouvait pas supporter de rester sur le plateau avec les grands et qu'il s'était dépêché de filer chez lui, à L. A. »

Il embrasse la pièce du regard, les sourcils levés d'un air de défi.

« Eh bien, il vient d'envoyer une nouvelle fin par mail pour que tu l'approuves », répond Eden.

Comme Kurt ne dit rien, elle continue :

« Dans ce mail, il dit qu'il a pris une des répliques de Tommy dans le livre ainsi qu'un passage écrit du point de vue de Dick, et qu'il les a attribués à Nicole. Il dit que cette modification est essentielle à l'adaptation. Tu veux peut-être jeter un œil. »

Elle parcourt rapidement les feuillets.

« Ça fait entièrement sauter l'entrée de Tommy. »

« C'est ridicule, répond Kurt. On est déjà en retard sur le planning, et maintenant notre cher disparu envoie des changements de dernière minute par mail afin que je les approuve, ce qui éliminerait un des acteurs principaux de la scène qu'on s'apprête à tourner ? C'est absurde, du jamais-vu,

bordel. Alors non, Eden : en fait, je ne *veux pas* y jeter un coup d'œil, nom de Dieu. »

« Moi, je veux bien, dis-je. La fin ne fonctionne pas, Kurt, tu le sais. Nicole ne peut pas rester la victime de Dick lors de la confrontation finale. Elle doit lui tenir tête, une fois pour toutes. Ces coupes vont arranger ça. »

Il a la mâchoire crispée, une veine bat à sa tempe ; mais il sait que j'ai raison. Il hoche sèchement la tête, et Eden s'empresse de distribuer les pages dans toute la pièce. Je lis rapidement les nouvelles répliques en rouge, puis regarde Dom, et Kurt.

« Si on les lisait tout haut ? »

« Je t'en prie, Crayne, lance Kurt avec un grand geste du bras. De là où on s'est arrêtés. »

Je commence à lire.

— *Tu te souviens de ce que tu avais écrit sur moi, Dick, dans tes notes sur ma maladie ? Tiens, je vais te lire tes propres mots, directement tirés de ton livre : « On dit des blessures affectives qu'elles finissent par cicatriser, par une comparaison hâtive avec les lésions cutanées, mais il n'arrive rien de tel dans la vie d'un individu. Il y a des plaies ouvertes qui rétrécissent parfois jusqu'à n'être plus que des piqûres d'épingle, mais elles restent des plaies. Les traces que laissent nos souffrances ressemblent plutôt à la perte d'un doigt, ou d'un œil. Il peut se passer un an sans qu'ils nous manquent à aucun moment, mais, si vient ce moment, nous ne pouvons absolument rien y faire. »*

Je lève les yeux vers Dom.

— *Tu m'as toujours traitée comme une patiente parce que j'étais malade. D'après toi, ces cicatrices me resteraient toujours ; je ne devais nourrir aucun espoir de guérison.*

« Mais tu te trompes, Dick ; mes cicatrices ont disparu. Je ne suis plus malade. Je suis guérie. Et je peux finalement me tenir debout seule, sans toi.

Je jette un coup d'œil à Kurt, puis reviens à la page.

— *Quand tu m'as offert cette bague, tu m'as dit que c'était « le commencement et la fin de tout ». À l'époque, j'ai trouvé ça romantique. Mais à présent – quand j'entends ces mots –, maintenant, j'y entends notre damnation.*

J'avale bruyamment ma salive dans le silence qui nous entoure.

— *N'est-ce pas vrai que tu n'es plus heureux avec moi ? Et que je ne suis pas heureuse non plus.*

Je lui tends la bague.

— *Alors je te rends ta liberté.*

« C'est une putain de blague ? »

J'hésite, puis ose regarder Kurt. Il me dévisage, les yeux brillants de colère, furieux.

« Dehors. Maintenant. »

Il ouvre la porte qui donne sur la terrasse ; je le suis à contrecœur et referme la porte coulissante. Kurt fixe l'horizon, les bras croisés, bien serrés. Une brise venue de la mer nous fouette le visage et, même dans cette chaleur torride, un frisson me descend le long de la colonne.

« Qu'est-ce que tu lui as dit ? »

Je secoue la tête, le cœur battant.

« De quoi tu parles ? »

« À l'évidence, tu lui as parlé de nous, répond-il. Pourquoi sinon ton petit toutou aurait-il ajouté cette réplique sur la bague ? »

J'ai le cerveau qui carbure tandis que je cherche une excuse.

« C'est une citation connue, Kurt. Sur l'amour que Fitzgerald portait à Zelda. Ça colle parfaitement ! »

« Tu mens. »

Il retire la bague de son doigt et la tient à quelques centimètres de mon visage.

« Je te le demande une dernière fois : comment Rupert a-t-il su pour l'inscription sur cette putain de bague que tu m'as donnée ? Pourquoi il aurait écrit cette réplique ? »

Et, avant de pouvoir m'en empêcher, je dévoile la vérité, que – j'ai tellement honte de l'admettre, Jonah – je vous avais aussi cachée :

« Il ne l'a pas écrite. »

« Quoi ? » fait Kurt en secouant la tête.

Je me prépare.

« C'est moi qui l'ai écrite. »

« Qu'est-ce que tu veux dire par là ? C'est toi qui as écrit la nouvelle fin ? »

« Kurt, c'est moi qui ai tout écrit. »

Je m'oblige à le regarder en face.

« C'est moi qui ai écrit tout le scénario. »

Il recule d'un bond, me regarde d'un air abasourdi, puis laisse échapper un rire choqué en s'étouffant à moitié.

« Tu dois penser que je suis vraiment stupide, n'est-ce pas ? Tu dois me prendre pour un imbécile. Inventer cette histoire de découverte : la voix de sa génération. Tu as fait quoi, embaucher ce crétin sans cervelle derrière mon dos comme une espèce d'homme de paille ? »

Je cherche quoi répondre, et Kurt abat violemment sa main sur le mur juste à côté de mon visage.

« On n'est que des pions dans ton esprit dérangé, hein ? »

Il colle les doigts sur ma tempe, les yeux fous.

« C'est le petit monde de Lila Crayne, et le reste d'entre nous ne fait que vivre dedans. Alors qui a besoin d'un réalisateur, hein, bébé ? Bon Dieu, tu peux écrire, diriger et produire tout toi-même. Bonne chance pour réaliser ton propre film. Je me casse. »

Je prends le temps de me ressaisir, me force à ne plus pleurer, puis je reviens sur le plateau et fais savoir à Eden, en en disant le moins possible, que Kurt est parti. Elle l'annonce à l'équipe et aux acteurs : on en a terminé pour la journée. Tandis que nous regagnons nos caravanes, Dom nous propose, à Freddie et moi, d'aller boire un verre.

Nous choisissons le Montauket, suffisamment éloigné du plateau pour qu'on ne risque pas de croiser des gens qu'on connaît. Le soleil est bas sur l'horizon, et l'endroit commence à être bondé ; Dieu merci, personne ne s'approche pour demander une photo ou un autographe.

Après avoir commandé des bières au bar, nous nous dirigeons vers le bord de la falaise, choisissons un coin de rambarde en bois tout au bout contre lequel nous appuyer, puis nous tournons vers la baie qui scintille devant nous ; et je pense à cette phrase de Fitzgerald à propos de Montauk – est-ce que vous la connaissez, Jonah ? Il a écrit : *J'aime cet endroit où tout est rude, dur, grossier, comme au bout du monde.*

Au début, Dom tente de parler boulot, mais la conversation a vite fait de tourner au silence pesant. Les hommes vident rapidement leur verre et Freddie propose de payer une autre tournée. Alors qu'il retourne à l'intérieur pour se

frayer un chemin à travers la foule grandissante, j'entends Dom qui dit :

« Tu veux me parler de cette ecchymose ? »

Merde, me dis-je. Dans ma hâte à m'enfuir, j'avais camouflé le bleu qui se voyait encore autour de mon œil, mais j'avais oublié celui de mon poignet, qui remontait au moment où Kurt m'avait attrapée, la semaine passée, quand il…

Bon. Je n'ai pas besoin de vous dire. Vous savez.

« C'est lui qui t'a fait ça, dit Dom. N'est-ce pas ? »

Et tout ce que je peux faire, c'est regarder fixement mon verre, retenir ma respiration. Je pourrais nier, inventer quelque chose – n'importe quoi ! –, puis changer de sujet comme je l'ai si souvent fait avant… Mais en cet instant, pour la première fois, j'en suis incapable.

Pendant un moment, on reste comme ça, silencieux. Puis Dom reprend :

« Tu sais pourquoi j'ai failli refuser le rôle ? »

Je fais non de la tête.

« Quand, Kurt et moi, on a bossé ensemble sur *Intruder*, il y a des lustres, il a fait quelque chose de terrible. D'impardonnable. Il y avait une jeune actrice ravissante dans ce film. Je pense que tu sais de qui je parle. C'était le rôle qui allait lancer sa carrière ; mais à ce moment-là c'était encore une inconnue. Elle n'avait aucune influence, aucun pouvoir. Alors que crois-tu que Kurt a fait ? »

« Il lui a fait du chantage », murmuré-je.

« Parfaitement. Il l'a obligée à coucher avec lui avant de lui donner le rôle. C'était une jeune femme incroyable, qui avait un vrai talent. Et, un soir pas si différent de celui-ci, alors que Kurt était contrarié à propos de Dieu sait quoi, la

fille a craqué et m'a raconté ce qu'il lui avait fait. J'ai essayé de la convaincre d'en parler, mais à l'époque les choses étaient différentes. Il n'y avait pas encore eu l'affaire Weinstein, #metoo n'avait pas encore connu son heure de gloire. Kurt l'avait menacée, si elle en parlait à quelqu'un, de s'arranger pour qu'elle ne bosse plus jamais. Elle m'a fait promettre de garder le secret.

« Je me suis senti tellement coupable, toutes ces années, de ne pas avoir parlé en son nom. J'ai essayé de me convaincre que je faisais le bon choix en respectant son souhait ; mais je savais que c'était de la connerie. Parce que si tout le monde se taisait, il s'en tirerait toujours, encore et encore. »

Par-dessus l'épaule de Dom, je vois Freddie approcher et secoue la tête pour lui demander de rester à distance.

« Il y a des rumeurs, tu sais, des rumeurs comme quoi vous ne seriez pas les seules, toutes les deux. Mais Kurt est un vrai pro quand il s'agit de garder ses affaires secrètes, et il s'est assuré que toutes les personnes qu'il avait coincées étaient bien trop terrifiées pour le dénoncer. Mais il faut que ça change. »

Dom pose sa main sur la mienne. J'ose enfin le regarder dans les yeux.

« Tu n'as qu'un mot à dire et je me débrouille pour faire fuiter quelque chose de façon anonyme. Et tout pourrait s'écrouler. Il se fera étriper et tu pourras t'échapper. »

Je sens les larmes me piquer les yeux.

« Merci, Dom, dis-je. Mais je n'ai pas besoin que tu fasses ça. »

Il secoue la tête.

« Tu ne veux pas en finir avec toutes ces conneries ? »

J'avale ma salive.

« Il faut que je termine le film. »

« Comment tu peux rester avec ce connard ? Comment tu peux l'aimer ? »

« Je ne l'aime pas. »

Et le soulagement déferle en moi quand je réalise que c'est vrai.

« Plus maintenant. Mais je dois aller jusqu'au bout. Et pour la suite… j'ai un plan de secours. »

Il plonge les yeux dans les miens, baisse la voix.

« Si tu as besoin d'aide, n'importe quoi, je suis avec toi. Tu as ma parole. »

Et, tandis que le soleil se couche sous nos yeux, Dom me passe un bras autour des épaules, et je m'abandonne à son étreinte.

« Tous les deux, vous êtes trop mignons », lance Freddie, derrière nous.

Je me retourne et souris en voyant qu'il vient de nous prendre en photo. Sans réfléchir, je me penche, embrasse Dom sur la joue, Freddie prend une autre photo.

« On doit protéger notre amie ici présente, Freddie », lance Dom tandis que ce dernier distribue les bières.

Il me jette un bref regard, et j'essaie de sourire.

« Oh, je ne m'en ferais pas trop pour celle-là, répond Freddie en m'ébouriffant affectueusement les cheveux. Elle a peut-être l'air d'une fleur délicate, mais Lila Crayne est la femme la plus forte que je connaisse. »

Le soleil disparaît tout là-bas à l'horizon ; et, alors même que je devrais me sentir réconfortée par leur soutien, je ne peux pourtant m'empêcher d'hésiter. Freddie m'aime, je le

sais ; mais il n'a aucune conscience des sombres horreurs de ma vie. Et, pour autant que je veuille lui faire confiance, ce serait insensé de prendre ce risque. Et, même si Dom promet de m'aider, je ne suis pas certaine de pouvoir lui faire confiance, à lui non plus. Il fait de grands discours mais, à l'époque du tournage d'*Intruder*, il a choisi la solution de facilité. Et il a quand même accepté de rebosser avec Kurt, non ?

Mon seul réconfort, vraiment, c'est de savoir en secret que j'ai quelqu'un à qui je peux faire confiance sans hésiter, un homme qui signifie plus pour moi qu'il ne le sait lui-même. Je vous ai, vous.

V

Crépuscule. La silhouette de la ville se détachait en ombres chinoises sur fond de ciel, les rues étaient noyées dans la lumière écarlate de la fin de journée.

On était jeudi, c'était l'happy hour, le moment où, pour quelques précieuses heures encore, le quartier de Chelsea ralentissait le rythme et se détendait, devenait un village à part entière. En hauteur, une flore verdoyante débordait des rails en acier de la High Line, d'énormes grappes de renouée ornementale, de lys blackberry, de vinaigrier pendaient dans le vide, semblables à de longues chevelures de troll illuminées, embrasées contre le rougeoiement patiné du ciel. Et en dessous, s'étirant sur quelques pâtés de maisons dans les rues à l'ouest de Broadway, les galeries de Chelsea ouvraient leurs portes, offrant des gobelets de chardonnay bien frais pour attirer le public à l'intérieur. Des piétons épars flânaient le long des rues assombries, déambulant d'une galerie à l'autre. Ici, contrairement au reste de la ville, les inconnus se rencontraient, échangeaient, même ; et, le vin aidant, le temps semblait s'étirer, prendre plus d'importance, d'une certaine façon. Et on aurait pu croire, ne serait-ce qu'une ou deux petites heures, qu'il n'y avait rien de plus essentiel, de plus sacré que l'art.

Tandis que Jonah et Maggie déambulaient dans une de ces rues, ils aperçurent leur destination : un espace cubique blanc et brillant tout au bout du pâté de maisons. Devant, un début de foule commençait déjà à se former. Aux côtés de Jonah, Maggie se raidit, elle se redressa, dans l'expectative.

Il se tourna vers elle.

— Tu te sens comment ?

Elle s'humecta les lèvres et les frotta l'une contre l'autre, concentrée sur ce qui l'attendait.

— Je me sens bien.

Elle hocha la tête comme pour s'en convaincre.

Jonah lui prit la main, l'embrassa, et elle étrécit les yeux à son contact.

— Je suis fier de toi, Mags, dit-il. Profite de cette soirée. Tu le mérites.

Elle hésita un instant, puis ravala sa réponse.

— De quoi j'ai l'air ? demanda-t-elle à la place.

Jonah l'observa de pied en cap : le bandeau rouge sang voluptueusement enroulé autour de sa poitrine, la jupe taille haute assortie, les talons fins, les boucles d'oreilles qui étincelaient dans ses cheveux bouclés, la bouche comme une plaie vive et audacieuse.

— Tu es parfaite, dit-il. J'ai de la chance.

Mais apparemment il n'avait pas dit ce qu'il fallait. Maggie haussa un sourcil, ne dit rien.

Il essaya à nouveau :

— Merci de m'avoir laissé te servir de cavalier ce soir. Je suis si content d'être là avec toi.

Bien entendu, le fait qu'elle ait pratiquement failli refuser n'était pas exactement surprenant. Il avait dû faire beaucoup

d'efforts pour convaincre Maggie de le laisser être là pour elle durant cette soirée si importante.

Ce soir, c'était l'inauguration officielle de la nouvelle galerie ExE, et Maggie avait été sélectionnée pour être une des artistes exposés. ExE était le projet passion de deux anciennes camarades d'université de Maggie à Yale, deux jumelles absolument identiques, Emmy et Elle. Ces deux jeunes femmes, nées et élevées à Manhattan, étaient magnifiques et d'une minceur extrême, elles venaient d'un milieu très aisé et occupaient une place de choix dans le paysage mondain ; et, même si Maggie avait confié à Jonah qu'elles n'avaient aucun talent artistique, elles s'étaient sans aucun doute rattrapées en matière de goût. Leur diplôme en poche, elles avaient promptement opté pour une carrière de conservatrice, comme si se lancer dans une vie d'artiste fauché n'avait jamais été à l'ordre du jour. Elles avaient déjà toutes deux gravi les échelons, chez Christie's et Sotheby's, respectivement. En privé, elles avaient commencé à collectionner des œuvres de jeunes artistes prometteurs.

Et maintenant, avec ExE, les jumelles effectuaient leur première incursion dans le domaine public. Un an plus tôt, elles avaient acheté un espace d'entrepôt vide dans le quartier des galeries et avaient investi de l'argent dans une restructuration raffinée qui les avait fait connaître. En novembre dernier, les jumelles avaient invité Maggie à boire un verre et lui avaient demandé d'être une des cinq artistes exposés pour l'inauguration de la galerie. Même si ça n'était pas les débuts dont elle avait rêvé – Mags avait peur que la réputation de mondaines d'Emmy et d'Elle les précède et que la galerie ne soit pas prise au sérieux par ceux qui comptaient –, Jonah

l'avait convaincue d'accepter. L'inauguration d'ExE allait sans le moindre doute faire beaucoup de bruit, avait-il souligné, et les retours du public ne pourraient qu'être favorables à sa carrière. De plus, la qualité de son travail parlerait d'elle-même.

Durant les semaines précédant l'inauguration, la galerie avait davantage fait le buzz qu'ils ne l'avaient prévu. La rumeur courait qu'un certain nombre de poids lourds de l'industrie seraient présents, et, à peine les invitations envoyées, la liste de confirmation des présences avait été pleine à craquer. Ça allait être un grand moment.

Alors, ce matin-là, quand Maggie avait annoncé qu'elle voulait y aller seule, Jonah, sans être surpris, avait été plus qu'un peu déstabilisé.

— Mags, avait-il dit. Arrête. Je sais que les choses ont été un peu compliquées dernièrement…

— Un peu *compliquées* ? avait-elle répété. En ce qui me concerne, les fiançailles sont annulées tant que tu ne sauras pas exactement ce que tu veux. En fait, avait-elle ajouté en retirant la bague de son doigt, c'est idiot de ma part de la porter en ce moment. Ça ne signifie rien.

— Ne dis pas ça, avait répondu Jonah en lui prenant la main. Bien sûr, que ça signifie quelque chose. Je veux que tu la portes.

Doucement, elle s'était libérée de son étreinte.

— Je la porterai quand tu me choisiras pour de bon. Mais, Jonah, ça n'est pas encore arrivé.

Elle avait posé la bague au creux de sa paume.

— Maggie, s'il te plaît.

Il lui avait touché l'épaule.

— Je suis ici, non ? Je suis avec toi parce que je l'ai choisi.

Elle avait hésité, s'était tue.

— Qu'est-ce que tu dis ?

— Je dis que je suis désolé.

Jonah avait fermé les yeux.

— C'est seulement une patiente, Mags, rien de plus. Je sais que je dois régler ça, et je vais le faire. Elle est juste dans une situation difficile.

Maggie s'était moquée.

— Je suis sérieux. C'est affreux. Tu sais que je t'en parlerais si je le pouvais. Elle est en crise, c'est pour ça qu'elle est venue ici l'autre soir, et je ne peux pas l'abandonner maintenant.

— Tu n'as pas à être le sauveur de chaque femme, Jonah, avait dit Maggie. Toutes les femmes ne sont pas ta mère.

— Je le sais, oui, avait-il répondu rapidement. Il faut juste que je l'aide à traverser les quelques semaines à venir, et ensuite je lui recommanderai de continuer avec quelqu'un d'autre. Lee, peut-être, ou Kenneth. Je sais en toute bonne conscience que je ne peux pas continuer avec elle. Et je ne le veux pas, avait-il ajouté en voyant sa réaction.

« J'ai juste besoin que tu me soutiennes quelques semaines de plus. Et ensuite tout ça sera terminé et on pourra passer à la vie qu'on est en train de se construire ensemble. Je t'ai choisie, Mags, d'accord ? Je t'aime.

— Tout ça ne me plaît pas, avait dit Maggie à voix basse.

Elle l'avait néanmoins laissé remettre la bague à son doigt.

— Maggie, chérie !

Elle ouvrit les bras en grand tandis qu'ils montaient les marches menant à l'entrée. Ou était-ce Emmy ? Il ne parvenait

jamais vraiment à savoir. Qui qu'elle soit, elle portait ce qui ressemblait à une bâche jaune géante qui aurait facilement pu contenir les deux sœurs, et des bracelets empilés tout le long de son bras maigrichon. Ils cognèrent bruyamment les uns contre les autres tandis qu'elle enveloppait Maggie dans une étreinte osseuse.

— Il y a déjà quelques journalistes qui circulent, alors fais gaffe. Tu connais la chanson, OK ?

Elle sourit avec coquetterie à Jonah.

— Et, bon sang, on a du beau monde, ce soir. Le *New Yorker* a confirmé sa présence, tout comme le *New York Mag*. Le *Wall Street Journal*, pas sûr. Pas de nouvelles du *Times*, mais on croise les doigts ! Tiens.

Elle pianota sur son téléphone.

— Je viens de te faire suivre la liste avec une page d'accueil, comme ça, tu as tous les détails.

— Oh, Em, tu es toujours tellement au top ! dit Maggie. (Emmy, donc.) Cet endroit est somptueux.

— Jonah, laissez-moi vous débarrasser de votre manteau. On est en été, pour l'amour de Dieu ! Pas besoin de vous encombrer avec ça sur les photos.

Elle prit la veste qu'il avait sur le bras et la lança négligemment au stagiaire qui se tenait derrière elle.

— Et regardez !

Elle attrapa Maggie par le coude et l'attira jusque dans la salle principale.

— Devinez qui on a décidé d'exposer !

Jonah retint son souffle. Là, au premier plan, se trouvait le travail de Maggie. Il connaissait ce tableau, le connaissait bien ; c'était le portrait de lui-même que Maggie avait

commencé le soir de leur rencontre. Et, même s'il savait que le tableau était exceptionnel, peut-être même son meilleur, le simple fait de le regarder l'emplissait d'effroi.

Il s'agissait d'un paysage surdimensionné, trois mètres soixante de long, un mélange compact de peinture à l'huile et d'acrylique. Le sujet était abstrait, laissé à l'interprétation du spectateur ; mais Jonah savait que le tableau s'inspirait largement de la photo encadrée qui se trouvait dans son bureau, la photo sombre et floue de lui-même à un bal masqué de Princeton.

Sur la toile, les couleurs vives choisies par Maggie contrastaient résolument les unes avec les autres pour dessiner les lignes imprécises de la silhouette de Jonah. Contours nets du masque ; bras à demi tendu ; chevelure ondulée ; et col serré autour du cou. Le tableau semblait empli de mouvement, les taches de couleur se déplaçaient et palpitaient de vie. Mais, en dépit de cette nébuleuse colorée, l'attention semblait attirée vers le point le plus lumineux du tableau, à environ un tiers du bord gauche : un tourbillon aveuglant, une silhouette de lumière d'un blanc doré. Mags avait utilisé le trompe-l'œil pour donner l'illusion que la partie la plus à droite du tableau, où se trouvait son interprétation de Jonah – une couche rouge sang épaisse et saturée – était la plus proche du spectateur ; tandis que la plus éloignée était ce point de mire doré et éblouissant vers lequel l'image de Jonah se tournait irrésistiblement.

Il était en train de relire *Le Dernier Nabab*, le dernier roman inachevé de Fitzgerald, lorsqu'elle avait peint le tableau, et, encadrant la peinture de minuscules pattes de mouche délicates, il retrouvait à présent le passage qu'il lui

avait lu à haute voix pendant qu'elle travaillait, et qui avait finalement inspiré le titre du tableau :

Il s'était envolé très haut pour voir, sur ses ailes puissantes, le temps où il était jeune. Et tandis qu'il était là-haut, il avait contemplé tous les royaumes, avec cette sorte d'yeux qui peuvent regarder le soleil en face. Battant des ailes obstinément, et finalement avec frénésie et continuant à battre, il était resté là-haut plus longtemps que la plupart d'entre nous, et puis, se rappelant tout ce qu'il avait vu de son altitude sur le comment des choses, il était descendu peu à peu sur terre.

Le titre : *Icare.*

— Oh, Em, dit Maggie, les yeux brillants. Je n'arrive pas à y croire.

— Eh bien, commence à le faire, répondit celle-ci sur un ton malicieux. Tu le mérites. Ce tableau est un putain de chef-d'œuvre. N'est-ce pas, Jonah ?

— Un chef-d'œuvre, tout à fait, répondit-il. Je trouve que c'est le plus envoûtant de toute son œuvre.

Il sentit que Maggie l'observait et se tourna vers elle. Elle le regardait attentivement, comme si elle venait de reconnaître en lui quelqu'un qu'elle avait connu longtemps avant.

On entendit une clameur soudaine derrière eux, un claquement précipité de talons sur le béton, puis un tumulte de voix qui résonnaient, un cliquetis d'appareils photo.

— Emmy !

Elle apparut, essayant de faire preuve de discrétion tout en appelant sa jumelle avec des gestes affolés.

— Le devoir m'appelle ! dit Emmy avec un clin d'œil. Je vous rattrape dans un moment. Bonne déambulation !

— Quelqu'un d'important a dû arriver, murmura Maggie en revenant à son tableau, le regard nerveux.

Jonah s'esclaffa.

— Qui pourrait être plus important que l'artiste de la soirée ? Mon Dieu, ces deux-là sont une caricature d'elles-mêmes.

Il effleura la bande de peau nue dans son dos.

Elle recula instinctivement.

— Elles me font une énorme faveur, dit-elle. Et elles veulent bien faire. J'aimerais que tu ne sois pas aussi condescendant. Elles ont clairement fait un boulot incroyable.

— Je suis désolé, répondit-il. Je voulais juste dire… On se moquait toujours d'elles, tous les deux.

— Eh bien, peut-être qu'on avait tort.

Elle ferma les yeux.

— S'il te plaît, est-ce que tu pourrais simplement te réjouir pour moi, ce soir ? Est-ce que tu pourrais considérer ça comme quelque chose d'important, au lieu de tout tourner en dérision ?

— Tu as raison, dit-il. Bien sûr que tu as raison. On dirait qu'elles ont fait du bon boulot avec la liste des industriels…

— Oh, arrête ça, Jonah.

Elle s'écarta.

— Mags…

— Stop… laisse-moi profiter de cette soirée. D'accord ?

Il fit oui de la tête, encore perturbé, mais prit sa main dans la sienne.

— Viens. Allons voir le reste de ton travail.

Mais, juste au moment où ils allaient avancer, la clameur se transforma en vacarme assourdissant tandis qu'un flot

de personnes pénétrait dans la pièce où ils se trouvaient. Masse de corps en mouvement – les voix carillonnantes d'Emmy et d'Elle s'en détachant – et, à la périphérie, les flashs crépitèrent.

— Que se passe-t-il ? demanda Jonah.

Et soudain la foule s'écarta, un jour se fit, et Jonah retint son souffle.

Lila.

— Maggie ! cria-t-elle.

Incapable de respirer, Jonah la regarda s'avancer vers sa fiancée interloquée et la prendre dans ses bras. Elle ne jeta même pas un coup d'œil de son côté, ne parut même pas remarquer sa présence tandis qu'elle laissait retomber ses mains et murmurait quelque chose à l'oreille de Maggie. Jonah observait la scène, le cœur battant à tout rompre, et il vit le visage de Maggie passer de l'indignation à la perplexité, jusqu'à – était-ce possible ? – afficher à contrecœur un sourire rougissant. Mais, en dépit de tous ses efforts pour entendre leur échange, l'acoustique de la pièce, qui amplifiait les sons, noyait leur conversation.

Effluves de parfum audacieux.

— Un ami de l'artiste ?

Jonah se retourna et découvrit Freddie James, le menton légèrement levé avec désinvolture, qui regardait froidement les deux femmes au centre de la pièce. Autour d'eux, remarqua Jonah, hommes et femmes observaient Freddie, dans l'espoir insensé de capter un peu de son insaisissable aura.

Jonah s'éclaircit la gorge.

— C'est ma fiancée, à vrai dire.

Freddie le parcourut du regard de haut en bas avec une dose de scepticisme insolent, et haussa finalement les sourcils en signe d'approbation.

— Sacré veinard.

Il lui décocha un sourire complice avant d'ajouter :

— Je suis totalement ignare en matière d'art ; ma belle cavalière là-bas a pratiquement dû me traîner jusqu'ici. Elle n'arrêtait pas de parler du travail de votre fiancée.

Sourire désabusé.

— Et, quand Lila s'implique dans quelque chose, Dieu sait qu'elle aime que ça se sache.

Jonah se retourna vers les deux femmes, toujours en grande conversation muette. Devant les appareils photo qui mitraillaient, Lila désignait le tableau de la main, le visage rayonnant d'admiration, et le sourire de Maggie ne cessait de s'élargir.

— Tout ça est très… spectaculaire. N'est-ce pas.

Jonah pivota.

— Quoi ?

Mais Freddie se contenta de pencher la tête en souriant.

— Le tableau ?

— Oh, oui. J'imagine.

Il se demanda alors ce que Lila avait raconté à Freddie. L'acteur était-il au courant de son existence, et le taquinait-il ? Ou Jonah était-il simplement parano ?

Et puis, si brièvement qu'il faillit ne pas le voir, Lila jeta un coup d'œil à Freddie et hocha la tête sans que jamais son regard ne se pose sur Jonah. C'était comme s'il n'existait pas.

— C'est le signal.

Freddie leva son verre et lui lança une œillade.

— À l'heureux couple.

Il termina son vin en une seule gorgée, et lui fit un petit salut enjoué avant de se fondre parmi ses admirateurs pour rejoindre Lila. Celle-ci salua Maggie une dernière fois, et Freddie l'entraîna plus loin dans la galerie ; dans leur sillage, l'équipe chargée de leur sécurité et les photographes tenaces.

La foule commença à se disperser. Jonah s'approcha de Maggie, en se rappelant de respirer.

— Maggie ! Espèce de petite garce ! Tu ne m'avais pas dit que tu connaissais Lila Crayne ! s'exclama Elle avec un sourire taquin.

Oui, c'est Elle, se fit-il la remarque. Les jumelles portaient toutes les deux des sacs-poubelle jaunes assortis, mais Elle avait opté pour des bottines en cuir, et Emmy, pour des escarpins.

— Je ne la connais pas, répondit Maggie, abasourdie.

Petit regard vers Jonah.

— Je veux dire, à peine.

— Très bien, alors qui les a invités, Freddie James et elle ? Je suis *obsédée* par ces deux-là.

— Elle, chérie ! cria quelqu'un.

Elle se retourna vers Maggie.

— Viens avec moi, mon chou. Tu as une foule d'admirateurs qui meurent d'envie de te voir. Il est grand temps de faire les présentations, non ?

Elle sourit d'un air malicieux et commença à l'entraîner plus loin. Mags, toujours abasourdie, jeta un regard indéchiffrable à Jonah avant de disparaître.

Qu'est-ce que Lila fabriquait, à se montrer ici ? Après lui avoir envoyé son journal hier, elle lui avait fait savoir

par texto qu'elle allait bientôt le contacter avec la solution pour leur prochaine séance secrète. Et ensuite, plus rien. Alors à quoi rimait cette rencontre fortuite ? Une façon de l'appâter, ou pire : de blesser Maggie ? Lila était-elle en train de pousser leur relation jusqu'à son point de rupture ?

— C'est saisissant, vous ne trouvez pas ?

Il sursauta au son de sa voix, l'ayant tout juste vue partir. Il se tourna vers elle, la regarda. Elle portait une chemise d'homme à boutons dont elle avait retourné les poignets sur une jupe en cuir moulante, et avait les doigts couverts de bagues en or. Cette Lila – cheveux lissés en arrière, yeux soulignés de rimmel –, ce n'était pas la Lila à laquelle il s'était habitué. Cette Lila avait un air branché, presque androgyne.

— Il renferme quelque chose de tellement insondable, ajouta-t-elle en étudiant le tableau. J'ai dit à Maggie que j'allais peut-être l'acheter.

Puis elle se tourna vers lui en souriant.

— Qu'est-ce que vous en pensez ?

Il jeta un regard dans la pièce.

— Que faites-vous ici ? murmura-t-il.

Elle battit des cils.

— Je suis ici pour encourager Maggie, répondit-elle. Je me suis sentie très mal de m'être imposée chez vous la semaine dernière. Je voulais me rattraper auprès d'elle, attirer l'attention sur son travail.

Elle haussa les épaules.

— C'est une des rares choses que la célébrité permet de faire, se rendre utile. Elle a semblé apprécier.

Bien entendu. Lila se montrait simplement attentionnée. Pourquoi en tirait-il des conclusions aussi irrationnelles, aussi démentes ?

Lila regarda rapidement Freddie, qui endurait le bavardage de groupie d'Emmy à quelques pas de là.

— Il faut que j'y aille, il ne faudrait pas qu'on nous voie ensemble. Mais je voulais que vous sachiez que je me suis trouvé un point de chute, un petit pied-à-terre. Vous pouvez me retrouver là-bas vendredi soir prochain à 8 heures ?

— Vendredi prochain ?

Il avait la tête qui tournait, il essayait de réfléchir. Lila regarda à nouveau Freddie, qui croisa son regard, leva un sourcil interrogateur.

— Je pense que oui. Mais comment est-ce que je vais... ?

Lila se mordit la lèvre, sourit.

— Vérifiez votre manteau.

Sur ce, elle s'approcha de Freddie, l'embrassa sur la joue. Ensemble, ils contournèrent la cloison de séparation ; et elle disparut.

Deux heures plus tard, ils faisaient leurs derniers adieux. Mags avait été la star de la soirée ; tous ceux qu'ils avaient rencontrés s'étaient répandus en compliments sur son travail. Ils se frayèrent un chemin parmi les derniers invités et sortirent dans la nuit d'été, un peu éméchés à cause du vin à volonté.

Il avait eu le sentiment de n'avoir pas d'autre choix que de boire toute la soirée ; et malgré cela Jonah s'était senti nerveux, distrait. Il était resté en marge des conversations, débitant des banalités quand c'était nécessaire, essayant d'être

un bon partenaire durant cette soirée des plus importantes. Et pourtant il n'avait pu arrêter de penser à Lila.

L'agacement de Maggie, cela dit, s'était envolé depuis longtemps. Tandis qu'ils regagnaient la maison dans le West Village, elle bâilla et s'étira de tout son long.

— Oh, c'était la meilleure soirée depuis longtemps, lança-t-elle, rayonnante. Ça n'aurait pas pu mieux se passer, tu ne crois pas ?

— Tout le monde t'a adorée. Je n'en revenais pas, de voir une telle affluence.

Il hésita.

— C'était attentionné de la part de Lila de venir t'apporter son soutien.

Elle tressaillit en entendant le nom de cette dernière.

— Les tableaux se seraient vendus de toute façon.

Elle secoua la tête.

— Mon travail parle par lui-même, Jonah. Avec ou sans la bénédiction de Lila Crayne.

— Tu as raison, dit-il. Tu as mérité chaque seconde de ton succès ce soir.

Elle acquiesça, apparemment calmée, et prit le manteau de Jonah sur son bras pour se le mettre sur les épaules. Jonah sentit son cœur s'emballer, il n'avait pas encore eu le temps de vérifier ses poches pour découvrir ce que Lila y avait laissé. Mais il ravala son inquiétude et aida Maggie à enfiler les manches, avant de l'embrasser sur la tempe.

— Tu étais incroyable. Et magnifique. Je n'ai pas pu te quitter des yeux de la soirée.

Elle sourit, on aurait dit une petite fille dans la veste de Jonah, avec ses cheveux dans la figure.

— Je suis plutôt sexy, là, non ?

— Tu l'es, répondit-il en sentant le désir monter en lui. Quelque chose s'éveilla en lui, quelque chose qui ne s'expliquait ni par le faste de la soirée ni par l'éclat triomphant des lèvres carmin de Maggie… Et tout à coup il comprit. C'était la peur soudaine de leur séparation qui planait au-dessus d'eux, le fait de savoir qu'il pourrait bientôt la perdre. C'était déjà en train d'arriver : l'air prenait place entre leurs mains, le trottoir sombre entre eux se distendait… Et au loin, toujours, l'image floue de la ville qui leur faisait signe, attirante. Et pourtant, en cet instant, Jonah aurait voulu tout arrêter, tout figer, tels qu'ils étaient. En cet instant précis, il sentit, de façon perverse, qu'il en aimait encore davantage Maggie.

Il lui prit la main, l'entraîna dans un coin, et Maggie poussa un cri de surprise.

— Je crois qu'on devrait fêter ça, dit-il, le souffle court. Tu n'es pas d'accord ?

Elle gloussa nerveusement mais se laissa embarquer dans une allée privée. Ils étaient à peine cachés par un mur couvert de lierre ; il suffisait à n'importe quel passant de jeter un coup d'œil derrière le mur pour les découvrir.

— Jo, murmura Maggie, et il lui plaqua les cheveux en arrière, mordit à pleines dents le fruit charnu de son oreille.

Elle gémit doucement et il pensa *Oh, Mags, qu'est-ce que je fabrique ? Qu'est-ce que j'ai fait ?* En cet instant précis, il ne voulait qu'une chose, ne faire qu'un à nouveau avec elle, retrouver ce qu'ils étaient avant. En cet instant précis, il aurait voulu que Lila ne soit jamais entrée dans sa vie.

Il la souleva contre le mur, et elle noua les jambes autour de sa taille, tâtonna sur le bouton de sa braguette. Elle inspira

quand la main de Jonah se posa sur sa gorge, appuyant sur les délicates cordes vocales. Et, quand il la pénétra, Jonah eut la sensation que rien d'autre n'existait, que rien d'autre n'existerait jamais, si seulement ils pouvaient rester soudés, profondément enfouis l'un dans l'autre pour toujours. Si seulement ils étaient seuls au monde, et que rien ne puisse se mettre entre eux.

Quelque chose le ramena à la surface avec une acuité soudaine, une douleur vive comme une piqûre d'épingle juste sous la hanche. Il tressaillit, et de nouveau la même douleur. Les doigts de Maggie, inconsciente de ce qui se passait, vagabondaient dans ses cheveux, il sentait la chaleur de sa bouche contre son cou. Sans la lâcher, il tenta de découvrir la source du problème. Ses doigts atterrirent sur sa veste, il suivit le bord de la poche extérieure. Il glissa la main dedans, palpa le morceau de métal, réchauffé par le corps de Maggie, sa forme irrégulière sur laquelle on ne pouvait se méprendre.

Une clé.

Journal de thérapie de Lila

Pour Jonah Gabriel

Entrée 3
27 juillet

Cher journal,

Je veux d'abord commencer par m'excuser. Jonah, je me suis mis la rate au court-bouillon à propos de notre malentendu hier soir à la galerie. Bien sûr, je réalise à présent à quoi mon comportement devait ressembler : au mieux, insensible, au pire… mensonger ? J'ai remarqué que Maggie était un peu froide au départ, j'espère que je ne l'ai pas offensée par inadvertance. Je ne la connais pas, évidemment, mais le peu que je connais d'elle me plaît beaucoup. Avec votre bénédiction, je voudrais continuer à soutenir Maggie en achetant *Icare*. Cela serait-il correct ? S'il y a une chose de vraie, Jonah, c'est celle-ci : même si la façon dont je m'y prends peut sembler terriblement désordonnée, mes motivations ont toujours été pures.

Un scoop, maintenant : mon fiancé a disparu.

Il a déjà fait ça. Quand Kurt se met vraiment en colère, il se volatilise. Non seulement ce comportement est un

élément déclencheur, mais Kurt sait qu'en ce moment précis sa disparition est exactement ce qui va me faire le plus mal. Voyez-vous, Jonah, le film ne peut pas continuer sans lui (j'y reviendrai plus tard) ; et donc, jusqu'à ce qu'il réapparaisse, la production est complètement à l'arrêt, et à chaque minute qui passe on perd l'argent dont nous ne disposons même pas. Kurt met délibérément *Tendre* en danger.

Cela fait quarante heures à présent qu'il a quitté le plateau, et toujours aucune nouvelle. Alors je m'adresse à la seule personne au monde qui connaît toute la vérité sur l'imbroglio dans lequel je me trouve, la seule personne qui ait assez de pouvoir sur Kurt Royall pour le persuader de revenir.

Je m'adresse à mère.

Plan serré sur mère en pantoufles, peignoir et masque de boue à la porte de son appartement de l'Upper East Side. Je sors de l'ascenseur à l'ancienne ; derrière moi, l'opérateur referme la grille en cuivre, et l'engin entame sa descente dans un bruit de ferraille. Mère tient son téléphone éloigné du plâtras visqueux qui lui recouvre le visage et, même d'où je suis, j'entends les hurlements à l'autre bout du fil.

« Ça te dérangerait de me dire ce qui s'est passé, bon sang ? » me demande-t-elle, faussement attentionnée.

Je montre le téléphone et pose un doigt sur mes lèvres, mais elle balaie mes inquiétudes d'un geste.

« Chérie, voyons, on est en mode muet. »

N'empêche, je parle à voix basse. (Connaissant l'incompétence de mère en matière de technologie, on n'est jamais trop prudent.)

« Qui est au bout du fil ? »

« C'est Bobby Starr et toute l'équipe d'Olympus, qui agitent leur micropénis de colère, répond-elle. Ils se sont engueulés avec tous les investisseurs russes de *Tendre*, qui tombent comme des mouches depuis vingt-quatre heures. Olympus vient de le faire savoir officiellement : ils menacent de couper totalement les ponts avec *Tendre*. »

Ça n'a rien de surprenant, et malgré tout mon estomac se noue. Olympus (la grande fraternité du cinéma, entièrement composée d'hommes sexistes et conservateurs) n'avait même pas sourcillé avant de rejeter l'idée de produire une adaptation féministe de *Tendre*. Kurt avait dû mobiliser sa propre équipe d'investisseurs privés en direct de Russie, qui tous auraient sacrifié leur premier-né masculin pour être associés à un film de Kurt Royall. Une fois le financement acquis, après un peu trop de whisky, de cigares et autres stimulants qu'on ne peut nommer, Olympus avait accepté de signer en tant que distributeur – jusqu'au montage final. Mais à présent, avec le départ inexpliqué de Kurt, tous nos investisseurs refusent d'envoyer les derniers versements tant qu'il n'a pas réapparu. Si leur financement s'arrête, le film restera inachevé, et Olympus laissera tomber la distribution. En d'autres termes : sans Kurt, *Tendre* se casse la figure.

« Entre, entre. Tu arrives juste à temps pour le grand final : l'engueulade théâtrale à la Starr. Bon sang, comment je mets ce truc sur haut-parleur ? »

«… avec les représentants de Kurt, mais soit ils dissimulent des informations, soit ils n'ont pas de nouvelles de lui non plus. Comme tout le monde ici en a douloureusement conscience, le

film a déjà pris du retard sur le planning et dépassé le budget de deux millions ; et maintenant, à cause de la mystérieuse absence de Kurt, la production a perdu deux jours et demi de plus, et ce n'est pas fini. Olympus s'est montré particulièrement patient face à l'amateurisme du projet, mais nous ne tolérerons pas ce comportement plus longtemps. Nous avons dit aux représentants de Kurt que, sans nouvelles de lui avant la fin de la journée, on arrête les frais et on met fin à l'accord. Donc, si l'un d'entre vous a la moindre idée de l'endroit où se trouve Kurt Royall – si vous avez des liens particuliers, des faveurs à demander –, je suggère que vous le fassiez dès maintenant. »

« Mon Dieu ! »

Mère met fin à l'appel et glisse son téléphone dans sa poche.

« Tu veux un verre ? » s'écrie-t-elle, s'approchant du bar en traînant les pieds.

« Il est 10 heures du matin. »

Elle me lance un regard entendu.

« Et depuis quand ça nous a déjà arrêtées, toutes les deux ? »

Je hausse les épaules.

« Tu bois quoi ? »

« Oh, aie un peu confiance en ta mère. »

Elle contourne le bar à la Ginger Rogers, en faisant voler son peignoir derrière elle, et entreprend de mettre des glaçons dans un shaker à cocktails. Elle sourit, on voit ses dents, et la boue sur son visage commence à se craqueler.

« Est-ce que je t'ai déjà induite en erreur ? »

Mère mélange et secoue quelque chose de fort et d'astringent – et, je dois l'admettre, c'est exactement ce qu'il me faut. On s'assied l'une en face de l'autre sur des canapés rembourrés,

devant les larges baies vitrées qui surplombent la Cinquième Avenue et les bosquets d'arbres au-delà.

« Alors, dit mère. Tu veux me raconter comment tu as tout fait foirer ? »

Je regarde mon verre, me calme.

« Il sait que je l'ai écrit, mère. »

Elle ne bouge plus.

« J'ai essayé de mon mieux de continuer à faire semblant – j'ai vraiment essayé. Mais ça devenait tellement évident. Honnêtement, à l'heure qu'il est, tout le monde est probablement au courant. Embaucher Rupert n'était pas une bonne idée. J'ai cru qu'il serait convaincant dans le rôle du jeune écrivain ambitieux, mais il était trop mou. Il n'avait aucune idée de la façon de tenir tête à Kurt, même quand je lui mettais littéralement les mots dans la bouche. »

« J'attends toujours la chute, dit mère en s'adossant au canapé, les bras écartés. Ainsi donc il a découvert que tu étais l'écrivain fantôme. C'est toujours un putain de bon script. Un petit mensonge ne devrait pas lui ôter l'envie de le diriger. »

« Mais il s'agit de *mon* script, mère, dis-je. C'est pour ça que j'ai dû inventer ce stratagème au départ. Pour Kurt, je n'ai jamais été autre chose que la gentille Lila sans défense. C'est comme ça qu'il m'a vue dès le début, et c'est comme ça qu'il veut continuer à me voir. »

(Jonah, je ne peux vous dire combien de fois j'aurais voulu invoquer cette réplique d'Eleanor dans *L'Envers du Paradis* : *Pourri, vieux monde pourri, et la chose la plus misérable de toutes, c'est moi – oh,* pourquoi *suis-je une fille ?*)

« L'ego de Kurt n'admettrait jamais la possibilité que je sois capable de créer quelque chose d'intelligent et de puissant, quelque chose qui change la donne. Aussi je savais que le seul écrivain qui pourrait l'enthousiasmer en lui proposant une adaptation féministe était quelqu'un de jeune, sans personnalité et *mâle*, qu'il pourrait tyranniser sous prétexte de mentorat. Si Kurt avait su que j'avais écrit *Tendre*, il ne serait jamais intervenu en faveur du scénario. Le film n'aurait jamais vu le jour. »

(Jonah, là encore, je dois m'excuser. De tous les gens à qui j'ai caché ce secret, c'est avec vous que j'ai le plus honte de ne pas avoir été honnête. Mais, vous voyez, je désespérais tellement d'aller jusqu'au bout du film, j'avais le sentiment de ne pas pouvoir prendre le risque d'en parler à qui que ce soit, y compris vous. Bien entendu, maintenant, je sais que j'aurais dû être honnête avec vous dès le départ. Alors si vous voulez bien m'excuser, s'il vous plaît, permettez-moi de corriger mon erreur et de vous raconter toute la vérité.

Il y a quelques années, un jeune étudiant en cinéma nommé Rupert Bradshaw a vu *Waiting Game* pour la première fois de sa vie et, pour citer ses mots exacts, « le film a totalement bouleversé son univers de celluloïd ». Il avait écrit une lettre admirative à Kurt, glissé son scénario affreusement mauvais dans l'enveloppe, en lui annonçant qu'ils étaient destinés à collaborer un jour. Bien entendu, Kurt n'avait jamais ouvert la lettre de Rupert, mais moi, si. Rien de bien nouveau : Kurt savait qu'il m'arrivait souvent d'ouvrir le courrier que lui envoyaient ses admirateurs et de répondre personnellement à un gentil garçon impressionnable qui avait besoin

d'un peu d'encouragements. Mais, cette fois, en lisant la missive de Rupert, j'avais eu une idée.

Je l'avais contacté et lui avais demandé si nous pouvions nous rencontrer. Et, devant un café, je lui avais expliqué la leçon importante que j'avais apprise à mes dépens : souvent, l'étape la plus difficile pour faire carrière à Hollywood, c'est de trouver une façon de s'introduire dans le milieu. Je lui avais suggéré de laisser tomber ses rêves chevaleresques – pour le moment – et de se concentrer à la place sur le moyen de trouver sa porte d'entrée. Et ensuite, un accord de confidentialité dans une main et une somme d'argent extrêmement généreuse dans l'autre, j'avais offert à Rupert le boulot qui non seulement lui ouvrirait les portes, mais aussi lancerait sa carrière et lui fournirait le tremplin dont il avait besoin pour que le travail qui lui tenait à cœur obtienne le feu vert. Il avait accepté sur-le-champ.)

D'un grand geste, mère prélève un peu de boue sur sa joue et porte son doigt à sa bouche.

« Salé. »

« Si ça se trouve, ça n'est même pas comestible… ? »

« Il y a quelque chose que je ne comprends pas. »

Elle touille son cocktail de son doigt crotté, les glaçons s'entrechoquent comme des molaires.

« Tu es une si bonne actrice. Pourquoi l'as-tu laissé tout découvrir ? »

« Je ne pouvais plus supporter l'humiliation. J'ai craqué. Sur le coup, mon ego a pris le pas sur le reste. »

(Et vous Jonah, qu'en pensez-vous ? Peut-être que dans le fond je veux vraiment que le monde sache que Lila Crayne – actrice et femme ! – est réellement capable d'écrire. J'en ai

marre que ce soit toujours les hommes qui soient reconnus. Peut-être que Zelda a ressenti la même chose quand elle a appris que Fitzgerald lui avait volé ses propres mots à la naissance de leur fille et s'était attribué le mérite de la fameuse réplique de Daisy : *J'espère qu'elle sera idiote – on ne peut pas souhaiter plus beau destin pour une fille ici-bas, une ravissante petite idiote.*)

« Je l'ai regretté à l'instant même où je le lui ai dit, bien entendu, ajouté-je rapidement. Kurt était furieux. Alors il a porté le coup dont il était sûr qu'il me ferait le plus mal : il est parti, sachant qu'Olympus et tous les investisseurs de *Tendre* le suivraient. »

« Et donc tu es venue ramper auprès de ta mère, en espérant que je te sauve la mise. »

Elle finit son verre et se dirige vers le bar, mouille un gant de toilette et commence à essuyer la boue sur son visage.

« Dis-moi, chérie, qu'est-ce que tu veux ? »

J'avale ma salive.

« Tu es la seule personne qui connaisse toute l'histoire, tout ce qui s'est passé entre Kurt et moi. J'ai besoin qu'il revienne pour terminer le film. Sans lui, tout s'envole en fumée. Kurt le sait. Il sait que je suis coincée. »

« Une offre que Kurt Royall ne peut refuser. »

Elle commence à se préparer un second verre. Pendant un instant, on n'entend que le bruit métallique des glaçons.

« Tu penses à quoi ? » lui demandé-je, incapable de tenir plus longtemps.

Mère dépose une cerise au marasquin sur sa boisson, et voit mon expression.

« Chérie, pourquoi tu fais cette tête ? Peu importe le nombre de fois où tu te retrouves dans un abominable pétrin avec un homme, mère sera toujours là pour te tirer d'affaire. Bon, où sont mes lunettes ? murmure-t-elle avant de les récupérer sur un fauteuil. Très bien, allons-y. »

Elle sort son téléphone et s'installe, rejetant sa robe en arrière pour mieux montrer ses jambes.

« Voilà qui devrait être divertissant », ajoute-t-elle.

Tandis que mère pèse le pour et le contre, je me concentre sur le sommet chatoyant des arbres, les feuilles qui frémissent dans le soleil matinal. Et j'ai conscience qu'on y est. C'est la fin de ma relation avec Kurt. D'ici deux semaines, ce cauchemar sera terminé, et je pourrai reprendre une vie meilleure, une vie normale, une vie dans laquelle je me sentirai enfin en sécurité.

Son bas et caractéristique. Mère repousse ses lunettes sur le bout de son nez.

« Envoyé. »

J'ai le cœur qui s'emballe.

« Tu lui as déjà envoyé un texto ? Qu'est-ce que tu as dit ? »

« Oh, chérie, tu ne me fais pas confiance ? »

Elle attrape son verre.

« Je ne m'en ferais pas, si j'étais toi. J'ai comme l'impression que tout cela va se dérouler exactement comme tu veux. »

« Mais comment ? »

« Réfléchis, Lila. Que veut Kurt Royall, plus que tout au monde ? On connaît toutes les deux la réponse. Maintenant, pense à ton objectif final. Après toutes ces années, tu es si près de réaliser tout ce que tu as toujours voulu. Comment

Kurt peut-il contribuer à mettre en place la dernière pièce du puzzle ? »

Soudain, je comprends : je sais exactement ce que mère lui a demandé, et ce qu'elle lui a offert en échange. C'est brillant et c'est terrifiant à la fois. Peut-être est-ce le simple soulagement de savoir que son plan va fonctionner ; ou peut-être est-ce l'épuisement total à force de lutter pour tenir le coup alors même que ma vie s'écroule. Quelle qu'en soit la raison, je ne peux me retenir plus longtemps. Je fonds en larmes.

Mère s'assied à côté de moi, elle me passe les doigts dans les cheveux comme quand j'étais petite. Je m'effondre sur ses genoux, enfouis mon visage dans la douce chaleur de son peignoir, respire son odeur familière de verveine. Elle ne dit rien, continue simplement à me caresser les cheveux.

Et soudain, un souvenir – la nuit de l'accident – remonte en un éclair à la surface. Un souvenir que j'ai dû oublier il y a longtemps…

Le sang ruisselle sur mon crâne, je sens sa douce tiédeur dans ma bouche. Du bout de la langue, je sonde la pulpe molle de mes gencives, je viens de perdre une dent. J'entends la pluie de tous côtés, comme un rugissement qui avale tout. Et je vois la main de mère qui s'avance lentement dans le noir pour vérifier le pouls de papa. Comme elle était *calme*. Et j'avais compris d'instinct que je devais l'être, moi aussi. Finalement, elle avait enlevé ses doigts, son visage brillait – de sang ? de larmes ? – et un sourire silencieux s'étirait sous la pluie. Et puis, enfin, elle avait paru se souvenir : son enfant. Oh oui, j'étais là aussi, juste derrière elle ! Son *enfant* était là, avec elle, mais n'avait pas fait un bruit. Avais-je… ?

Étais-je… ? Et enfin elle s'était retournée et m'avait tendu la main…

« Chérie, dit doucement mère. Ton œil. »

Ma main se lève brusquement pour le cacher.

« Ce monstre. »

Elle secoue la tête, son visage s'empourpre exactement comme le mien quand je suis bouleversée. Et je me dis : comment ça doit être pour elle, d'avoir à regarder son propre enfant commettre les mêmes terribles erreurs ? Malgré toute sa souffrance, tous les risques que mère a pris pour nous sortir de notre détresse, je m'étais débrouillée pour recréer le cauchemar de ma maison d'enfance.

Je sais que c'est le moment de l'interroger sur cette nuit dans la voiture, sur ce qui s'est réellement passé. Parce que, je m'en rends compte, nous ne sommes pas si différentes, mère et moi. Et le désespoir doublé de terreur qu'elle a dû ressentir pour se libérer ne m'est que trop familier, à présent. J'ai tellement envie de le lui demander, afin de pouvoir enfin affronter le traumatisme de cette fameuse nuit et accepter la vérité, comme vous m'avez si patiemment encouragée à le faire. Et aussi : afin de pouvoir mener ma croisade personnelle avec lucidité, et déterminer une fois pour toutes comment prendre le contrôle de ma vie.

J'essuie mes larmes, me redresse.

« Mère… »

Et peut-être est-ce mon imagination, mais à ce moment précis je sens qu'elle sait ce que je m'apprête à lui demander et je lis la peur dans ses yeux. Et je me rends compte que oui, je veux connaître la vérité… mais à quel prix ? Est-ce que je ne la connais pas déjà, au plus profond de moi ? Dieu

sait comment, mère a réussi à redéfinir les événements de cette nuit-là et à convaincre les autorités de son innocence. Elle a trouvé le moyen de laisser son traumatisme derrière elle, de guérir. Lui demander de tout avouer maintenant serait non seulement égoïste, mais mettre aussi en danger l'existence paisible qu'elle a si légitimement méritée. Mieux vaut laisser le passé où il est. Mieux vaut la protéger, protéger son secret.

« Lila. »

Elle prend ma main dans la sienne.

« Tu sais aussi bien que moi qu'être une femme dans ce monde est difficile. Pour la majorité d'entre elles, cela signifie subir des milliers de minuscules trahisons, tout avaler en silence, et supporter la douleur seule. Cette vie n'est rien de plus qu'une lente et longue agonie. Mais quelques chanceuses parviennent à trouver une autre voie, une façon de trancher dans le ventre de la bête et de se frayer un chemin pour s'en sortir. J'ai été une de ces femmes. Et tu es une des nôtres, toi aussi. On vit dans un monde d'hommes, ajoute-t-elle. Et ce sera toujours ainsi. Mais je sais que tu peux trouver ta propre voie ; tu es déjà en train de le faire. Il n'y a que toi qui puisses changer ton destin. »

Tintement discret d'un message entrant ; à travers la poche de son peignoir, la lueur bleutée du téléphone de mère. Elle ajuste ses lunettes, ouvre son téléphone, lit. Pour finir, elle me regarde.

« Félicitations, dit-elle simplement. Kurt a accepté mon offre. Il est en route. Maintenant, il est temps de faire ta part. Termine ce que tu as commencé, Lila, et libère-toi. »

VII

Jonah était en retard. Ça ne se produisait jamais.

Il était arrivé devant le 12, Charles Street une ou deux minutes en avance, puis avait essayé d'enfoncer la clé de Lila dans la serrure… pour découvrir qu'elle ne rentrait pas. Il était alors resté dehors les quinze minutes suivantes comme un imbécile, attendant une réponse à son texto où il lui demandait à quel appartement il devait sonner.

L'étrangeté absolue de la situation l'avait perturbé. Et il avait beau se dire qu'il s'agissait là simplement d'une nouvelle séance, destinée à préparer sa patiente en vue de sa fuite imminente pour échapper à une relation toxique, il savait que c'était un mensonge, savait qu'il y avait bien plus derrière tout ça, à présent. Le fait que Lila lui ait fait don – un cadeau intime – de la clé lui permettant l'accès à son point de chute, un lieu dont personne ne connaissait l'existence, rendait cette rencontre illicite.

Parce que ce qu'ils n'avaient pas encore franchement reconnu – ce qu'ils allaient devoir reconnaître ce soir –, c'était les sentiments inexprimés de Lila pour lui. Il avait tenté de se convaincre qu'il décodait le langage prudent et détourné de son journal, y déchiffrant des implications tant espérées, plutôt que d'accepter une vérité plus simple

et plus plausible – et pourtant, à chaque fois, il en tirait la même conclusion : Lila voulait qu'il fasse le premier pas, qu'il admette ses sentiments bien réels à son égard, de façon qu'elle s'autorise enfin à avouer les siens, elle aussi.

Il déverrouilla son téléphone, fit défiler l'écran jusqu'au message qu'elle avait envoyé plus tôt ce jour-là avec l'adresse de l'appartement. Il se sentit très mal tout à coup. 12, Charles *Lane*. Pas Charles Street, l'artère classique dans West Village. 12, Charles *Lane*.

En jurant dans sa barbe, il entra l'adresse correcte dans son téléphone. C'était à dix minutes à pied, cinq, en courant. Il envoya un court texto d'excuse à Lila en lui expliquant son erreur puis, serrant son téléphone dans sa main, il se mit à courir vers l'ouest.

Tout en filant le long de Charles Street, il observa que, l'une après l'autre, toutes les jolies femmes seules en train de flâner dans l'artère arborée entendaient l'urgence dans ses pas et se retournaient pour le regarder passer. Dans son esprit tourmenté, il pénétrait à présent dans chacune de leurs vies, les poursuivant dans les coins sombres de rues tranquilles, leurs sourires curieux l'invitant à les suivre.

Le léger déplacement d'air qu'il provoquait en courant était agréable sur sa peau, un sursis momentané dans la chaleur suffocante de l'été ; mais Jonah savait que, aussitôt qu'il s'arrêterait, la sueur se remettrait à couler à flots et que tous ses efforts pour paraître à son avantage seraient anéantis.

Malgré ses tentatives pour banaliser la situation, il s'était changé un nombre incalculable de fois avant de se décider pour une tenue intemporelle, soignée, plus élégante que sa mise habituelle tout en restant assez décontractée, pas

trop élégante : pantalon slim Brunello Cucinelli, chemise en lin à boutons bleu marine de la marque The Armoury, mocassins vénitiens tressés caramel de chez Frye. C'était une version améliorée tout à fait correcte, un choix raisonnable pour un rendez-vous amoureux (*ce qui n'est pas le cas,* dut-il se rappeler).

Plus tôt dans la soirée, debout devant son miroir en pied afin d'apprécier son reflet, il avait tenté de se convaincre qu'il avait plutôt gagné que perdu au physique, son visage avait pris un certain air inabordable de tragédie, contraste romantique avec sa personne soignée et immaculée.

Mags avait des projets avec son groupe d'amies ce soir-là et elle allait certainement faire la tournée des bars jusqu'aux petites heures du jour ; mais, en passant devant leur chambre au moment de sortir, elle s'était arrêtée et avait glissé la tête à l'intérieur.

— Tu te mets sur ton trente et un pour aller dîner avec Kenneth ?

Il avait sursauté au son de sa voix.

— Tu le connais. Je ne peux pas m'empêcher de vouloir l'impressionner.

Elle avait souri d'un air triste et appuyé la tête contre le chambranle.

— Tu as fière allure, docteur Gabriel.

Avant qu'il puisse trouver une réponse, elle avait disparu dans le couloir.

À dix-huit ans, nos convictions sont des collines du haut desquelles nous regardons le monde, s'était-il récité. *À quarante-cinq, des cavernes où nous nous en cachons.* Il n'avait encore que trente-cinq ans, et pourtant, à chaque heure qui passait, Jonah

se retrouvait en train de sacrifier les principes sur lesquels il avait bâti son estime de lui-même, s'enfonçant de plus en plus profondément dans sa propre grotte d'hypocrisie. La culpabilité qu'il éprouvait vis-à-vis des limites floues de ses divers rôles contradictoires dans la vie de Lila rendait la vérité bien trop douloureusement claire ; peu importe ce qui se passerait avec Lila ce soir, il savait qu'il n'était pas dans ses intentions d'être fidèle à Maggie.

Lila, en revanche, représentait toujours exactement l'opposé : chez elle, l'âme et l'esprit ne faisaient qu'un. La pureté de ses intentions, son authentique *bonté* semblaient irradier de l'intérieur, scintillant sur la splendeur de sa peau. Toute sa vie, il avait ressenti une insatiable soif de beauté empreinte de romantisme, l'associant, à la manière de Kant, au symbole du bien moral. Mais tandis qu'il inspectait une dernière fois son reflet, espérant encore perfectionner son image tout en étant déchiré de l'intérieur à cause de la trahison qu'il risquait de commettre ce même soir, il avait compris qu'une telle adéquation était fallacieuse, voire un mensonge pur et simple. Même si la beauté pouvait être vue comme le symbole de la moralité, elle n'indiquait en rien la présence de la moralité elle-même. Jonah n'avait qu'à regarder dans le miroir pour se rendre compte qu'en fait c'était peut-être juste le contraire.

Il se débarrassa de ces ruminations obsessionnelles et accéléra le rythme, dépassa le Wilson's, depuis longtemps fermé pour la journée. Derrière la vitrine, une ville fantôme en miniature. Les chaises en bois étaient retournées sur les tables, leurs pieds pointant vers le plafond avec une rigidité cadavérique. Les lampes industrielles avaient été éteintes,

le sol, nettoyé. Seule preuve de vie : l'ampoule solitaire et blafarde qui se balançait mystérieusement au bout de son fil, comme elle le faisait toujours.

Il vira à droite vers Washington Street puis ralentit sa foulée en tournant à gauche dans la minuscule ruelle à l'écart. Tandis qu'il foulait ses pavés, il se demanda pourquoi Lila avait choisi un logement ici, à quelques pas simplement de l'endroit où elle vivait avec Kurt. Ça n'avait aucun sens ; s'ils se trouvaient si près l'un de l'autre, leurs chemins ne pouvaient que se croiser, et Kurt n'aurait aucun mal à découvrir son refuge. Mais peut-être que chambouler toute sa vie ne lui semblait possible qu'à petits pas, que la panique était si envahissante qu'elle en avait obscurci sa prise de décision...

C'était cela, vraiment, une des choses les plus difficiles de son travail ; et pourtant Jonah savait qu'en tant que thérapeute de Lila il avait l'obligation morale de la laisser commettre ses propres erreurs, fussent-elles aussi peu judicieuses que celle-ci. Et même si, bien entendu, il lui serait douloureux de demeurer spectateur, réserver son jugement impliquait, se souvint-il, une forme d'espoir infini. Il se consolerait en sachant qu'il serait là pour soutenir Lila quand elle sortirait la tête de l'eau.

Il s'arrêta en atteignant l'adresse, s'assurant une fois encore qu'il ne s'était pas trompé. Ce n'était pas un appartement ; c'était une *maison*. Une ancienne remise à calèches, en fait, avec garage et – il tendit le cou pour voir – son balcon privé. Un endroit tel que celui-ci coûtait sûrement une fortune, mais, là encore, pourquoi Lila Crayne aurait-elle dû envisager quelque chose de moins glorieux ? D'un point de vue esthétique, ça avait certainement plus de sens que la

première adresse, morne et sans âme – un immeuble d'appartements, apparemment, pour des types dans la finance tout droit sortis de la fac et uniquement préoccupés par le statut du code postal. Mais ça ? C'était du romantisme à l'état pur, le genre d'endroit dont on rêverait uniquement en prononçant le mot « pied-à-terre ».

Il consulta son téléphone. *Seulement vingt-deux minutes de retard,* se dit-il. *Une façon de la mettre à l'aise, Jonah, de lui montrer qu'elle est entre les mains de quelqu'un de compétent et digne de confiance.* La sueur perlait délicatement sur sa peau. Il sortit la clé de sa poche, hésita. Devait-il frapper ? Il était déjà tellement en retard ; et en plus Lila lui avait donné la clé pour qu'il l'utilise, non ? Il s'humecta les lèvres, inséra la clé dans la serrure et tourna.

Il entra, s'arrêta un instant, le temps que ses yeux s'habituent à l'obscurité.

— Lila ? C'est Jonah.

Sa vision se faisait plus nette à présent, et le flou ambiant se transformait en particules grisâtres.

— Lila ?

Légère vibration. Il sortit son téléphone de sa poche, aveuglé par sa luminosité soudaine. Un texto de Lila, envoyé trois minutes plus tôt.

Retrouvez-moi sur la terrasse.

Relax, Jonah, se dit-il. Cela expliquait le silence, l'obscurité, non ? Le soleil venait de se coucher, et elle était dehors ; elle n'avait pas encore pensé à allumer. D'accord ? Il tâtonna au long des murs à la recherche d'un interrupteur, mais, n'en trouvant pas, il se servit de son téléphone comme lampe de

fortune et commença à avancer dans ce qui lui semblait être un couloir. En passant devant les portes semblables à des bouches béantes, il eut l'étrange et nette impression qu'on l'observait. Il se força à ne pas lorgner dans les entrailles sombres afin de découvrir ce qui pouvait bien s'y cacher en silence. Encore quelques pas et un escalier apparut à sa gauche, illuminé par des bougies disposées une marche sur deux. Leur lueur tremblotante fit remonter en lui le souvenir de leur nuit ensemble, toutes ces années auparavant. Le cœur battant, il éteignit sa lampe, mit son téléphone sur silencieux et commença à monter l'escalier.

Celui-ci donnait sur une pièce immense, dont le mur sud était occupé dans sa totalité par une cuisine aux lignes épurées, de style scandinave. Le reste de l'espace devait servir de salon et de salle à manger, mais pour l'instant il était vide, mis à part de généreuses grappes de bougies tremblotant dans les coins et un énorme lustre qui rappelait une roue de sainte Catherine[1] et lançait des ombres arachnéennes dans toute la pièce. À sa droite, un escalier sombre qui menait aux chambres. Le mur opposé était entièrement vitré. Et, au-delà, la terrasse privée.

Jonah ouvrit la porte qui donnait sur l'extérieur, et il sentit son estomac se décrocher en apercevant Lila en équilibre sur le rebord en pierre, appuyée contre le mur extérieur. Il se dit soudain, de façon absurde, qu'il lui suffirait de la pousser doucement pour qu'elle bascule dans le vide. Il imaginait la scène, à présent : ses yeux qui s'écarquillent

1. Référence à la martyre chrétienne Sainte-Catherine d'Alexandrie qui devait être exécutée à l'aide d'une machine comportant des roues cloutées.

tandis qu'elle le dévisage, lui, son inimaginable traître. Ses lèvres qui s'entrouvrent en silence, la chute finale – trop soudaine pour qu'elle crie. Et ensuite, au-dessous, dans le crépuscule : l'impensable.

Il ferma les yeux pour se calmer, ne connaissant que trop bien cette voix, son propre démon de la perversité ; et, tandis qu'il respirait, l'idée même s'envola dans un frisson. Subsistait néanmoins un certain détachement dans les recoins paisibles de son esprit, et Jonah s'interrogea : s'il devait un jour perdre le contrôle de lui-même dans un moment crucial, serait-il capable de telles horreurs ?

Il ouvrit les yeux et découvrit Lila qui le regardait, un curieux sourire sur le visage.

— « C'est *l'heure bleue*... », dit-elle, et il lui sourit en retour, impressionné par cette référence à une des nouvelles les plus obscures de Fitzgerald.

— ... « *Quand tout est vraiment bleuté* », ajouta-t-il.

Durant un instant, ils ne firent que se regarder. Puis il se racla la gorge.

— Je suis désolé, ça a pris plus longtemps que prévu, déclara-t-il, mais elle balaya la remarque d'un geste.

— Je vous en prie. Je vous suis reconnaissante du temps que vous m'avez laissé. C'est tellement calme, ici.

Elle se pencha, attrapa une bouteille de vin.

— Vous vous joignez à moi ?

Il hésita un moment, et elle eut un grand sourire.

— Allez, Jonah. Est-ce que tout ça n'est pas un peu subversif ? Un verre de vin ne peut pas faire de mal.

Il inspira.

— Un verre, alors.

— Je suis désolée pour le manque de meubles, dit-elle en levant les yeux tandis qu'elle versait le vin. Je n'ai pas eu l'occasion d'aménager les lieux. En fait, c'est la première fois que je viens ici. Vous m'aidez à baptiser ma nouvelle maison.

Son pouls s'accéléra à ces mots, mais Lila lui tendit simplement son verre.

— Une des choses que j'attends avec le plus d'impatience, poursuivit-elle, c'est de me dépouiller de mon ancienne vie, de tout ce que j'étais, et de repartir de zéro.

— Très bien. Aux nouveaux départs, alors, répondit-il, et ils trinquèrent, burent.

Et il s'autorisa à la détailler, nota une fois de plus combien elle semblait différente à présent des diverses versions de Lila qu'il avait connues : tout droit sortie de la douche et sans maquillage, les cheveux encore brillants et lisses.

Elle avait les pieds nus, les ongles vernis d'un corail brillant, et portait un short en tissu éponge et un T-shirt blanc qui semblait moelleux ; elle ne s'était pas donné la peine de mettre un soutien-gorge, remarqua-t-il avec un frisson d'excitation, ses petits tétons en forme de figue pointant à peine au travers. Elle lui semblait d'une propreté impossible – lui fit penser, en cet instant précis, à Maggie.

Il avala son vin, s'éloigna de quelques pas pour reprendre ses esprits. Posa son verre sur le rebord en pierre.

— C'est beau, n'est-ce pas ? lança-t-elle en désignant d'un geste ce qui se trouvait devant eux. Mon petit coin d'eau privé. Pas aussi spectaculaire que la vue qu'on a de l'appartement que je partage avec Kurt, bien entendu.

— C'est vrai, répondit-il avant de reprendre son souffle. Vous aviez mentionné que vous viviez juste au bord de

l'ancienne voie rapide surélevée, n'est-ce pas ? Juste au bord de l'eau ?

— Ah bon ?

On sentait le sourire dans sa voix. Le taquinait-elle ?

— Je crois que oui, dans un passage de votre journal.

Il reprit une généreuse gorgée de vin, apprécia sa minéralité, son croquant. Il but à nouveau, soudain assoiffé, puis reposa son verre sur le mur, se forçant à ralentir.

Lila remonta ses jambes sur le rebord et passa les bras sous ses cuisses, de sorte que Jonah pouvait tout juste apercevoir le léger arrondi de son cul. Il se racla la gorge, s'appuya contre le mur.

— Je dois admettre que je n'ai jamais fait de visite à domicile avant.

Elle posa son menton sur ses genoux.

— Je suis sûre que cela enfreint toutes les règles, dit-elle. Merci de vous plier à mes caprices. Cela semblait simplement le plus sûr. Kurt ne sait pas que je me suis procuré cet endroit. Et je ne suis pas sûre que Maggie aurait aimé me voir à nouveau, ajouta-t-elle.

— S'il vous plaît, ne vous inquiétez pas pour ça. Elle a beaucoup apprécié ce que vous avez fait pour elle lors de l'inauguration, ainsi que votre généreux achat d'*Icare*. En fait, ajouta-t-il en changeant de position sur le rebord, je voulais m'excuser. Ma réaction était déplacée ; je me suis montré injuste envers vous.

Elle fit non de la tête.

— Non, vous en aviez absolument le droit. C'est moi qui devrais m'excuser. Je suppose que vous avez lu mon journal ?

— Oui, nous avons pas mal de choses à voir ensemble.

Il s'éclaircit la gorge. Il avait hâte d'orienter la conversation sur Karen et le mystérieux message qu'elle avait envoyé après la disparition de Kurt.

— Félicitations d'avoir réussi à persuader Kurt de terminer le film, dit-il. Je suis sûr que ça a été un grand soulagement.

— Ça l'a été.

Lila soupira, se pencha pour remplir à nouveau son verre.

— Je veux dire, sa colère n'a certainement pas aidé. Il se montre particulièrement féroce depuis son retour. Mais je peux encaisser n'importe quoi cinq jours de plus si ça signifie terminer le film.

— Cinq jours de plus, répéta-t-il. C'est tout ? Incroyable.

Elle fit oui de la tête et leva les yeux vers lui.

— Et ensuite je suis libre.

Il tenta d'ignorer la sensation de flottement dans sa poitrine et se demanda s'il devait poser carrément la question qui lui brûlait les lèvres.

— Dites-m'en plus sur votre conversation avec votre mère, demanda-t-il à la place. Le fait que vous ayez changé d'avis, que vous n'ayez plus souhaité la confronter à propos de l'accident m'intrigue.

— Oh, Jonah, je ne sais pas.

Lila ramassa la bouteille et s'approcha. Avant qu'il ait pu protester, elle avait à nouveau rempli son verre à ras bord.

— Tout est dans le journal. Je vous suis tellement reconnaissante de m'avoir aidée à déverrouiller ce souvenir. Je sais que c'est vrai ; je sais qu'elle l'a fait. Et j'imagine que je me suis dit qu'il n'en sortirait rien de bon si j'en parlais à voix haute. Elle n'a pas à arranger les choses pour moi. Je dois faire la paix avec tout ça moi-même. Et, après tout ce que

j'ai traversé avec Kurt, je crois que je comprends pourquoi elle s'est sentie obligée de faire ce qu'elle a fait. Pourquoi elle a le sentiment de ne pas avoir eu le choix.

— Êtes-vous en colère contre elle ?

Elle fronça les sourcils.

— Vous m'avez déjà posé la question. Je ne suis pas en colère. Pourquoi serais-je en colère contre elle ?

Pourquoi le serait-elle ? Comment pouvait-elle ne pas l'être ?

Il voyait la scène si clairement. Il se l'était représentée tellement souvent. Juste comme dans *Gatsby*, les choses ne s'étaient pas passées de la façon dont les gens l'avaient si facilement supposé. Ça n'avait pas été l'homme qui avait fermement maintenu le volant, appuyé sur l'accélérateur et roulé vers la mort dans la fraîcheur du crépuscule. L'homme avait prestement été présumé coupable ; mais en vérité ça avait été l'autre témoin – non interrogé –, le vrai meurtrier. En vérité, c'était la femme.

— Si votre souvenir est exact, déclara-t-il avec précaution, alors votre mère était responsable de la mort de votre père. Même s'il vous a fait beaucoup de mal à toutes les deux, c'est toujours votre père.

Elle hocha la tête.

— Mais il abusait d'elle, Jonah. Il la violait.

— Je sais qu'il l'a fait.

Il effleura son verre, le fit lentement tourner sur le rebord.

— Mais et vous ? Cette nuit-là, dans la voiture ?

Elle hésita.

— Vous étiez aussi dans la voiture, Lila. Et vous n'étiez qu'une enfant.

Il marqua une pause.

— En plus de mettre sa propre vie en danger, votre mère a aussi choisi de risquer la vôtre.

Elle écarquilla les yeux, qui brillaient de chagrin. Puis elle battit des cils, détourna le regard. Lutta pour reprendre ses esprits dans le noir.

Pour finir, elle déglutit. Secoua la tête. Dit, presque pour elle-même :

— Elle a fait ce qu'elle croyait devoir faire pour survivre. Exactement ce que je fais en ce moment.

Il acquiesça.

— Il semble effectivement qu'elle comprenne ce que vous traversez.

Et pourtant l'énigme demeurait : en quoi pouvait bien consister l'offre de Lila et Karen pour que Kurt n'ait eu d'autre choix que d'accepter de revenir ?

— Je voulais vous demander quelque chose, déclara-t-il. À condition que ça ne vous dérange pas d'en parler, bien entendu.

Elle s'assit à côté de lui.

— Je pense que je sais ce que vous allez dire.

Il s'interrompit.

— Que vais-je dire ?

Elle observa leurs mains posées côte à côte sur le rebord, leurs doigts si proches qu'il pouvait presque sentir son contact.

— Vous allez aborder la question de mes sentiments pour vous. N'est-ce pas ?

Il avala sa salive.

— S'il vous plaît, ne me dites pas une fois encore qu'il s'agit de transfert, ajouta-t-elle. C'est tellement plus que ça.

Je me suis sentie si puérile en semant des indices dans mon journal avec l'espoir que vous les releviez. Et je pense que vous l'avez fait – je sais que vous l'avez fait. C'est pour ça que vous avez réagi de cette façon à l'inauguration de Maggie, n'est-ce pas ? Parce que vous saviez ce que je ressentais pour vous, et que ce n'était pas honnête envers elle. Ce que, bien entendu, mon Dieu, je comprends à présent.

Elle se leva, se mit à arpenter la terrasse.

— Je me sens tellement coupable de ressentir ce que je ressens. Vous avez Maggie, je sais. Et Maggie semble… Eh bien, elle semble être la femme parfaite. Je n'arrête pas de me dire que vous devez être heureux en amour, de me demander de quel droit j'interfère là-dedans. Sauf que… j'ai constamment l'impression…

Elle s'arrêta, le regarda droit dans les yeux.

— … le sentiment que vous ressentez la même chose que moi. Si je me trompe, alors dites-le, et je ne poserai plus jamais la question. Mais si j'ai raison…

Elle se rapprocha d'un pas.

— Je mets mes sentiments à nu devant vous. Et peut-être que je suis à deux doigts d'avoir le cœur brisé, mais c'est un risque que je suis prête à courir. Je sais que je n'ai pas le droit d'aller plus loin que je ne l'ai déjà fait. Mais, si vous ressentez la même chose – et, mon Dieu, j'espère que oui –, s'il vous plaît, dites-le-moi maintenant.

Jonah sentait son cœur battre à tout rompre dans sa poitrine. C'était le moment dont il avait rêvé, l'occasion qu'il pensait avoir perdue à jamais. Lila Crayne était venue directement à lui et l'avait dit : elle le voulait lui, Jonah, se donnait à lui !

La tête lui tournait, il ne savait plus où il en était : il était fiancé à Maggie, avait promis de mettre un terme à tout ça ; Lila était sa patiente (bien qu'il ait perdu le compte de toutes les règles auxquelles ils avaient déjà contrevenu) ; et elle était en crise, vulnérable, victime d'un terrible trauma ; se mêler à tout ça maintenant ne serait pas éthique ; profiter de sa fragilité pourrait peut-être même mettre en danger sa capacité à guérir. Et pourtant Lila et lui s'aimaient, n'est-ce pas ? Et pourtant…

Lila referma les bras autour d'elle.

— C'est tellement humiliant.

— Lila, implora-t-il. J'essaie juste de faire ce qu'il faut. J'essaie de penser…

— Ne pensez pas ! hurla-t-elle. Ne pensez pas ! Je vous connais, Jonah, et je sais que, si vous réfléchissez à tout ça, vous êtes trop intègre, trop *bon* pour laisser les choses arriver un jour. Je sais ce qui est approprié ; ce qui est juste. Mais ce n'est pas ce que je *veux*. Juste pour une nuit, est-ce que vous pourriez mettre votre esprit en pause ? Juste pour ce soir, s'il vous plaît, ne soyez pas mon thérapeute. Soyez simplement vous-même. Le voulez-vous ?

Elle se tenait devant lui, tremblante, à nu, et ce qu'il voulait le transperça avec une telle férocité qu'il comprit qu'il n'avait jamais vraiment eu le choix. Il savait que s'il l'embrassait, une réalité fatale, imparfaite, remplacerait le rêve scintillant qu'il avait entretenu pendant toutes ces années. Mais il ne pouvait s'en empêcher, ne pouvait attendre plus longtemps. Il traversa la terrasse, l'attira à lui, une main au creux de son dos, et pressa sa bouche contre la sienne…

Et l'incarnation fut accomplie.

C'était juste comme il se l'était imaginé, si exactement semblable à ce qu'il avait mémorisé dans son esprit. D'innombrables fois, il avait repensé à cette nuit si lointaine, jusqu'à ce que chaque fil, chaque souffle, chaque étincelle furtive ne fasse plus qu'un avec sa valse sacrée. Il avait mémorisé l'ensemble parfaitement, de sorte que maintenant il allait pouvoir recréer le lien qui les unissait, et que Lila, consciente de cela une fois de plus, pourrait s'unir à lui tout entière. La fille dont il se souvenait était miraculeusement inchangée, si délicate, si hésitante. Il glissa une main autour de son cou, enveloppa la base de son crâne avec assurance, et il l'attira fermement contre lui, exactement comme il l'avait fait auparavant. Elle réagit de la même façon, presque effrayée, ce qui ne l'en rendit que plus fort, plus certain encore de son propre désir tandis qu'il tirait sur son épaisse crinière et embrassait sa bouche singulière et charmante. Elle haleta un peu, et il se sentit encouragé. Il la serra plus étroitement contre ses hanches, ses paumes implorantes contre sa poitrine. *Mon Dieu* – elle était à lui, enfin à lui ! Il allait enfin la prendre, sachant qu'elle ne voulait rien d'autre qu'être prise par lui. Il renoncerait à Maggie, à son cabinet, à sa liberté, il donnerait tout ce qu'il avait, si cela signifiait aimer Lila Crayne pour le restant de ses jours.

Elle frissonna un peu, et il la prit par la main et l'entraîna à l'intérieur, la multitude de bougies semblables à des yeux inquisiteurs. Il se tourna pour lui faire face, et de nouveau elle hésita, nerveuse, alors il la tira brutalement vers lui. Elle trébucha un peu, puis tomba au sol, et il la suivit à terre, à terre, si avide de goûter au moindre recoin de sa personne, de la dévorer à nouveau en entier. D'abord, en mordant

doucement les raisins sucrés de ses orteils, puis en suivant de la langue toute la longueur de ses jambes, pinçant des doigts les bords de son short, frôlant ses côtes des dents ; ensuite, l'ayant clouée au sol par les épaules, il commençait une fois de plus à découvrir le renflement délicat de ses tétons sous le fin coton de son T-shirt quand Lila poussa soudain un cri.

Il leva les yeux, suivant du doigt son cou délié comme une corde.

— Tout va bien, lui dit-il. Tu peux me faire confiance.

Elle le dévisagea avec ces mêmes yeux ensorcelants qu'elle avait posés sur lui jadis.

— Je sais, murmura-t-elle.

Lentement, elle entremêla les doigts aux siens sur son propre cou.

— Tu aimes ça ? murmura-t-il.

Et, avec une force soudaine et excitante, elle lui rabattit violemment la main contre son cou qui palpitait, sans le quitter un instant des yeux.

— Qu'est-ce que tu veux ? demanda-t-il en lui effleurant la peau de ses lèvres.

Mais alors quelque chose changea, et elle parut disparaître en elle-même, parut si loin tout à coup. Elle ferma les yeux, sa voix ne fut plus qu'un murmure, si bas qu'il pouvait à peine l'entendre.

— Je veux faire les choses bien, dit-elle. Je dois quitter Kurt et tu dois quitter Maggie.

Il poussa un grognement, se pressa contre elle. Comment pouvait-il arrêter maintenant ?

— S'il te plaît, Jonah, dit-elle, et il leva les yeux, croisa son regard. Tout sera réglé dans très peu de temps. Et alors on pourra vraiment être ensemble. Tu vas me promettre que tu arrêtes avec Maggie pour de bon ? Jonah ?

Il ferma les yeux.

— Je te promets.

Il se baissa pour l'embrasser, et elle le mordit avec force. Il s'écarta d'un bond, toucha sa lèvre, puis retira ses doigts. Du sang.

— Va-t'en, dit-elle en le repoussant gentiment avant de se rasseoir, serrant ses genoux contre elle. On a tous les deux tellement à faire.

Il se releva, inspira. Elle semblait si vulnérable, si seule, là, sur le sol, dans le noir.

— Ça va aller ?

Elle avait le regard dans le lointain.

— Je sais ce que je fais. J'ai tout prévu.

Il hésitait encore.

— Lila…

Elle battit des cils, le regarda.

— Va-t'en, c'est tout, murmura-t-elle.

Il fit oui de la tête, bien que frustré, mais lui embrassa le sommet du crâne, puis descendit l'escalier et disparut dans la nuit.

Le Village était étrangement calme, l'air, soudain frais. Jonah sentit un tiraillement à l'intérieur, comme une corde pincée et filandreuse, l'avertissant que quelque chose n'allait pas ; peut-être devrait-il se donner du temps, réfléchir à tout ça. Mais non, il avait dit à Lila qu'il ne le ferait pas.

Réfléchir ne ferait que l'éloigner de la seule chose qu'il voulait depuis toujours.

Un nuage passa devant la lune, et le monde s'obscurcit. Mais Jonah ne le vit pas, ou s'il le vit il aurait tout aussi bien pu continuer à l'aveugle. Son passé récent s'était pratiquement évanoui – et dans son sillage le sein vert et frais d'un nouveau monde se tenait juste devant lui, était finalement presque le sien. Elle serait sa destinée. Au fond de lui, il avait toujours su que c'était vrai. Pour Jonah Gabriel, son destin avait toujours été – et serait toujours – Lila.

Journal de thérapie de Lila

Pour Jonah Gabriel

Entrée 4

10 août

Cher Jonah,

Cher Jonah, Jonah, Jonah ! C'est comme un rêve de pouvoir enfin t'écrire directement. Dans *Gatsby*, Fitzgerald a dit que la vie reprend entièrement quand arrive l'été, et maintenant je comprends tout à fait la vérité de ces mots.

Avant que je me jette à l'eau, il s'est passé quelque chose qui m'a un peu perturbée. Je me suis demandé si je devais t'en parler – à toi, en qui j'ai plus confiance qu'en tout autre ! – parce que je ne veux pas que tu penses que je mets en doute ta parole. Et pourtant… dans un esprit d'honnêteté et pour te prouver que j'ai vraiment confiance en toi, je ne te cacherai pas le doute qui a germé dans mon esprit. J'y reviendrai plus tard.

Mais d'abord de bonnes nouvelles : aujourd'hui, *Tendre* est officiellement dans la boîte ! Bien entendu, maintenant, c'est le montage, le marketing et toute la publicité qui

commencent… Mais, pour moi, la part la plus importante du travail, celle qui me met en joie, c'est de faire vivre une histoire devant la caméra. Et maintenant ce chapitre est clos, une fin douce-amère. Ma seule consolation : terminer le film signifie mettre un terme à ma relation avec Kurt et commencer une nouvelle vie avec toi.

C'est notre dernière soirée à Montauk, et comme toujours la perspective de partir me remplit de nostalgie. Cet endroit va me manquer : ses plages semblables à de gros gâteaux blancs, le sable sucré saupoudré au gré du vent, le va-et-vient des vagues qui s'écrasent en bouillonnant et se retirent ensuite. Les journées ici sont chaudes, salées, lourdes de désir, ponctuées seulement par le lent frottement du soleil contre le ciel, l'éclat de son étreinte charnelle, humide, persistante, dans un dernier baiser qui s'attarde sur le corps tout entier.

Soirée officielle de fin de tournage ce soir chez Duryea's, l'endroit parfait pour fêter la fin de *Tendre*. Des tables éclairées à la bougie se déploient tout au long du quai et flottent tels des fantômes à la surface de l'eau. Directement devant nous, le soleil qui décline dans toute sa flamboyance. Et le reste du monde, séparé en deux. Eau sombre et scintillante, saignement infini du ciel.

J'arrive avec mon bien-aimé Freddie : mon complice, mon garde du corps infaillible, et en prime un régal pour les yeux. Et tandis que nous nous frayons un chemin parmi les acteurs et l'équipe du film, je suis abasourdie : la joie, une joie véritable, emplit l'atmosphère. Ces dernières semaines ont été une telle galère, la rage de Kurt démoralisant tout le monde. Mais ce soir je m'en rends compte, on est délivrés d'un fardeau car Kurt est absent. Olympus a demandé à ce

qu'il s'envole pour L. A. immédiatement après le bouclage afin d'avoir une petite explication avec Bobby à propos de sa disparition momentanée. Dans n'importe quelle autre circonstance, ce ne serait pas correct d'organiser la soirée de clôture sans le réalisateur, mais ce soir, en l'absence de Kurt, tout le monde semble soudain heureusement plein d'entrain.

Après avoir fait le tour des invités, Freddie met la main sur une bouteille de sancerre bien frais et nous déniche un petit coin douillet tout au bout du quai, et je ne peux m'empêcher de sourire en voyant la borne d'éclairage au sommet de la bitte d'amarrage qui darde ses rayons en continu sur l'eau. Nous nous laissons hypnotiser par le clapotis assourdi qui nous entoure, le lent plongeon du soleil dans l'océan.

Je commence juste à me mettre à l'aise, à me détendre, quand je remarque l'actrice qui jouait Rosemary en train de rôder dans le coin. Et, malgré tout ce qui s'est passé avec Kurt, je ressens un élan de sympathie et l'appelle.

« Qu'est-ce que tu fais ? dit Freddie. Son jeu d'actrice est allé un peu loin quand elle t'a piqué Kurt, tu ne crois pas ? »

Je hoche quand même la tête, affiche mon sourire le plus accueillant.

« Tu veux te joindre à nous ? »

Elle hésite, puis s'avance.

« Félicitations, Lila, dit-elle. Freddie, à toi aussi. »

« À la tienne, chérie », répond Freddie d'un ton sans équivoque : jouons le jeu et gardons nos distances.

Mais elle ne semble pas s'en rendre compte. Son sourire s'élargit, et elle se glisse près de moi. De l'autre côté, je sens Freddie qui me pince la hanche.

« Je n'arrive pas à croire qu'après tout ce temps ce soit vraiment fini, dit-elle en se tournant vers moi. Comment te sens-tu ? »

« Eh bien… »

Je jette un coup d'œil à Freddie.

« Je suis plutôt contente du film. Et tu as fait un excellent boulot. Je suis certaine que ça va être un moment important pour ta carrière. »

Elle affiche ce sourire qui la caractérise, et de nouveau je retiens mon souffle. Elle me rappelle vraiment mon moi plus jeune, la douce et innocente petite fille que j'étais avant tous les traumatismes de mon passé. Et malgré tout, malgré tout le chagrin et les trahisons, c'est plus fort que moi : je l'aime bien.

« Tu as toujours été si généreuse, Lila. Je te remercie. »

Puis elle se penche vers moi et murmure :

« Je voulais juste te dire, maintenant que tout le monde est au courant et que tu es officiellement créditée de l'écriture du scénario, que je suis tellement impressionnée par ce que tu as fait. Tu es une véritable championne pour les femmes ; tu ne peux pas savoir à quel point je t'admire. J'espère seulement que, plus âgée, je serai exactement comme toi. »

À mes côtés, Freddie étouffe un ricanement.

« C'est gentil de ta part, de dire ça, fais-je. Tu aimerais écrire, toi aussi ? »

Elle secoue la tête.

« Oh, je ne crois pas. Je veux juste dire… j'imagine que j'aimerais me voir comme une féministe. Et je te suis tellement reconnaissante d'avoir utilisé ta voix pour faire autant de bien aux femmes. »

Elle observe l'eau.

« Je suis sûre que ça n'a pas dû être facile pour toi. Mais tu as géré tout ça avec tellement d'élégance. »

À ces mots, Freddie se moque ouvertement cette fois, et elle le regarde, stupéfaite, puis rougit et se tait.

« Je voulais vraiment te parler avant que nous nous séparions, reprend-elle. Au sujet de ce qui s'est passé avec Kurt », dit-elle.

De nouveau, elle jette un regard furtif à Freddie.

« Tout va bien, dis-je. Tout ce qui a trait à Kurt, tu peux en parler devant Freddie. »

Celui-ci inspire, serre les dents.

Elle acquiesce.

« Je ne suis pas assez naïve pour croire que tu ne t'en étais pas rendu compte. Je suis juste… »

Elle hésite, se détourne. Et quand elle me regarde à nouveau je constate avec stupéfaction qu'elle pleure.

« Je suis désolée, Lila. Je me suis constamment sentie misérable à cause de ça. J'ai l'impression de t'avoir trahie, toi que je respecte plus que n'importe qui ! Je me sentais juste tellement… »

Elle secoue la tête.

« … coincée. Je comprendrais parfaitement que tu me détestes. »

Je lui touche l'épaule.

« Je ne te déteste pas. »

Elle s'essuie maladroitement le visage, étalant un peu son maquillage.

« Depuis le tout début, tu as été si bonne avec moi. Je voulais tellement t'en parler dès le départ, la première fois

que c'est arrivé. C'est juste que… avec le film, avec tout ce qu'on faisait, tout paraissait trop important. Je ne voulais pas que quelque chose y fasse obstacle. »

Elle baisse les yeux.

« Je n'essaie pas de justifier ce qui est arrivé, ou de me chercher des excuses. J'espère juste que tu comprendras comment c'est arrivé. Pourquoi c'est arrivé. »

Elle tente un sourire tremblotant, puis se cache la figure dans les mains. Quelques membres de l'équipe commencent à remarquer ce qui se passe.

« Arrête, maintenant, dis-je en lui frottant le dos. Je crois que tu t'accordes trop d'importance. J'ai une assez bonne idée de ce qui s'est vraiment passé entre Kurt et toi, du genre de pression qu'il a dû exercer. »

Elle relève la tête.

« Vraiment ? »

Je lui décoche un petit sourire.

« J'ai été à ta place à une époque, moi aussi, tu sais. »

Elle bat des cils, écarquille les yeux. Et devient absolument silencieuse.

Freddie se racle la gorge, et je sais qu'il pense que j'en divulgue trop, qu'on ne peut pas lui faire confiance. Mais je ne peux m'en empêcher. Je veux prendre soin d'elle. Je connais Kurt : dès que je l'aurai quitté, la première chose qu'il va faire, c'est lui courir à nouveau après. Je veux la protéger de lui.

« Écoute, dis-je en me penchant. Je suis de ton côté, et je sais que ce n'était pas ta faute. J'aurais juste aimé trouver comment m'interposer pour t'aider. Je suis tellement désolée que tu aies eu à subir tout cela. »

« Alors, tout ce temps…, reprend-elle doucement, avant de me regarder. Tu savais ? »

Je hoche la tête.

« Il m'a fait exactement la même chose. Dans ce milieu, c'est le prix que nous, les femmes, avons souvent à payer pour lancer notre carrière. »

Elle m'observe un moment, perdue. Seul bruit autour de nous, le lent clapotis de l'eau à nos pieds.

« Hé ! »

Je lui prends la main.

« Laissons tout ça derrière nous, d'accord ? Il y a tant de choses à fêter ! Notre incroyable projet est presque abouti ; et ce soir est une soirée très spéciale. »

Je lui presse doucement la main.

« Ce soir marque la fin d'un long et difficile chapitre pour nous deux. Mais demain… demain sera le bon moment pour demander des comptes. »

Son expression change quand elle comprend ce que je veux dire.

« Un nouveau départ, ajouté-je doucement. L'occasion de réécrire l'histoire de notre vie. »

Et mon jeune moi me sourit, les yeux émerveillés et remplis d'espoir…

Et, même en lui renvoyant son sourire, je suis incapable de penser à autre chose qu'à toi, Jonah – parce que demain, toi et moi, on sera enfin ensemble.

Nous regardons tous les trois l'horizon, par-delà cette ligne nette et étincelante tout au bout de notre quai, qui semble s'embraser encore plus fort, plus fort contre l'obscurité qui descend – et j'inspire profondément, adresse un dernier adieu

silencieux à Montauk, au film, à ma vie telle que je pensais qu'elle serait. Et ensuite, en un clin d'œil, le soleil éclatant plonge sous la surface, et l'eau se teinte de rouge sang.

Beaucoup plus tard, au cœur de la nuit, Freddie et moi prenons place dans notre véhicule privé et entamons le long trajet qui nous ramène en ville. Nous ressentons encore l'euphorie de la soirée en traversant les villes douillettes et sombres des Hamptons, discutons des espoirs que nous entretenons pour l'avenir du film. Je sollicite l'avis de Freddie sur les deux fins différentes que nous avons tournées : une qui demeure fidèle aux mots de Fitzgerald, dans laquelle Dick sombre lentement dans l'oubli. L'autre, qui apporte une fin plus dramatique à notre film, je ne l'ai écrite que quelques jours avant.

« Il fallait que je le fasse, dis-je à présent. Cela paraît si décevant pour Nicole de voir Dick debout au bord de cette falaise, et de ressentir ce besoin pressant et régressif d'aller une fois de plus vers lui, uniquement empêchée de le faire par Tommy. C'est si clairement la version *masculine* des événements. »

Je secoue la tête.

« Fitzgerald a eu l'idée de la lampe verte de *Gatsby* sur la Côte d'Azur, où se situait *Tendre* à l'origine. Et on vient de tourner notre adaptation ici, *sur cette île mince et tumultueuse qui s'étire tout droit à l'est de New York* – à un jet de pierre de la maison de Gatsby. La fusion de ces deux univers ne demande qu'à être saluée. Imagine un peu : voici Dick, seul et perdu, au bord d'une falaise… Ce ne serait pas difficile,

n'est-ce pas, pour Nicole de faire passer sa mort pour un suicide ? »

Nous discutons des implications des deux fins possibles, mais j'ai une nette préférence. En tant que véritable aficionado, Jonah, je me demande quel serait ton avis sur la question ? Cela suffit-il que Dick sombre simplement dans l'oubli ? Ou est-ce le laisser s'en tirer trop facilement ? Ne serait-il pas trop chanceux, en fait, si on lui permettait de disparaître ? En définitive, quel est le juste prix à payer pour les crimes de Dick afin que Nicole puisse partir, en femme libre ?

Tandis que notre adrénaline retombe, nous remontons la vitre de séparation, et, discrètement, j'entreprends de mettre Freddie au courant des préparatifs de mon départ secret, toutes choses que j'ai pu réaliser uniquement grâce à tes conseils. Mon excitation doit être évidente, car Freddie devine immédiatement que je ne fuis pas simplement ma vie avec Kurt mais aussi pour quelqu'un d'autre. Et donc je lui dis que l'homme mystère est la personne qu'il a rencontrée lors de l'inauguration de la galerie : je lui dis tout sur toi, Jonah, sur nous (*nous !*), sur nos projets d'être ensemble. Je ne cesse de parler de toi, de nos séances, de ta réputation inégalée de sauveur pour les rescapées de violences conjugales. Mais, à ma grande surprise, Freddie ne réagit pas comme je l'espérais.

« Si je comprends bien, dit-il, la spécialité de ce type, c'est le travail avec les femmes battues. Il t'amène à dévoiler tous tes secrets à propos de Kurt, te rend vulnérable au dernier degré, et ensuite il trompe sa fiancée et te tombe dessus, en te promettant de te servir de protecteur ? »

Sa remarque m'irrite.

« À t'entendre, il a l'air tellement manipulateur. »

« Et… ? »

« Eh bien, il ne l'est pas ! C'est moi qui ai avoué mes sentiments en premier. En l'occurrence, c'est moi qui l'ai séduit. »

« Lila, arrête. Il avait déjà identifié tes sentiments pour lui comme un transfert. Ce qu'ils sont, à l'évidence. Et, même dans ce cas, il a choisi de ne pas agir en professionnel. Il n'a pas mis le holà. Au contraire, il a persisté dans cette attitude jusqu'à ce que tu sois au bord du gouffre, sans défense, et seule, dans ta nouvelle planque dont personne ne connaît l'existence à part toi, et là il t'a pratiquement forcée. N'est-ce pas ? »

Je reste silencieuse.

« Ça n'était pas comme ça. »

« D'accord. Tout comme tu t'es convaincue que Kurt n'était pas un prédateur sexuel. »

Il soupire.

« Je suis désolé, mais ta vision des choses est erronée. Tu laisses ces hommes douteux te convaincre de leur faire confiance, et tu fonces à l'aveuglette. »

Il entremêle ses doigts aux miens, serre.

« Et je suis bien placé pour en parler, moi qui sors tout juste d'une relation abusive. Je m'en suis sorti, et tout ça, grâce à toi. Laisse-moi t'aider comme tu m'as aidé. Je pourrais t'éloigner de tout ça. On pourrait partir à l'aventure tous les deux, où tu voudrais. Tu pourrais t'autoriser à rester un peu seule un moment. Pour laisser les choses se calmer, t'éclaircir un peu les idées. »

Voyant que je ne réponds pas, il ajoute :

« À tout le moins, il s'agit d'une faute professionnelle grave. Ce type devrait perdre son autorisation d'exercer. Il ne devrait plus jamais être autorisé à approcher une autre femme abusée de sa vie. »

« Tu ne le connais pas ! protesté-je. Tu le décris comme un prédateur, mais il n'est pas comme ça ! Je suis tombée amoureuse de lui ! »

« Tu *crois* l'être. »

Il reste silencieux un moment.

« Et qui est ce type, de toute façon ? Qu'est-ce que tu sais de son parcours ? De ses antécédents ? »

« Pas grand-chose. »

Je hausse les épaules.

« On est tous les deux allés à Princeton. »

Freddie cille.

« Vous n'y étiez pas en même temps, si ? »

« Pendant un an, apparemment. Mais ni l'un ni l'autre ne nous en étions rendu compte avant qu'on fasse le calcul. »

« Lila, tu fais trop confiance. Tu veux toujours voir le meilleur chez les gens. Mais il y a un paquet de signaux d'alarme avec ce type. J'ai un mauvais pressentiment à propos de toute cette histoire… »

« Freddie, arrête ! m'exclamé-je. S'il te plaît, tu ne peux pas simplement te réjouir pour moi ? Je suis enfin vraiment heureuse. Et je sais que je peux faire confiance à Jonah. Alors, s'il te plaît, ne t'en mêle pas. »

Il soupire.

« Innocent jusqu'à preuve du contraire, dit-il avant de hocher la tête. Je tiens à toi ; tu sais que mes intentions sont bonnes. »

Il hésite, mais ne peut se retenir :

« Laisse-moi juste faire quelques recherches, d'accord ? Avec un peu de chance, je me trompe. Avec un peu de chance, ce type a un casier nickel, et ses intentions sont aussi pures que tu le penses. Et alors tu auras tout mon soutien, je te le promets. »

Voilà, tu sais tout. J'espère que tu ne vas pas penser du mal de Freddie, que j'aime tellement. Il se trompe sur ton compte, n'est-ce pas, Jonah ? J'avoue que j'étais tellement au désespoir d'échapper à ma situation, et je t'ai fait si entièrement confiance que je me rends compte à présent que pas un instant je n'ai douté de ton intégrité. J'espère que tu ne penses pas que c'est ce que je fais maintenant. Mais j'aimerais quand même être rassurée, je crois, sur le fait que tu as été totalement transparent avec moi depuis le début. Comme ça, je pourrai balayer cette minuscule graine de doute qui a été semée et aller de l'avant en te faisant pleinement confiance, en nous faisant confiance. S'il te plaît, dis-moi que je peux… ?

Assez pour le moment. Freddie est en train de s'assoupir à côté de moi, et à l'horizon j'aperçois les lumières scintillantes de la ville tandis que pointe l'aube. Chaque fois que je fais ce trajet pour rentrer chez moi, je pense à cette phrase de *Gatsby*, que tu aimes autant que moi, j'en suis sûre : *La ville vue depuis le pont de Queensboro est toujours la ville vue pour la première fois, celle qui promet d'emblée avec sauvagerie tout le mystère et toute la beauté du monde.* Tout pourrait arriver à présent, n'importe quoi…

Même Gatsby pourrait arriver…

Même toi.

Je n'ai cessé de penser à toi depuis que tu m'as envoyé le texto au sujet de Maggie. J'espère que couper les ponts n'a pas été trop affreusement douloureux. Une partie de moi se déteste de vous avoir séparés. Mais je reviens constamment à ce que j'éprouve le plus profondément, le plus sincèrement : nous sommes faits l'un pour l'autre.

Retrouve-moi à mon pied-à-terre demain au coucher du soleil. Je te réserve une surprise. Et ensuite, enfin, comme l'a un jour écrit ton auteur favori, nous nous regarderons avec un espoir infini en nous enfonçant dans cette nouvelle obscurité douce et chaude.

X Lila

IX

Jonah s'éveilla un sourire aux lèvres, des papillons dans le ventre, comme à chaque Noël de son enfance. À l'époque, il bondissait de son lit dans son pyjama rouge pétant et partait à la recherche de sa mère – toujours au lit, un masque morose sur les yeux, ce jour-là entre tous ? Non, près du sapin, peut-être en train de glisser un dernier présent dessous ? Ou, à défaut, dans la cuisine, une tasse de café brûlant dans les mains, un programme spécial vacances en sourdine à la radio, le regard fixé sur un point dans le lointain, un lieu que Jonah semblait ne jamais pouvoir atteindre. Pourtant, il courait vers elle et refermait les bras autour de sa taille, enfouissant sa tête dans le ventre moelleux en disant « Joyeux Noël, Birdie ». Et elle sursautait, essuyait la larme égarée qu'il n'avait pas manqué de remarquer, lui embrassait le sommet du crâne. Murmurait « Joyeux Noël, mon chéri ».

Mais c'était il y a longtemps. Il secoua la tête, tenta de faire taire la légère mélancolie de ce souvenir qui commençait à s'installer, laissant le baume des paroles de Fitzgerald apaiser son esprit tourmenté. *Toute la détresse qu'il avait pu connaître, le chagrin, la douleur, tout cela avait été causé par les femmes.*

Il ouvrit les yeux sur la réalité, les feuilles qui effleuraient sa fenêtre, le bout de ciel lumineux au-dessus. Le jour était

enfin venu. Aujourd'hui, enfin, il allait se consacrer pleinement à aimer Lila Crayne.

Il s'étira de tout son long en travers du lit vide, ressentit un frisson de satisfaction lorsque ses membres furent complètement tendus, puis suivit sur le plafond les points qui flottaient dans son champ de vision jusqu'à ce qu'ils se stabilisent et se dissolvent. Il ne lui restait plus que quelques heures à attendre, une journée ordinaire de travail de plus à conserver les chagrins secrets de ses patients en lieu sûr, et pendant tout ce temps ses pensées personnelles remonteraient à la surface, vers Lila, nageant à contre-courant de leurs mots.

La semaine précédente avait filé à toute vitesse dans un flou mouvementé, ordinaire, si ce n'est la plaie ouverte du départ de Maggie. De retour de la nouvelle maison de Lila, ce soir-là, Jonah s'était couché en toute hâte, priant pour que le sommeil vienne rapidement ; mais l'adrénaline de la soirée brûlait encore dans ses veines, et des images de Lila, de leur futur rêvé tous les deux, jaillissaient en rafale devant ses yeux, éblouissantes, au rythme accéléré de ses battements de cœur.

Il ne dormait toujours pas quand Maggie s'était glissée dans la chambre vers 3 heures du matin, de retour de sa virée en ville, titubant sur ses talons, jurant et gloussant toute seule. Les paupières mi-closes, il l'avait regardée quitter ses chaussures, les tenir suspendues au bout de ses doigts tout en arpentant la chambre en silence à la recherche de quelque chose dans le noir. Il l'avait écoutée se laver les dents, se nettoyer le visage dans la salle de bains ; puis il s'était tourné vers le mur, avait fermé les yeux, et, une fois la salle de bains

éteinte, elle s'était glissée dans le lit, s'était collée à lui sous les draps en passant son bras autour de sa taille, lui avait embrassé la nuque et l'avait étreint comme elle savait qu'il l'aimait. Jonah avait senti ses cheveux lui balayer la peau, et en quelques instants sa respiration flûtée était devenue calme et régulière contre sa nuque. Il pouvait imaginer ses traits empreints d'une douce sérénité tandis qu'elle le tenait, partant à la dérive au fil de ses rêves. Et il avait tenté de capturer cet instant, de le figer dans son esprit, comme leur dernier moment d'intimité, quand Maggie était encore heureuse, croyant qu'il s'agissait juste d'une nuit comme une autre, juste une simple nuit quelconque dans le flot ininterrompu des nuits qui les attendaient pour le reste de leur vie.

Il avait dû s'endormir finalement, car l'instant suivant dont il eut conscience fut celui où Maggie caressait son torse de haut en bas, ses doigts suivant le doux renflement de ses abdos puis, plus bas, effleurant le coton de son slip pour aller se faufiler sous le large élastique et chatouiller la délicate spire nichée là, s'enrouler autour d'elle, et sans doute était-elle ravie de sa vivacité avant même son réveil.

Il était épuisé, pas encore disposé à renoncer au sommeil, il avait la langue sèche et irritée, ça se répercutait jusque dans sa gorge. Sa peau était tendue sur ses os, ses muscles, ramollis, ses yeux, bouffis ; mais, même dans cet état, les doigts de Maggie coulant comme de l'eau sur sa peau, la chaleur de son toucher, son désir ardent le ramenèrent à la surface, lui firent renoncer à l'avenir pour se perdre une dernière fois dans les bras de Maggie.

Il inspira un grand coup, s'étira, et elle chantonna de bonheur, lui ôtant son slip avant de remonter à sa hauteur.

Il essaya de ne pas l'embrasser – il avait un goût amer, aigre, dans la bouche –, mais les lèvres de Maggie se firent insistantes, et il finit par abandonner. Elle le recouvrit de ses jambes écartées, le clouant sur le lit, ses boucles lui chatouillèrent la peau tandis qu'elle lui embrassait le cou. Il fit passer sa chemise par-dessus sa tête et la balança dans un coin, se délectant de la courbe de ses seins généreux dans la douce lumière matinale.

Jonah se passa la main dans les cheveux, se gratta le crâne pour se réveiller tandis qu'elle le guidait en elle ; mais ce matin, apparemment, elle avait décidé de prendre la direction des opérations. Il saisit donc ses flancs à pleines mains, appuyant précisément de ses pouces sur chaque os iliaque, et la regarda, comme dans un rêve, bouger lentement au-dessus de lui, les yeux clos de plaisir, les ouvrant de temps en temps pour les plonger dans les siens en souriant.

Et c'était ça la paix, non ? Cette pièce silencieuse et les effluves mêlés de leurs draps et de leur shampoing partagé, la main de Maggie légère sur ses cheveux, le doux mouvement rythmique de ses seins – et durant un instant ce fut comme si Lila était là, comme s'il se reposait dans une maison plus douce et plus sûre qu'il n'en avait jamais connu…

Avec un léger pincement au cœur, il se rendit compte que tout cela serait bientôt détruit. Maggie ne le regarderait plus jamais de cette manière ; et la culpabilité le submergea une fois de plus. Il sentit que son désir commençait à refluer et tenta de se débarrasser de cette pensée inopportune, de se focaliser uniquement sur le présent ; mais une soudaine vague de tristesse le submergea, et il comprit que ce n'était qu'une histoire de minutes avant que son érection retombe.

La seule façon d'y arriver, il le savait, c'était de ne plus penser à Maggie et de se concentrer sur Lila à la place.

Il ferma les yeux pour mieux se focaliser sur son fantasme, lui saisit les poignets, les lui plaqua au creux des reins, l'obligeant brutalement à se cambrer, puis il commença à ruer plus fort, pour s'encourager à l'action. Il était à deux doigts de jouir quand il sentit Maggie reculer imperceptiblement.

— Jo, dit-elle doucement, et il ouvrit les yeux. Tu étais où, juste à l'instant ?

— Je suis là, répondit-il, mais elle secoua la tête.

— Non, tu n'y es pas.

Elle libéra ses poignets, s'appuya des avant-bras sur sa poitrine, fouilla son regard.

— Que se passe-t-il ?

Il hésita, et elle recula légèrement, commençant déjà à comprendre.

— Mags…

Mais cela ne fit que l'éloigner davantage, semblait-il. Elle s'écarta, récupéra sa chemise, la remit à l'endroit en tâtonnant, puis l'enfila. Jonah la regardait en silence, le cœur battant de terreur, puis il se redressa et s'appuya contre la tête de lit tandis qu'elle croisait les bras et l'observait.

— C'est elle, dit-elle. N'est-ce pas ?

— Mags…

Elle le dévisagea, sans ciller.

Il grimaça, puis dit :

— Je ne peux plus faire ça.

— Plus faire quoi ? répéta-t-elle lentement, dangereusement.

Il la regarda, plein de haine envers lui-même. Finalement, il réussit à parler.

— Je ne peux pas être avec toi, Mags. C'est fini.

On aurait dit qu'on venait de la frapper en plein visage.

— Quoi ?

— Je voulais que ça marche, dit-il. Mais ces sentiments que j'avais, ces autres sentiments… ils n'ont pas disparu. Elle veut être avec moi.

Il secoua la tête, luttant contre lui-même.

— J'ai l'impression de ne pas avoir le choix.

— Tu n'as pas le *choix* ?

Il reprit la parole d'une voix calme.

— Je dois aller jusqu'au bout de cette histoire, lui donner une chance. Et, pour ça, je dois être honnête avec toi et te laisser partir.

— Non, ne dis pas ça. Ça n'a rien à voir avec moi. Ça a à voir avec toi, Jonah, et avec ce que tu veux.

Il acquiesça, honteux.

— Tu as raison. Je ne peux pas ne pas essayer d'être avec elle. Je le regretterais pour le restant de mes jours si je n'essayais pas.

Elle hésita.

— C'est arrivé quand ?

Il ferma les yeux, baissa la tête.

Elle laissa échapper un petit rire.

— Tu étais avec elle hier soir, n'est-ce pas ? Tu m'as menti.

Il fit oui de la tête.

— Tu as couché avec elle ? demanda-t-elle, incrédule.

Il fit signe que non.

— Je ne te crois pas.

Elle sourit tristement.

— Mais j'imagine que ça n'a pas d'importance, n'est-ce pas ?

— Je suis désolé, dit-il. Je sais que je commets peut-être une grosse erreur. Mags, je veux que tu saches que ça n'a rien à voir avec toi. C'est moi – mes propres fêlures.

Il soupira, se frotta le front.

— Je crois que d'une certaine façon j'agis toujours sous le coup du trauma lié à ma mère…

— Oh, ça suffit, avec ta foutue mère ! hurla-t-elle. Tu fais toujours ça. Tu te caches toujours derrière ta psychanalyse prétentieuse, comme si ça allait te protéger. Tu ne peux pas reprocher tout ce qui se passe dans ta vie à ta mère, Jonah. D'accord, elle était bousillée – on l'est tous ! À un moment, tu dois assumer tes propres erreurs.

Elle pressa les paumes contre ses yeux, les tint là un moment, sans respirer.

— Donc ça y est. Tu en as terminé. On en a terminé. Toutes ces années, cette vie qu'on a bâtie tous les deux. Tout notre avenir. Tu vas juste bazarder tout ça pour un putain de béguin, parce que tu es *curieux* de voir si ça pourrait donner quelque chose. Est-ce que je représente vraiment si peu pour toi ?

Elle laissa tomber ses mains pour le regarder.

— Je veux dire, bon Dieu, Jonah ! C'est si facile pour toi de me jeter ? Est-ce que tu en as même quelque chose à foutre ? Est-ce que tu es même un tant soit peu triste ? Ou juste trop excité à l'idée d'être avec Lila Crayne ?

— Bien sûr que je m'en soucie.

Il tendit le bras pour la toucher.

— Je t'aime.

— Ne me touche pas.

Elle recula, entortillant le drap autour d'elle. Debout au pied du lit, elle le regarda fixement.

— Je le savais le jour où on a emménagé dans cette maison. Tu te rappelles ? Je savais que quelque chose n'allait pas, que quelque chose te retenait. Et je t'ai donné le choix de partir. Mais tu m'avais promis.

Ses yeux commencèrent à s'emplir de larmes.

— Tu avais promis que j'étais tout ce que tu avais toujours voulu. Je l'étais, tu en étais certain. Et donc je me suis donnée entièrement à toi. Mais il s'agissait d'un mensonge, n'est-ce pas ? Tu n'étais absolument pas sûr. Tu te réservais pour quelque chose de mieux.

À la porte, Zelda miaula et entra dans la pièce, enroulant sa queue autour des chevilles de Maggie au passage. Maggie retint son souffle devant ce contact inattendu, puis regarda autour d'elle, soudain comme en état d'alerte.

— Je dois sortir d'ici.

Elle s'empara de son téléphone et commença à taper un texto, les larmes lui coulant sur le menton et dégoulinant sur l'écran.

— Tu n'as pas à partir tout de suite, Maggie, dit Jonah. Prends ton temps. Laisse-moi t'aider à trouver un nouvel endroit. Je le veux.

Elle laissa échapper un rire sinistre.

— Je n'en doute pas. Merci, Jonah, de te montrer si généreux, de ne pas immédiatement me foutre dehors. Mais ne t'inquiète pas : je vais dégager de là pour que tu puisses lui faire de la place. Même si je me demande pourquoi tu

te donnerais cette peine, je suis sûre que sa baraque est tellement plus chouette.

Elle se déplaçait dans la chambre tout en s'habillant et en jetant au hasard des objets dans un sac. Jonah resta allongé, les yeux fermés, aussi immobile que possible, tendant l'oreille à ses soupirs de colère, ses reniflements mouillés, les sons glaireux de sa gorge encombrée. Il aurait voulu que le temps passe plus vite pour que cette fin atroce soit derrière lui.

Enfin, il l'entendit s'arrêter. Il ouvrit les yeux.

— Je viendrai chercher le reste de mes affaires dans la semaine. Avec un peu de chance quand tu seras absent, ajouta-t-elle avant de jeter son sac sur son épaule.

— Maggie…

Elle attendit.

— Quoi ?

Il la regarda, essayant de trouver les mots qui pourraient éventuellement adoucir leur séparation, ne serait-ce qu'un tout petit peu.

Elle secoua la tête.

— Tu vas le regretter, dit-elle. J'espère pour toi que ce ne sera pas le cas, mais j'ai la sensation que si. Mais moi ? Même maintenant, malgré toute la tristesse et la colère que je ressens, Jonah ? Je vous suis déjà reconnaissante. À toi, et à elle.

Elle marqua une pause.

— Je m'étais toujours demandé s'il existait une autre facette chez toi, une facette plus sombre que tu m'aurais cachée. Et à présent je sais que j'avais raison. Pour la première fois, j'ai le sentiment de te voir pour ce que tu es vraiment. Être avec toi a été la plus grosse erreur de ma vie. Et, maintenant

que c'est enfin terminé, je peux passer à la vie que j'aurais dû avoir dès le début.

Après le départ de Maggie, Jonah avait immédiatement envoyé un texto à Lila pour lui annoncer qu'il avait rompu, que Maggie était partie. Il avait attendu sa réponse, mais devant son silence son équilibre intérieur avait commencé à chanceler. Il passait alternativement de l'impatience à la perspective du rapprochement avec Lila à la peur d'avoir commis une terrible erreur. Il avait erré dans la maison que Maggie avait créée pour eux deux, avec la conscience aiguë de son absence et du vide soudain qu'était devenue sa vie. Il se détestait pour la cruauté dont il avait fait preuve, la facilité avec laquelle il avait manipulé Maggie et l'avait entraînée dans une impasse de chagrin et de détresse, dont lui seul sortait indemne.

Et si les choses ne se passaient pas comme il l'espérait ? Et si Lila changeait d'avis, faisait marche arrière et renonçait à leur projet ? Ou pire : et si, en étant avec lui, elle décidait qu'elle s'était trompée ? Il subirait alors deux pertes irréparables : son avenir avec Maggie détruit pour rien et son rêve inaltérable de Lila Crayne évanoui pour toujours. La nuit précédente – la dernière qu'il passait seul avant que Lila et lui soient enfin réunis –, avait été une nouvelle nuit d'insomnie. Mais, aux petites heures du jour, il avait perçu plus que vu une soudaine lueur à travers ses fines paupières. Il avait attrapé son téléphone et trouvé la dernière entrée du journal de Lila. Rapidement, péniblement, il l'avait lue, l'estomac noué par ses marques d'affection ardentes ; mais,

lorsqu'il en était arrivé à la conversation avec Freddie, la panique l'avait envahi, tel un flot immense et brûlant. Se pouvait-il que Freddie découvre, d'une manière ou d'une autre, qu'il avait effectivement connu Lila à Princeton, qu'il avait passé la première partie de sa dernière année à l'observer de loin ? Non. Comment Freddie le pourrait-il ? Et pourtant, dans son journal, Lila lui demandait de la rassurer, de lui promettre qu'elle pouvait lui faire entièrement confiance. Elle avait commencé à douter.

Il savait qu'il faudrait bien finir par lui parler de cette soirée qu'ils avaient passée ensemble, durant laquelle ils s'étaient abandonnés l'un à l'autre si librement et si totalement, à la faveur du mystérieux anonymat de la nuit ; mais le faire maintenant, alors qu'ils étaient si proches de leur heureux dénouement ? Ce serait jouer avec le destin, rien d'autre. Même si la rencontre avait été parfaite, et ses propres intentions, toujours pures, cela pourrait la bouleverser, et c'était compréhensible, qu'il ait omis de lui en parler pendant si longtemps. Et, même si elle n'avait aucune raison d'être bouleversée, découvrir son mensonge par omission risquait de la faire réfléchir, et peut-être même, Dieu nous en préserve, compromettre leur avenir commun. Non, il le lui dirait. Mais il ne pouvait pas le faire maintenant.

Pendant qu'il imprimait une version papier du dernier envoi de Lila, il sortit son dossier patient, qui, à l'instar de sa propre photo à Princeton, était passé dans la semaine de son bureau à sa table de chevet. (Le dossier allait bientôt rejoindre sa nouvelle demeure dans le carton planqué tout en haut de son placard, carton qui contenait d'innombrables souvenirs, y compris le mouchoir de Gatsby que Lila lui avait

donné et, plus récemment, le dernier *Vogue* avec Lila et Kurt – « La garçonne et son philosophe » – en couverture. Jonah s'imaginait lui montrant un jour sa collection privée, en lui avouant qu'il avait passé les journaux au crible pendant des années dans l'espoir d'apercevoir son nom, puis regardant ses yeux se remplir de gratitude quand elle réaliserait avec quelle constance il l'avait aimée.)

Pour l'instant, il plaça cette copie derrière toutes les notes qu'il avait prises durant leurs séances, derrière toutes les entrées de journal qu'elle lui avait envoyées. Il les relut systématiquement une par une, vérifiant, pour ce qui semblait être la centième fois, qu'il avait brouillé les cartes. Il fit un peu la grimace devant l'imprécision de ses observations, qui regorgeaient de fausses pistes et de mensonges afin de camoufler que son amour pour Lila Crayne remontait à loin. Il avait gaffé ici ou là, il le savait, mais ces infimes erreurs dues à l'inattention étaient sûrement anodines. Il finit par s'assoupir juste au moment où l'aube pointait, les feuilles de Lila glissant sur le côté, une fois de plus apaisé par la certitude qu'elle n'avait toujours aucun soupçon. Après tout, c'était écrit juste là, dans son envoi de la nuit dernière, non ? Elle l'aimait, et voulait par-dessus tout lui accorder une confiance absolue ; et il ferait tout pour ne pas briser cette confiance.

Enfin, le jour de leur fugue secrète était arrivé. La journée était étouffante – la plus chaude de l'été jusque-là. Les heures passaient avec une lenteur insupportable dans l'attente de la délivrance du soir, et Jonah les combla en imaginant Lila en train de se réveiller, un sourire aux lèvres en pensant à lui.

Ou alors Lila en train d'emballer le reste de ses affaires, les cartons étiquetés soigneusement empilés, disant adieu à sa vie sur l'Hudson et bonjour à une nouvelle vie avec Jonah. Et Lila encore, se prélassant rêveusement dans un bain (*mon Dieu !*), en train de se nettoyer à fond, d'enduire sa peau de porcelaine de lotion pour le corps, les cheveux ébouriffés à la perfection, lumineuse, resplendissante et comme neuve. Lila qui céderait peut-être à une certaine nervosité par moments – c'était une décision qui allait changer sa vie, après tout –, mais se débarrasserait rapidement du moindre doute, sûre que l'avenir qu'elle voulait, l'avenir qui était déjà là, ne pouvait être qu'avec Jonah.

Lorsque sa journée de travail fut terminée et que le soleil eut lentement commencé à s'estomper vers l'ouest, Jonah prit une douche et se rasa, enfila ses plus beaux vêtements, puis se fraya un chemin dans la chaleur implacable et accablante en direction du pied-à-terre de Lila.

Dans son fantasme, il l'imaginait ayant passé toute la journée à aménager soigneusement leur nouveau foyer. Bien entendu, il paraîtrait encore un peu vide – leur relation naissante aurait tout l'espace voulu pour s'y épanouir ! Mais cette fois l'endroit dégagerait une certaine chaleur, les douces prémices feutrées d'un futur nid d'amour. Elle avait peut-être choisi quelques bouquets de marguerites afin d'illuminer les lieux de leur joyeuse palette de couleurs. Ou peut-être avait-elle préparé une planchette de charcuterie accompagnée de champagne : un dîner léger avant une célébration plus intime. Elle n'aurait assurément pas encore eu le temps d'acheter des meubles – il savait qu'elle avait été occupée avec la fin du tournage à Montauk –, mais sans

doute y aurait-il tout de même de quoi dormir, ne serait-ce qu'une couette moelleuse à même le sol, dans laquelle ils s'enrouleraient l'un et l'autre, assurés d'avoir enfin trouvé leur légitime foyer.

Lorsqu'il arriva, un peu en avance, vingt minutes avant le coucher du soleil peut-être, il entra, avec plus d'assurance cette fois, mais à sa grande consternation il trouva la maison encore vide. Tandis qu'il enfilait de nouveau le couloir puis montait l'escalier, l'espace lui parut étrangement inquiétant malgré la chaude lumière de début de soirée. Aucun signe que Lila ait jamais mis les pieds ici. Même les bougies avaient été enlevées. Dans sa vacuité, l'endroit ressemblait plus au fantôme d'une maison, comme s'il avait un jour connu une existence bien remplie mais n'était plus à présent qu'un simple fossile de son histoire, stérile.

Un souvenir remonta brièvement à la surface : l'été après que Jonah avait obtenu son diplôme à Princeton. Birdie était morte depuis peu, et il avait dû trier leur affaires, emballant les œuvres d'art de sa mère ainsi que quelques objets auxquels il tenait pour les stocker dans un box, avant de céder le reste à un prix honteux et de mettre en vente la maison de son enfance. Après la vente, il avait parcouru la maison vide une dernière fois : balayée, repeinte, vidée de tous ses souvenirs. Et, peut-être parce que Birdie n'était plus, il avait senti ce jour-là que sa maison était imprégnée d'une certaine beauté mélancolique. Il se souvint avoir eu la sensation nette et troublante que, s'il cherchait simplement un peu plus, il se pourrait qu'il trouve sa mère cachée là. Alors il s'était attardé dans sa maison qui n'était plus qu'une coquille vide, espérant ressentir une fois encore la présence

de sa mère ; mais il n'avait rien senti du tout – seulement le constat écrasant qu'il était absolument seul.

À présent, Jonah traversait la maison de Lila sur la pointe des pieds en se disant qu'il avait tous les droits de l'explorer, et pourtant, Dieu sait pourquoi, il ne pouvait se débarrasser de l'impression qu'il était un intrus.

L'atmosphère fantomatique le rendait trop agité, trop nerveux, et il ne voulait pas gâcher l'occasion en se mettant dans un tel état. Il s'essuya le front, couvert de transpiration. Et qu'importe son retard ! C'était une actrice ; est-ce que ça n'était pas typique des acteurs ? Même s'il n'aimait pas le manque de ponctualité, ça pouvait sûrement se comprendre – Lila avait dû avoir beaucoup de préparatifs à faire. Pourtant, au fur et à mesure que s'écoulaient les minutes et que ne cessait d'augmenter son angoisse, il comprit qu'il devait adopter un meilleur état d'esprit.

Il sortit sur le balcon, referma la porte derrière lui. Respira.

On était mieux dehors avec la brise du soir, le bruissement des arbres, le doux chuchotis de la circulation. Il allait regarder le coucher du soleil, se concentrer sur sa respiration afin de la ralentir, essayer de rester calme jusqu'à l'arrivée de Lila.

Mais le soleil sombra et disparut, laissant un ciel vide et rouge sang dans son sillage. Pourtant, peut-être brusquait-il les choses ; peut-être était-elle à l'approche. Il connaissait le trajet exact qu'elle choisirait, à pied ou en voiture, l'imaginait en train de le faire, décomptant chaque seconde. Il se repassait les images encore et encore, comme une pellicule qui accroche et projette en boucle la même séquence, espérant chaque fois la voir arriver brusquement. Et toujours pas de Lila.

Le ciel s'assombrissait, à présent. Il lui avait déjà envoyé trois textos, sans réponse. La mâchoire contractée, il s'interrogea. Et merde : il n'allait pas s'inquiéter d'outrepasser ses droits. Ils allaient se mettre ensemble, après tout ! Il allait simplement l'appeler et lui demander ce qui se passait.

Cependant, le téléphone de Lila bascula directement sur la messagerie vocale, un message qu'il ne reconnut pas (*Mais quel était-il avant ?* Il s'efforça de s'en souvenir…) : « La personne que vous demandez n'est pas disponible. » Et un bip.

— Lila, c'est Jonah. J'appelle juste pour voir où tu en es. Je suis chez toi. Ton nouveau chez-toi, je veux dire. Ça fait un petit moment que je suis là, et… eh bien… j'espère te voir vite. Fais-moi signe.

Il raccrocha, le cœur battant à toute allure. Le message vocal n'avait fait que le déstabiliser davantage. Aurait-il appelé le mauvais numéro ? Ou Freddie aurait-il découvert quelque chose à son sujet, et l'aurait-elle (*mon Dieu*) bloqué ? Aurait-elle décidé de ne pas quitter Kurt, de ne pas venir du tout ? C'était ça, alors ? N'entendrait-il plus jamais parler de Lila Crayne ?

Tandis qu'il luttait pour ne pas sombrer et perdre pied, une raison plus vraisemblable et plus dangereuse expliquant son silence lui vint à l'esprit. Quelque chose lui serait-il arrivé ?

Il attendit sur la terrasse, de plus en plus misérable, jusqu'à ce que le soleil se soit entièrement consumé. Il devait accepter le fait que Lila ne viendrait pas. Il lui envoya un dernier texto disant qu'il rentrait chez lui, et lui demanda de lui faire savoir qu'elle allait bien. Puis il tâtonna pour retrouver son chemin dans le mausolée silencieux, ne sentant que trop

bien à présent qu'il était observé, et se précipita dehors en refermant la porte derrière lui.

Complètement submergé par le maelström de son esprit, il prit la direction de l'appartement de Lila – comme si, à l'instar de Gatsby, il allait monter la garde sous sa fenêtre et surveiller le signal lumineux qu'elle lui enverrait si Kurt tentait de la brutaliser. Il s'arrêta net en réalisant où l'emmenaient ses pas, s'obligea à faire demi-tour pour rentrer à la maison. Il aurait sûrement de ses nouvelles, et très vite ; mais il devait faire les choses bien. Il devait attendre.

Cependant, en atteignant son pâté de maisons et en tournant dans Horatio Street, Jonah constata avec stupéfaction qu'il y avait de la lumière chez lui. Aurait-il laissé allumé sans le vouloir, préoccupé comme il l'était ? Puis il aperçut à travers la fenêtre une ombre qui se déplaçait dans la chambre, et en eut le souffle coupé. Il y avait quelqu'un à l'intérieur.

Il entra, le cœur battant. Cria :

— Hello ?

Que faire ? Il chercha des yeux dans l'entrée de quoi se défendre. Kurt se serait-il introduit par effraction, attendant son retour pour pouvoir le surprendre ? Lentement, avec précaution, Jonah avança jusqu'à la chambre, jeta un coup d'œil par la porte, redoutant ce qu'il risquait de trouver…

— Mags.

Il poussa un soupir, tellement soulagé de la voir assise au bord du lit en train de trier des papiers ; Zelda, en boule sur ses genoux, ronronnait sourdement. Et pendant un instant étrange, désespéré, Jonah en vint à souhaiter que rien de tout ça ne se soit jamais passé, que Lila Crayne ne

soit jamais réapparue dans sa vie, qu'il soit simplement en train de revenir à la maison, à sa vie avec Maggie.

Elle leva les yeux, surprise.

— Je me demandais si tu serais là… je me suis dit que je ferais aussi bien d'entrer et d'en profiter pour emballer mes affaires.

Il jeta un coup d'œil dans la chambre. Effectivement, il y avait des cartons ouverts partout, des vêtements posés en désordre sur les côtés. C'était en train d'arriver. Maggie le quittait pour de bon, et il ne pouvait s'en prendre qu'à lui-même.

Il ressentit une soudaine bouffée de colère.

— Bon, tu prends quoi ? martela-t-il. Tu comptais essayer d'embarquer Zelda aussi en mon absence ?

Elle cilla, secoua la tête.

— Jonah, non, je ne ferais jamais ça. Écoute, pour le moment, je comptais simplement prendre mes affaires personnelles et laisser une liste des autres objets plus importants que j'aimerais emporter avec moi. Et, plus tard, on pourrait décider de qui prend quoi. Mais je me suis laissé distraire.

Il secoua la tête, sans comprendre ; puis il regarda de plus près les papiers éparpillés sur le lit. Le contenu du dossier médical de Lila.

— C'est quoi, ce bordel ?

Il lui arracha des mains une des entrées du journal de Lila, et commença à rassembler fiévreusement le reste.

— Je suis désolée, dit-elle. Je sais que je n'avais aucun droit de les lire. Mais c'était posé là, et je n'ai pas pu m'en empêcher. Jonah, il faut qu'on parle.

— C'est quoi, ce délire, Maggie ? lança-t-il en déchirant une feuille par inadvertance sous le coup de la colère.

Dieu merci, la boîte de Lila était encore planquée tout en haut du placard, à l'abri.

— Ce n'est pas digne de toi.

— Jonah, s'il te plaît, écoute-moi. Je crois que Lila n'a pas été honnête avec toi.

— Quoi ?

Était-ce une façon misérable et perverse de tenter de le récupérer ?

— De quoi est-ce que tu parles, putain ?

— Écoute-moi jusqu'au bout, d'accord ?

Elle repoussa ses cheveux en arrière, le regard inquiet.

— Il y a de nombreuses choses dans ce dossier qui ne collent pas. J'ai perdu le fil au bout d'un moment tellement il y en a.

Zelda entrouvrit les paupières puis s'étira voluptueusement sur la cuisse de Maggie.

— Comme Zelda, par exemple.

Il secoua la tête.

— Zelda ?

— Jonah, s'il te plaît, ne me regarde pas comme ça. Écoute simplement. Dans son journal, Lila dit qu'elle veut un chat, d'accord ? Elle raconte combien elle aime les chats. Mais la première fois que je l'ai rencontrée dans l'entrée, juste avant sa séance ? Elle avait une terrible éruption cutanée et ne respirait pas très bien. Dans tes notes, ce jour-là, tu avais écrit qu'elle avait fait une mauvaise réaction à un produit de maquillage. Mais je me souviens clairement qu'elle m'avait demandé si nous avions un chat, et je lui avais parlé de

Zelda. Elle était vraiment inquiète ; elle avait dit que, par le passé, on avait dû l'emmener à l'hôpital tellement elle était allergique.

Jonah leva les yeux au ciel.

— C'est ridicule. Ça aurait pu être un autre jour. Et de nombreuses personnes allergiques aux chats les aiment quand même.

— Exact, je sais, mais ce n'est que le début. Ces notes sont pleines de mensonges. Comme sa prétendue proposition de mariage spontanée. Tous les journaux à scandale soutiennent le contraire ; apparemment, Lila avait demandé à Freddie James de filer le tuyau aux journalistes. Elle avait prévu le truc des mois à l'avance.

— Oh, alors tu lis ce qui la concerne, à présent ?

Il avait le cœur qui battait la chamade.

— C'est une atteinte à la vie privée – la sienne et la mienne –, et je ne le tolérerai pas. Ce ne sont que des rumeurs de bas étage ; et de toute façon il y a tout un tas d'explications et je ne suis absolument pas obligé de les formuler devant toi. Il est possible, par exemple, qu'elle se soit sentie en insécurité…

— Alors, et ça ?

Maggie lui montra la photo qui avait inspiré *Icare* : la photographie encadrée de lui à Princeton, toutes ces années auparavant.

Il avala sa salive.

— Quoi, ça ?

Durant un instant, Maggie se contenta simplement d'étudier la photo sans rien dire.

— Il y a toujours eu quelque chose d'obsédant dans cette photo, déclara-t-elle, quelque chose de captivant. Je n'arrivais pas à comprendre pour quelle raison tu avais encadré une photo floue et sombre, pourquoi tu la mettais tellement en évidence toutes ces années. Le mystère autour de cette photo me fascinait. Il m'inspirait ; quand j'étais en train de la peindre, j'ai eu la sensation d'être à la poursuite d'une sorte de rêve. Je me suis dit que, si je parvenais à comprendre cette photo ridicule, ce serait peut-être la clé qui me permettrait de te comprendre totalement. Mais je ne suis jamais parvenue à décoder le mystère. Jusqu'à maintenant.

Elle lui montra l'arrière-plan flou, la traînée lumineuse d'un blanc doré.

— C'est elle, dit-elle. N'est-ce pas ?

Il se rendit compte qu'il était incapable de parler.

— Je le savais, fit-elle doucement en secouant la tête. Tu as dit dans ces notes que tu n'avais pas connu Lila à Princeton.

Elle leva les yeux vers lui.

— Jonah. Pourquoi as-tu menti ?

Il avait le cerveau en ébullition, la bouche sèche, la respiration courte et superficielle. Il était à deux doigts d'une attaque de panique.

Maggie inspira un coup.

— Je l'ai vue aujourd'hui.

Il cessa de respirer.

— Tu as quoi ?

— Je suis passée déposer *Icare*, Jonah, répondit-elle avant de hocher la tête. Je n'y étais pas obligée bien sûr, mais je le voulais. Pour… je ne sais pas, faire bonne figure ? Je voulais

regarder Lila Crayne en face et voir si elle éprouvait des remords d'avoir foutu ma vie en l'air.

Elle se détourna, rougit, puis continua :

— Mais, quand je suis arrivée là-bas, elle était… elle était bouleversée. Elle m'a demandé si j'acceptais de rester pour discuter. Et ensuite elle m'a dit quelque chose… quelque chose que je ne voulais pas croire…

Maggie déglutit, osa le regarder.

— Mais après j'ai vu la vidéo.

— Quelle vidéo ? dit-il. Maggie, de quoi tu parles, bon sang ?

— Mon Dieu, je ne sais plus *quoi* croire, répondit-elle. Mais, Jonah, tu dois rester loin d'elle.

C'était Maggie qu'il ne parvenait pas à croire, réalisa-t-il. Maggie était la raison pour laquelle Lila ne s'était pas montrée ce soir, la raison pour laquelle elle ne répondait pas à ses appels ni à ses textos. Dans son désespoir, Maggie avait approché Lila, sans qu'il le sache, au moment où elle était le plus vulnérable, et elle l'avait menacée afin qu'elle abandonne les projets qu'elle avait avec lui. Elle avait fait tout son possible pour détruire leurs chances d'être ensemble, et ce, pour pouvoir le récupérer.

Son téléphone fit entendre un tintement.

— Jonah ? implora Maggie.

Il sortit le téléphone de sa poche, vit un numéro qui lui était inconnu.

— Jonah, s'il te plaît ! insista Maggie. Quelque chose ne va pas dans cette histoire. Je le sens. Je ne veux pas que tu souffres.

Il déverrouilla son téléphone pour lire le texto et comprit avec un sursaut qu'il venait de Lila :

Jonah, il est ici. Je ne sais pas quoi faire. À L'AIDE.

Il leva les yeux vers Maggie.

— Va-t'en.

Elle écarquilla les yeux.

— Quoi ?

— Je sais ce que tu es en train de faire, dit-il. Tu essaies de nous empêcher d'être ensemble. Mais ça, ce que tu as fait ce soir, c'est une énorme trahison. Tu avais raison, Maggie : tu n'as jamais été mon premier choix. Et maintenant je sais que je mérite mieux que toi. À présent, va-t'en. Je ne veux plus jamais te voir.

Maggie se leva, sonnée. Des larmes plein les yeux. Jonah perçut autre chose dans son expression, quelque chose de tout à fait nouveau. De la peur.

— Tu m'as entendu ? hurla-t-il. Fous le camp de chez moi ! Maintenant !

Durant un instant, ils demeurèrent ainsi, se haïssant l'un l'autre. Mais, tout comme il avait aimé l'écho de lui-même en Maggie, ce que Jonah haïssait à présent n'était qu'un miroir – qui lui renvoyait son reflet éparpillé en mille morceaux dans la nuit fracassée.

— J'espère que tu auras ce que tu mérites, murmura-t-elle.

Elle effleura tendrement la tête de Zelda une dernière fois, puis sortit en courant, claquant la porte derrière elle.

Silence, à présent, hormis son souffle lourd. Zelda croisa son regard et bondit sur ses pattes, effrayée, puis fila sous le lit.

Devait-il appeler la police, l'envoyer à son appartement ? Non, il savait qu'elle ne voudrait pas attirer l'attention des médias. Et en plus, elle l'avait appelé, *lui*. Elle voulait Jonah, voulait qu'il la sauve. C'était le test ultime, la dernière marche pour gagner enfin son cœur.

Il n'y avait pas de bonne réponse, pas de moyen sûr. Mais il savait qu'il n'avait pas le choix. L'heure était maintenant venue pour lui de passer à l'action. Il ferait tout pour Lila, ne reculerait devant rien pour la protéger.

Il avala sa salive et tapa sa réponse :

J'arrive.

Retournez le livre
et rendez-vous p. 336
pour découvrir l'acte III

Hobbins, merci de vos premières remarques et de vos encouragements.

Maman et papa, merci pour votre amour inconditionnel tandis que je poursuivais une vie d'artiste, sous toutes ses formes. Je ne serais pas là sans votre soutien.

Et enfin, à Ben, l'homme le meilleur et le plus gentil que je connaisse. Tu as cru en moi et en ce livre alors même que j'avais perdu tout espoir. Je t'aime toujours plus chaque année, et, par-dessus tout, je remercie ma bonne étoile de t'avoir mis sur mon chemin, mon Benny.

À mon équipe juridique chez Davis+Gilbert : Ashima Dayal, Samantha Rothaus, Alexa Singh et Jordan Thompson, merci à tous pour votre aide inestimable, votre sagesse et votre ténacité. Grâce à vous, je me suis sentie protégée et à l'abri. Par-dessus tout, merci à Paavana Kumar, une des femmes les plus douées et intelligentes que je connaisse, qui m'a soutenue lorsque j'étais au plus bas.

Jonathan Warren, merci d'avoir apporté ton regard d'expert à ce livre, et d'avoir permis (plus ou moins !) que je donne l'impression de savoir de quoi je parlais en adoptant le discours du thérapeute.

Anna Pitoniak, merci d'avoir patiemment supporté mon interminable liste de questions naïves, merci pour tes sages conseils et ton véritable soutien.

Stacy Testa, tu as cru en ce livre dès le tout début. Merci pour ton extraordinaire générosité, et pour être la plus fiable des boussoles. Je suis si contente que nous soyons amies.

Alex Ulyett, merci d'avoir très tôt lu ce livre, et d'être toujours là pour m'éclairer sur les rouages du monde de l'édition. Par-dessus tout, merci d'être le meilleur ami que j'aurais jamais pu espérer.

Harrison Hill, merci de m'avoir tenu la main dans les moments difficiles, à l'occasion de l'achat et de la publication de nos premiers écrits respectifs. Je suis si heureuse d'avoir partagé cette aventure avec toi.

Stefanie Lieberman, tu as été la première personne à entendre parler de l'idée de départ qui a fini par devenir *Exquise est la fureur*. Merci de m'avoir dit que c'était une histoire qu'il fallait raconter ; c'est grâce à toi que j'ai commencé à écrire ce livre. Molly Steinblatt et Adam

(qui ne cesse de s'agrandir) : Alfaguara, AST, AW Bruna, Companhia das Letras, Dook, Fischer, Gyldendal Norsk, HarperCollins France, Hayakawa, Keter, Libri Könyvkiadó, Mondadori, Otava et Trei : je suis encore sous le choc que vous ayez suffisamment aimé ce livre pour l'introduire dans vos pays respectifs. Merci.

Lorsque que j'ai été diplômée de Princeton, en 2009, j'ai fondé un groupe informel d'écrivains avec certains de mes anciens camarades, dans le but, certes égoïste, de m'obliger à rendre des comptes et de me forcer à écrire régulièrement, tout en poursuivant une carrière de directrice de théâtre. J'étais loin de me douter que ce groupe allait devenir ma colonne vertébrale au fil des ans, ainsi que le meilleur groupe d'amis, d'éditeurs et de soutiens dont j'aurais jamais pu rêver. Seize ans plus tard, nous pouvons tous les cinq affirmer que nous sommes à présent des auteurs publiés. Laura Hankin, ma petite palourde, merci d'avoir mis tes talents à ma disposition pour m'apprendre à concocter les rebondissements d'un roman à intrigue bien ficelé et au rythme enlevé. Lovell Holder, mon incroyablement généreuse amie, combien d'heures avons-nous passées au téléphone, durant lesquelles tu m'as aidée, oh, si patiemment, à résoudre la kyrielle d'énigmes dans ce livre ? Je ne te mérite pas, ma très chère. Blair Hurley, Wonder Woman de la littérature, merci par-dessus tout de m'avoir fait découvrir *Tendre est la nuit*. Sans toi, Fitzgerald n'aurait jamais trouvé son chemin jusque dans ce livre. Et Daria Lavelle, ma spécialiste ès intrigues ; tu es un véritable génie en matière de machinations, et j'ai tellement appris de toi. Je suis sincère en disant que ce livre n'aurait pas existé sans vous quatre.